팡토마스

이 도서의 국립중앙도서관 출판시도서목록(CIP)은
e-CIP 홈페이지(http://www.nl.go.kr/ecip)에서 이용하실 수 있습니다.
(CIP제어번호: CIP2012002457)

FANTÔMAS

팡토마스

❷

쥐브 대 팡토마스

피에르 수베스트르 · 마르셀 알랭 장편소설

성귀수 옮김

문학동네

차례

1
'친구 사이'

"이봐요, 코른 영감. 여기 빨간 샐러드 하나!"

여느 때와 다름없이 단골들로 북적대는 술집의 부연 담배연기 너머에서 '꺽다리' 에르네스틴의 쉰 목소리가 시끌벅적한 소음을 뚫고 힘겹게 솟구쳤다.

"빨간 걸로, 맛있게!"

검푸르게 멍든 눈에 피곤한 기색이 역력한 금발의 매춘부는 드센 표정으로 다시 한번 소리쳤다.

코른 영감은 분명 들었으면서도 짐짓 귀가 어두운 체했다.

대머리에 콧수염이 덥수룩한 그는 마치 방책을 앞세운 것처럼 줄곧 카운터 뒤에서만 거구의 몸집으로 버티고 서 있기 일쑤였다.

그런데 지금은 소매를 팔꿈치까지 걷어올린 채 털북숭이 두 팔을 미지근한 물속에 푹 담그고 유리잔과 숟가락들을 설거지하는 중이었다.

술집 '친구 사이'는 홀이 두 군데였다. 둘 중 그런대로 괜찮은 홀은 라 샤펠 대로를 향해 있었고, 거기서는 술과 음식을 팔았다. 코른 부인이 그곳 담당이었다. 안쪽 문을 나서면 8층짜리 건물의 안뜰이 나왔는데, 거길 지나면 격이 떨어지는 또다른 홀이 있었다. 조명이 다소 어둑한 그곳은 이 구역에서 가장 평판이 좋지 않은 샤르보니에르 가街를 향하고 있었다.

세번째로 부르는 소리가 났을 때에야, 코른 영감은 기름이 둥둥 뜬 물속에서 여전히 식기를 달그락거리며 이번만큼은 대충 넘어가지 않겠다는 듯 매몰차게 내뱉었다.

"2프랑이야. 돈부터 내시지!"

그와 동시에 주인장의 숙달된 눈길이 여자 주위의 사람들을 재빨리 훑었다. 테이블을 에워싼 초췌하기 그지없는 젊은이 두세 명…… 만약의 경우 '껑다리' 에르네스틴의 주문에 힘을 실어줄 위인 같아 보이지는 않았다.

여자 쪽에서도 주인장의 불편한 심기를 대강은 눈치챈 듯했다. 코른 영감은 내친 김에 계속해서 내질렀다.

"또 쓸데없는 헛소리를 늘어놓아 골치 아프게 할 생각은 하지 않는 게 좋을 거야. 알다시피, 난 이제 미밀인지 뭔지, 자네의 그 애송이 녀석 얘기엔 눈 하나 깜빡 안 할 테니까. 내일이라도 당장 바트다프*로 꺼지든 말든 내 알 바 아니라고. 그런다고 나한테 쩐이 생겨 뭐가 생겨! 난 분명 2프랑이라고 말했어. 그것도 지금 당장!"

보아하니 물고 늘어져도 헛수고일 게 뻔했다. 에르네스틴은 욱하는 심정에 표독스럽게 입술을 삐죽거리면서 코른 영감을 향해 지독스러운 욕설을 당차게 내뱉었다.

"정 그렇다면 나도 당신 같은 불한당하고는 더이상 얘기 안해! 어차피 당신이 애국자하고는 거리가 먼 인간이라는 건 세상이 다 아는 사실이니까. 코른 영감네가 더러운 독일 족속이라는 걸 이 동네에서 모르는 사람이 있을까?"

에르네스틴은 씩씩거리면서 주위를 한 번 쓱 둘러보았다. 한데 조금도 호응해줄 것 같은 분위기가 아니었다.

차라리 굴과 달팽이 등 먹을거리를 잔뜩 벌여놓고 문가 자리에 죽치고 있는 툴루슈 할멈한테 하소연해볼까 하는 생각이 그녀의 뇌리를 퍼뜩 스쳤다. 하지만 낡은 숄을 휘감은 툴루슈 할멈은 이미 세상모르고 곯아떨어져 있었다.

그때였다, 하는 수 없이 다시 욕이나 한판 퍼부으려던 차에 누군가의 목소리가 에르네스틴의 귓가를 스친 것은……

"코른 영감, 내가 쏠 테니 달라는 거나 어서 내주시구려!"

---

* 아프리카에 주둔하는 프랑스 저수 부대를 지칭하던 은어.

손님 두세 명이 소리 나는 쪽을 얼른 돌아보았다. 다름 아닌 '골병대', 바로 그 친구였다.

아프리카 람바이시스 주둔 프랑스 죄수 공병부대에서만 이십여 년 복무한 탓에 그런 별명이 붙었다고 하는데, 그의 진짜 이름은 아무도 모르는 것 같았다.

상급자들 앞에 머리 조아리기를 끝끝내 거부한 죄로 영창 신세를 져가며 온갖 고초를 겪으신 몸! 무려 이십 년을 들볶이고도 결국에는 항복하지 않고 풀려난 한 성격 하는 꼴통이 바로 그였다. 코른 영감은 종종 술 한잔 걸치고 나서 속내를 털어놓을 분위기가 되면, 대변혁의 시대를 위해 다들 그 친구를 많이 닮아야 한다고 떠벌리곤 했다.

에르네스틴이 모처럼 다소곳하게 골병대 옆의 빈자리를 찾으려고 하자, 동행인 어느 남자가 무심코 자리에서 일어나며 이렇게 중얼거렸다.

"아무래도 창가에 너무 붙어 앉은 것 같아."

그러고는 아무 설명도 없이, 저만치 구석에 모여 앉아 낮은 목소리로 토론에 열중하는 사람들 쪽으로 걸어가는 것이었다.

"저 친구는 노네라고 하지……"

골병대가 툭 내뱉었다.

"노네를 아시나?…… 누벨칼레도니*에서 돌아온 지 얼마 안 된 친구야. 남의 눈에 띄는 걸 무척 싫어하지. 여기에 체류하는 것이 금지돼 있거든."

"알겠어요."

여자는 얼른 받아넘긴 뒤, 곧장 미밀에 대한 얘기를 늘어놓을 태세를 취했다.

노네는 가게를 가로지르다 말고, 누군가를 기다리고 있는 한 예쁘장한 아가씨 앞에 잠깐 멈춰 섰다.

"또 그 '떡대'를 보려고 오늘 저녁에도 여기 나와 앉아 있는 건가, 조제핀?"

푸른 눈동자에 새카만 머리칼을 한 조제핀은 퉁명스럽게 말을 받았다.

"당연하지. 나하고 루파르가 뭐 어제오늘 어울리는 사이인가. 그는 날 버릴 사내가 아니라고……"

노네는 슬그머니 미소를 지으며 치근대기 시작했다.

"이것 봐, 그러지 말고 나한테도 자리를 좀 내주지그래……"

"천만에! 도대체 주제 파악이나 좀 하고 이러는 거야?"

라 빌레트의 꽤 유명한 건달인 떡대 루파르의 정부情婦 조제핀은 그까짓 치근거림은 안중에도 없는 듯 카운터 위의 시계를 쳐다보더니, 그대로 자리에서 일어나 나가버렸다.

조제핀은 샤르보니에르 가를 다급히 걸어 내려가, 바르베스

---

* 뉴칼레도니아 섬. 19세기 중엽부터 20세기 초까지 프랑스령 유형지였다.

지하철 역까지 대로를 따라 빠르게 걸었다. 그렇게 마장타 대로 꼭대기에 이르러서야 그녀의 발걸음이 느려졌다.

"우리 예쁜이 오셨나?……"

술집을 나오면서부터 줄곧 조심스러운 태도를 유지하던 창녀 조제핀 앞에 웬 건장한 체격의 사내가 만면에 미소를 띤 채 불쑥 나타났다. 희끗희끗한 턱수염이 얼굴을 둥그렇게 감싼 사내는 중산모자를 쓰고 지팡이를 겨드랑이에 끼었는데, 눈이 한쪽은 감겨 있고 나머지 한쪽만 반짝반짝 빛을 발하고 있었다.

그는 다정한 눈빛을 이리저리 굴리며 물었다.

"사랑스러운 예쁜이께서 왜 이리 늦으셨는고?…… 또 그놈의 지긋지긋한 '아틀리에'에서 밤샘 노동을 하셨나?"

건달 루파르의 정부는 터져나오려는 웃음을 억지로 참았다. '아틀리에'라고?…… 하긴!

"그렇죠 뭐, 마르시알 씨……"

"여기선 내 성을 부르면 안 되지! 거의 우리 동네나 다름없는 곳인데……"

사내는 회중시계를 꺼내 살펴보더니 말을 이었다.

"이런 젠장…… 집에 들어가봐야겠군! 그놈의 마누라쟁이 가…… 하여튼 예쁜이, 당신 꼭 명심하고 있으라고. 여덟시 사십 분, 리옹 역 2번 플랫폼, 마르세유 행 급행열차…… 정확히 시간 맞춰 와야 해. 여덟시 십오분까지. 월요일에 돌아올 테니, 나는 매력적인 아가씨와 단둘이 멋진 사랑의 일요일을 보내게 될 거라, 이 말씀이야…… 아, 요 앙큼한 계집 같으니……"

그때 어두운 구석에서 갑자기 거지 한 명이 불쑥 나오는 바람에 사내의 말이 끊겼다.

"선생님, 부디 도와주십시오……"

"뭐 좀 주지그래요."

사내는 조제핀의 말을 즉각 실행에 옮겼다.

그리고 밀회 약속을 다시금 세세히 되풀이해 니까렸다.

"리옹 역, 여덟시 십오분. 출발 시각은 여덟시 사십분이야…… 자, 이제 그만 가봐야겠군, 내 사랑 예쁜이 아가씨. 이러다간 늦겠어. 당신도 어서 엄마 곁으로 돌아가…… 그럼 토요일에 보자고!"

루파르의 정부 조제핀은 멀어져가는 연인의 뒷모습이 시야에서 완전히 사라질 때까지 꼼짝 않고 기다렸다.

그리고 어깨를 한 번 으쓱한 뒤 몸을 홱 돌려 아직 자기 자리가 그대로 비어 있는 '친구 사이'로 돌아갔다.

가게 안쪽 구석에서는 사람들이 낮은 목소리로 뭔가 은밀한 이야기를 나누고 있었다.

'레 시프르* 파'의 우두머리 격인 '털보'가 그날 있었던 일을 상세히 이야기하면서 대화를 이끌어나가는 중이었다. 그는 판

결이 무척 늦어지는 바람에 방금 전에야 끝난 중죄 재판을 참관하고 온 터였다. 칼레 가에서 발생한 사건에 대해 리보노에게 십 년의 징역형이 선고된 재판이었다.

재판부의 결정은 방청객들에게 경악에 가까운 당혹감을 불러일으켰다. 관례에서 영 벗어난 결정이었던 것이다. 통상적으로 리보노가 연루된 사건 같은 경우는 강제노역 팔 년과 시민권 정지 정도의 형이 내려졌다. 언뜻 보면 더 가혹한 것 같지만, 실상은 덜 힘든 형이었다.

털보는 이렇게 덧붙였다.

"게다가 리보노는 곧장 상소할 참이거든."

그의 변호사는 이미 상소할 방도를 마련해놓고 있었다……일단 베르사유로 가면, 그 부유층 도시의 게으르고 요령만 부릴 줄 아는 배심원단이 어련히 알아서 그를 누벨칼레도니로 보낼 거라는 예상이었다. 그 편이 중앙교도소에 틀어박혀 썩는 것보다는 훨씬 나았다.

누군가 덥석 끼어들었다.

"하지만 리보노 그 친구의 얼굴이 이미 훤하게 알려져 있으면 어떡합니까? 듣자 하니 '7번'을 꿰찬 몸이라고 하던데!"

그때였다. 문득 바깥에서 소동이 이는 듯하더니, 소음이 차츰

---

* 숫자 혹은 번호라는 뜻의 프랑스어.

커져왔다. 다급히 움직이는 발소리가 날카로운 비명과 욕설에 뒤섞이면서 이어졌다. 거리 쪽으로 난 문짝들이 거칠게 덜컹거렸다. 창유리가 깨지는 소리, 몇 번의 발포음, 그리고 말발굽 소리가 연달아 들려왔다.

코른 영감은 카운터를 벗어나 신중한 태도로 건물 입구를 막아섰다. 누구든 바깥에서 술집 안으로 난입하려는 자가 있으면 단호하게 차단할 태세였다.

"일제 단속이로군!"

그의 입에서 나직한 목소리가 새어나왔다.

일단 가게 안은 안전하다고 판단한 손님들은 너 나 할 것 없이 호기심 어린 표정으로 바깥의 상황을 주시했다. 사악한 포주들로부터 버림받은 거리의 매춘부들이 피난처를 찾아 정신없이 도망치고 있었다.

그러더니 점차 소란이 잦아들면서 샤르보니에르 가는 평소의 모습을 되찾아갔다.

"결국 이 난리를 쳐서 부지유를 덮쳤구먼. 그게 다야…… 우하하하!"

손님들도 주인장의 파안대소에 일제히 화답했다. 중앙시장터를 거쳐 프렌과 라 샤펠을 어슬렁대며 오가던 힘 하나 없는 늙은 부랑자를 이 난리를 쳐서 잡아들였다는 것은 그야말로 경찰 스스로를 웃음거리로 전락시키는 일이었다. 부지유는 절대 숨는 법이 없었고, 매년 겨울로 들어서는 시점에 맞춰 일부러 육 개월 정도 감방 신세를 짐으로써 생활의 고충을 덜어야 하는 팔자였다!

한데 경찰의 기습 소동을 틈타 술집 안으로 슬그머니 새어든 자가 있었으니, 다름 아닌 '술통' 조프루아였다.* 그는 털보가 차지하고 있는 테이블 쪽으로 다가오는가 싶더니, 어느새 털보를 따로 한쪽으로 데리고 가 이렇게 말했다.

"이번 주말에 엄청난 일감이 터질 것 같습니다. 방금 마장타 대로를 지나서 이리로 오는데, 조제핀이 웬 부티 나는 작자와 밀담을 주고받고 있지 않겠습니까. 그래서 얼른 구걸하는 척하면서 뭐라고 지껄이나 죄다 엿들었죠. 알고 보니 루파르의 그 갈보년이……"

순간 갑작스럽게 얘기가 끊겼다. 털보가 한쪽 눈을 찡긋하며 입을 막은 것이다.

술집 안에 있던 사람들의 시선이 거리에 면한 출입문 쪽으로 일제히 쏠린 것은 바로 그 직후였다. 문이 요란스레 열리더니, 어여쁜 조제핀의 애인인 떡대 루파르가 멋진 카이저수염 아래에 씽긋 미소를 띤 채 눈을 반짝이며 나타났다. 그런데…… 양쪽에 경찰관 두 명을 대동하고 있는 게 아닌가!

"이건 또 뭐야? 정말이지 놀라 자빠지겠구먼!"

---

* 부지유와 '술통' 조프루아는 1권 『팡토마스』에 등장하는 부랑자들이다.

누군가 무심코 내뱉은 이 말이 곧바로 떡대 루파르의 귀에 들어갔다. 그는 전혀 흔들림 없이 자신만만한 태도로 이렇게 대꾸했다.

"아무렴, 놀랄 일이지! 두고 보라니까……"

떡대는 술집 안으로 들어서다 말고 문턱에 그대로 멈춰 서 있는 경찰관들을 쓱 돌아보았다. 그러고는 더없이 친근한 어조로 말을 건넸다.

"고맙소이다, 선생들. 이곳까지 손수 네려다주시다니요. 이젠 나도 두려울 게 아무것도 없어요. 그런 뜻에서 내가 한잔씩 대접하리다."

어둠침침한 곳에 그대로 서 있던 두 경찰관은 잠시 머뭇거리더니, 아무래도 어색한지 이내 자리를 피해 나가버렸다.

조제핀이 자리에서 일어서자, 무엇보다 여자 챙기길 좋아하는 떡대는 정부의 입술에 기나긴 키스부터 해주었다.

그 엄숙한 시위를 끝내자마자 루파르는 자초지종을 설명했다.

"자, 이제 내 말 좀 들어보라고, 친구들…… 내가 아까 호주머니에 두 손을 찔러넣고 우리 깔치 생각에 젖어 터덜터덜 걸어오는데 말이지. 아, 갑자기 경찰들이 개떼처럼 몰려들지 않겠나! 난 마침 순찰중이던 경찰관 두 명에게 정중히 부탁을 했지. 집까지 안전하게 같이 좀 가달라고 말이야. 사실 겁도 좀 났거든…… 그래서 이렇게 여기까지 오게 된 거라, 이거야!"

순간 왁자지껄한 폭소가 터졌다. 하지만 루파르는 자신 때문에 떠들썩해진 분위기를 가벼운 손사래 한 번으로 물리치더니, 조제핀에게 물었다.

"대체 어떻게 된 거야?"

여자는 자기를 그저 어린 여공으로만 알고 있는 어느 속물 부르주아와 마장타 대로변에서 나눈 대화 내용을 낮은 목소리로 낱낱이 전했다. 루파르는 한동안 고개를 끄덕거리며 듣고만 있다가, 약속이 토요일로 잡혔다는 말에 비로소 이렇게 중얼거렸다.

"제기랄! 이거 서둘러야겠구먼. 이번 주에는 일이 어찌나 많은지 도무지 정신을 차릴 수가 없네…… 아무튼 잘돼가고 있어. 아주 잘되고 있다고! 하지만 일단 오늘 저녁 제일 급한 일부터 챙겨야 하니, 그 얘기는 나중에 다시 하지. 자기 글씨 예쁘게 쓰잖아. 그 재주를 오늘 나를 위해 좀 발휘해줘야겠어. 편지 한 통 쓸 일이 있어서 말이야. 어서 펜하고 잉크를 가져다가 내가 불러주는 대로 한번 써보라고."

떡대는 받아쓸 내용을 나지막한 목소리로 불러주기 시작했다.

"선생님, 저는 한낱 보잘것없는 아녀자에 불과합니다만, 선하고 여린 마음만큼은 늘 가슴속에 간직하고 있답니다. 그래서인지 제 주변에서 나쁜 일이 벌어지는 것을 그냥 두고 보는 게 싫어요. 그러니 제 말을 믿으시고, 이 편지를 받는 즉시 저와 가까운 어떤 분을 주의 깊게 살펴봐주시기 바랍니다. 그러고 보니 경찰관들이 제가 떡대라 불리는 루파르라는 사내와 정을 통하고 있다고 이미 보고해 올렸는지도 모르겠군요. 까짓, 저는 그런 것을 감출 마음도 없고, 오히려 자랑스럽게 생각하고 있답니다. 어쨌든 지금부터 제가 알게 된 어떤 일을 말씀드리려고 하는데요. 우리 어머니의 머리를 두고 맹세하건대, 추호도 의심할 여지가 없는 진짜 사실이랍니다. 실은 루파르가 끔찍한 짓을 저지르려 하고 있어요……"

순간 조제핀은 흠칫하면서 펜을 멈추었다.

"아니, 도대체 무슨 얘길 하려는 거예요?"

"신경 쓰지 말고 계속 펜이나 놀려."

"걱정돼서 그러잖아요! 지금 무슨 얘길 하는 건지 당최 모르겠네!"

"옳거니! 그게 바로 내가 바라던 거라고!"

루파르가 쾌재를 부르며 대꾸하자, 조제핀은 더욱 속이 탔다.

"당신이 끔찍한 짓을 저지르려고 한다는 게 정말이에요?"

"그건 자기가 상관할 일이 아니라니까."

루파르가 매몰차게 내뱉자, 조제핀은 궁금증을 푸는 건 나중으로 미룬 채 다시금 얌전히 받아쓸 태세를 갖추었다.

"알았어요…… 그다음은요?"

한데 떡대는 왠지 아무 반응도 없었다.

실은 조금 전부터 에르네스틴과 새파란 젊은이들이 끼어 있는 한 무리의 사람들을 유심히 바라보고 있었다. 후하기 그지없는 골병대가 오늘 저녁에만 벌써 두번째로 뱅쇼* 사발을 돌리는 중이었다.

에르네스틴이 미밀에게 설명하고, 골병대는 긍정의 표시로 연신 고개를 끄덕였다.

"그렇다니까. 말하자면 털보가 '레 시프르 파'의 우두머리인 셈이지. 아, 물론 루파르 다음으로 말이야! 거기서 번호는 각자를 식별하는 수단인데, 최소한 한 번 이상 대형 사고를 쳐야 번호를 받을 수 있다나봐. 처음 큰일을 내면 번호 1을 지정받고, 두 번이나 세 번 건수를 거듭 올리면 2나 3을 차지하는 식이지."

그러자 미밀이 곧장 반문했다.

"그럼 7번을 꿰찼다는 그 리보노라는 사람은 결국……"

"일곱 번을 해치웠다는 얘기지!"

한편 떡대는 몇 가지 짤막한 질문을 던지며 미밀에 대해 알아보았다.

틀림없이 그 젊은이가 마음에 든 모양이었다. 둘의 시선이 교차하는 순간, 떡대의 눈에 호감의 빛이 반짝이는 걸 미밀이 느꼈으니 말이다……

조제핀이 보채기 시작했다.

---

* 따뜻하게 데운 포도주에 향료를 섞은 것.

"그리고 또 뭐예요, 루파르? 편지에 또 뭐라고 적어야 하느냐고요! 왜 갑자기 멈추는 거죠? 내가 뭘 잘못했나요?"

순간 떡대는 애인의 질문에 대답이라도 하듯 느닷없이 자리에서 벌떡 일어나더니, 반쯤 차 있는 술병을 집어들어 술집 바닥에 냅다 내동댕이쳤다. 술병이 산산조각 나면서 그의 쩌렁쩌렁한 고함 소리가 사방을 뒤흔들었다.

"왜냐고 물었어? 그야 파리 떼*가 하도 극성을 떠니까 그렇지!…… 우라질! 도대체 이것들은 언제 깡그리 뒈져버리는 거야? (그러면서 못마땅한 눈으로 '껑다리' 에르네스틴을 위아래로 훑어본다.) 하는 짓거리들마다 아주 보기가 싫어! 지금 여기서 깨끗이 사라져버리지 않으면 꽤 성가신 일이 생길걸 아마?"

에르네스틴은 속이 부글부글 끓고 두 눈까지 벌게지면서 오기로 주먹을 불끈 쥐어보았지만, 결국은 몸을 구부정하게 숙이고 슬그머니 꽁무니를 뺐다. 어쨌든 떡대가 대장이니, 그의 뜻을 거스르는 건 무리라는 사실을 그녀는 잘 알고 있었다. 심지어 골병대조차 주춤주춤 잔돈을 챙겨넣은 뒤 어깨를 한 번 으쓱하고는, 말썽에 휘말리고 싶지 않다는 듯 친구 노네를 손짓으로 불러 함께 가게 밖으로 나갔다.

그런데 젊은 미밀만은 낯빛이 창백한 것이 영 심상치 않았다.

---

* 첩자를 일컫는 은어. 경찰의 끄나풀.

그는 본능적으로 호주머니를 이리저리 뒤졌다. 같이 앉아 있던 사람들 중 유일하게 떡대에 대항할 작정인 듯했다. 한편 상황이 점점 험악해지는 걸 걱정스레 지켜보던 코른 영감은 이쯤에서 분위기를 무마하려는 손님들 대부분의 눈치를 읽고는, 에르네스틴 일행을 부랴부랴 가게 밖으로 내보내기 시작했다.

떡대 루파르는 등을 돌리고 나가버리는 골병대를 향해 한껏 젠체하는 태도로 중얼거렸다.

"뭐, 골병대?…… 이제부터는 차라리 '골빈당'이라고 불러야 되겠구먼! 겁은 많아가지고……"

그러면서 난데없이 미밀의 어깨를 툭 치고는 이렇게 뇌까렸다.

"이봐, 애송이. 자네는 거기 그대로 있어! 왠지 쓸 만해 보이는 걸……"

미밀은 얼른 안색을 바꾸며 더듬더듬 말했다.

"어…… 그러니까 루파르, 나를 '레 시프르 파'의 일원으로 끼워주겠다, 이건가요?"

"허어, 이 친구 말하는 것 좀 보게!……"

떡대는 아리송한 여운을 흘리더니 곧바로 덧붙였다.

"그건 털보랑 이야기를 해봐야겠지…… 이봐, 애송이 친구, 그보다도 바트다프는 자네 같은 젊은이가 갈 곳이 못 돼. 자넨 여기 있어야 한다고!"

루파르는 다시 조제핀에게 편지에 쓸 말을 불러주기 시작했다.

사실 떡대의 이죽거리는 말이 방금 밖으로 나간 골병대와 노네의 귀에도 들어갔지만, 민망하게도 그들 둘은 그냥 모르는 척 술집을 빠져나갔다.

꺽다리 에르네스틴이 미밀처럼 루파르가 친히 나서서 붙들지 않은 두 젊은이와 함께 저만치 멀어지고 나서야, 골병대와 노네는 서로 눈짓을 주고받은 뒤 라 샤펠 대로를 향해 샤르보니에르 가를 빠르게 걸었다.

문득 노네가 물었다.

"그나저나 오늘 저녁 일을 어떻게 보십니까?"

"뭐, 별것 있나! 며칠 후면 잡아 가둘 망나니 녀석 하나 때문에 우리 신분만 노출될 뻔했지."

"왜 놈들을 모조리 쓸어넣지 않은 거죠?"

"말 참 쉽게 하는군, 레옹. 우리 둘이서 스무 명을 어찌 상대하겠는가! 그런 건 300프랑짜리 월급쟁이로서는 감행하기 힘든 모험 아닐까?"

한편 담배연기 자욱한 '친구 사이'에서는 조제핀이 떡대가 불러주는 내용을 열심히 받아쓰고 있었다.

(……) 제가 알기로 루파르는 내일 저녁 일곱시에 카르멜 포도주 가게에 있을 겁니다. 포부르 몽마르트르 가를 오르다보면 라마르틴

가로 접어들기 전 길 오른편에 있어요. 거기서 곧바로 샬레크 박사의 집을 침범해 금고를 털 거고요. 지금 저는 부당하게 그를 일러바치는 게 아닙니다. 앞서 말씀드렸듯이 정원으로 난 발코니 창문 맞은편, 서재 구석에 있는 금고 속 돈에만 욕심이 있었다면, 제가 제 애인을 이렇게 직접 고발하는 일은 없었을 겁니다. 이 일에 여자가 연루되어 있는 것 같으니 문제지요. 제가 아는 건 이게 전부이니 이 정도밖에는 말씀을 못 드리겠어요. 그럼 아무쪼록 이 편지가 도움이 되기를 바라고, 편지를 쓴 사람이 누구인지 루파르가 알아채지 못하게끔 부디 신경 써주시길 부탁드립니다……

"세상에나! 지금 당신 제정신 맞아요? 루파르, 아무래도 당신 너무 많이 마신 것 같아요!"

조제핀이 펄쩍 뛰었지만 루파르는 아랑곳하지 않고 지시했다.

"서명을 해야지!"

젊은 여자는 무엇엔가 홀린 듯 어설프고 투박한 필체로 '조제핀 라모'라는 자신의 이름을 끼적였다.

"자, 이제 봉투에 넣고……"

루파르는 그렇게 말하다 말고 문득 입을 다물었다.

저만치서 털보가 이쪽으로 모종의 신호를 보내고 있었던 것이다.

"무슨 일이야?"

루파르가 짜증스레 물었다.

털보는 곧장 다가와 루파르의 귀에 대고 나직한 목소리로 말했다.

"흥분하지 말고 듣게나. 중요한 일이니까. 플랫폼의 그 남자, 계획이 착착 진행되고 있는 것 같아…… 주말, 늦어도 토요일쯤……"

"그럼 앞으로 나흘 뒤인가?"

"나흘 뒤지."

그제야 조제핀의 애인 루파르가 호기 있게 내뱉었다.

"좋았어. 준비해야지…… 보아하니 덩치가 꽤 큰 건수인가보지?"

털보는 방금까지 앉아 있던 테이블 쪽을 흘끔 보더니 이렇게 털어놓았다.

"술통 말로는 최소한 5만은 될 거라더군……"

루파르는 아무 말 없이 고개만 끄덕였다. 그는 손짓으로 털보를 돌려보낸 뒤, 다시 조제핀에게 지시했다.

"봉투에는 이렇게 적어. '파리 경찰청 치안국 쥐브 경감님께.'"

2
미행

〈라 카피탈〉지의 마무리 작업이 한창이었다……

마지막 기사들까지 죄다 제출된 상태. '서식 마감'이라고 부르는 과정 때문에 편집국은 온통 시끌벅적한 분위기였다.

"이보게, 팡도르. 나한테 넘길 것 더 없는가?"

편집국장이 물었다.

"아뇨, 없습니다."

"그러다가 또 긴급 뉴스 하나 들고 무작정 들이닥치는 건 아니겠지? 이제 1면을 내보내도 되는 건가?"

편집국장의 다짐에 팡도르는 시침 뚝 떼며 이렇게 대답했다.

"지금 이 시각에 대통령이 살해당했다는 전화라도 받게 된다면 얘기가 달라질 수도 있겠죠!"

“맙소사! 지금 그런 농담이나 할 땐가! 그러잖아도 할 일이 태산 같구먼……”

때마침 식자공이 편집국으로 들어서며 외쳤다.

“엘제비르 활자로 1면에 한 줄하고 2면에 여덟 줄 정도가 모자랍니다!”

편집국장은 그 즉시 아무 기자나 닥치는 대로 불러 지시를 내렸다.

“1면에 엘제비르 활자로 들어갈 기사 한 줄을 더 만들어 와!……2면에도 여덟 줄이 모자라!”

팡도르는 어느새 모자와 지팡이를 챙기러 가고 없었다. 소위 ‘경찰기자’라는 그의 직책은 정신없이 돌아가는 불안정한 생활을 전제로 했다. 제 몸이 결코 제 것이 아닌 데다, 십 분 뒤 자신이 무엇을 하고 있을지도 알 수 없었다. 뜻하지 않게 장관을 인터뷰할 수도 있고, 범죄자들의 세계를 파고드느라 목숨을 걸어야 할지도 몰랐다.

팡도르는 신문사 밖으로 나서다 말고 시간을 확인하더니 신경질적으로 내뱉었다.

“제기랄! 법원에 가봐야 하는데 벌써 시간이 이렇게 되었다니……”

그런데 보도 위를 헐레벌떡 뛰던 그가 얼마 안 가서 갑자기 멈춰 섰다.

"가만, 벨빌에서 살해된 관리인…… 거기도 직접 가보지 않으면 괜찮은 정보를 얻기가 힘들 거야……"

그는 가던 길을 즉시 되돌아 걸으며 삯마차를 잡으려고 애썼다. 비좁은 보도 위의 행인들은 툭하면 차도까지 넘나들기 일쑤였고, 차도 역시 묵직한 버스라든가 느려터진 짐마차, 야채와 과일 행상을 하는 수레들로 여간 북적대는 것이 아니었다. 몽마르트르의 이런 거리 사정은 팡도르로 하여금 연신 짜증 섞인 욕설을 내뱉게 했다. 세계 어느 도시, 어느 거리를 가봐도 이곳 파리의 거리처럼 시끌벅적하기는 힘들 터였다.

베르제르 가 모퉁이를 막 지나치려는 찰나, 팡도르는 상자를 잔뜩 운반하던 심부름꾼 복장을 한 남자와 부닥치고 말았다.

"이런, 정신을 어디 두고!"

"그쪽도 좀 신경 쓰고 걸으면 어디 덧납니까?"

버럭 역정부터 낸 신문기자에게 남자도 거친 어조로 받아쳤다.

하지만 제롬 팡도르는 고분고분하게 굴 기분이 전혀 아니었다.

"어허, 이런 경우엔 당신이 좀더 주의를 했어야지! 사과는 그쪽에서 해야 할 것 같은데?"

"나 이거야 원!"

팡도르는 그쯤에서 어깨를 한 번 추스르고는 가던 길이나 마저 가려고 했다. 그런데 남자가 갑자기 무슨 생각이 떠오른 듯 그의 팔을 덥석 붙들더니 다짜고짜 물었다.

"그런데 말이오, 크루아상 가가 어디쯤인지 좀 가르쳐줄 수 있겠소?"

"몽마르트르 가를 죽 올라가다가 좌측으로 꺾어져 둘째 길이외다."

"고맙소이다, 선생."

그런데 남자는 그것으로 제롬 팡도르를 놔줄 생각이 아닌 듯했다.

"아 참, 실례지만 혹시 담배 한 대 얻을 수 있겠소?"

제롬 팡도르는 어이가 없다는 듯 실소를 머금으며 담배를 내밀었다.

"자, 여기 있소."

그러고는 갑자기 장난기가 발동해 이렇게 덧붙였다.

"오늘은 그거면 되겠소?"

그러자 상대는 기분 나빠하기는커녕 뻔뻔스러운 표정으로 대꾸했다.

"오, 포도주를 한턱 낸다면야 굳이 마다하진 않겠소만……"

"뭐요? 내가 왜 당신한테 한턱을 내야 하지?"

"큰맘 한번 먹은 셈 치라는 거죠, 팡도르 씨!"

낯선 남자의 입에서 뜻밖에도 자기 이름이 튀어나오자, 제롬 팡도르는 움찔하지 않을 수 없었다.

"까짓, 뭐 그럽시다! 내가 아페리티프* 한 잔 사지."

"어디로 가죠?"

"그랑 샤를마뉴 어떻소?"

두 남자는 나란히 몽마르트르 구역으로 발길을 옮겨 허름해 보이는 어느 선술집 안으로 들어갔다. 주로 행상인이나 가게 점원, 야채 장수 등 신문기자 팡도르를 알아볼 리 없는 사람들이 드나드는 곳이었다.

"이왕 온 김에 안쪽으로 들어갈까요?"

"좋으실 대로!"

두 남자는 가게 깊숙이 곧장 걸어 들어갔다. 긴 의자가 둘씩 서로 마주 보도록 배치되어 있는 꼴이, 중간에 테이블이 놓여 있음에도 불구하고 열차의 객실 구조를 영락없이 빼닮은 모양새였다.

"나는 진한 적포도주로!"

남자가 종업원에게 주문하자, 팡도르도 지체 없이 싸구려 술을 시켰다.

"난 멜레카시스** 한 잔 갖다주시오."

종업원이 멀어지자 팡도르는 남자를 돌아보며 캐물었다.

"자, 이제 어찌 된 영문인지 들어볼까요?"

"허어, 그것 참…… 자네, 친구 알아보는 눈썰미 한번 둔하군

---

* 식전에 입맛을 돋우기 위해 마시는 술.

** 코냑과 머루주를 섞어 만든 술.

그래……"

그러자 팡도르는 눈을 가늘게 뜨고 상대의 얼굴을 한참 들여다본 뒤 말했다.

"정말 기막히게 분장하셨군요! 복장도 복장이지만, 그 덥수룩한 수염에…… 도저히 못 알아보겠습니다!"

"요 입 모양도 대단하지 않은가? 축 늘어진 입술 하며, 눈속임이 이만저만이 아니지?"

"그렇게 하니 엄청 늙어 보여요! 오, 맙소사, 지금까지 보아온 모습과 영 딴판입니다, 쥐브!"

"내 이름을 말하면 안 되지! 여기선 폴 영감으로 통하네. 다들 그렇게 알고 있어……"

그랬다. 이름을 부른 건 팡도르의 실수였다. 저 유명한 랑베르 집안 사건 이후, 즉 팡토마스의 끔찍한 범죄 행각이 연달아 벌어진 이후 쥐브라는 이름도 널리 알려졌다. 그런 쥐브가 이렇게 변장을 한 걸 보면, 필경 신분이 노출되어서는 안 되는 일을 하고 있음이 분명했다.

"그럼 종업원이 오기 전에 변장한 이유나 어서 말씀해주세요. 누굴 찾고 있는 겁니까? 이번에도 복잡한 사건인가요? 수사가 진행중인 거죠? 소식을 모르고 지낸 지가 무척 오래되었습니다. 설마 팡토마스가 또 나타난 건 아니겠죠?"

"팡토마스 얘긴 일단 제쳐두세…… 그건 아니야. 이번에 조사하는 건 훨씬 평범한 사건이지."

"이봐요, 쥐브. 평범한 일로 당신이 이렇게 변장했을 리가 없어요…… 자, 자, 톡 까놓고 얘기합시다, 우리! 대체 무슨 일입니까?"

"자네는 여전하군! 수사 얘기를 꺼내자마자 잔뜩 달아오르니 말이야. 하긴 팡도르 자네한테 내가 숨길 이유도 없지. 자, 이 정도면 궁금증이 어느 정도는 풀리리라 믿네. 읽어보게나……"

쥐브 경감은 방금 지갑에서 꺼낸 지저분한 종이 한 장을 펼쳐서 내밀었다. 서툰 필체로 제멋대로 휘갈겨 쓴 글씨가 보였다.

"지금 루파르가 연루된 사건을 '평범한 일'이라고 하신 겁니까?"

"그렇지."

"떡대 루파르가 연루된 일이잖습니까."

"맞네."

"그자는 작년에 불법침입에 무장강도 행각을 일삼다가 경찰을 죽일 뻔한 흉악범 아닙니까?"

"마치 범죄 기록을 읽는 것처럼 정확하군그래."

"이 정도면 제가 보기엔 전혀 평범한 일 같지 않은데요. 솔직히 당신처럼 통찰력이 예리한 분이 일개 매춘부가 쓴 고발 편지 하나만 믿고 움직이는 것도 이상하고요."

"자고로 길거리 매춘부나 앙심 품은 아녀자들의 제보가 없다면 경찰의 수사는 아무런 성과도 거두지 못할 걸세."

"어쨌든 저도 동참하겠습니다."

"그건 안 될 말이야!"

쥐브 경감이 일축했지만, 팡도르는 쉽게 물러날 기색이 아니었다.

"왜죠?"

"동참할 이유가 없으니까."

"그것 참 맘에 드는 말이로군요."

"위험하기도 하고……"

"동참할 이유가 하나 더 늘었네요!"

"이보게, 팡도르. 자네 정말 제정신이 아니군!"

"이보세요, 쥐브. 제가 비록 파리 토박이지만, 고집 하나는 브르타뉴 촌놈 못지않답니다. 이제 와서 공연히 골치 썩여가며 허락을 할까 말까 고민 안 하셔도 돼요. 어차피 전 그런 건 상관하지 않을 테니까. 이렇게 당신과 마주친 이상, 아무리 저를 떼어버리려 해도 소용없습니다. 바짝 달라붙어 따라다닐 거예요! 경찰도 제가 몰래 따라붙는 것까지 어떻게 할 순 없을걸요!"

"도대체 왜 자꾸 위험한 일에 뛰어들려는 건가? 자네는 루파르 같은 인간이 순순히 붙잡혀줄 거라 생각하나?"

"루파르에 관해 정확히 알고 계시는 게 있나요?"

"안타깝지만 별로 없네…… 아까 자네가 한 말마따나 지금껏 여러 차례 경찰이 추적했지만 아직도 정확히 파악되지 않는 인물이라네. 이런저런 악질 범죄 행위에 연루되어 있다는 건 알겠는데, 매번 결정적인 검거를 피해버리거든. 주로 무얼 하며 사는지도 모르겠고. 뭔가 조직을 거느리고 있는 것 같긴 한데…… 아무튼 무슨 짓이든 저지를 수 있는 악당인 것은 분명해. 내가 장담하는데, 우리 경찰을 따돌리기 위해서는 총기 사용도 불사할 녀석이야.”

“제가 생각해온 것과 조금도 다르지 않군요! 그런 위인을 체포한다면 대단한 특종거리 아니겠습니까?”

“어허, 팡도르 이 친구 당최 못 말리겠군! 고작 특종기사 한 토막 쓰려고 그 험한 일에 다시 뛰어들겠다고? 맙소사, 내가 보기엔 자네 인생도 그만하면 충분히 힘들고 혼란스러웠던 것 같은데?”

“상관없습니다. 일단 흥미진진한 모험과 맞닥뜨리면 위험을 따질 겨를 따위는 없으니까요. 당신이 정녕 루파르를 체포하길 원한다면, 저는 그 일에 기꺼이 목숨을 내놓을 수 있습니다! 잘 되느냐 안 되느냐는 그다음 일이죠…… 물론 저도 신중하게 처신하고 싶습니다. 하지만 위험 앞에서 반드시 꼬리를 감출 수만은 없죠. 자, 이제 당신이 세운 계획이나 어서 말해보세요. 그놈의 루파르를 현행범으로 체포하고 싶으신 거죠?”

“여부가 있겠나!”

“그래서 미행을 하려는 거고요?”

“바로 맞혔네.”

“언제 시작할 건가요?”

순간 쥐브는 얼른 입을 다물고 귀 기울여보라는 손짓을 했다.

“팡도르, 지금 저기 카운터에 앉아 술 마시고 있는 자가 흥얼대는 소리 들리나?”

“네, 〈푸른 왈츠〉라는 곡이죠?”

“그것으로 자네의 질문에 답을 해줄 수 있을 걸세…… 아 참, 자네 무기 있나?”

“불법무기 소지 죄로 처벌하시려고요?”

“헛소리 그만하고!”

“제 호주머니 속에 베이비 브라우닝 한 자루가 얌전히 잠자고 있습니다.”

“좋았어! 이제부터 내가 하는 말을 잘 듣게. 오늘 아침 루파르가 레 알의 중앙시장터에 나타났었네. 미리 심어둔 정보원 두 명이 내게 즉시 알려줬지. 그래서 곧장 미행을 붙여두었네. 지금까지 입수한 정보와 내 예상을 종합해보면, 루파르는 필경 조금 있다가 샤토됭 사거리를 지나 피갈 광장으로 향할 걸세. 다름 아닌 샬레크 박사의 저택으로 가는 거지. 우린 샤토됭 사거리에서 그자를 미행할 걸세. 물론 우리 둘이 함께 붙어 있어선 곤란하지. 일단 그자가 포착되면, 자네는 슬쩍 앞서서 걸어가게. 그자와 같은 쪽 보도를 비등한 속도로 걷되 절대 뒤를 돌아봐서는 안 되네. 놈이 뒤에서 오고 있는지 확인하려거든 줄줄이 늘어선 상점 유리창을 슬쩍 곁눈질하는 것만으로도 충분할 거야. 만에 하나 루파르가 자네 뒤에서 걸어오지 않는다 싶어도, 절대 뒤돌아보거나 멈춰서는 안 되네. 첫번째 샛길이 나올 때까지 그냥 계속 걸어가게. 일단 태연하게 모퉁이를 돌고 나서, 그대로 숨어서 기다리란 말이네……"

"왜 그래야 하죠?"

"그게 바로 고전적인 수법일세. 자고로 루파르 같은 인간은 경계심이 완전히 몸에 밴 타입이네. 조금이라도 수상한 낌새를 채면, 아무 상점 앞에라도 당장 걸음을 멈출 거야. 미행을 따돌리기 위해서 말이야. 그렇게 해서 자기 앞에 걸어가던 사람이 혹시 뒤를 보고 되돌아오지 않는지 살피려는 거지. 그러니 자네는 절대 그런 실수를 범해선 안 돼."

"잘 알겠습니다. 그런데 아무리 기다려도 루파르가 나타나지 않으면 어쩌죠?"

"쉿!"

갑자기 입술에 손가락을 갖다대는 쥐브……

"또다른 손님이 이번에는 〈푸른 왈츠〉를 휘파람으로 불어대는군! 자, 이제 출동할 시간이야!"

"알았다! 가게에 들어오면서 휘파람을 분 저 사람들, 치안국 형사들 맞죠?"

"천만의 말씀!"

"네? 저들이 부는 휘파람 소리가 신호 아닙니까?"

"그야 그렇지…… 하지만 그렇다고 해서 저들이 꼭 치안국 형사라는 법은 없어!"

"도무지 뭐가 뭔지 모르겠네요……"

"신경 쓸 것 없네. 나만의 트릭일 뿐이니까. 아, 그리고 방금 루파르가 보이지 않으면 어떻게 하느냐고 물었지? 그 점에 대해 간단히 조언해주겠네. 일단 뒤돌아 왔던 길을 되짚어가면서 지나다니는 사람들의 소리에 귀를 기울여보게. 그들 중 〈푸른 왈츠〉나 〈목발〉 같은 곡을 가사를 붙여 부르거나, 콧노래로 흥얼거리거나, 휘파람으로 부는 자가 몇 명 있을 걸세. 그들은 나 쥐브를 스쳐 지나간 사람들이라고 보면 돼. 나는 줄곧 루파르 뒤에서 걸을 테니 그를 시야에서 놓칠 가능성이 희박하고 말이야."

"그럼 그 사람들이 치안국 형사들이라고 보면 되겠네요?"

"오, 천만에! 얘길 더 들어보게. 자네는 그런 식으로 사람들을 지나치면서 그들이 흥얼거리는 소리에 주목하는 거야. 거리를 샅샅이 훑으면서 말이야. 아마 자네는 똑같은 노랫가락을 듣게 되겠지. 그렇게 걸음을 재촉하다보면 결국 우리가 루파르를 추적한 흔적을 따라잡게 될 걸세! 반대로, 만에 하나 내가 미행에 실패할 경우에는 당연히 자네가 나를 위해 똑같은 조약돌을 뿌려놓아야 하겠지…… 〈푸른 왈츠〉나 〈목발〉 같은 노래로 말일세.”

“하지만 쥐브, 저는 당신이 풀어놓은 형사들의 얼굴을 잘 모르는데요……”

팡도르가 걱정스레 말꼬리를 흐리자 쥐브가 또박또박 일러주었다.

“형사들에 대해서는 신경 끄라니까! 내가 형사들을 거느리고 다닌다는 말이 아니네. 내가 자네를 따라잡지 못할 경우엔, 그저 더도 덜도 말고 자네 역시 내가 말한 그 곡들을 노래로 부르거나 휘파람으로 불면 되는 거야.”

신문기자와 형사는 어느새 술집에서 나와 계속 이야기를 나누며 샤토됭 사거리까지 와 있었다.

쥐브 경감이 소리를 죽이고 말했다.

“자, 이쯤에서 찢어지지! 어서 가서 로레트 노트르담 성당 주변을 배회하게나. 지금 시각이 여섯시니까…… 앞으로 십 분이 채 지나지 않아 루파르가 저기 저 오른쪽에 보이는 포도주 가게에서 나올 걸세. 자네도 금세 알아볼 수 있을 거야. 왼쪽 뺨에 칼자국이 있는 훤칠한 사내만 찾으면 되니까. 자, 행운을 비네!”

그런데 제롬 팡도르가 몇 발짝 걸음을 떼다 말고 되돌아왔다.

“이봐요, 쥐브……”

“왜 그러나, 팡도르?”

"부탁인데, 이제 그만 속 시원히 가르쳐주시죠. 자꾸 신경이 쓰여서 일을 그르칠까 걱정이 돼서 그럽니다."

"무슨 소리야?"

"그 사람들이 당신이 풀어놓은 형사들이 아니라면 왜 그런 노래를 흥얼거리는 거죠?"

"나 참, 어수룩하기는…… 아주 간단한 이치라네! 〈푸른 왈츠〉나 〈목발〉은 모두 아주 잘 알려진 곡들이 아닌가!* 엄청 유행했던 곡들이지…… 그런 노래들은 사람들이 많이 모인 곳에서 누군가 그저 휘파람으로 불거나 흥얼거리기만 해도, 사람들이 자기도 모르는 사이에 따라 부르기 마련이라네. 오늘 아침 루파르의 단골 술집 앞에 내가 정보원 두 명을 심어놨거든. 한데 루파르가 거길 들어가는 걸 보고 그 정보원 두 명이 그 노래를 부르기 시작한 거야. 그런 다음엔 그 두 정보원과 마주쳤던 행인들의 입에서 자연스럽게 똑같은 곡조가 흘러나오는 걸 방금 전처럼 확인하게 된 거지. 이제 일이 어떻게 돌아가는 건지 이해가 되나?"

미행은 그렇게 시작되었다.

---

* 〈푸른 왈츠〉는 1897년 알프레드 마르지스가, 〈목발〉은 1908년경 드라넴이 작곡한 곡이다.

3

커튼 뒤에서

프로쇼 주택단지는 앙리 모니에 가와 콩도르세 가가 만나는 반원형 지구에 자리잡고 있었다. 단지 주위에는 낮은 돌담이 둘러쳐져 있고, 그 위의 철책을 덩굴식물들이 온통 휘감고 있었다. 안으로 진입하는 그늘진 주도로 양쪽에 작은 가옥들이 늘어서 있고, 외부의 시선은 어느 정도 차단되어 있었다.

신문기자 팡도르는 대략 한 시간 전부터 저 유명한 루파르의 흔적을 놓치지 않으려고 잔뜩 긴장한 상태였다.

사실 팡도르의 역할은 그다지 복잡하고 어려운 것이 아니었다. 악당 루파르는 포부르 몽마르트르 가의 술집을 벗어나면서부터 이미 정확히 포착되어 있는 상황. 두 손을 호주머니에 찔러 넣고 입에는 담배를 꼬나문 채, 마르티르 가를 느긋하게 걸어 올라오고 있었다.

한편 팡도르는 클로젤 가 모퉁이에서 상대가 자기를 앞지르도록 기다렸다. 그때부터는 줄곧 그의 뒤를 밟을 참이었다.

쥐브는 예리한 눈과 통찰력에도 불구하고 목표물을 시야에서 완전히 놓친 듯했다.

멀찌감치 거리를 둔 채 루파르의 뒤를 쫓던 제롬 팡도르가 막 프로쇼 주택단지로 진입하려는 찰나, 난데없는 탄성이 그의 발목을 붙잡았다.

본능적으로 뒤를 돌아보자, 서너 명쯤 되는 사람들이 한꺼번에 보도 가장자리로 몰려들어 몸을 숙여 무언가를 찾는 모습이 눈에 들어왔다.

파리에서는 순식간에 많은 사람들이 한데 모인다. 팡도르가 가까이 다가들 즈음에는 이미 서른 명 넘는 행인들이 밀집해 있었다. 사람들의 호기심 어린 태도로 미루어볼 때, 그렇게 모여든 목적은 뻔했다. 누군가가 무엇을 떨어뜨린 것이다.

여기저기서 웅성대는 소리를 얼핏 들어보니, 방금 길가의 도랑에 20프랑짜리 동전이 빠진 모양이었다. 하지만 20프랑이 아니라 20수*짜리 동전이라고 강변하는 이도 있었다.

딱한 동전 임자는 보도 가장자리에 무릎을 꿇은 채 손이 더러

---

* 20수는 1프랑.

워지는 것도 아랑곳하지 않고 팔을 뻗어 지저분한 진창 속을 마구 휘젓고 있었다.

어쩌다보니 모인 사람들 안쪽 한가운데로 밀려들어가 몸까지 수그리게 된 제롬 팡도르의 귀에 쥐브의 나지막한 음성이 들려왔다.

"바보 같으니…… 주택단지 안으로 들어가선 안 돼!……"

동전을 찾는답시고 진창을 뒤지고 있던 사내는 바로 쥐브 경감이었던 것이다!

깜짝 놀라고 당황한 팡도르가 뭐라고 대답해야 할지 몰라 주저하는 동안, 쥐브는 모인 사람들의 주의를 흩뜨리려고 공연히 한숨과 탄식을 적당히 뒤섞으면서, 오직 자기 얼굴만을 주시하고 있을 신문기자에게 빠른 어조로 지시했다.

"놈을 그냥 내버려둬! 단지 입구에서 감시만 해!"

팡도르 역시 같은 어조로 되물었다.

"그러다가 아예 시야를 벗어나면요?"

"걱정 마! 박사의 집은 오른쪽 둘째 집이니까……"

그러더니 한마디 더 덧붙였다.

"늦어도 십오 분 후에는 빅토르 마세 가 27번지로 나를 찾아와."

"그런데 루파르가 주택단지에 먼저 들어가면요?"

"그러면 곧바로 나에게로 와."

팡도르가 지체 없이 사람들을 헤치고 빠져나가자, 쥐브 경감은 일부러 크게 한숨을 내쉰 뒤 그를 향해 소리쳤다.

"어이쿠, 감사합니다, 선생님! 그런데 이왕 친절하게 도와주신 김에 조금 더 자비를 베풀어주실 수는 없는지요?"

다시금 그의 곁으로 다가간 팡도르에게 쥐브 경감은 들릴 듯 말 듯 한 목소리로 속삭였다.

"입구에서 누가 물어보면, 실내장식가 오르나베유 씨 댁에 가는 길이라고 하게……"

"몇 층인데요?"

"나도 몰라. 그냥 올라와. 내가 계단에서 기다리고 있을 테니까."

제롬 팡도르는 쥐브 경감의 지시를 정확히 이행했다.

팡도르는 도로 관리 초소 뒤에 몸을 숨긴 채 프로쇼 주택단지의 오른쪽 둘째 건물을 예의 주시하고 있었다. 루파르는 이미 시야를 벗어났지만, 그리 멀지 않은 지점에 있는 것만은 확실했다.

십오 분이 흐르자, 팡도르는 어김없이 매복 장소를 떠나 무작정 빅토르 마세 가 27번지 건물로 들어섰다.

내처 4층 어귀까지 올라가자 드디어 쥐브의 목소리가 들렸다.

"왔는가, 젊은 친구?"

"네, 접니다……"

"관리인이 뭘 묻지는 않았고?"

"아무도 없던데요."

"다 잘돼가고 있군! 자, 어서 마저 올라오게나."

쥐브 경감은 5층에서 6층으로 이어지는 층계참에 서 있었다. 이미 창문 하나를 빠끔히 열어둔 채 밖에서 펼쳐지는 광경을 작은 쌍안경으로 꼼꼼히 살피는 중이었다.

가까이 다가가고서야 팡도르는 쥐브 경감의 의중을 깨달았다. 이 건물 층계참마다 나 있는 창문으로 프로쇼 주택단지 전체를 아우르는 전망을 누릴 수 있었던 것이다.

"그자는 아직 들어가지 않았지?"

쥐브 경감의 질문에 팡도르가 대답했다.

"네, 적어도 제가 감시하던 동안에는요. 하지만 그 이후에는……"

"그 이후에 그가 접근했다면 내 눈에 띄었을 걸세."

쥐브 경감은 샬레크 박사의 저택 주변을 향하던 쌍안경을 잠시 내려놓으며 이렇게 덧붙였다.

"파리 곳곳을 나름대로 속속들이 파악하는 데다 도처에 친구들까지 있으니 참 편하지 않은가? 이곳을 전망대로 삼는다면 루파르의 일거수일투족을 충분히 추적할 수 있겠다는 생각이 문득 들었네. 당사자한테 들킬 염려 없이 말이야. 이제 와서 얘기지만, 만일 자네가 덮어놓고 그를 따라 단지 내로 들어갔다면 낭패가 되어버렸을지도 몰라!"

"그러게 말입니다!"

팡도르가 인정하자, 치안국 형사는 말을 이었다.

"아무렴, 그래서 자네가 곧장 뒷걸음치게 만들 요량으로 내가 깜찍한 트릭 하나를 구사한 거지…… 잠깐!"

형사가 갑자기 목소리를 낮추며 중얼거렸다.

"드디어 새가 새장 속으로 듭시는 모양이군…… 어때, 팡도르, 자네도 보이나?"

깜짝 놀란 신문기자는 눈썹을 잔뜩 찌푸린 채 두 눈을 끔뻑거렸다. 아닌 게 아니라, 이미 눈에 익은 윤곽 하나가 샬레크 박사의 저택과 중앙도로 사이의 작은 정원 안으로 더할 나위 없이 자연스럽게 스며드는 모습이 한눈에 내려다보였다.

쥐브는 계단을 이만큼 올라와 터를 잡은 것이 얼마나 다행이냐고 의기양양하게 떠들어댔다.

"보라고. 만약 우리가 저자와 같은 높이에 있었다면 그 동태를 충분히 파악하기 어려웠을 거야. 한데 이곳에서는 루파르 저자가 우측으로 꺾어들면서 현관 층계 쪽으로 다가가는 것까지 훤히 내려다보이지 않나! 이제 다시 발길을 돌리는군. 담벼락 어딘가에 혹시 쪽문이 하나 없는지 집 전체를 샅샅이 훑고 있어…… 잠깐, 저 녀석 뭘 하고 있는 거지? 호주머니를 뒤지네…… 오호라, 위조 열쇠 꾸러미로군!…… 거봐, 내가 뭐라 했나!"

쪽문을 통해 파고든 루파르가 곧장 건물 지하로 잠입하는 모습이 팡도르의 눈에도 들어왔다. 쪽문은 아무 일 없다는 듯 다시 닫혔다.

"이제 어쩌죠?"

팡도르가 묻자, 형사는 주의를 끌 만큼 요란한 소음이 일든 말든 개의치 않고 우당탕 충계를 뛰어내려가며 내뱉었다.

"경솔한 얼치기가 굴러든 그물을 냉큼 거둬올려야지!"

신중하기 그지없는 쥐브는 이미 팡도르에게 이렇게 일러둔 상태였다.

"단지 관리인의 주의를 따돌리려면 내가 시키는 대로 해야만 하네. 일단 내가 나서서 샬레크 씨가 댁에 있는지 물어볼 걸세. 그러면 틀림없이 '없다'고 대답할 거야. 내가 입수한 정보에 따르면 샬레크라는 사람은 이틀 전부터 여행중이거든…… 어쨌든 내가 관리인의 주의를 딴 데로 돌리는 사이에 자네는 슬그머니 단지 안으로 잠입해 중앙도로를 따라 들어가라고. 나는 관리인의 답변을 다 듣고 나서 콩도르세 가로 돌아가는 척할 테니까. 그다음에는…… 그다음에는 내가 알아서 하지!……"

과연 쥐브가 세운 계획이 모든 점에서 착착 맞아떨어졌다. 팡도르가 단지 안으로 잽싸게 들어가는 동안, 형사는 되도록 서글서글한 태도로 관리인 여자를 붙들고 질문을 퍼부어댔다.

아니나 다를까, 그의 질문에 관리인 여자는 이렇게 대답했다.

"글쎄요, 확실히 말씀드릴 수는 없지만 샬레크 박사께서는 현재 안 계실 거예요. 어제 여행 가방을 들고 나가시는 걸 봤는데, 그 뒤에 돌아오시는 건 보지 못했거든요. 직접 가셔서 확인해보시는 게 어떨까요? 오른쪽 둘째 집인데요……”

“오, 아닙니다. 그냥 가는 게 좋겠어요. 나중에 다시 찾아뵙죠.”

그는 문 앞까지 관리인의 배웅을 받다가 갑자기 이렇게 말했다.

“부인, 조심하셔야죠! 램프에서 연기가……”

순간 관리인 여자는 자기도 모르게 고개를 돌릴 수밖에 없었고, 그 틈을 노려 쥐브는 오른쪽으로 나가는 대신 왼쪽으로 재빨리 파고들었다. 이어서 그는 발소리를 죽여가며 예정대로 샬레크 박사의 거처 가까이 다가간 팡도르와 재회했다.

“이제 어떻게 하죠?”

팡도르의 질문에 쥐브는 단호하게 대답했다.

“우선 안으로 들어가 몸을 숨겨야지. 마침 아주 적절한 시간이야. 가장 어두울 때거든. 조금 있으면 여기저기 조명이 켜질 테고, 얼마 안 있어 달빛이 들이치면 망할 놈의 그림자까지 기승을 부릴 거야……”

팡도르는 저도 모르게 웃음이 나왔다. 이런 뜻밖의 모험이 결코 싫지는 않은 모양이었다. 샬레크 박사의 정원으로 들어가는 나무문은 다행히 루파르가 반쯤 열어둔 그대로 방치되어 있었다. 선뜻 앞장서는 젊은 신문기자를 쥐브 형사가 덥석 붙잡았다.

“잠깐! 공격을 개시하기 선에 먼저 지형지물부디 피악해두는 게 순서 아닐까?"

팡도르가 또 어수룩하니 주춤거리자, 쥐브는 진지한 표정으로 애기를 이어나갔다.

"실은 그 똑똑한 조제핀이 내게 집 안의 구조도를 그려주지 않았겠나! 이 중요한 자료를 자기 애인에게서 슬쩍 빼낸 게 아니라면, 아마도 그녀 자신이 이 집 구조를 어느 정도 알고 있던 모양이지…… 자, 이걸 보게. 우선 1층 현관 양쪽으로 창문이 하나씩 있네. 식당과 거실이 있는 지극히 고전적인 구조지. 2층으로 올라가 오른쪽에 있는 창문은 필경 침실 창문이겠지. 왼쪽에 있는 발코니가 딸린 창문은(그러면서 쥐브 경감은 팡도르에게 문제의 창문 위치를 짚어주었다) 우리 돌팔이 의사께서 사용하시는 서재 창문이고 말이야! 우리가 자리잡고 있어야 할 곳이 바로 거기지…… 내 말 알아듣겠나, 팡도르?"

두 사람은 조심조심 정원의 잔디를 지나 군데군데의 화단을 엄폐물 삼으며 신중하게 한 발 한 발 집으로 다가갔다. 숨소리도 되도록 죽이고, 걸음을 뗄 때마다 잠깐씩 멈출 정도로 극도의 조심성을 발휘했다. 도둑을 현장에서 체포하려면 무엇보다 들키지 않아야 하고, 수상한 소리를 내어 먹잇감을 놀라게 하는 일은 절대 없어야 한다. 그렇게 해서 아무 문제 없이 서재에 다다를 수만 있다면, 일단 무대 바로 앞까지는 안착한 셈이다.

샬레크 박사의 저택 2층은 지면에서 그리 높지 않았다. 쥐브와 팡도르 둘 다 빗물받이 홈통을 타고 올라 별 어려움 없이 발코니에 도달할 수 있었다. 거기서 두 사람을 맞이한 것은 시커먼 구멍처럼 컴컴하게 버티고 있는 서재!

쥐브는 단호하게 그 어둠 속으로 진입했다. 순간 마룻바닥을 디디는 구두굽 소리가 유난스러웠다. 쥐브는 자기도 모르게 숨죽인 탄식을 입가로 뱉어내며 그 자리에서 꼼짝도 하지 않았다. 뿐만 아니라 팡도르에게도 움직이지 말라고 지시한 뒤 호주머니에서 고무창 한 쌍을 신속히 꺼냈다.

"소리를 최대한 죽여야겠어…… 미안하지만 자네도 그 구두 좀 벗어주겠나?"

쥐브 경감은 창문 경첩에서 소리가 나는지 알아보기 위해 두어 번 문짝을 움직여 특별한 소음이 없음을 확인한 다음 커튼을 쳤다.

"자, 슬슬 모험을 시작해볼까! 이제 밖에서는 우리가 보이지 않을 테니, 본격적으로 안을 구경해보자고."

쥐브는 그렇게 말하면서 손전등을 켰다. 어디로 발을 디뎌야 할지 알 수 있을 만큼 불빛은 밝았다.

샬레크 박사의 서재에는 우아한 가구들이 비치되어 있었다. 한복판에 위치한 널찍한 책상에는 온갖 문서와 용지, 서류철이 잔뜩 쌓여 있었다. 책상 오른쪽, 창문 반대편 구석에는 묵직한 방음용 벨벳 휘장으로 가려진 문이 층계로 나 있고, 그 바로 맞은편에는 소파가 ㄱ자 모양으로 자리를 차지하고 있었다. 한쪽 벽면에는 책장이 빽빽하게 들어서 있었다.

"그런데 편지에 적혀 있는 금고는 보이지 않네요."

팡도르의 말에 쥐브는 여유 있는 미소를 띠면서 그의 귀에 대고 이렇게 속삭였다.

"그건 말일세, 젊은 친구. 자네의 눈이 그만큼 야무지지 못하다는 뜻이야. 말하자면 탐정으로서의 예리한 눈이 모자라단 얘기지. 자고로 이 시대의 현명한 사람이라면 금고 따위에 중요한 보물을 넣어두는 케케묵은 방식을 더이상 좋아하지 않는다네. 그런 건 시대에 뒤처진 부르주아들이나 손님 앞에서 쓸데없이 육중한 쇳덩이를 과시하며 기분 좋아하는 일부 장사꾼들이나 하는 짓이야. 테레즈 앵베르* 식 금고는 이제 옛날 얘기가 돼버렸다네! 설사 금고가 있다 해도 그 안에 무언가 들어 있을 거라고는 기대하지 않는 게 좋아! 대신 저기 저 구석자리 현대예술의 복잡한 문양이 돋보이는 고급 목재 선반 아래 소파를 자세히 살펴보게나. 이를테면 지나치게 두툼한, 저기 저 부풀어오른 부분 말일세…… 좀 수상하다고 생각되지 않나? 예리한 눈으로 보면 분명 주의를 끌 만하다는 생각이 들 텐데 말이야…… 혹시 니스

---

* 19세기 말 프랑스의 정치·경제를 뒤흔들었던 희대의 사기극 앵베르-크로포드 사건의 주인공. 금고가 주요 소품인 이 사건의 전모는 아르센 뤼팽 시리즈 중 「마담 앵베르의 금고」에 고스란히 재현되어 있다.

칠까지 그럴듯하게 해치운 저 마호가니 판자 너머에 웬만한 연
장으로는 끄떡도 하지 않을 무쇠 수납장이 버티고 있을 거라는
생각은 안 드나? 자네 눈에 보이는 저 오른쪽 작은 쇠시리 말이
야. 아마도 그게 쉽게 움직일 거야……"

　쥐브는 곧장 전문가 같은 솜씨로 자신이 한 말을 실행해 보였
다. 그가 손을 뻗어 나무 장식을 움직이자, 놀란 팡도르의 눈앞
에 자그마한 자물쇠 하나가 모습을 드러내는 것이었다.

　"자, 바로 이곳에 열쇠를 넣는 거지. 나머지는 말 안 해도 알
테고…… 그런데 더이상 이러고 있을 순 없네. 손전등을 계속 켜
두는 것도 위험하고…… 자, 자, 이제 그만 불을 끄고 저기 커튼
뒤로 가서 숨도록 하지."

　두 사람은 대략 한 시간 동안 꼼짝도 하지 않았다. 서 있는 게
피곤해지자 그대로 바닥에 쭈그리고 앉았다. 쥐브는 양 무릎을
턱 쪽으로 바짝 끌어당기고는 가까운 곳에 권총을 내려놓았다.
팡도르도 형사와 똑같은 자세로 쭈그리고 앉아 베이비 브라우닝
을 가지고 있길 잘했다는 생각을 했다. 열시를 알리는 종소리가
멀리서 들리자마자, 어렴풋한 소음이 두 사내의 귓가를 두드렸다.
　"어때, 잘 보이나?"
　쥐브 경감이 낮은 목소리로 묻자 팡도르가 대답했다.
　"네……"

사실 신문기자와 형사는 기다리는 동안 주머니칼을 이용해 커튼에 작은 구멍을 뚫어놓았다. 멀리서는 전혀 눈치채지 못할 그 구멍에 눈을 바짝 갖다대면, 방 안에서 일어나는 일이 속속들이 내다보였다.

누군가 옆에 있는 방들을 돌아다니고 있는지, 느리고 희미한 소음이 연달아 들렸다. 루파르는 분명 샬레크 박사의 텅 빈 집 안에 자기 혼자 있다고 생각할 터였다. 필경 오래전부터 눈독 들여왔을 금고를 마음 놓고 천천히 털 수 있으리라 생각할 것이었다. 발소리가 점점 가까워졌다. 이윽고 문손잡이가 돌아가고 누군가 방 안으로 불쑥 들어서자, 팡도르는 평소 지니고 있던 용기와 쥐브에 대한 절대적인 믿음에도 불구하고 가슴이 두방망이질했다. 잠시 완벽한 적막이 감돌더니, 갑작스레 방 안이 환해졌다. 방금 서재에 들어온 자가 전기 스위치를 찾아낸 것이다.

동작이 워낙 신속하고 정확해서, 조금도 주춤할 필요가 없을 만큼 침입자가 실내구조를 훤히 꿰뚫고 있다는 생각이 절로 들었다. 한데 커튼 구멍으로 가만히 내다보던 두 사람의 눈앞에 펼쳐진 것은 소스라치게 놀랄 만한 광경이었다!

팡도르는 자기도 모르게 가까이 있던 쥐브의 손을 덥석 붙잡았고, 쥐브 역시 화답이라도 하듯 팡도르의 손을 와락 움켜잡았다. 방금 서재로 들어온 자는 루파르가 아니었던 것이다!

나이가 사십대쯤 되어 보이는 낯선 사내였다. 갈색 턱수염을 부챗살처럼 다듬은 얼굴에 이마는 휑하니 벗어져 있고, 당당한 매부리코에는 코안경이 걸려 있었다. 그는 열한시 반을 가리키고 있는 추시계를 문득 쳐다보더니, 곧 다시 올 사람처럼 불을 켜둔 그대로 방을 나갔다.

"뭐죠?"

"샬레크 아닌가?"

"맙소사! 이거 상황이 복잡해졌는데요…… 귀중품만 지키면 되는 줄 알았더니, 사람 목숨까지 신경 써야 하는 겁니까?"

"상황이 엄청 꼬였어! 저 양반은 그냥 얌전히 여행이나 즐기고 있으면 어디 덧나나……"

"이럴 바엔 차라리 우리가 와 있다는 사실을 당당하게 밝히는 게 낫지 않을까요?"

"나도 그 생각을 해봤는데, 박사가 이 일을 어떻게 받아들일지는 차치하고라도, 우선 루파르한테 우리 존재가 노출된다는 것이 문제야. 이보게, 팡도르. 내 관심사는 무엇보다도 루파르의 꿍꿍이속이 무엇인지 한시라도 빨리 밝혀내는 거라고. 게다가 조제핀이 고발한 다른 여자도 문제고 말이야……"

거기까지 말한 뒤 쥐브는 다시 깊은 침묵 속에 빠져들었다. 신문기자는 굳이 표정을 살피지 않고도 형사가 자신만의 생각에 몰입해 있음을 느꼈고, 감히 방해할 엄두가 나지 않았다.

가뜩이나 종잡을 수 없는 존재인 루파르…… 감시당하고 있다는 사실을 그가 눈치챌 경우, 뒤도 안 돌아보고 내뺄 것이 분명했다.

더욱이 그를 샬레크 박사의 저택 밖에서 덮칠 경우, 합법적으로 검거하여 가둬둘 명분이 서지 않을 터였다. 파리 뒷골목 건달패들의 유명인사인 루파르는 위세가 어찌나 대단한지, 늘 이런저런 사건에 연루되었다는 의혹을 샀지만 단 한 차례도 유죄가 확정된 적은 없었다!

한편 십여 분이 지나자 샬레크는 파란 줄무늬가 있는 우아한 파자마를 걸친 채 다시 서재에 모습을 드러냈다. 벽난로 위에 놓인 제정시대 풍의 작은 추시계가 새벽 세시를 알리자, 팡도르는 불안과 초조감 속에서도 터져나오는 하품을 참을 수 없었다. 이렇다 할 모험은 고사하고, 아무런 변화의 낌새도 없이 밤은 그저 길기만 했다. 그런 상태에서 쥐브와 팡도르는 제 위치를 꾸준히 지키며 샬레크 박사의 동태만을 주시하고 있었다.

"도대체 저 양반 잠은 언제 자는 거야? 원래 저렇게 밤새워서 일을 하나?"

과연 몇 시까지 이대로 기다려야만 하는가?

샬레크는 편지를 끼적이더니 양초에 불을 붙여 밀랍으로 편지봉투를 봉인했다. 그러고 나서는 밤새도록 꼼꼼히 살펴보던 이런저런 서류들을 고개 한 번 들지 않고 정리하는 것이었다. 그렇게 이십여 분이 더 지났을까. 샬레크 박사는 드디어 일을 마치고 잠자리에 들 것처럼 보였다. 하지만 얼마간 더 방 안을 이리저리 서성이더니, 결국 촛불을 끄고 전기 스위치를 내린 뒤 곧장 밖으로 나갔다. 실내는 완전히 어둡지만은 않았다. 서향이긴 했지만, 이제 막 밝아오는 창백한 햇살이 스며들어 어스름한 분위기를 자아내고 있었다. 삼십여 분이 더 흘러갔다. 쥐브와 팡도르의 실루엣이 하늘하늘한 커튼 너머로 희미하게 비쳤다. 서재에 누군가 있었다면 두 사람의 존재를 쉽게 눈치챌 만했다.

박사는 침실로 물러난 게 분명했다.

치안국 형사와 신문기자는 신중에 신중을 기하기 위해 잠시 그대로 귀를 기울이며 기다렸다. 이제 슬슬 걷히고 있는 밤의 적막을 깨뜨리는 것은 아무것도 없었다.

숨 막히는 시간의 흐름!

쥐브와 팡도르는 이제 기진맥진한 상태였다. 어쩔 수 없이 부동자세를 유지해야 했기 때문에 다리가 온통 뻐근하고 허리는 금방이라도 부러질 것처럼 쑤셨다.

또다시 소음이 들려온 것은 바로 그때였다! 이번에는 앞서 들린 소음과 전혀 달랐다. 조용히 안정적으로 내딛는 발소리가 결코 아니었다. 누군가 몰래 빠른 걸음으로 움직이는지, 영 가늠하기 어려웠다. 갑자기 멈췄다가 다시 시작되고, 그러다가 또 멈추는 소리…… 대체 어디서 나는 소리일까? 꿈인 듯 생시인 듯 어지러이 들려오는 소리……

"그러고 보니 이 방은 벽이 온통 헝겊으로 도배되어 있군그래…… 다른 방들도 다 마찬가지겠지? 빌어먹을!"

쥐브가 낮은 소리로 중얼대자 팡도르도 얼른 맞장구를 쳤다.

"그러게요. 아마도……"

거기서 말이 뚝 끊겼다. 다시금 서재 문이 열린 것이다. 누군가 전기 스위치를 켰고, 실내는 곧장 빛으로 가득 찼다. 이번에도 샬레크 박사였다!

샬레크 박사는 눈을 한 번 휘 굴리며 주변을 빠르게 훑었다. 창문을 향해 몇 걸음 다가오는 그의 모습을 보면서, 커튼 뒤에 숨어 있던 쥐브와 팡도르는 온몸이 얼어붙는 것 같았다.

게다가 샬레크 박사의 손에 권총이 쥐여 있는 게 아닌가! 만약 그가 두 사람을 발견한다면 어떤 사태가 벌어질 것인가? 필경 정당방위로 생각하고 다짜고짜 방아쇠를 당길지도 모른다! 부들부들 떨리는 팡도르의 팔을 쥐브가 힘주어 붙잡았다.

한데 샬레크 박사는 잠시 머뭇거리다 말고 이내 발길을 돌리는 것이었다. 창문 쪽에서 별다른 수상한 점을 느끼지 못한 듯했다. 대신 샬레크 박사가 서재를 둘러보는 사이, 뭐라 가늠하기 어려운, 특히 어디에서 나는지 분명치 않은 둔탁한 소음이 그의 귓전을 때렸다. 어쩌면 바깥 층계참에서 들려온 소리는 아닌지…… 샬레크 박사는 서재 문을 열어둔 채 부랴부랴 밖으로 나갔다.

형사와 신문기자는 샬레크가 침실로 돌아가 문을 이중으로 걸어잠그는 소리를 듣고 나서도 한 시간가량을 그렇게 움직이지 않고 있었다.

"그만 철수하지!"

쥐브가 천천히 몸을 일으키자, 팡도르는 최대한 조심스럽게 창문을 열고 발코니로 나갔다.

부지런히 발걸음을 옮기며 쥐브는 가발과 가짜 수염을 떼어내고 분장도 말끔히 지웠다. 두 사람은 마치 어둠의 자식들처럼 허겁지겁 걸음을 재촉해 피갈 광장 한복판에 이르러서야 걸음을 멈추었다.

4
여자의 시신

피갈 거리로 접어들면서 쥐브가 정겹게 팔짱을 끼자, 팡도르가 입을 열었다.

"드디어 제 의견에 동조하시는 모양이군요, 쥐브. 그 조제핀이라는 여자, 순전히 허위로 고발한 게 틀림없어요. 무슨 근거를 댄 것도 아니잖습니까?"

그러나 쥐브는 그의 추측을 한마디로 일축했다.

"어리석은 소리!"

"하지만……"

"팡도르! 자네의 그 예리한 판단력은 도대체 어디로 간 건가? 오래전부터 내가 자네한테 베풀어준 탐정 학습을 어디로 다 까먹었느냐고! 우리가 예견한 범행 장소는 한 치의 오차도 없이 정확했네. 루파르도 그 장소에 어김없이 나타났고 말이야…… 그가 왜 금고를 털지 않았는지 이유는 모르지만, 애당초 금고를 털 생각이 없었다고 말할 수는 없다는 게 나의 판단이네.”

“그렇다면 루파르가 본의 아니게 자기 계획을 실행에 옮기지 못했다는 건가요?”

“젊은 친구, 이런 문제에 접근할 땐 여러 가정이 존재할 수 있는 법이네. 어떤 경우든 섣부른 결론을 내려서는 안 되지. 루파르는 분명 현장에 나타나야 했고, 실제로도 나타났네. 다만 금고를 털어야 했는데 그러지 않았다는 거지…… 여기까지가 우리가 아는 내용이네. 혹시 그도 우리처럼 샬레크 박사가 파리에 없을 것이라 믿었는데, 그게 아니라는 것을 알고는 범행을 시도조차 하지 못한 건 아닐까? 아니면 우리가 자신을 추적하고 있다는 걸 알아챈 건 아닐까? 우리가 자기를 따라 저택으로 잠입해서 서재 창가의 커튼 뒤에 몸을 숨기고 있다는 걸 눈치챈 건 아니겠냐고! 얼마든지 가능한 일이네…… 잘 생각해보게. 샬레크 박사는 지난밤에 자기 서재로 돌아왔고, 뭔가 심상치 않은 소리를 듣지 않았나. 예기치 않았던 집주인의 방문이 루파르의 행동에 제약을 가져왔다고 생각할 수는 없겠느냐는 얘기네!”

그때였다. 저만치서 남자 셋이 큰 손동작을 해 보이며 쥐브와 팡도르 쪽으로 다가오고 있었다.

“어이, 자네들이로군. 미셸! 앙리! 그리고 레옹!”

쥐브는 그들에게 알은척을 하고는 팡도르를 돌아보며 말했다.

"셋 다 기동대 소속 형사들이라네……"

미셸 형사는 곧바로 질문부터 해왔다.

"경감님, 어떻게 된 겁니까?"

그건 사실 쥐브가 묻고 싶은 말이었다.

"어떻게 되다니? 그게 무슨 말인가?"

"지금 프로쇼 주택단지에서 오시는 길이죠?"

순간 쥐브는 놀라서 자빠질 것 같았다. 그는 잇새로 알아들을 수 없는 말을 중얼거리더니 이렇게 내뱉었다.

"이보게, 우리 성질 건드리지 말게! 자네 지금 어디서 오는 길인가? 경찰청?"

"아니요, 9구 경찰서에서 오는 길입니다."

"그런데 우리가 프로쇼 주택단지에 있었다는 건 어떻게 알았나?"

미셸은 어리둥절한 표정으로 대꾸했다.

"그야 이곳에서 마주쳤으니까요…… 아무래도 사건이 사건인지라……"

"이보게, 미셸, 지금 도대체 무슨 얘기를 하는 거야? 사건이라니, 난 모르겠는데……"

"그게 말이죠, 경감님…… 레옹과 앙리, 저 셋이 오늘 오전에 있을 일제 단속에 대비해 라 로슈푸코 가의 경찰서에 나가 근무하고 있었습니다. 그렇게 출동대기를 하는 중에 살짝 졸았나 싶었는데, 이십 분쯤 전인가, 갑자기 전화벨이 울리는 거예요. 제가 얼른 수화기를 들었죠. 웬 여자였는데, 중간중간 목소리가 끊기기도 하고, 숨이 턱까지 차 헐떡거리면서 다짜고짜 경찰서가 맞느냐고 묻는 겁니다. 그렇다고 하니까 당장 와서 도와달라는 거예요. 사람이 죽었다고 울부짖으면서요!"

"그래서?"

"거기까지 말하고 전화가 끊겼습니다."

"그래, 조사는 해보았나?"

"네. 전화번호는 928-12, 가입자는 프로쇼 주택단지에 거주하는 샬레크 박사라고 하더군요."

"대체 이게 다 무슨 뚱딴지 같은 소리인가!"

미셸은 낯이 선 제롬 팡도르를 힐끔 바라본 뒤, 계속해서 얘기를 이어갔다.

"교환수 말로는, 통화를 요청한 사람이 숨도 거칠고 부들부들 떠는 등 분위기가 심상치 않았다고 합니다."

"물론 928-12번으로 다시 전화를 걸어봤겠지?"

"네, 하지만 아무도 받지 않더군요."

"그래서 곧장 현장에 달려가봐야겠다고 생각했고?"

"그렇습니다, 경감님!"

"진짜 살인사건이 일어났다면 서둘러야겠지……"

하지만 놀랍게도 쥐브는 그다지 몸 달아하는 기색이 아니었다. 그저 또다시 혼자 무슨 말인가를 웅얼거리더니, 갑자기 팡도르를 한쪽으로 끌어당기며 물었다.

"자네는 이 모든 사태를 이해할 수 있겠나?"

"전혀 모르겠는데요! 프로쇼 주택단지에서 무슨 사건이 일어났다면 우리가 모를 리 없지 않습니까?"

"그야 그렇지! 하지만 그 전화는⋯⋯"

"우리가 가서 확인해볼까요?"

팡도르의 제안에 쥐브가 대답했다.

"그래야겠지⋯⋯ 왠지 모르지만 감이 좋지 않아⋯⋯ 어쨌든 지금 이 인원은 너무 많네. 공연히 많은 인원이 움직여서 사람들의 주의를 끌 필요는 없어. 이보게, 미셸, 자네는 우리와 동행하고, 앙리와 레옹, 자네들은 일단 서로 돌아가 있게. 유사시 우리와 합류할 수 있도록 준비하고 있어."

일행은 샬레크 박사의 저택 문 앞에서 걸음을 멈추었다.

"자, 어서 초인종을 눌러보자고!"

쥐브의 말과 동시에 쩌렁한 초인종 소리가 아직은 깊이 잠들어 있는 저택을 뒤흔들 듯 요란하게 울렸다. 그리고 얼마간의 시간이 흘렀지만, 아무런 인기척도 없었다. 쥐브는 점차 초조해졌다.

“허어, 이런······”

다시 초인종을 눌렀고, 어김없이 요란한 소리가 울려 퍼졌다.

이번에는 누군가 헐레벌떡 내려왔다. 문을 사이에 두고 묵직하면서도 울림이 뚜렷한 목소리가 들려왔다.

“누구십니까? 누굴 찾으세요?”

“문을 여십시오!”

쥐브는 거의 명령조로 소리쳤다.

“누굴 찾으십니까?”

“샬레크 박사를 만나러 왔습니다! 자, 어서 문 열어요! 경찰입니다.”

말이 끝나기가 무섭게 문짝 너머 보이지 않는 상대가 대꾸했다.

“경찰이라니! 맙소사, 대체 내게 무슨 용건입니까?”

미셸이 대뜸 나섰다.

“일단 문부터 열어보십시오! 이대로 세상천지에 죄다 떠들어대란 말입니까?”

샬레크 박사는 하는 수 없이 문을 빠끔 열며 다시 물었다.

“도대체 무슨 일이냐고요!”

“박사님 댁에 강도나 살인범이 들어와 있을지도 모릅니다. 방금 신고 전화를 받고 달려오는 길입니다.”

“강도라니! 맙소사······ 지금 내가 악몽을 꾸고 있는 게 아닌지 모르겠군요. 어디 봅시다······ 일단 들어들 오시오. 살인범이라고 하셨소? 하지만 살인범이 누구를 죽인단 말입니까? 여긴 나 혼자 살고 있는데……"

당혹감을 감추지 못하는 박사에게 이번에는 쥐브가 나서서 차근차근 설명했다.

"자, 자, 시간낭비 할 때가 아닙니다, 박사님…… 어리둥절한 일인 줄은 잘 압니다. 자세한 설명은 차차 드리도록 하고, 현재로서는 댁의 집 안 구석구석을 샅샅이 조사하는 일이 급선무입니다. 우리의 뜻을 충분히 이해하고 따라주실 것으로 믿습니다."

그제야 샬레크 박사의 얼굴에 환한 미소가 감돌았다.

"오! 쥐브 경감님이야 워낙 잘 알려지신 분이니, 굳이 따르고 자시고 할 일이 뭐 있겠습니까…… 하지만 경감님, 이번에는 뭔가 착오가 있는 것 같습니다. 그래도 정 그러시다면 한번 둘러보시는 거야 상관없습니다. 제가 안내해드리지요……"

쥐브와 팡도르, 그리고 미셸 형사는 샬레크 박사를 따라 집 안을 이리저리 돌아보기 시작했다.

샬레크 박사가 말했다.

"수색이라고 해봐야 금세 끝날 겁니다. 보여드릴 방이 세 개밖에 없으니까요. 욕실과 침실, 그리고 서재가 전부입니다."

"욕실 좀 볼까요?"

수색은 신속하게 이루어졌다. 샬레크 박사는 곧이어 또다른 방문을 열어주며 말했다.

"제 서재입니다!"

그런데 불과 얼마 전까지 쥐브와 함께 진을 치고 있던 그 안으로 한 발 들이기가 무섭게 팡도르의 입에서 외마디 탄식이 튀어나왔다.

"아니, 세상에! 이럴 수가……"

팡도르에 뒤이어 방으로 들어선 쥐브와 미셸 형사, 샬레크 박사도 기겁해서 주춤한 것은 마찬가지였다.

서재 안이 온통 뒤죽박죽 엉망이었던 것이다!

제멋대로 뒤집힌 의자들이 격렬한 싸움이 벌어졌었음을 말해 주었다. 마호가니 책상의 반쯤 부서진 판자는 누가 발로 걷어찬 것이 분명했다. 창문의 커튼은 일부가 뜯긴 채 보기 흉하게 매달려 있었고, 벽난로 형태의 작은 난로는 반쯤 찌그러져 있었다.

팡도르는 창문에서 책상 있는 데까지 양탄자를 지저분하게 물들인 것이 다름 아닌 핏자국임을 한눈에 알아보았다. 몇 걸음 다가서자, 이번에는 책상 가까이에 나자빠진 여인의 끔찍한 시신이 눈에 들어왔다. 여인의 몸뚱이는 만신창이에 피투성이가 되어 축 늘어져 있었다.

팡도르는 즉시 시신 앞으로 달려갔다.

그는 시신의 가슴에 손을 얹어보고 귀를 대보고는 맥없는 목소리로 말했다.

"죽었어요……"

순간 쥐브는 간결한 어조로 지시했다.

"아무도 들어오지 못하게 해! 다들 움직이지 말고!"

그는 계속해서 큰 소리로 혼잣말을 빠르게 내뱉었다.

"수화기가 뒤집혀 있군. 가해자와 희생자가 몸싸움을 벌였던 거야…… 아, 도둑질을 하려다가 일을 저지른 거야……"

"도둑질이라고요?"

샬레크 박사가 한 걸음 다가서며 물었다.

"그렇습니다, 박사님. 저 금고를 보십시오. 강제로 열린 채 바닥에 나뒹굴고 있지 않습니까!"

"이 여자는 대체 어쩌다 이 지경이 된 걸까요?"

여자의 시신을 이리저리 살피던 팡도르가 온몸에 타박상과 처참한 상처가 가득한 상태를 확인하고는 답답한 듯 말했다.

쥐브는 아무런 대꾸도 하지 않았다.

그저 눈앞에 펼쳐진 끔찍한 광경을 다시 한번 찬찬히 살펴보면서 깊은 생각에 잠기는 듯했다.

"기가 막힐 노릇이로군!"

팡도르와 눈길이 마주치자 쥐브는 그렇게 내뱉으며 샬레크 박사를 돌아보았다. 박사는 평소 귀중품들을 넣어두던 회색 자루가 텅 빈 채 바닥에 떨어져 있는 것을 보고는 냉큼 집어들어 짓찢고 있었다.

"박사님, 일단 진정하시고…… 우리에게 몇 가지 말씀을 좀 해주셔야겠습니다. 이 사태에 대해 뭔가 아시는 점이 있으면 말씀해주십시오."

"모르겠습니다! 당최 모르겠어요! 모른단 말입니다!…… 아무 소리도 들리지 않았다고요! 그리고 대체 이 여자는 누굽니까?"

한편 여자의 시신을 한참 살펴보던 팡도르는 쥐브를 불러 방 한쪽 구석 바닥에 떨어져 있는 자그마한 신발 한 짝을 손으로 가리켰다.

쥐브는 그만하면 알겠다는 표정으로 두 손을 샬레크 박사의 어깨 위에 살며시 얹으며 물었다.

"혹시 여자친구 아닙니까? 아니면 정부? 오, 아니라고는 말씀하지 마십시오……"

하지만 박사의 태도는 완강했다.

"무슨 소리요! 설마 지금 나를 용의자로 지목하려는 건 아니겠지요? 나는 도무지 무슨 일이 일어난 건지 모르겠소이다…… 내가 도둑을 맞은 것이 안 보입니까?"

"저 여자가 당신의 정부가 아니란 말씀입니까?"

"그래요. 난 모르는 여자입니다!"

"혹시 환자는 아닌가요?"

"진료한 적 없습니다."

"그럼 그냥 손님?"

"오늘 집에 찾아온 손님은 없었어요."

"하녀도 아닙니까?"

"아니에요. 난 혼자 살고 있습니다."

거듭 부인이 이어지자, 이번엔 팡도르가 나섰다.

"이보십시오, 박사님. 문은 분명 잠겨 있었지요? 그렇다고 이 여자가 성령의 도움으로 이 집에 들어왔을 리는 없고 말이죠. 박사님이 아무리 몰랐다 해도, 지금 이 여자의 존재를 설명할 수 있는 길은 딱 하나밖에 없습니다. 이 여자가 낮 시간을 틈타 어떻게든 집 안에 들어와 당신한테 들키지 않고 이 방에 머물러 있었다는 것……"

"하지만 나는 아무도 집에 들인 적이 없어요! 게다가 전혀 모르는 여자입니다!"

강변하는 박사에게 쥐브가 말했다.

"여자의 얼굴을 잘 살펴보십시오."

박사는 여자의 시신 위로 몸을 숙여 잠시 살펴보더니, 조금 전보다 더 창백한 얼굴로 이렇게 말했다.

"아, 끔찍하군…… 이보시오, 쥐브 경감님. 당신도 보시다시피 얼굴이 망가져서 도통 알아볼 수가 없지 않습니까."

그때 미셸 형사가 끼어들며 뭔가를 쓱 내밀었다.

"경감님, 이것 좀 보십시오."

끈적끈적한 회색 물질이 두껍게 묻어 있는 손수건이었다.

"그건 또 뭐죠?"

팡도르가 눈이 휘둥그레지며 물었다.

반면 쥐브는 한눈에 그 괴이한 물질의 정체를 간파하고는 말했다.

"역청이군…… 살인자는 범행을 저지른 뒤 희생자의 신원이 파악되지 못하도록 역청을 잔뜩 바른 이 손수건으로 여자의 얼굴을 뭉개놓은 거야. 보다시피 얼굴에 화상이 있는 것은 그 때문이지. 하지만 이 여자가 하필 샬레크 박사의 집에서 왜, 어떻게 죽었는지, 이 여자가 도대체 누구인지는 여전히 수수께끼야……"

쥐브는 한껏 낮춘 목소리로 팡도르에게 덧붙였다.

"무엇보다도 범행이 언제, 어떻게 저질러졌는지 전혀 설명이 되지 않아…… 우리가 이 방을 떠난 지 한 시간이 채 안 되었잖아! 멀쩡하던 금고를 이 지경으로 만들려면 한 시간 갖고는 어림도 없지!"

팡도르는 황당해하면서도 어딘지 흔들리는 샬레크 박사의 표정을 슬쩍 엿보았다. 쥐브는 혼자서 깊은 생각에 잠겨 있었다. 쥐브와 팡도르가 이 방에서 밤을 지새웠다는 사실을 알 리 없는 미셸 형사는 영문을 모른 채 멀뚱하니 서 있었다.

마침내 미셸 형사가 쥐브의 소맷자락을 잡아당기며 나지막한 음성으로 넌지시 물었다.

"박사를 체포하는 건가요?"

생각에 잠긴 쥐브가 곧바로 대답을 하시 않자, 항상 경감의 의

중을 살펴 행동한다고 자부하는 미셸 형사가 다짜고짜 박사 쪽
으로 몸을 돌리고 다그쳤다.

"자, 자, 쓸데없이 시간낭비 하지 맙시다. 당장 우리에게 진실
을 털어놓으시죠!"

"진실이라뇨?"

"그래요! 사설은 그만큼 늘어놓았으면 됐다는 얘깁니다. 이제
무슨 일이 있었는지 솔직히 고백하는 게 어떻겠습니까?"

"난 정말 아무것도 모릅니다!"

"또 그 소리…… 당신은 이 집에 혼자 살고, 희생자는 당신이
전혀 모르는 사람이며, 이 사건은 당신과 아무 관계가 없다는 얘
기를 하려는 겁니까? 분명히 말하지만, 그런 얘기가 먹혀들 거라
고 생각한다면 큰 오산입니다. 당신의 변명은 어수룩하기 짝이
없단 말입니다! 자, 이제 그만 털어놓아요!"

"정…… 정말 맹세하는데…… 내, 내가 말한 것은 모두……
진, 진실입니다……"

샬레크 박사는 말을 더듬기까지 했다.

"글쎄, 그런 터무니없는 얘기는 관두라니까요! 적어도 당신이
아무 소리도 못 들었다는 건 말이 안 됩니다. 그것만 해도 당신
은 우리 앞에서 거짓말을 하고 있는 겁니다."

미셸 형사는 이번에는 쥐브를 향해 큰 소리로 물었다.

"이자를 체포하는 거죠?"

하지만 쥐브는 중얼중얼 이렇게 대답하는 것이었다.

"이분은 지금 분명 진실을 말하고 있어……"

그 말을 듣자 샬레크 박사는 다소 안정을 되찾는 기색이었다.

"그것 보십시오! 경감님은 내 말이 진실이라고 생각하시는 거죠? 절 도와주실 거죠?"

쥐브는 대답 대신 팡도르를 물끄러미 바라보았다. 쥐브의 얼굴에는 과연 이 일을 어떻게 처리하면 좋으냐는 고민이 역력했다. 샬레크 박사는 자기가 언제 어디서 무엇을 했는지 조목조목 정확히 진술했다. 그가 말한 내용 하나하나는 쥐브와 팡도르가 커튼 뒤에서 지켜봤던 행동과 정확히 일치했다.

"설마 우리가 꿈을 꾸었을라고요!"

팡도르가 탄식하자, 쥐브는 성큼성큼 방을 가로질러 창가로 다가가 커튼을 거칠게 열어젖혔다. 커튼 아래쪽 바닥에는 흙이 묻어 있었다. 쥐브와 팡도르가 밤새 머물러 있던 바로 그 자리였다!

쥐브가 그렇게 머뭇거리는 동안, 미셸 형사는 속으로 연신 투덜대고 있었다.

'나 참, 이러니 다들 경찰을 만만하게 여기지! 혹시라도 무고한 사람을 체포할까봐 전전긍긍하는 판국이니……'

미셸 형사는 단박에 처리하자는 듯 또다시 쥐브의 의중을 떠보았다.

"경감님?……"

그러나 역시 어깨만 으쓱하는 쥐브…… 경감은 마침내 박사를 향해 이렇게 입을 열었다.

"일단 오늘 오전에는 외출을 삼가주시기 바랍니다. 나는 이 길로 곧장 경찰청에 가서 인체 측정실에 인원 파견을 요청할 겁니다. 우선 이 서재부터 꼼꼼히 사진을 찍어놓아야겠어요. 그런 다음 다시 돌아와 세부 수사를 진행하겠습니다. 물론 그때 당신의 진술이 반드시 필요할 겁니다…… 이보게 미셸, 자네는 여기 남아 샬레크 박사님 곁을 지키고 있도록!"

그러고는 마치 정신 나간 사람처럼 팡도르를 잡아끌다시피 하며 아무런 양해도 인사도 없이 방을 뛰쳐나갔다. 그는 경중경중 계단을 뛰어내려가 수수께끼 같은 그 집을 벗어나자마자 팡도르를 돌아보며 말했다.

"정말 기가 찰 일이야…… 이 살인사건에는 팡토마스를 떠올리는 뭔가가 있어!"

5

루파르의 분노

루파르는 과일 요법을 시행중이었다.

그는 보도를 따라 어슬렁어슬렁 이곳저곳의 상점을 기웃거리는가 하면, 지역에 파다한 악명 덕분에 아무 거리낌 없이 과일 수레들을 돌며 입맛에 맞는 먹을거리들을 챙겼다. 여기서 딸기 한 움큼, 저기서 버찌 한 주먹, 더 나아가 까치밥나무 열매까지 제멋대로 집어들었다.

상인들 중 누구 하나 불만을 표할라쳐도 루파르의 위압적인 인상에 당장 입을 다물지 않을 수 없었다.

그러던 중 루파르는 가게 문 앞에 나와 서서 모처럼 바람을 쐬고 있는 약사를 지나쳤다. 그는 잠시 걸음을 멈추고 약사를 흘끔 돌아보며 물었다.

"별일 없으신가, 베랑 씨?"

"아, 네…… 당신은요?"

"뭐, 그럭저럭…… 그나저나 내 여자 여기에 오지 않았소?"

"조제핀 양 말씀인가요?"

"그렇소."

"못 봤는데요…… (약사는 자칫 골치 아픈 트집을 잡힐지 모른다는 생각에 얼른 비위를 맞췄다.) 혹시 어디가 불편하시면 제가 직접 가서 살펴봐드릴 수도 있습니다만……"

그러자 루파르는 약사의 말을 자르며 버럭 소리를 질렀다.

"지금 그런 얘기가 아니잖아! 내 여자가 아픈지 어쩐지는 나도 몰라! 아니, 아주 멀쩡할 거야. 난 그저 그녀의 얘기를 꺼낸 것뿐이야…… 그냥 지나가면서 잡담이나 하려고 말이야. 아, 다들 바보 같기는……"

건달 루파르는 황당해하는 약사를 뒤로한 채 어깨를 한 번 으쓱 추스르더니 그대로 길을 건너 몇 발자국 걷다가 '친구 사이' 앞에서 걸음을 멈추었다.

툴루슈 할멈이 여전히 문가 자리를 독차지한 채 테이블 위에 큼직한 고둥 바구니를 엎어놓고 있었다.

"맛 좀 볼 테야?"

조제핀의 애인을 알아본 노파가 슬쩍 말을 붙여왔다. 그 뜻밖의 제안은 상냥해 보이려고 애쓰는 할멈의 미소로 인해 더욱 그럴듯하게 다가왔다.

"어디, 핀 하나 줘보쇼."

루파르는 툭 내뱉듯 대꾸하고 나서, 고둥 대여섯 개를 삽시간에 먹어치웠다.

"어때, 맛있남?"

건달은 무심코 어깨를 으쓱하며 중얼거렸다.

"음, 그런대로 괜찮군……"

그제야 툴루슈 할멈은 고개를 끄덕거리더니 루파르를 잠시 뚫어져라 쳐다보았다. 그의 기분이 그리 나빠 보이지 않았다. 지금이야말로 생각중이던 얘기를 꺼낼 수 있겠다 싶었다. 할멈은 넌지시 말을 건넸다.

"이보게, 떡대……"

"왜요, 툴루슈 할멈?"

"이리 가까이 좀 와봐. 할 말이 있어서 그래. 남들이 들으면 곤란한 얘기야……"

"무슨 일인데요?"

"뭐 별건 아니고…… 어쩌면 대단한 얘기일 수도 있지."

"또 무슨 쓰잘데없는 얘긴지 모르지만 빨리 하고 끝냅시다!"

하지만 툴루슈 할멈은 대답 대신 자리에서 슬그머니 일어나더니, 어딘가를 향해 손짓을 했다.

순간, 난데없이 바퀴 달린 판자의 요란한 소리가 보도블록을 타고 들려왔다.

쓱 고개를 돌려 소리 나는 쪽을 바라보는 루파르의 얼굴에 장난기 어린 미소가 번졌다.

"여어, '버스 붕붕'이로구먼!"

아닌 게 아니라, 웬 앉은뱅이가 바퀴 달린 나무판자에 올라앉아 전속력으로 들이닥치더니, 달팽이가 가득 담긴 파란 접시들과 고둥 바구니를 다짜고짜 끌어안는 것이었다.

그 앉은뱅이는 툭하면 생 마티외 광장에서 출발해 쏜살같이 내달리는 터라, 아예 주변 사람들로부터 '버스 붕붕'이라는 애칭으로 불렸다. 전직 철도 기관사였던 그는 사고로 두 다리를 잃은 처지였다. 빈민 구제국에 정식 등록되어 장애 보조금으로 생활했으며, 같은 동네 주민들이 몇 푼씩 도와주면 그것에 어떻게든 보답하려고 애쓰며 살아가고 있었다.

'버스 붕붕'이 굳은살 박인 손을 내밀자, 루파르는 큰 선심이라도 쓰듯 그 손을 덥석 쥐었다.

툴루슈 할멈이 빙그레 웃으며 이렇게 말했다.

"이봐, '버스 붕붕', 내가 지금부터 십 분 정도 자리를 비울 거거든. 그동안 이 고둥들 좀 봐줘."

루파르는 툴루슈 할멈을 따라 할멈의 장물 보관소 겸 숙소 안으로 들어섰다. 한마디로 상상을 초월할 만큼 엉망진창 어질러진 창고나 다름없는 곳이었다. 온갖 장물들이 뒤죽박죽 쌓여 있어서 입구로 들어가는 일 자체가 고역이었고, 빠져나오는 일도 여간 고생스러운 게 아니었다.

툴루슈 할멈은 등 뒤로 문을 닫자마자 곧바로 본론을 꺼내놓았다.

"'꺽다리' 에르네스틴이 루파르 자네한테 무척 화가 나 있어…… 아주 벼르고 있다니까!"

루파르는 곧장 발끈했다.

"정 그렇다면 어쩔 수 없죠! 만나서 결판을 내주는 수밖에……"

하지만 사정은 그런 것이 아니었다. '꺽다리' 에르네스틴은 싸움을 원하지 않았다. 오히려 지금으로선 루파르가 최고의 강자이기에, 함부로 대들 생각은 추호도 없었다. 그가 조제핀의 애인이면서 유독 자기를 공공연하게 모욕하는 것이 기분 나쁘고 약오를 뿐이었다.

"어디서 그런 터무니없는 망발을! 대체 그년은 골병대랑 노네랑 무슨 수작을 벌이고 있었답니까?"

툴루슈 할멈은 그저 묵묵부답이었다.

"에르네스틴이 그딴 짭새들과 놀아나며 두 시간 넘게 죽치고 있었다는 생각만 하면……"

"골병대가 짭새라니…… 그럴 리가!"

"어허, 짭새 맞다니까! 그놈들 전부 다 경찰청 소속이라고!"

장물어미 노릇을 하는 노파의 입장에선 몸이 부들부들 떨릴 만한 얘기였다. 노파는 혹시 그 사내들 앞에서 지나치게 입을 나불대지는 않았는지 기억을 더듬기 시작했다.

"맙소사, 세상에 누굴 믿어야 하는 건지…… 그러고도 어쩜 그리 번듯한 사내들처럼 굴었을까!"

이런 판국에도 툴루슈 할멈은 꺽다리 에르네스틴에 대한 용서는 물론 코른 영감의 술집에 당당히 고개 쳐들고 다시 드나들어도 좋다는 허락까지 대신 받아내야 할 판이었다.

에르네스틴 본인이 그렇게 해달라고 부탁한 것이 아닌데도, 노파는 괜한 고집을 부렸다.

늙은 장물어미는 줄기차게 매춘부 편을 들었고, 루파르가 침묵으로 일관하자 더욱 기세등등하게 입을 놀렸다.

한편, 루파르는 툴루슈 할멈의 잡동사니들을 하나하나 눈여겨보면서 방 안을 이리저리 서성댔다. 한데 그중에서도 흔한 금속 넥타이핀에 박힌 반짝이는 보석 하나에 눈길이 가 닿는 것이었다.

"이건 어디서 난 거요, 툴루슈 할멈?"

노파는 덮어놓고 경계의 눈빛으로 흘겨보며 대답했다.

"그거 만지지 마, 떡대! 누가 나한테 특별히 맡겨둔 거라고."

그러나 떡대는 노파의 반응엔 조금도 개의치 않고 몰아붙였다.

"옳거니! 절대 팔 수 없는 물건이다, 이건가?"

장물어미는 하는 수 없다는 투로 털어놓았다.

"아이고, 하여튼 이곳은 세간을 찾는 고객은 있어도 그런 사치품은……"

"자, 자, 어디 우리 흥정이나 해볼까?"

루파르는 곧장 호주머니에서 20프랑짜리 금화를 하나 꺼내 노파에게 건넸다. 그러고는 아무렇지도 않게 문제의 넥타이핀을 자기 저고리 안감에 슬며시 꽂아넣는 것이었다. 모양은 평범하게 생겼지만, 거기 박힌 보석의 굉장한 가치가 그의 치밀한 안목을 벗어날 리 없었다.

"그럼 나도 끼워주는 거야?"

"당신한테 단돈 20수만 쥐여줄 수도 있었어…… 대신 에르네스틴한테 가서 내가 악감정은 품고 있지 않다고 말해도 돼!"

그렇게 툴루슈 할멈과 헤어진 루파르는 샤르보니에르 가를 몇 발자국 지나 샤르트르 사거리에서 어느 행인과 맞닥뜨렸다. 루파르는 다짜고짜 상대의 코앞에서 푸하! 하고 웃음을 터뜨렸다.

그러고는 우두커니 멈춰 선 상대의 어깨에 양손을 얹으며 말했다.

"아니, 이럴 수가! 털보 맞아? (그러고는 또 한바탕 웃음을 터뜨리더니) 맙소사, 자네 거울은 본 건가? 대체 그게 무슨 꼴이야! 당장 사진사한테 가보라고!"

“자네가 나더러 미국놈처럼 꾸미라고 하지 않았나?”

털보의 투정에 루파르는 어깨를 으쓱하고는 진지한 태도로 말했다.

“자네 정말 딱한 사람이구먼! 물론 내가 배에서 금방 내린 놈처럼 꾸미라고 말하긴 했지. 한데 지금 자네는 그저 어수룩한 멍청이 꼬락서니가 아닌가! 이건 얘기가 완전히 다르지. 그런 식으로 꾸미라고 한 건 아니란 말일세. 이러다간 우리 둘 다 꼼짝없이 붙잡히기 십상이야! 얼른 가서 그 옷부터 갈아입게나. 보는 사람도 생각해서 좀 제대로 꾸며보란 말이야.”

털보는 졸지에 의기소침한 태도로 발길을 돌렸다. 루파르가 그의 뒤통수를 향해 외쳤다.

“그나저나 미밀이라는 애송이는 어떻게 됐나?”

“그 친구도 우리와 함께하지.”

“당연히 그래야지…… 하여튼 그 녀석에게 이번 일에는 교복을 입고 끼라고 해봐!”

“알겠네!”

한데 루파르는 멀어지려는 털보를 다시 붙들더니 이렇게 물었다.

“잠깐, 이번 일을 언제 해치울 계획이지?”

“토요일에서 일요일로 넘어가는 밤 동안.”

“한데 그자를…… 쉽게 알아볼 수 있을까?”

털보가 얼떨떨한 표정을 짓자, 루파르는 태연하게 덧붙였다.

"뭘 그리 놀라나. 나 때문이 아니라 애들이 걱정돼서 묻는 건데…… 다들 거기에 올 거 아닌가?"

"헷갈릴 일은 없을 걸세. 피부가 새카맣게 그을린 데다, 우스꽝스럽게 생겨먹은 얼굴을 빙 둘러가며 턱수염을 길렀고, 애꾸눈까지…… 아주 골고루 갖췄으니까."

"됐어, 그만하면 충분해."

루파르는 이렇게 내뱉고는 털보의 팔을 짚으며 마지막으로 다짐했다.

"전원 일등칸인 거 알지?"

"전부 몇 명이더라?"

"다섯 아니면 여섯 명……"

"여자들도 끼나?"

"아니, 내 깔치만 빼고…… 뭐 그 정도면 성가신 일은 없을 거라 믿어도 좋겠지."

루파르는 상대의 반응을 기다리지 않고 곧장 제 갈 길을 가기 시작했다. 하긴 순경 나부랭이가 뭐라 생각하든 무슨 대수이겠는가! 게다가 루파르는 얼마 가지 않아 구트 도르 가*의 둘째 건물 앞에서 또 볼일이 있었다. 계단에 주단이 깔려 있고, 우아하

---

* 파리의 대표적인 서민 주거 지역.

다고까지 말할 수 있는 아늑한 분위기의 건물이었다.

그는 관리실 앞을 지나가면서 이렇게 외쳤다.

"조제핀한테 올라갑니다!"

6층에 도달한 루파르가 바로 앞에 있는 문을 두 번이나 두드렸지만 아무 응답이 없었다. 침묵이 계속되자 그의 신경이 날카로워지고 있었다.

금속을 갈고 닦는 일을 하던 벨빌의 아리따운 여공 조제핀을 사랑스러운 정부로 구워삶은 지도 어언 여섯 달이 되었다. 루파르가 그녀를 만난 건 교외의 어느 무도회장에서였다. 여러 기둥서방과 아가씨들이 우글거리는 속에서도 조제핀은 단연 매력적이면서 우아한 빛을 발했고, 건달은 그 꽃을 꺾는 데 전혀 주저함이 없었다.

솔직히 조제핀은 애인의 태도에 별로 불만이 없었다. 간혹 무조건적인 복종을 요구하기는 했으나, 그런 부류의 남정네들에게서 흔히 보이는 거칠고 가혹한 방식으로 그녀를 다룬 적은 단 한 번도 없었던 것이다. 그 대신 루파르와 사귀기 시작하면서 양심의 가책이라든지 정직하게 살고픈 마음은 단념하려고 노력해야 했다.

자신의 남자가 여유 있는 삶을 위해 도둑질은 물론 그보다 더한 짓도 서슴지 않는 사람이라는 것을 그녀는 모르지 않았다.

만약 다른 인연을 맺었더라면 조제핀은 그저 소박하고 예쁜

아가씨로 살았을지도 모른다. 하지만 상황이 그것을 허락하지 않았으니 어쩌겠는가! 그녀는 이제 명실상부한 건달패 우두머리의 정부가 된 몸이고, 그 사실을 자랑스럽게 여기는 입장이었다.

세번째 노크에도 반응이 없자, 루파르는 더이상 참지 못하고 어깨로 문을 들이받았다.

방은 텅 비어 있었다!

루파르의 입에서 저도 모르게 탄식이 새어나왔다.

"어럽쇼! 이건 또 무슨 일이야? 조제핀! 어디 있는 거야?"

문을 들이받는 소리에 여기저기서 사람들이 고개를 내밀고 기웃거렸다. 건물 세입자들은 웬만한 소음에는 제법 익숙한 사람들이었다. 아울러 자기와 상관없는 싸움에는 좀처럼 끼어들지 않지만, 무슨 일이 일어나면 그 원인이 뭔지, 일이 어떻게 돌아가는지 정도는 되도록 파악해두려는 편이었다.

몇몇 아낙네는 루파르에게 대답도 해줬는데, 그중에는 일곱 아이를 키우느라 삯바느질을 하는 기농 부인도 끼어 있었다. 루파르는 조제핀의 방에서 밤을 보낼 때마다 울고 떠드는 그 아이들을 당장 창밖으로 던져버리겠다며 기농 부인 앞에서 으름장을 놓곤 했었다.

혼비백산한 기농 부인을 쏘아보며 루파르가 쩌렁쩌렁 외쳤다.

"조제핀은 어디 있소?"

"저도 잘 모르겠어요, 루파르 씨. 어제 저녁에 당신과 저녁을

먹고 돌아오긴 했는데…… 어디로 갔다고 하더군요.”

“가다니? 어디로?”

“아, 그건 모르겠어요! 정말로 몰라요! 저도 쥘리한테서 들은 얘기니까요……”

그러고 보니 저만치에 덥수룩한 머리가 주근깨 빽빽한 얼굴을 반쯤 가리고 있는 통통한 얼굴이 살짝 보였다.

루파르는 몰래 얘기를 엿듣고 있던 그 아가씨를 뚫어져라 바라보며 물었다.

“도대체 어떻게 된 일이야?”

쥘리는 기농 부인처럼 소심한 성격이 아니었다. 그녀가 줄줄이 늘어놓은 자초지종의 대강은 이랬다. 오늘 새벽 네시쯤 집에 들어오는데, 조제핀의 방에서 웬 신음 소리가 들리더라는 것이었다. 그래서 얼른 가보니 조제핀이 고통으로 몸부림치고 있었는데, 그게 마치……

“마치 뭐?”

“독약을 먹은 것 같았어요!”

“그래서 어떻게 했지?”

“오, 아무것도 못 하고 그냥 조용히 물러나왔죠. 그런데 조금 있다가 ‘애교마담’이 와서 뭘 어떻게 하는 것 같더라고요……”

루파르는 곧장 으르렁댔다.

“애교마담은 또 어디 있는 거야?”

실은 애교마담은 아까부터 살짝 열린 자기 방문 뒤에 조심스레 숨어 모든 얘기에 귀를 기울이고 있었다. 그녀가 사는 곳은 복도 맨 끝 방으로, 조제핀이 사는 방과는 가장 멀리 떨어져 있었다.

애교마담은 오십을 훌쩍 넘긴 나이였다. 그녀는 조금도 부끄러워하지 않고 루파르 곁에 바짝 다가와 서더니, 손에 쥐고 있던 소시지 토막을 꿀꺽 삼켰다.

그녀는 다소 불량한 태도로 루파르를 흘겨보며 말했다.

"무슨 일 있어요? 난 그저 내 할 일을 했을 뿐인데……"

"조제핀 어디 있어?"

"정 알고 싶다면 말해드리죠…… 라리부아지에르 병원 22호 실이에요."

루파르는 거의 폭발할 지경이었다.

아, 이놈의 암컷들이란 어찌 이리 제멋대로란 말인가! 자기와 상관도 없는 일에 참견이나 하고…… 그깟 소화 좀 안 된다고 난리법석이 뭔가! 한밤중에 조제핀을 바깥으로 빼돌려? 이 루파르한테 허락도 구하지 않고 병원으로 실어 보냈다는 거야? 그 튼튼하기 이를 데 없는 조제핀을?

"위세척이나 하고 있다고 어디가 탈 난 걸로 생각해야 해?"

루파르는 길길이 날뛰며 자기도 모르게 주먹을 치켜들었다. 자칫하면 나이 든 매춘부의 앙상한 목덜미를 내려치기라도 할 기세였다. 하지만 애교마담 역시 나름대로 악을 바득바득 써가며 사람들을 우왕좌왕하게 만들었다.

"살려줘요! 사람이 죽어요!"

기농 부인이 기겁을 하고 자기 방으로 돌아가 단단히 문을 걸어잠갔다.

그러자 루파르는 금세 안정을 되찾고 어깨를 한 번 추스르더니, 쌍욕을 내뱉으면서 곧장 계단을 달려 내려갔다.

잠시 후, 코른 영감의 술집까지 헐레벌떡 달려온 그는 자신의 계획을 줄줄이 늘어놓고 있었다. 한참 얘기를 듣던 코른 영감이 이렇게 타일렀다.

"이 사람아, 어쩔 수 없다는 것 자네도 다 알고 있지 않은가! 오늘은 면회 날이 아니네. 아마 내일 정오까지는 힘들 거야……어떤가, 루파르. 멜레카시스나 한잔 들려나?"

"젠장! 글 쓸 종이나 한 장 주쇼!"

루파르는 며칠 전 저녁 조제핀을 앉혀놓고 쥐브 형사에게 보낼 수수께끼 같은 편지를 받아쓰게 한 바로 그 테이블에 자리를 잡고 앉았다. 그리고 종이에다 뭔가를 끼적인 다음, 마침 달팽이 접시와 굴 바구니들을 앞에 놓고 툴루슈 할멈 곁을 지키고 있던 앉은뱅이를 소리쳐 불렀다.

"어이, '버스 붕붕'! 이 편지를 당장 라리부아지에르로 배달해 줘야겠어. 서두르라고. 돌아오면 내가 압생트 한잔 사지."

그때였다. 하도 오래 달려서인지 숨이 턱까지 찬 신문팔이가
고래고래 소리치며 가게 안으로 들이닥쳤다.

"〈라 카피탈〉지요! 특별판입니다! 프로쇼 주택단지에서 일어
난 기상천외한 살인사건 소식입니다!"

"죽은 여자 얘기로구먼……"

"떡대, 신문 한 장만 사지그래?"

코른 영감이 슬쩍 권해보았다.

"난 관심 없소이다! 무슨 일인지 다 아는걸 뭐……"

루파르의 말에 코른 영감이 놀란 표정으로 대꾸했다.

"오호! 그걸 벌써 어떻게 알아?"

6
라리부아지에르 병원에서

라리부아지에르 병원장 모필 씨는 명함을 만지작거리면서 말했다.

"쥐브 경감님, 저는 경감님의 이름을 언급한 적이 없는데요……"

모필 병원장이 손에 쥔 명함은 쥐브 경감이 아침에 형사 몇 명을 이곳에 파견해달라고 경찰청에 요청하면서 병원장에게 제시하도록 당부한 명함이었다.

사실 쥐브는 자상한 어투를 그리 좋아하지 않는 편이었다.

"이보십시오, 병원장님. 경찰청에서는 매일 아침 형사들이 한데 모여 그날의 일정을 논의한다는 것을 모르시진 않을 겁니다."

"하지만 저는……"

"잠깐, 제 얘기부터 하겠습니다. 그런데 오늘 아침 치안국장 아바르 씨가 형사들이 한데 모인 자리에서 당신이 쓴 편지를 직접 읽었는데, 그 속에 내가 추적하고 있는 자가 언급되더라 이겁니다. 일명 떡대라 불리는 건달 루파르 말입니다. 아시겠습니까?"

"그건 알겠습니다. 하지만 아무 경찰관이나 한 명 보내도 될 일인데……"

"천만의 말씀! 저는 원래 직접 발로 뛰는 걸 좋아합니다. 게다가(쥐브는 이 대목에서 상처받은 자존심을 굳이 숨기려 들지 않았다) 치안국 형사반장으로서 사람들이 도움을 호소하는 모든 문제에 즉각적으로 대응하는 자세를 갖는 건 당연한 일입니다."

"오, 쥐브 경감님! 저는 그저 경감님이 워낙 유명한 분이셔서……"

"자, 자, 대관절 무슨 일인지 얘기나 들어봅시다."

"알려드린 대로 그저 평범한 일입니다. 혹시 우리 병원을 속속들이 돌아다녀보시진 않았지요, 쥐브 경감님?"

"예, 몇몇 병실만 들어가봤을 뿐입니다."

"실은 그저께 새벽 파텔 박사에게 젊은 여자 환자 한 명이 왔는데, 흔히 질 나쁜 음식물을 섭취했을 때 발생하는 위장장애에 시달리고 있었습니다……"

"의사의 진단이 그렇게 나왔나요?"

"예, 확실히 그랬습니다. 도착하자마자 나온 진단도 그렇고, 조금 후에 확정된 진단도 마찬가지였습니다. 별도의 주치의가 따라붙어야만 하는 증상이었습니다. 그 여자 환자가 자기 신원을 밝히며 댄 이름은 조제핀으로, 현재 파리의 구트 도르 가에 거주하는 것으로 나와 있었고요. 어떻습니까, 여기까지는 이상할 것이 전혀 없지 않습니까?"

"그렇군요. 아직까지는 수상한 점이 별로 안 보입니다."

"그런데 말입니다, 그 여자 환자가 병원에 들어오고 몇 시간 후에, 그러니까 같은 날 오전 열한시경에 편지 한 장이 그 여자 환자 앞으로 배달되어온 겁니다. 편지를 가지고 온 심부름꾼이 병원 문 앞에서 지금 즉시 전해야만 하는 편지라며 유별나게 때를 쓰더군요. 저는 우리 병원이 최고의 행정 서비스를 갖춘 곳이라는 긍지가 있는 사람입니다. 그래서 환자들이 최대한 편하고 쾌적한 병실 생활을 할 수 있도록 직원들을 항상 엄격하게 다루고 독려하는 편이지요. 당연히 그 편지는 즉시 파텔 박사가 돌보는 문제의 여자 환자에게 전해졌습니다. 한데 환자가 편지를 받아 읽더니만, 갑자기 기겁을 하며 비명을 지르지 않겠습니까! 그러면서 인턴에게도, 간호사에게도 편지를 넘겨주지 않으려고 발악을 하는 겁니다."

"음…… 그래서요?"

"조제핀이라는 그 여자 환자가 막무가내로 병원을 나가겠다고, 당장 집으로 돌아가겠다고 악을 쓰는 거예요! 하지만 말씀드렸다시피, 환자는 아주 심한 고열에 시달리고 있었거든요……

병원을 나가게 내버려두는 것은 곧 죽게 놔두는 것과 같은 상황이었습니다. 그래서 인턴이 나서서 장황하게 설명을 하며 뜯어말렸죠. 퇴원증을 발부해줄 수 없다느니, 아침이 밝기 전에 환자가 병원 밖으로 빠져나가는 건 규칙상 허용될 수 없다느니 하면서 말입니다…… 하지만 모두 소용없었습니다! 환자는 기어이 나가겠다며 난리를 치고, 온 병실을 발칵 뒤집을 듯 소란을 피우는가 하면, 환자를 억지로 병원에 붙잡아둘 권한은 세상 그 누구에게도 없다면서 고집을 피웠습니다. 하긴 맞는 얘기였죠…… 결국 인턴이 궁여지책으로 저를 부르러 왔더군요. 저는 우선 환자를 진정시키는 일부터 착수했습니다. 그런 다음 나는 의사이기 이전에 친구이며, 절대로 해칠 생각이 없다고, 오로지 도와주고 싶을 뿐이라고 다독였습니다. 그러자 결국에는 저에게 편지를 내밀더군요. 바로 이 편지입니다.”

쥐브는 라리부아지에르 병원장이 건네는 봉투를 열고 편지를 읽기 시작했다.

나 감방에서 돌아왔어. 너는 없더군. 이런 식의 장난질은 질색이야. 넌 결코 나만큼 아프지 않아. 그러니 지금부터 내가 하는 말을 잘 들어. 일단 그 병원에서 나와서 집으로 돌아가. 그러지 않으면 돌아오는 금요일, 장담하건대 면회 시간에 맞춰 네 살점 깊숙이 총알 두 발을 박아넣어 찍소리도 못 하게 만들고 말 거야.

"좋아! 아주 좋아! 완벽해!……"

형사반장의 반응에 병원장이 어리둥절한 표정으로 물었다.

"완벽하다니요?"

"일이 아주 명확해졌다는 뜻입니다."

"그럼 무슨 영문인지 아신다는 겁니까?"

"그렇습니다. 자, 자, 얘기나 마저 해보십시오."

"조제핀 양은 내일 루파르라는 남자가 자기를 죽이러 올 거라고 확신하는 눈치였습니다."

"그래서 뭐라고 하셨나요?"

"그야 당연히 여긴 무슨 술집처럼 아무나 제 맘대로 드나들 수 있는 곳이 아니며, 사전에 면회자들을 일일이 확인할 거라고 잘 설명해주었죠."

"그랬더니 여자가 뭐라던가요?"

"별다른 반응은 보이지 않았습니다. 아무튼 제가 분명히 깨달은 건, 환자가 자신을 무슨 큰 잘못이라도 범한 사람처럼 생각하고 있으며, 우리가 조심스레 돌보는 것보다 루파르라는 자의 거친 태도를 더 편안하게 여긴다는 사실이었습니다. 그럼에도 불구하고 병원에 그대로 머문다는 것은, 환자 스스로도 집으로 돌아가기엔 몸이 너무 쇠약하다는 것을 느끼고 있다는 얘기지요."

"그렇군요…… 사실 참 서글픈 얘기입니다. 원래 루파르 같은 건달들은 아가씨들의 사랑을 이끌어내 자신들을 먹여살리게 만드는 묘한 재주가 있거든요. 실제로 그런 여자들은 그들 건달패 이외에는 어느 누구도 신뢰할 수 없게 된답니다."

"그런데 아까부터 궁금한 점입니다만, 도대체 그자가 왜 자기 애인한테 그런 협박을 가했는지 경감님께서는 잘 아시는 것처럼 말씀하셨는데…… 환자의 몸 상태가 진짜로 안 좋거든요. 세상에, 애인이라는 자가 무슨 이유로 그런 협박을 했는지 저는 정말 모르겠습니다."

쥐브는 잠시 주저하더니 이렇게 말했다.

"애기하자면 깁니다. 원장님은 그저 이렇게만 알아두십시오. 보신 것처럼 오늘 애인의 협박에 벌벌 떨고 있는 그 조제핀이라는 여자는 바로 얼마 전 그 애인과 관련한 긴요한 정보를 우리 경찰에 제보한 사람입니다. 우리는 아직도 그 자료를 가지고 있습니다. 루파르라는 작자가 범죄를 저지르려 한다는 내용이 담긴 증거품이지요."

"그런데 그자가 정말로 무슨 짓을 저지르진 않을까요?"

"그건 저도 모릅니다."

"아, 그런 사람들은 무슨 짓이든 못 할 게 없다고 생각합니다! 한데 그자가 세시 전까지 병원에 들이닥쳐 애인을 살해하겠다고 엄포를 놓았으니…… 다시 말해 자기 계획을 우리에게 미리 알린 마당이니, 그자가 사람을 해치지 못하게끔 하기도 그만큼 쉬워진 셈이 아닐까요?"

"그러니까 이제는 경찰이 나서서 범행을 사전에 차단하기가 그만큼 쉬워지지 않았느냐, 그 말씀이죠?"

"네……"

"그건 틀린 생각입니다."

"제 생각이 틀렸다고요?"

"물론이죠! 원장님의 생각은 틀렸습니다. 이유는 간단합니다. 원래 우리 경찰은 온갖 규정과 조항에 시달리기 때문에 개인의 자유를 존중해가며 효율적으로 일하기가 몹시 힘듭니다. 마음 같아서는 그렇게 하고 싶지만, 그렇게 하다보면 우리 행동의 상당 부분에 제약이 생길 수밖에 없지요…… 그같은 살해 협박을 드러낸 이상, 루파르 같은 인간은 즉시 검거되어야 마땅합니다. 그런데 실은 지금 제 주머니 속에는 구인영장이 들어 있지 않습니다. 자세한 사정은 지금 말해봤자 원장님이 이해하시기 버거울 테니, 이 정도로만 이야기하겠습니다. 자고로 선량한 사람들은 범죄자에 대해 늘 무방비 상태이기 마련이니까요! 다시 말해 누군가 목숨을 걸고 뭔가를 노린다면, 즉 원하는 목표를 이루기 위해 무슨 짓이든 서슴지 않는다면, 그 목표가 무엇이든 간에 달성할 가능성이 높다는 것이지요! 루파르가 자기 정부를 죽이려 한다고요? 그래요, 이제 우리도 그 사실을 잘 압니다. 제가 나서서 필요한 모든 조치를 취할 겁니다. 내일 아침 이 병원을 우리 경찰력으로 가득 채우겠어요. 문마다 감시를 붙이고, 면회하러 오는 사람들을 하나하나 조사할 겁니다. 확신하건대, 그놈의 루파르를 검거해야만 한다면 언젠가 틀림없이 그렇게 하고 말 겁니다. 그런데 말입니다, 원장님…… 그 모든 노력과 조처에도 불구하고, 놈이 살인을 원하는 한 그걸 막을 수 있다는 보장은 어디에도 없다는 것이지요!"

"그러면 쥐브 경감님, 환자를 아예 다른 병원으로 옮겨야 하지 않겠습니까?"

쥐브는 즉시 고개를 가로저었다.

"그렇게 해서 우리가 그의 의도를 파악하고 있다는 걸 드러내란 말인가요? 그러면 결국 건달패의 자존심을 자극하고 도발한다는 뜻인데…… 아닙니다, 원장님. 일을 그렇게 진행해서는 곤란하지요……"

"쥐브 경감님, 당신이야 워낙 이런 일에 익숙하신 분이라 제가 경감님의 뜻을 따르고 말고 할 것도 없겠습니다만…… 대체 그럼 어쩌자는 겁니까?"

"우선 병원 안을 샅샅이 돌아다니면서 내부 구조부터 확실히 익히는 게 급선무입니다. 그렇게 해서 놈이 어떻게 잠입할지 연구하고, 경찰력을 어디어디에 배치할지 미리 살펴봐야겠죠."

병원장 모필 씨는 즉시 간호사를 호출했다. 그리고 쥐브를 파텔 박사에게 모셔다드리라고 지시했다.

"쥐브 경감님, 어쨌든 우리 병원의 모든 직원은 이제부터 당신이 내리는 조치에 철저히 따를 것입니다."

쥐브는 고맙다는 인사와 함께 즉시 자리를 이동했다.

그러면서 속으로 이런 생각을 굴렸다.

'아무래도 이상해…… 그 건달 놈이 개입된 일이 아무래도 수상쩍어…… 조제핀이 그런 고발 편지를 보내 내가 루파르에게 주의를 기울이도록 한 건 전적으로 나를 농락하려는 의도가 아닌가 싶었는데…… 이번에 루파르가 보냈다는 그 편지를 보면 반드시 그렇지도 않은 것 같고 말이야……'

앞서가던 간호사가 문득 뒤를 돌아보며 이렇게 말했다.

"파텔 박사님께서 진료를 맡으신 구역으로 모셔다드리겠습니다."

"잠깐, 그 전에…… 그곳이 본관 건물에서 어디쯤에 위치하는지 가르쳐줄 수 있겠소?"

간호사가 걸음을 멈추었다. 때마침 두 사람은 라리부아지에르 병원 본관을 이루는 널찍한 병동 바로 코앞까지 와 있었다. 간호사는 지붕 바로 아래에 줄지어 있는 창문들을 손으로 가리키며 말했다.

"저기, 건물 모퉁이 창문에서 시작해 저 기둥장식 가까이에 있는 창문까지가 파텔 박사님이 진료를 보시는 구역입니다."

"남자 환자와 여자 환자가 같은 구역에 있나요?"

"네, 남자 환자용 침대가 스무 개, 여자 환자용 침대가 서른 개
입니다."

"물론 병실은 두 개겠고?"

"그렇습니다. 우측이 남자 병실, 좌측이 여자 병실이지요."

"여자 병실로 접근하려면 어느 통로로 갑니까?"

"오, 그리 복잡하지 않습니다. 파텔 박사님 구역은 제일 꼭대
기 층이니까요…… 일단 계단을 다 올라가자마자 나오는 문, 그
러니까 계단 입구에 난 문을 통해 들어가든지, 제일 끄트머리에
있는 문으로 들어가면 되지요. 그 너머에는 임상실험실, 당직 인
턴 집무실, 그 밖의 부속시설들이 위치하고요."

"알겠습니다. 방문객들은 어디로 드나들지요?"

"방문객이라뇨?"

"환자의 부모나 친구들 말입니다."

"아, 모두 중앙계단을 이용하게 되어 있습니다."

쥐브는 간호사가 방금 가리킨 창문들을 한참 눈여겨보고는 다
시 걸음을 뗐다.

"자, 어서 파텔 박사의 진료구역으로 가봅시다."

쥐브가 툭 던지듯 말하자 간호사가 깍듯이 대답했다.

"네, 경감님."

계속 간호사의 안내를 받으며 층계를 올라 병실로 들어서자,

마침 파텔 박사가 환자들을 돌보고 있었다. 그는 진지한 자세로 이 침대 저 침대를 오가며 담당하는 여자 환자들의 상태를 일일이 묻는가 하면, 부랴부랴 주위를 에워싸는 인턴들의 보고를 경청했다. 그러고는 제자이자 의사인 그들을 돌아보며 잠깐 동안의 소중한 가르침을 베푸는 것이었다.

"여러분, 방금 우리가 함께 살펴본 환자는 경미한 말라리아성 간헐열 증세를 보이고 있습니다. 혈청진단법으로는 지금까지 주목할 만한 성과도 얻지 못했습니다. 따라서 현재로서는……"

바로 그때, 사람들 속에 섞여 얘기를 듣고 있던 쥐브의 어깨에 누군가의 손이 얹혔다.

"아무튼 참 대단하신 분이지! 그럼에도 불구하고 혈청진단법은 여전히 유의미한데 말입니다! 오늘 아침 6번 침대 환자 보셨소? 분명 티푸스 환자 아닙니까? 어떻게 생각하시오?"

난데없는 질문에 쥐브는 뭐라고 대답해야 할지 난감했다. 한데 누구인가 싶어 돌아본 그는 기겁하지 않을 수 없었다.

"아니, 당신은!"

"어, 당신은 쥐브 경감 아닙니까? 또 저를 찾아오신 건가요?"

형사반장의 어깨에 손을 얹은 사람은 다름 아닌 살레크 박사였다!

"이 병원 소속이셨습니까?"

박사는 쥐브의 물음엔 아랑곳하지 않고 다시 반문했다.

"말씀해보세요, 이번에도 저를 만나러 오신 거냐고요!"

"아닙니다! 박사님이 이 병원에 근무하시는 줄도 몰랐는걸요."

"오, 여기선 그저 강의만 들을 뿐입니다…… 그나저나 지난번에는 도와주셔서 고마웠습니다. 같이 오셨던 형사분이 저를 죄인 취급하는 것 같았는데 말입니다."

"아, 그거야 겉으로 드러난 상황이……"

"그렇기 때문에 저도 환장하겠다는 겁니다! 분명히 말하지만 저는 체포되거나 기소당하는 것이 두려운 게 아닙니다. 다만 세상이 좀 어리석습니까! 사악한 사람들이 얼마나 많으냔 말입니다! 일단 소문이 퍼져나가면 다들 옳다구나 하고 저를 의심하고 경멸할 겁니다!"

"오, 박사님!"

"아닙니다, 부정하려 하지 마세요! 저는 당시 강도 피해자였다는 것만 알아두십시오."

"하긴……"

"저는 결코 부자가 아니라고요! 그래, 뭐 좀 알아내셨습니까?"

"아직은요……"

"아무런 단서도 찾지 못했단 말입니까?"

"전혀요!"

"어떻게든 진실이 밝혀져야 하는 것 아닙니까?"

"그 점만큼은 제가 약속을 드리겠습니다! 그런데 이번 사건에는 수수께끼 같은 점들이 있습니다. 진실을 밝혀내고 싶은 마음이야 굴뚝같지요……"

"무엇보다 시급한 건 살해당한 여자의 정확한 신원을 알아내는 일일 겁니다."

"아니면 최소한 어떻게 살해됐는지를 추정해야겠지요. 어떻습니까, 우리끼리 얘긴데, 뭐라도 짚이는 것이 있으면 털어놓으시지요……"

샬레크 박사는 또다시 난감하다는 내색을 보이며 말했다.

"정말 모르겠어요! 아무런 생각도 안 듭니다. 시신이 심하게 뭉그러져 있지 않았습니까? 도대체 어떤 지독한 살인마이기에 그렇게까지 할 수 있었는지…… 솔직히 말해 저도 그 문제 때문에 골치가 아플 지경입니다!"

샬레크 박사는 문득 말을 멈추었다. 인턴 한 명이 손짓으로 그를 부르고 있었던 것이다.

"실례합니다, 쥐브 경감님. 동료를 더 기다리게 할 수가 없어서…… 제가 담당하는 환자의 붕대 때문에 좀 보자고 하는군요. 어떠세요, 함께 환자를 보러 가지 않겠습니까? 원하신다면 저야 기꺼이 모시겠습니다만……"

"오, 아닙니다. 다음에 또 뵙죠!"

"그럽시다. 또 뵙겠습니다."

샬레크 박사가 자리를 뜨자 쥐브는 중얼거렸다.

"갈수록 아리송하네…… 도무지 뭐가 뭔지 통 알 수가 없어. 조제핀은 분명 루파르가 샬레크 박사 집을 털 거라고 썼다 이거야. 그래서 루파르를 미행했건만 결국 놓쳤지…… 방 안에서 꼬박 밤을 새웠지만 아무것도 보지 못했어. 그런데도 결국 끔찍한 범행이 일어났고…… 살인 행위가 바로 코앞에서 벌어졌는데 아무것도 보지도 듣지도 못했다니! 집주인인 샬레크 박사 역시 아무것도 감지하지 못한 건 마찬가지고…… 게다가 자기 집에서 시체로 발견된 여자를 전혀 모른다니 말이야! 그런 와중에 경찰에 제보한 조제핀이 배가 아파 병원에 오는 일이 발생하고…… 아마도 독약을 먹었겠지? 그리고 그녀에게 루파르의 협박 편지가 배달되고…… 내가 그녀를 보호하려고 병원으로 달려오자, 난데없이 샬레크 박사가 떡하니 나타났거든……"

이윽고 쥐브는 자기를 안내한 간호사를 돌아보며 말했다.

"혹시 방금 전에 나와 이야기한 사람에 대해 잘 아십니까?"

"샬레크 박사 말인가요? 그럼요, 경감님."

"샬레크 박사가 어떤 자격으로 이 병원에 와 있는지 말해줄 수 있습니까?"

"외부 의사이십니다. 제 생각에는 벨기에 출신이신 것 같은데요…… 어쨌든 부장급 의사 분들의 임상 강의 이수 대상자이면서 우리 병원 실험실에서 연구를 하도록 허가받은 분이지요. 하지만 행정적으로 이 병원에 소속되신 분은 아닙니다."

7

총성

그날 오후 파텔 박사의 진료는 평소보다 활발한 분위기 속에서 진행되고 있었다.

이전과 다름없이 환자들에게 부모와 친지들의 면회가 허락되었을 뿐만 아니라, 많은 의사들이 온종일 차트를 손에 들고 이 침대에서 저 침대로 건너다니며 환자들을 보살피는가 하면, 환자 명부와 체온 측정표를 일일이 체크하고 개인 탁자 위에 놓인 약병들을 꼼꼼히 점검했다. 의사들이라고? 왠지 간호사들은 널찍한 실내를 이리저리 오가면서도 여간해서는 그들을 '박사님'이라고 부르는 법이 없었다. 그들은 하나같이 낯설고 외부에서 온 사람들이었다. 하지만 이렇다 할 고열 증세나 통증이 없는 환자들은 그들의 자격이 정확히 무엇인지 충분히 숙지하고 있는 눈치였다. 병실에는 들릴 듯 말 듯 속삭이는 소리들만 낮게 깔렸다. 그러다 약간의 소음이라도 나면 죄다 소스라치듯 방 저쪽 한 방향으로 시선이 쏠리는 것이었다.

그곳에는 여느 것과 조금도 다름없는 침대 하나가 약간 동떨어진 자리에 놓여 있고, 그 위에 루파르의 정부 조제핀이 누워 있었다. 가엾은 아가씨는 극심한 발열 증세에 시달리면서 가쁜 숨을 몰아쉬는 중이었다. 그녀는 주변에서 어떤 일이 일어나는지 전혀 알 수가 없었다.

사실 그쪽 구석은 제일 심각한 중증 환자들을 위한 공간이었다. 조제핀의 맞은편에는 거의 가망이 없는 듯한 딱한 환자가 셋 있었고, 바로 옆자리에는 그날 아침에 새로 온 노파가 두툼한 탈지면으로 얼굴 대부분을 가리고 있었다.

갑자기 커다란 종소리가 병원의 사방 벽을 뒤흔들듯 울려대더니, 남자 간호사 한 명이 병실 입구에 나타나 이렇게 외쳤다.

"세시 십오 분 전입니다! 앞으로 십 분 후에 면회객들은 모두 나가주시기 바랍니다."

인턴 두 명이 서로 마주 보며 미소를 교환했다.

"세시 십오 분 전이라네…… 루파르는 오지 않으려나봐!"

그러자 다른 한 명이 대꾸했다.

"글쎄, 아무튼 그자는 분명 세시라고 했거든!"

"뭔가 불길해……"

"천만에. 정확한 사람이라구!"

젊은 인턴은 호주머니에서 초시계를 꺼내며 말했다.

"십오 분도 안 남았어. 이제 정확히 십삼 분 남았어……"

"자, 자, 만반의 준비가 되었겠지?"

"준비야 루파르나 잘하라지!"

"지금 농담하나?"

"이제 십일 분 남았네……"

"미치겠군!"

"팔 분 조금 더 남았어……"

"어련하시겠어!"

"육 분이야……"

"분위기가 자못 심각해지는군…… 문도 닫히고, 면회객들도 다 떠나고……"

"삼 분……"

"끝까지 날 놀릴 셈인가?"

"이제 이 분 남았어……"

"할 말 다 했나?"

"일 분……"

탕! 탕!

바로 그때, 조용하던 실내에 난데없는 두 발의 총성이 긴 꼬리를 끌며 요란하게 울려 퍼졌다.

그리고 화답이라도 하듯 날카로운 비명 소리가 들려왔다.

일순 경악의 분위기에 사방이 들썩이기 시작하고……

문짝들이 덜컹거렸다.

사람들이 이리 뛰고 저리 달려갔다.

끔찍한 비명 소리, 두려움에 떨며 사람을 부르는 소리, 찢어질 듯한 고함 소리가 어지러이 뒤엉켰다.

"누가 쏜 거야?"

"아무도 없었는데!"

"정말 모를 일이로군."

그 모든 소란을 뚫고 갑자기 선명한 목소리 하나가 솟구쳤다.

"오, 맙소사! 몸이 젖었네…… 대체 어찌 된 거지?"

당직 인턴이 부랴부랴 달려간 침대에는 흡사 죽은 사람처럼 조제핀이 백지장 같은 얼굴을 하고 꼼짝도 하지 않고 누워 있었다. 이불에는 붉은 얼룩이 점점 크게 번져가고 있었다.

젊은 의사는 이불을 걷어치우고 곧장 청진기를 갖다댔다.

잠시 후, 몰려든 사람들을 향해 그가 말했다.

"기절했어요! 기절했을 뿐입니다!"

그러고는 주위를 돌아보며 외쳤다.

"쥐브 경감님! 쥐브 경감님 어디 계십니까?"

그러자 가까운 곳에서 방금 전의 그 선명한 음성이 또다시 들려왔다.

"기절했다는 건 나도 잘 알고 있소. 첫번째 총알은 분명 팔에 맞았을 테니까. 그런데 두번째 총알은……"

조제핀의 침대를 에워싼 사람들이 목소리의 주인공에게 길을 열어주듯 한쪽으로 스르르 물러났다. 그러면서 다들 어찌나 깜짝 놀랐는지 주위가 갑자기 조용해졌다.

불과 몇 분 전까지만 해도 세상모르고 자는 것 같던 바로 옆 침대의 왜소한 노파가 엉금엉금 침대에서 내려오고 있었다. 노파는 마침내 얼굴을 덮고 있던 탈지면을 후딱 치우고 머리에 쓴 가발도 재빨리 벗어던졌다. 그러자 기운 넘치는 외모에 침착 그 자체인 쥐브의 모습이 나타났다!

"아무튼 이따위로 흠뻑 젖어서야…… 루파르가 총을 쏜 순간 웬 물벼락이 여기까지 튀었지?"

인턴이 신속히 설명을 제시했다.

"아, 그건 별일 아닙니다. 조제핀 양이 물을 가득 채운 고무 매트리스에 누워 있었거든요. 열이 심한 환자용으로 흔히 쓰는 매트리스 말입니다. 그런데 발사된 총알 중 하나가 그 매트리스에 구멍을 뚫은 것 같습니다."

"그리고 그 물벼락이 나에게 튀었고 말이지…… 알았소."

그렇게 결론이 난 듯했다.

쥐브는 재빨리 옷을 갈아입고는 덧붙였다.

"여자의 상태는 정확히 어떻소?"

"그냥 스쳤을 뿐입니다. 어깨에 타박상이 좀 있고요!"

"다행이로군!"

"그러게요…… 한데 그자가 빠져나간 것 아닙니까?"

"빠져나가?…… 글쎄, 그건 두고 보면 알겠지."

치안국 형사는 하루 종일 병실을 어슬렁거리던 낯선 사내들을 손짓으로 불렀다.

"자, 어서 보고하게. 다들 아무것도 보지 못했나?"

"네, 아무것도 보지 못했습니다."

"누구 수상한 사람 못 봤어?"

"전혀요."

"거참, 이상한 일이로군!"

쥐브는 잠시 생각하더니 덧붙였다.

"나야 침대에 꼼짝없이 누워 있어야 해서 문 쪽을 감시할 수가 없었지. 루파르가 병실 안으로 잠입하면서 내 존재를 알아챌 지도 몰랐으니 말이야…… 하는 수 없이 조제핀의 움직임만 예의 주시하기로 했지. 루파르를 발견하면 그녀가 즉시 움찔하든지, 그에 상응하는 반응을 보일 거라고 생각했거든. 그런데 그녀는 아무런 반응이 없었어. 결국 그녀도 루파르가 들어오는 걸 보지 못했다는 얘기인데…… 그렇다면(이 대목에서 쥐브의 표정에 생기가 돌았다) 놈은 분명 이 방에 미리 들어와 있었던 거야. 왜냐하면 지금은 창문도 문도 죄다 닫혀 있으니까. 나간 사람은 아무도 없어. 그런 상황에서 총성이 두 번 울렸거든! 그래도 지나치게 불안해할 필요는 없지…… 이 병원 감시에만 이미 오십 명에 가까운 경찰 인력을 투입해두었으니까."

"대체 어디서 쏜 걸까요?"

"오, 그거야 쉬운 문제지. 우선 첫번째 총알이 조제핀 양의 매트리스에 구멍을 뚫고 마룻바닥에 그대로 박혔어, 안 그런가? 그렇다면 그 총알이 지나간 두 개의 궤적을 일종의 가상선을 그어 연결해보기로 하지. 말하자면 총알이 마룻바닥에 박힌 지점과 매트리스를 뚫은 지점을 서로 연결하는 가상선을 계속 연장시켜보잔 말이야. 그러면 총알이 발사된 지점을 궁극적으로 도출해낼 수 있을 것 아닌가……"

그러자 사람들 가운데서 의사 한 명이 앞으로 나서며 말했다.

"쥐브 경감님, 방금 경감님께서 말씀하신 내용으로 추론해본다면 총알은 바로 저 문턱에서 발사됐다는 얘기 아니겠습니까?"

쥐브는 고개를 들지 않고 상대의 말만 듣고도 누구인지 금방 알 수 있었다.

"오, 샬레크 박사님, 또 뵙게 되는군요! 네, 그렇습니다. 아마 범인은 바로 그 지점에서 환자를 겨냥했을 겁니다. 한데 무슨 문제라도 있나요?"

"제가 저 문을 통해 이 병실에 들어선 직후에 총성이 울렸어요. 그런데 저는 아무런 인기척도 느끼지 못했습니다. 제 뒤에 따라 들어온 사람도 없었고, 앞서서 들어온 사람도 없었어요. 그렇다면 범인은 다른 문을 통해 들어왔다가 병실을 지나 저 문 앞으로 다가갔다는 얘긴데, 어떻게 여기 모인 사람들 중 아무도 그가 들어오고 나가는 것을 보지 못할 수 있단 말입니까?"

"저는 설명 같은 건 하지 않습니다. 그냥 확인할 뿐이지요……"

쥐브는 이렇게 대꾸한 뒤, 방금 지목된 문, 즉 환자들이 가득 찬 대형 병실과 인턴들의 집무실을 이어주는 출입문을 향해 간호사들을 헤치며 걸어갔다. 다른 형사들은 자세한 영문도 모른 채 그의 뒤를 따라 걸어갔다.

이윽고 쥐브는 자신의 생각에 충분한 확신이 선 듯 문제의 출입문을 활짝 열며 외쳤다.

"바로 여기서 총이 발사된 게 분명해!"

뿐만 아니라 허리를 숙여 뭔가를 집어들면서 보다 당당한 어조로 이렇게 덧붙였다.

"오호라, 여기 내 말을 확실하게 뒷받침해줄 물건이 있군!"

쥐브는 아직 네 발의 총알이 장전되어 있는 리볼버 한 정을 손에 쥐고 휘두르며 말을 이었다.

"혹시 면회를 하러 온 손님이나 외부인이 저 문을 통해 병실로 드나들 수 있습니까?"

"그건 절대 불가능합니다, 쥐브 경감님! 오로지 이 병원 곳곳을 샅샅이 돌아다녀서 구조를 훤히 아는 직원들만 저 문을 봉해 이곳에 드나들 수 있을 겁니다. 저 문으로 들어오려면 그 전에 실험실들과 외과 병동을 두루 거쳐야 하거든요."

"그렇다면 루파르가 이 병원 직원이로군요?"

"그럴 리가요! 그랬다면 우리 모두가 그를 알 텐데요……"

"문제를 요약해보면 이렇습니다. 나도 알고 당신들도 아는 루파르 그자는 그 누구의 눈에도 띄지 않고 이곳에 잠입했습니다. 병원에 익숙한 사람만이 선택할 수 있는 통로를 통해 들어왔다는 뜻이지요."

쥐브의 추론에 샬레크 박사가 말했다.

"이 시간이면 직원들이 인턴 실험실을 청소하고 있을 겁니다. 외부인이 지나가는 걸 봤다면 무슨 용건인지 물어봤을 거예요."

"그것 참, 갈수록 어려워지는군!"

쥐브 형사는 환자의 침대 발치에 걸터앉았다. 그런데 그는 손에 쥔 권총을 기계적으로 옆에 내려놓다 말고 벌떡 일어나지 않을 수 없었다.

"어, 어……"

쥐브 경감은 눈이 휘둥그레진 채 총신이 닿았던 지점을 손으로 가리켰다. 아까만 해도 티 없이 희기만 하던 시트에 붉은 얼룩이 생겨 있었다.

"이거야말로 뭔가를 말해주는 징표로군!"

쥐브는 호기심 가득한 표정으로 자기를 바라보는 사람들을 향해 말을 이었다.

"자, 자, 여러분, 우리 논리적으로 생각해봅시다! 나는 방금 이 권총을 여기 이 하얀 시트 위에 내려놓았습니다. 그랬더니 이곳에 바로 붉은 핏자국이 묻어났어요…… 희미하긴 하지만 분명 핏자국이 맞습니다. 자, 이것으로부터 무엇을 추론해낼 수 있을까요?"

아무도 선뜻 대답하지 못했다.

"저라면 다음과 같이 추론하겠습니다. 일단 아까 총을 쏜 범인은 권총을 사용하는 사람이라면 누구나 잘 알고 있는 어떤 원리를 활용한 게 분명합니다. 필경 그는 권총을 제대로 조준할 시간적 여유가 없었을 겁니다. 그럼에도 불구하고 정확한 사격을 해야만 했지요. 그래서 그는 권총을 이런 식으로 쥐었고…… 결국 자기 집게손가락에 상처를 입을 수밖에 없었을 겁니다."

그러면서 쥐브는 직접 행동으로 상황을 재연해 보였다. 그는 오른손으로 권총을 붙잡고 손가락을 가지런히 해서 총자루를 거머쥐되, 가운뎃손가락을 방아쇠에 걸고 집게손가락은 총신을 따라 길게 죽 뻗었다.

"범인은 바로 이런 식으로 했을 겁니다. 집게손가락을 총신에 바짝 붙여 뻗은 채 살해할 여자를 손가락으로 가리키는 듯한 포즈를 취한 것이지요. 익히 알려진 사격 방법 중 하나입니다. 이렇게 하면 명중률이 제법 높아지지요. 우리에게 그나마 다행인

건 이 권총의 총신이 무척 짧다는 점입니다. 그러다보니 손가락 끄트머리가 총구를 조금 넘어섰고, 총알이 발사되면서 그 부분을 스치고 지나간 것이지요. 총을 내려놓았던 시트에 핏자국이 묻은 것은 그렇게 생긴 상처에서 난 피가 총에 묻어 있었기 때문입니다.”

“그럼 결론은 뭡니까?”

“그야 범인이 손가락에 상처를 입었으니, 병원 직원을 포함해 현재 이 건물 안에 있는 사람들을 모두 조사해 집게손가락에 경미한 찰과상을 입은 사람을 찾아내야 한다는 거지요. 그 사람이 바로 이번 사건의 진범일 테니까요!”

한참 생각을 하던 당직 인턴이 중요한 반론이라도 제기할 모양인지 모처럼 입을 열었다.

“하지만 말입니다, 경감님. 그렇다고 해서 반드시 외부인이 저 문을 통해 병실을 출입했다든가, 우리 중 그 누구의 눈에도 띄지 않고 버젓이 직원 행세를 했다고 볼 수는 없지 않습니까?”

그러나 쥐브는 그 정도의 사소한 문제 제기로 움찔할 사람이 아니었다.

그의 대답은 어디까지나 간명했다.

“선생, 당신은 확실히 밝혀진 사실들에 근거해 사건을 추론해야 한다는 원칙을 망각하고 있소이다. 어떤 사실이 그럴듯한지 아닌지는 관계없습니다. 누군가 조제핀을 향해 총을 쏘았습니다.

그건 이론의 여지가 없는 사실이지요. 그렇다면 누가 쏘았을까요? 우린 그것을 모릅니다. 단지 루파르의 소행일 거라고 믿을 뿐이지요. 알겠습니까? 단순히 믿고 있을 뿐이라는 얘기예요."

이번에는 아무도 이의를 달지 못했다. 쥐브는 자리에서 일어나 차가운 어조로 내뱉었다.

"여러분, 방금 전 범행이 발생한 순간 우리 형사 중 한 명이 사전에 내가 지시해둔 것을 실행에 옮겼을 겁니다. 병원의 모든 출입구로 달려가 차단 조치를 취해놓았을 거란 말이지요. 앞으로 두 시간쯤 수색을 벌이고 나면 범인을 색출해낼 수 있을 겁니다!"

그러나 안타깝게도 이 방법은 여간 복잡한 것이 아니었다.

자고로 병원이란 하나의 세계나 다름없다. 쥐브는 라리부아지에르 병원의 의사들뿐만 아니라, 남녀 불문하고 범행이 일어난 시점에 건물 안에 있었던 모든 간호사와 학생, 환자, 방문객 들을 죄다 조사하고자 했다.

그러나 제아무리 명철한 아이디어로 모든 이를 대상으로 한 꼼꼼한 조사방식을 즉각 마련했다 해도, 이런 식의 조사는 보통 힘들고 오래 걸리는 일이 아니었다.

쥐브가 원장실에 틀어박힌 지 이미 세 시간이 흐르고 있었다. 그런데도 이렇다 하게 밝혀진 것은 아무것도 없었다.

한편 샬레크 박사는 병원 출구를 향해 맥없는 걸음을 옮기고 있었다. 머릿속은 이런저런 생각으로 복잡하기만 했다.

강도 피해를 입은 데다 집에서 발견된 신원 미상 여인의 시신으로 인해 공연한 혐의까지 받아야 했고, 이제는 파텔 박사의 진료 현장에서까지 괴이한 일에 말려들게 되다니……

수심에 찬 얼굴로 라리부아지에르 병원의 정문을 막 지나려는데 웬 형사 하나가 그의 앞을 척 가로막았다.

"실례합니다, 선생님. 오늘 낮에 벌어진 사건에 대해서는 물론 아시겠지요? 암호를 알고 계십니까?"

"암호라니요?"

"쥐브 경감님께서 알려준 암호를 대지 않으면 오늘 밖으로 나가실 수 없습니다."

"맙소사! 제가 늦다보니 그만…… 그 암호를 알려면 어디로 가야 합니까?"

"쥐브 경감님께 직접 가서 들으셔야 합니다. 경감님은 현재 병원장님 사무실에 있습니다."

"알겠습니다. 가보죠……"

8
범인을 찾아서

모필 병원장이 외쳤다.

"기가 찰 노릇이로군요! 지금까지 이백 명 가까이 살펴보았는데 아무 소득도 없다니……"

그러자 쥐브가 얼른 그의 말을 바로잡았다.

"그러게 말입니다. 아무 소득도 없이 이백 명의 사람들을 하나하나 조사하고 이백한번째로 우리 앞에 놓인 손을 통해 범인의 정체를 밝혀낼 수 있다면 당연히 기가 찰 노릇이지요……"

"하지만 쥐브 경감님, 당신이 간과한 문제가 하나 있습니다."

"그게 뭡니까?"

"이렇게 손을 집중적으로 조사한다는 걸 범인이 눈치채면, 조사에 순순히 응할 리가 없다는 사실 말입니다."

"옳은 말씀입니다. 하지만 저도 그 정도쯤은 이미 염두에 두고 있답니다. (쥐브는 한층 다져진 목소리로 말했다.) 원장님, 지금 이 시점에서 라리부아지에르 병원을 정상적으로 나갈 수 있는 사람들은 거의 다 조사한 셈이지요?"

"그렇지요……"

"그렇다면 우리 방법을 한번 바꿔봅시다. 이곳에는 신뢰할 만한 남자 간호사 한 명만 남겨놓고 우리 두 사람이 함께 수색에 나서는 겁니다."

"병원 구석구석을 뒤지겠다는 뜻입니까?"

"바로 그겁니다! 제 부하 경찰관들을 모두 데리고 진행할 겁니다. 일렬로 나란히 세워 병원 건물의 한쪽 담벼락에서 출발해 맞은편 담벼락까지 일제 단속을 벌이듯 하여 앞에 걸리는 것은 모조리 쓸어버리는 겁니다. 모든 병동의 층계마다 보초를 세워두고, 저는 1층에 위치한 진료구역들을 샅샅이 훑을 거예요. 그렇게 하다가, 우리 경찰로 꾸린 인간 띠 앞에 멀쩡하게 서 있는 인간들은 누구를 막론하고 가차 없이 밀어붙이는 겁니다. 그렇게 해서 모든 사람들을 병원 반대편 끝으로 몰아넣을 거예요. 그러고는 철저하게 조사를 할 겁니다. 그 안에서 범인이 색출되지 않으면 방향을 틀어서 다시 계속하고 말입니다……"

사실 쥐브의 복안은 범인을 색출하는 전형적인 방식이었다. 그것은 흡사 거리에서 벌어지는 일제 단속을 연상시켰다. 하긴 지금 추적중인 인물이 아직도 이곳 라리부아지에르 병원 건물 안에 남아 있다면, 쥐브가 구축한 인간 띠와 건물 반대편 벽 사이 어느 곳에서든 색출될 수밖에 없는 노릇이었다.

한편, 앙브루아즈 파레 가로 난 병원 출구 바로 앞에서 형사의 제지를 받은 샬레크 박사는 걸음을 되돌릴 수밖에 없었다. 그는 양손을 호주머니에 찔러넣은 채 정원 화단을 따라 걷다가 병실 쪽으로 방향을 틀었다. 그러다보니 원장실을 포함한 행정 사무실들이 있는 곳과는 정반대 방향으로 향한 셈이었다. 물론 지금이라도 마음만 먹으면 원장실로 들어가 급한 용무로 어서 병원을 나서야만 하는 사람들부터 조사하느라 여념이 없는 쥐브 형사와 얼마든지 대면할 수도 있었다⋯⋯

샬레크 박사는 수심이 가득한 표정으로 고개를 푹 숙이고 시선을 바닥에 고정한 채 천천히 걸었다. 어느새 새하얀 의사 가운을 벗어버리고 평상시에 입는 외출복으로 갈아입은 상태였다.

병원의 부속성당 뒤에서 시작해 외과 병실 및 수술실에 이르기까지 우측 건물들을 따라 죽 이어지는 유리 회랑 입구에서 샬레크 박사는 걸음을 멈추었다.

샬레크 박사는 우울한 생각 속을 헤매다 말고 언뜻 뒤를 돌아보았다. 저만치 멀리서 병원장을 대동한 채 걸어오는 쥐브의 모습이 눈에 띄었다. 아울러 나란히 열을 지은 제복의 견장들이 일

사불란하게 움직이면서 병원을 통째로 휩쓸어오는 것이 보였다. 샬레크 박사는 거의 반사적으로, 마치 자신과 그들 사이에 일정한 거리를 유지하려는 듯 걸음을 재촉해 유리 회랑 안으로 걸어 들어갔다. 이어서 외과 병실로 잠입해 그 맞은편 구역으로 건너가려고 하는데, 어떤 남자 간호사가 그의 길을 막아섰다.

"박사님, 거긴 당분간 들어갈 수 없습니다. 지금 수술중이신 위가르 교수님께서 공식적으로 금지하셨습니다."

샬레크 박사는 고집부리지 않고 계속해서 회랑을 따라 몇 발짝 걷다가, 갑자기 생각이 바뀌었는지 걸음을 되돌렸다. 때마침 쥐브와 병원장이 병원 관리직원 한 명을 대동하고 유리 회랑 안으로 들어서고 있었다. 그들이 가는 방향에는 환자와 병실 사환 등 십여 명의 사람들이 우왕좌왕 몰려 있었다.

샬레크 박사는 은근슬쩍 그 사람들 속에 섞여 들어갔다.

종양 수술을 받고 나서 줄곧 손에 깁스를 하고 있는 한 노인이 농담처럼 말을 던졌다.

"용의자가 손가락에 상처를 입었다고 하더니 저 사람들 아무래도 나를 붙잡아가려나봐!"

그런가 하면 쥐브는 우연히 이쪽 통로로 밀려온 사람들 한 명 한 명에게 가능한 한 빨리 운신의 자유를 돌려주기 위해 나름대로 애쓰고 있었다. 그들이 모두 아무 탈 없이 이 수색에서 벗어나기 위해서는 양손을 쫙 펴서 보여주는 것으로 충분했다.

모필 씨는 쥐브가 신호를 주길 기다렸다가 관리직원을 통해 사람들의 이름과 신분이 적힌 카드를 건네주었다. 그걸 받아든 사람은 그 순간부터 아무 제약 없이 건물 이곳저곳을 나다닐 수 있게 되는 것이다.

"이제 이쪽은 더이상 조사할 사람이 없는 거지요?"
쥐브가 묻자 병원장이 대답했다.
"아닙니다. 저 문이 닫혀 있지요. 지금 위가르 교수와 인턴 몇 명이 맹장 수술을 집도중이거든요. 지금 당장이야 수술을 방해할 수 없겠습니다만, 필요하다고 생각하시면 수술이 끝나는 대로 들어가볼 수 있을 겁니다."
"고마운 말씀입니다만, 그곳은 진작 살펴보았습니다. 위가르 교수를 돕는 자들 가운데 의심할 만한 사람은 없더군요. 게다가 이미 모두 허가증을 소지하고 있습니다."
이제 볼일이 다 끝났다 생각하고 꾸벅 인사를 한 뒤 돌아가려는 모필 씨를 쥐브가 다시 불러 세웠다.
"저쪽 출구로 나가면 어디가 나옵니까?"
모필 씨가 빙그레 웃으며 대답했다.
"정말 샅샅이 확인하고 싶으신가보군요…… 함께 가보죠!"
문을 열고 병원장의 뒤를 따라 들어선 좁은 통로는 일단 어둠침침하고 음습했다.

매우 짧은 통로를 지나자 동굴 같은 분위기의 널찍한 공간이 나왔는데, 천장 높이의 환기창에서 들이치는 빛만으로 희미하게 밝혀진 그곳엔 무척이나 싸늘한 기운이 감돌고 있었다. 제대로 잠기지 않은 수도꼭지에서 새는 단조로운 물소리만이 적막을 어지럽히는 가운데, 사립짝처럼 짠 거대한 나무판이 덩그러니 자리하고 있었다.

잠시 후, 어스름에 익숙해지면서 그 나무판 위에 가지런히 놓여 있는 희끄무레하고 길쭉한 형체들이 눈에 들어왔다. 쥐브는 그것들이 수의로 감싼 시체들임을 이내 알아보았다. 머리와 어깨만 바깥으로 드러나 있었는데, 위쪽에 비스듬히 매달린 수도꼭지로부터 얼음처럼 찬 물줄기가 소량이지만 매우 규칙적으로 새어나와 죽은 자의 이마에 떨어지고 있었다.

병원장은 자신을 돌아보는 쥐브에게 설명했다.

"여기는 해부용 시신들을 보관해두는 원형 강당입니다. 더 오래 있고 싶으세요?"

"방금 우리가 들어온 문을 통해서만 이곳에 드나들 수 있는 겁니까?"

"네, 다른 출입구는 없습니다."

쥐브는 을씨년스러운 그곳을 몇 걸음 서성이더니, 희부옇게 누워 있는 형체들을 잠시 굽어보았다.

"말끔한 건물 끄트머리에 이런 시체 안치소가 있다니, 솔직히 놀랐습니다!”

“아마 익숙하지 않아서 그럴 겁니다.”

“어쨌든 여기에 숨을 것 같지는 않으니, 다른 곳이나 더 둘러봅시다.”

그렇게 모필 씨를 따라 그 음산한 장소를 막 벗어나려는 찰나, 건물들 1층을 모조리 훑고 나서 합류하기로 했던 부하 경찰관들과 맞닥뜨렸다. 그들 역시 아무런 성과도 거두지 못한 상태였다.

사태가 심상치 않게 돌아가자 쥐브는 슬슬 초조해지기 시작했다. 그는 미셸 형사에게 물었다.

“1층은 죄다 돌아봤겠지?”

“경감님께서 직접 살피신 데만 빼고 다 돌았습니다. 층계마다 경관을 배치해두었으니 통행증을 소지하지 않은 사람은 1층을 벗어날 수 없을 겁니다.”

“음, 그 점만 확실히 해두면 되네. 부속성당 뒤쪽에 모두 집결시키고 내 지시를 기다리도록.”

잠시 후, 쥐브와 모필 씨는 원장실에서 머리를 맞댄 채 고민하고 있었다.

“자, 이제 어떻게 하죠?”

“원장님, 지금으로서는 한 가지밖에 말씀드릴 수가 없군요. 아무래도 살인범이 우리 손아귀를 벗어난 것 같습니다.”

“정말 살인범이 우리의 일제 단속을 따돌렸다고 보시나요?”

"거의 확실합니다. 벽을 타고 넘어 병원을 빠져나갔을 수도 있고요……"

"분명히 말하지만 그건 불가능합니다. 그러기엔 벽이 너무 높아요! 좌우간 이제 어떻게 할 겁니까?"

쥐브는 시계를 꺼내 보더니 말했다.

"맙소사, 지금 당장 가봐야겠습니다. 아바르 씨에게 이번 사건에 관한 보고도 올려야 하고, 오늘 아침 일곱시부터 이곳에 파견되어온 경찰관들의 근무 교대도 준비해야 하거든요."

"다시 오실 거죠?"

"물론입니다."

"그동안 제가 따로 조처할 일은요?"

"아무것도 없습니다. 하지만 건물 구석구석을 둘러보는 것 정도는 굳이 시간낭비라고 할 수 없겠죠."

모필 씨가 떠나려는 쥐브를 다시 불러 세웠다.

"잠깐, 한 가지 질문이 있습니다! 통행 허가 체제 말입니다……경감님이 다시 오실 때까지 엄격하게 유지해야 할까요?"

"그건 반드시 필요합니다, 원장님! 누가 들어오고 나갔는지 정확하게 파악이 되어야 해요. 만약 출입문 관리인이 잘 아는 누군가가 나가고 싶다는 뜻을 표하면, 제가 제공한 별도의 명부에 그 이름을 명기하도록 하면 됩니다."

"알겠습니다. 그렇게 하죠."

9

냉동실에서

라리부아지에르 병원의 실내등이 하나둘 켜지기 시작했다. 환자들이 지내는 병실에는 반투명 전구의 은은한 불빛이, 복도에는 좀더 강렬한 광선이 비추었다. 그런가 하면, 관리직원들이 일하는 사무실들은 눈부시도록 환한 불빛으로 가득 찼다. 그 밖에 주방과 구내식당, 경비실 등에는 초라하고 가끔 깜빡거리기까지 하는 전등들이 불을 밝혔다.

병원 전체에서 딱 한 곳, 스산한 분위기의 방 하나만 어두운 상태 그대로였다. 그곳을 사용하는 이들에게는 불빛 따위가 아예 필요치 않았던 것이다. 하긴, 찾아가는 이 없이 버려진 시신들을 임시로 보관하는 냉동실이었으니……

거기서 불현듯 시신 하나가 꿈틀 움직였다!

시신은 곁눈으로 유리 회랑 쪽으로 난 문이 완전히 닫히는 것을 확인하자마자, 이가 달그락거리고 살이 부들부들 떨릴 정도로 차가워진 몸을 움직여 축축한 수의를 단번에 벗어젖혔다. 그런 다음 깊은 잠이나 오랜 병마에서 막 헤어난 사람처럼 팔다리를 이리저리 움직이고 허리를 굽혔다 폈다 하는 등 근력과 유연성은 괜찮은지 한참 확인하는 것이었다.

그러다 문득 먼 곳에서 새어든 어떤 소음이 귓전을 때리자, 가짜 시신은 번개 같은 동작으로 다시 수의를 덮고 싸늘한 물줄기를 이마에 받으며 죽은 척 꼼짝 않고 누워 있었다.

잠시 후 주변이 조용해지자, 시신은 다시 수의를 젖히고 몸을 일으키더니 두 손으로 몸통과 어깨와 가슴을 필사적으로 문지르기 시작했다.

그러고는 또다시 조금 전의 곤혹스러운 자세로 돌아가 죽은 듯 누워 있기를 약 십오 분…… 이 수수께끼 같은 인물은 주위가 완전한 적막에 잠기기를 기다렸다는 듯 결연한 동작으로 자리에서 일어나 원형 강당을 가로질러 걸음을 옮기기 시작했다.

건너편 구석까지 걸어간 가짜 시신은 벽에 기대둔 함석 대야 아래에서 내의와 겉옷 꾸러미를 꺼내들었다.

그는 온몸에 오한을 불러일으키는 냉기를 악착같이 견뎌내면서 부랴부랴 옷을 입었다. 그렇게 모든 준비가 끝나고 나서도 때가 완전히 무르익기를 좀더 참고 기다렸다.

마침내 몸이 완전히 마르자, 그는 좁고 음습한 통로로 접어들어 불과 두 시간 전 모필 씨가 쥐브를 데리고 들어왔던 두꺼운 반투명 유리문 앞까지 다가갔다.

조심스럽게 문을 열면서 일단 바깥의 동향을 살폈다. 사람이 아무도 없음을 확인한 후에야 그는 문을 충분히 열어젖혔다. 죽었다가 부활한 것 같은 이 수수께끼의 사나이는 그러고도 미동 한 번 없이 몇 분을 더 잠자코 서 있었다. 얼마나 지났을까, 마침내 결심이 선 듯 그는 유리 회랑으로 성큼 들어섰고, 빠른 걸음으로 그 안을 관통해 나아갔다.

잠시 후, 병원 마당에 선 그는 오래된 부속성당 건물을 등지고 결연한 걸음으로 정문을 향해 나아갔다.

쥐브가 여기저기 배치해놓은 경찰관들의 비밀스런 그림자를 지나칠 땐 다소 움찔하기도 했지만, 친근한 저녁 인사를 건네오는 여자 간호사 두 명과 마주친 다음부터는 왠지 안도의 한숨이 나오며 마음이 편안해지는 기분이었다. 그도 그럴 것이, 어느 정도 안면이 있는 사람들이 자연스러운 반응을 보이는 것으로 미루어 지금 그의 행색에 이상한 점이라고는 찾아볼 수 없다는 사실이 확실했던 것이다!

커다란 정문 바로 우측에는 앙브루아즈 파레 거리로 난 출입문이 활짝 열려 있었다. 사람들은 대개 그 문을 통해 병원을 빠져나갔다. 이제 두어 걸음만 떼면 라리부아지에르 병원 밖으로 나설 참이었다.

"실례지만 누구시죠?"

어디서 나타났는지 수위가 불쑥 그의 앞을 가로막으며 물었다.

그러고는 잠시 얼굴을 눈여겨 살피는가 싶더니 곧장 이렇게 말하는 것이었다.

"아, 샬레크 박사님이시군요! 오늘은 늦게까지 병원에 계시는군요. 22호 병실에서 일이 많으셨던 모양이네요?"

"그러게 말입니다. 이제야 나가게 되는군요, 샤를."

샬레크 박사는 그렇게 대답한 뒤, 수위를 스치듯 지나쳐 빠져나가려고 했다. 그런데 수위가 또다시 앞을 가로막으며 이렇게 말하는 것이었다.

"잠깐만요! 명부에 서명을 좀 해주셔야 합니다."

수위는 군인 출신의 강단 있는 노인으로, 자신에게 하달된 지시를 복음서의 말씀처럼 신성시하는 사람이었다.

"명부라니요?"

어리둥절해하는 박사에게 수위는 차근차근 설명해주었다.

"경찰관들이 부과한 지침이에요. 병원을 들고나는 사람들 모두 이 명부에 이름을 적게 하라더군요."

수위는 샬레크 박사를 데리고 수위실 안으로 들어가 깔끔해 보이는 장부 하나를 펼쳐 보였다. 병원 경리 담당자가 한 시간 전에 갖다놓은 것으로, 표지에 빈민 구제국의 약자가 금박으로 새겨져 있었다.

수위는 첫 페이지를 장식하고 있는 대여섯 명의 이름을 손으로 가리키며 너스레를 떨었다.

"샬레크 박사님은 역시 쟁쟁하신 분들과 함께하게 됐네요. 보십시오, 위가르 교수님 바로 밑에 성함을 적게 되셨어요!"

"그렇군요. 그나저나 샤를, 뭐 새로운 소식은 없소? 범인은 잡았답니까? 누구 의심 가는 사람도 없대요?"

"글쎄요, 오십 명은 족히 되어 보이는 경찰관들이 흙 묻은 신발로 마구 들이닥치긴 한 것 같은데, 기껏 병실마다 돌아다니며 소란을 피우고 진료를 방해하더니 결국 아무것도 건지지 못했다고 합니다. 저기를 좀 보세요, 샬레크 박사님……"

수위가 지목한 방향으로 고개를 돌리자 병원 마당 저만치 어둠침침한 구석에 모여 있는 정체를 알 수 없는 사람들의 윤곽이 여럿 눈에 들어왔다.

사람 좋은 수위는 계속 떠들어대면서 잉크병을 찾느라 수위실 안을 이리저리 서성대고 있었다.

"글쎄 형사들이 아직도 저렇게 진을 치고 있다니까요! 만약 범인이 이 병원 안에 있다면, 수갑을 차지 않고서는 결코 빠져나가지 못할 것 같습니다. 아무렴, 도망은 어림도 없지요!"

순간 샬레크 박사의 창백한 입가에 아리송한 미소가 살짝 스쳤다.

마침내 잉크병을 찾아낸 샤를이 서명 장부를 들이밀자, 그때까지 고집스레 양손을 호주머니에 찔러넣고 있던 샬레크 박사의 얼굴이 금세 굳어졌다. 아울러 오른손이 마치 물에 흠뻑 적신 것처럼 축축해지면서 손가락 끝을 조이는 듯한 극심한 통증이 느껴지는 것이었다.

"여기에 서명하시면 됩니다, 박사님."

수위는 아무렇지도 않게 펜대를 내밀었다.

"샤를, 실은 지금 내가 굉장히 바쁜 일이 있다오. 그래서 부탁인데, 내가 서명하는 동안 밖으로 나가 지나가는 택시 한 대 잡아줄 수 있겠소?"

"알겠습니다, 박사님!"

대답과 동시에 수위가 등을 돌리자마자 박사는 기다렸다는 듯 호주머니에서 오른손을 빼 극도로 조심하며 서명하기 시작했다. 검지와 중지를 사용하는 대신 약지과 새끼손가락 사이에 펜대를 끼우고 힘겹게 손을 움직이는 모습이 분명 부자연스러워 보였다.

그렇게 막 서명을 마치려던 샬레크 박사는 예기치 못한 상황에 맞닥뜨리기라도 한 듯 흠칫 놀라며 얼굴이 창백해졌다. 샤를이 수위실 안으로 불쑥 들어선 것이다.

"택시 잡아놓았습니다, 박사님."

"잘했어요, 고맙소이다!"

샬레크 박사는 부리나케 명부를 덮고는, 유난스레 서두르는 그의 태도에 어리둥절한 수위를 밀치다시피 하면서 수위실을 나갔다. 그런 다음 재빨리 택시 안으로 기어들어가 행선지를 말했다.

한편 샬레크 박사가 급히 명부를 덮을 때부터 샤를은 속으로 이렇게 중얼거리고 있었다.

'제기랄, 압지도 없는데. 잉크도 마르지 않은 상태에서 덮어버리다니 글씨가 번졌겠는걸……'

그러고는 이미 늦었지만 득달같이 명부를 집어 펼쳐보았다. 그런데 페이지를 펼치자마자 샤를은 휘둥그레진 두 눈을 방금 전 샬레크 박사가 휘갈긴 서명에서 차마 떼지 못하고 중얼중얼 신음만 뱉어내는 것이 아닌가!

"오! 오! 이런……"

10
피 묻은 서명

"들어오시오!"

극도로 신경이 날카로워진 모필 씨가 소리쳤다.

빠끔히 열린 원장실 문 틈으로 한 사람이 간신히 얼굴만 들이밀었다.

"원장님, 지금 많이 바쁘신가요?"

"아, 당신이요, 샤를!"

모필 씨는 곧바로 쥐브를 돌아보며 설명했다.

"병원 정문을 담당하는 수위입니다. 그래, 무슨 용건이라도 있소, 샤를?"

샤를은 그제야 결심이 선 듯 결연한 태도로 원장실 안으로 들어섰다.

"원장님, 다름이 아니라, 오늘 저녁 병원을 빠져나가는 사람들에게 받아놓으라고 하신 그 서명 말인데요……"

"그게 왜요?"

"그게 말입니다, 원장님. 지금이 밤 열한시인데, 이젠 병원 밖으로 나갈 사람이 아무도 없는 것 같습니다."

"그래요. 한데 그 얘기를 하려고 일부러 찾아올 필요까진 없어 보이는데……"

"저, 원장님…… 실은…… 그 명부에 핏자국이 묻어 있어서……"

그야말로 눈 깜짝할 새였다. 쥐브 형사가 안락의자를 박차고 일어나 순식간에 수위에게 다가들더니, 겨드랑이에 끼고 있는 두툼한 명부를 거칠게 낚아채는 것이었다.

"핏자국이라니!"

그는 파르르 떨리는 손끝으로 페이지를 넘기기 시작했다.

문제의 페이지가 펼쳐지자, 쥐브 경감은 어김없이 탄식을 내뱉었다.

병원장 모필 씨의 동의도 구하지 않고 그는 수위를 즉시 문밖으로 내보내며 말했다.

"이제 그만 가보시오. 나중에 또 봅시다."

수위가 나가고 문이 닫히자마자, 쥐브 경감은 핏자국이 묻은 페이지를 손으로 가리키며 걱정스레 중얼거렸다.

"보십시오, 샬레크 박사의 서명입니다! 손이 닿은 바로 그 부분에 정확히 핏자국이 있어요. 어떻게 생각하십니까?"

"하지만……"

"샬레크 박사는 손가락에 상처를 입은 것이 분명합니다. 한데 우리가 그것에 초점을 맞춰 조사를 벌이고 있는 줄을 알면서도 아무 말도 하지 않았어요."

"하지만 샬레크 박사는……"

병원장은 왠지 미적지근한 반응을 보였고, 쥐브는 계속 따지고 들었다.

"총이 발사되었을 때 샬레크 박사는 현장에 있었습니다. 자기가 병실에 들어오고 나서 곧바로 총성이 울렸다는 사실을 스스로 인정했고요. 더군다나 그가 들어온 문 바로 앞에서 권총이 발견되었는데, 당시 문 주위에 그 말고 다른 사람은 없었다는 얘기도 자기 입으로 했단 말입니다!"

"그래도 그건 말이 안 됩니다! 샬레크가 범인이라니요!"

"왜 말이 안 되죠?"

"그는 제가 누구보다 잘 아는 사람입니다……"

"그래요?"

"지금도 기억이 생생합니다만, 제 오랜 친구인 도지사가 그를 소개해줬어요. 샬레크는 벨기에 국적의 외부 의사로, 나무랄 데 없이 진지한 사람입니다. 간헐열 증상에 대한 연구를 하기 위해 특별히 이곳에 오신 분이지요. 존경받을 만한 인물이란 말입니다. 그런 분이 도대체 루파르와 무슨 공통점이 있다는 건가요? 조제핀이라는 아가씨와는 또 무슨 관계가 있겠습니까! 모든 정황상 샬레크 박사의 결백은 증명된 것이나 다름없습니다!"

쥐브는 중대한 국면에 처할 때마다 늘 그랬듯, 이번에도 냉철하면서도 카리스마 넘치는 분위기로 상대의 어깨에 한 손을 지그시 얹은 채 두 눈을 똑바로 바라보며 이렇게 말했다.

"이것 보십시오, 모필 원장님. 추측과 증명을 혼동해선 안 되지요……"

"당신의 주장도 확실하게 증명된 것으로 볼 수는 없지 않습니까?"

"적어도 많은 증거로 뒷받침할 수 있는 얘기지요."

"어디 들어봅시다."

"이 핏자국을 보십시오. 명부에 묻어 있는 핏자국…… 이보세요, 모필 원장님. 이건 증거보다 더 확실한 것입니다. 일종의 자백이나 마찬가지예요! 샬레크 박사는 손가락에 상처를 입고도 시치미를 뚝 떼고 있었다 이 말입니다!"

"그저 우연의 일치겠지요!"

"물론 그럴 수도 있을 겁니다. 하지만 우연치고는 참 고약한 우연 아닐까요?"

라리부아지에르 병원장은 무어라 대꾸해야 좋을지 몰라 잠시 잠자코 있었다. 이윽고 쥐브가 과장된 태도로 깍듯이 인사를 하며 말했다.

"물론 저 역시 장담하는 건 아닙니다. 아직 아무 결정도 내리지 않았어요…… 내일 아침 결정적인 소식을 가지고 다시 찾아뵐 테니, 방금 나눈 얘기는 그때까지 우리 둘만의 비밀로 해주기 바랍니다."

그러고는 더욱더 깍듯하게 인사를 하고는 곧장 모필 씨의 집무실을 빠져나온 쥐브…… 문이 닫히기가 무섭게 양 손바닥을 힘있게 문지르며 잔뜩 기대에 찬 표정으로 중얼거렸다.

"이번에는 제대로 걸려들었어!"

쥐브는 서둘러 층계를 달려 내려가 병원 마당을 가로지른 뒤, 수위실 앞에 이르러 요란스레 문을 두드렸다.

"샬레크 박사가 어떻게 병원 문을 빠져나갔는지 하나도 빠뜨리지 말고 정확히 이야기해주시오!"

수위는 처음 샬레크 박사가 문 앞에 다가왔을 때부터 시작해 서명하는 동안 자신더러 택시를 불러달라고 부탁한 일, 장부를 급히 덮고는 곧장 병원을 떠나버려서 잉크가 번질까봐 얼른 장부를 다시 열어보았다는 얘기까지 낱낱이 털어놓았다.

"아주 좋습니다! 고마워요!"

쥐브는 그것으로 일단 일을 마무리짓고 라리부아지에르 병원을 나섰다.

그러면서 속으로 이렇게 중얼거렸다.

'의미심장한 실수였어! 자신이 핏자국을 남긴 명부를 부랴부랴 덮었다, 이거지…… 빠져나갈 시간을 확보하려는 술책이었겠지. 샬레크 박사…… 아주 의미심장한 행동이었다고……'

어느새 마장타 대로까지 다다른 그는 지나가는 삯마차를 불러 세웠다.

"몽마르트르로 가서 '라 카피탈' 사 앞에 세워주시오."

얼마 지나지 않아 쥐브는 제롬 팡도르가 일하는 사무실에 모습을 나타냈다.

"무슨 소식이라도 있습니까?"

팡도르가 묻자 쥐브는 다소 흥분을 감추지 못하며 대답했다.

"대단한 소식이 있지! 그래서 이렇게 달려왔네."

"와, 역시 당신밖에 없습니다…… 고맙습니다, 쥐브! 늘 이렇게 특별한 정보를 가져다주시니 말입니다. 아무렴요, 요즘 같은 시대에 〈라 카피탈〉처럼 세상 보는 눈이 밝은 언론을 찾기가 어디 쉽나요!"

형사반장은 라리부아지에르 병원에서 방금 맞닥뜨린 놀라운 사건을 거침없이 털어놓았다.

"이상이네. 이 정도면 내일 특종 한 토막 나갈 수 있겠지?"

"물론이지요."

"이제 범인 검거는 시간문제네."

"어떻게 하실 작정인데요?"

"글쎄…… 아직은 모르겠네. 자, 난 그만 가봐야겠어. 잘 있게!"

쥐브는 팡도르를 뒤로하고 성큼성큼 문 쪽으로 걸어갔다. 그의 입가에 한 줄기 미소가 어른거렸다. 막 밖으로 나가려던 찰나, 팡도르가 그를 얼른 불러 세웠다.

"쥐브!"

쥐브가 고개를 돌려 바라보자 팡도르가 매섭게 캐물었다.

"저한테 뭐 숨기는 거 있으시죠?"

"내가? 천만에!"

"아닐걸요…… 분명 뭔가 숨기는 게 있어요! 아니라고 해봐야 소용없습니다. 제가 어디 한두 번 겪습니까? 분명히 뭔가 저에게 말씀 안 하신 게 있어요."

"말을 안 한 게 있다니, 무슨?……"

쥐브는 어느새 책상 앞까지 되돌아와 두 팔을 짚은 채 놀란 표정으로 기자를 내려다보고 있었다.

"지금 무슨 얘기를 하려는 건가?"

"그저 정보만 제공하려고 여기 오신 건 아니라는 거죠…… 저를 찾아오셨을 땐 분명 무슨 생각이 있으셨을 텐데, 갑자기 마음이 바뀌신 거예요. 왜죠?"

"분명히 말하지만 자네는 뭔가 착각하고 있어."

"아이고, 나 참…… 하여튼 평범한 방법은 먹혀들지 않는다니까! 이보세요, 쥐브. 당신이 하려는 일에 저를 끌어들이길 원치 않는다는 거 다 알아요…… 그렇다면 좋습니다. 이제부터 당신을 미행하는 수밖에!"

민완기자의 선언에 쥐브는 하는 수 없다는 듯 어깨를 한 번 으쓱하고는 의자에 털썩 주저앉았다.

"그러지 말게, 젊은 친구…… 매번 자네가 위험한 상황을 감수하는 거…… 그거 정말 못 할 짓이야!"

"바로 그겁니다!"

"뭐가?"

"제가 뭐랬습니까! 처음에는 그 위험한 모험에 함께하자는 말씀을 하시려고 저를 찾아오셨잖아요! 그러다 갑자기 걱정이 되어 마음이 변한 거고요!"

형사는 고개를 떨구며 대꾸했다.

"자네도 내 입장이 되어보게. 내 자네의 용기를 익히 알기에 늘 자네 생각이 나는 건 사실이지만, 자네가 할 일은 엄연히 따로 있으니……"

대답 대신 담배를 한 대 피워 문 제롬 팡도르는 벌써부터 흥분한 표정으로 양 손바닥을 비벼대며 말했다.

"자, 우리 어디부터 시작할까요?"

쥐브는 공들여 짠 전술을 공개할 때면 늘 그렇듯 군더더기 없이 긴장된 말투로 말했다.

"오늘밤, 샬레크 박사의 집을 덮치는 거네!"

"좋습니다!"

"이번 일은 우리의 목숨을 걸어야 할지도 몰라. 박사도 자신한 테 쏠리고 있는 의혹을 간과할 리 없으니 말이야. 그렇다 하더라 도 부닥쳐볼 가치는 충분하지."

일단 중대한 결심을 내리자, 그는 승리를 예감한 듯 평소의 쾌 활한 목소리로 돌아와 이렇게 덧붙였다.

"잠입의 달인인 이 몸은 곁쇠를 종류별로 한 꾸러미 확보했으 니 문제없을 거야! 초인종을 누를 필요도 없고, 집주인을 특별 히 성가시게 할 이유도 없지. 마침 밤도 어두우니 잘됐지 뭔가!"

겉으로는 뭐라고 말하든 간에, 쥐브로서는 제롬 팡도르 같은 원군과 함께 작전을 펴는 것이 더없이 든든했다.

11
모래비

"과연 이 집에 들어오는 건 식은 죽 먹기로군!"

쥐브가 중얼거리자 팡도르는 씽긋 웃었다. 지금 두 사람이 나란히 들어와 있는 곳은 프로쇼 주택단지 내의 아담한 저택, 즉 샬레크 박사 집의 현관이었다. 불과 몇 분 전, 그들은 관리실 앞을 몰래 지나가려 애쓰는 대신 당당하게 그 앞에 멈춰 서서 박사가 귀가했는지 물어보았다.

"네, 대략 두 시간 전쯤에 귀가하셨습니다. 집 안으로 들어가시는 걸 제가 직접 봤으니까요."

쥐브와 팡도르는 저택의 담벼락에 바짝 붙어 중앙도로를 걸어 들어갔고, 정원 문을 살짝 열고는 현관 앞 계단까지 조심조심 접근했다.

자연스럽게 초인종을 눌러 방문 목적을 솔직하게 밝힐까도 잠시 생각했으나, 주변 분위기가 워낙 조용히 가라앉은 데다 샬레크 박사가 만반의 준비를 하고 있을지 모른다는 생각에 쥐브는 그냥 조용히 잠입하는 쪽을 택했다. 문이 빗장 하나로 닫혀 있고 안에서 걸쇠로 고정시킨 상태만 아니라면, 딱 맞는 곁쇠를 찾아내 문을 여는 것은 일도 아닐 터였다.

형사반장과 민완기자는 마침내 아무 소음도 어려움도 없이 집 안으로 발을 들여놓을 수 있었다.

쥐브는 자신의 복안을 팡도르에게 알리기 전에, 먼저 고무로 된 덧신 한 켤레를 내밀었다. 그 덧신은 얇고 유연하며 소음을 내지 않는 재질로, 구두를 한 겹씩 싸도록 되어 있었다. 쥐브가 신호를 보내자 팡도르는 살금살금 그의 뒤를 따라 계단을 올라갔다.

형사반장의 복안이란, 불시에 침실을 파고들어 샬레크 박사가 어리둥절해하는 사이에 몇 가지 날카로운 추궁을 하고 병원 출입 명부에 핏자국을 남긴 오른손 손가락의 상태를 직접 확인한다는 것이었다.

쥐브가 먼저 방으로 들어갔고, 곧이어 팡도르가 전원 스위치를 돌려 불을 켰다. 아뿔싸, 방은 텅 비어 있었다!

"서재로 가보자고!"

쥐브의 말에 이어 신속한 동작이 뒤따랐지만 샬레크 박사는 그곳에도 없었다.

팡도르는 요란한 소리가 나는 것엔 아랑곳하지 않고 옆에 딸린 욕실로 들이닥치는가 하면, 2층 구석에 겹쳐놓은 칸막이라든가 가구들을 이리저리 헤쳐보았다. 그리고 1층으로 달려 내려와 그보다 앞서 내려와 있던 쥐브와 합류했다.

가만 보니 1층 전체가 닫혀 있고 사람은 아무도 없었다.

캄캄한 어둠 속에서 쥐브가 말했다.

"우린 지금 한편으로는 옳고 다른 한편으로는 아주 잘못된 태도를 취하고 있는 거야……"

"왜죠?"

"왜냐하면, 지금 샬레크가 여기서 벗어나지 못했다면 우리의 존재를 아직 감지하지 못했을 리가 없을 테고, 그렇다면 이제는 정정당당하게 그와 대결하는 편이 낫지 않겠어?"

그때였다. 위층에서 가벼운 소음이 들려왔다! 밤의 적막 속에 마룻바닥이 삐걱대는가 싶더니, 발소리를 죽여 다급하게 이동하는 소리, 벽걸이 천에 스치는 소리, 가구 부딪치는 소리가 어지러이 뒤섞여 들려오는 것이었다. 쥐브는 어둠 속에서 권총을 빼들었고, 팡도르 역시 자신의 브라우닝 권총을 빼든 채 그를 뒤따랐다.

2층으로 뛰어오른 뒤에도 귓가에 소음이 선명히 들려오자, 쥐브는 이런 확신이 들었다.

‘샬레크든 다른 누구든, 지금 서재 안에는 분명히 누군가가 있어!’

후닥닥 서재로 파고들었던 그가 삼십 초 만에 다시 밖으로 나왔다. 뭔가 잘 안 풀린다는 생각에 잔뜩 인상을 찌푸리며 걸어나오던 그는 팡도르와 맞닥뜨리자 이렇게 외쳤다.

“아, 이런! 대체 어디 있다 이제 오는 건가? 내 뒤를 따라오는 줄 알았는데 말이야!”

“무슨 소리가 들리기에 서재에 들어갔다 나오는 길인데요……”

팡도르의 말에 쥐브는 발끈했다.

“뭐라고? 내가 방금 전까지 서재에 있었는데…… 그럼 자네가 들었다는 그 소리는……”

하지만 팡도르는 쥐브의 말을 끊으며 답답해했다.

“아니, 지금 무슨 말을 하시는 겁니까, 쥐브? 서재에 있던 사람은 당신이 아니라 나였다고요!”

쥐브는 성냥불을 켜 팡도르의 얼굴 가까이 가져가더니 두 눈을 한참 들여다보고는 한 손으로 자기 이마를 쓸어올리며 말했다.

“자, 자, 우리 정신 차리자고! 내가 서재에서 나왔는데, 자네 역시 서재에서 나오는 길이라고 하고 있어. 이건 말도 안 되는 얘기지. 어쨌든 확실한 건 우리 둘이 함께 서재 안에 있지는 않았다는 거야. 서로 마주치지 않았으니까. 난 2층에 올라오자마자 곧장 서재에 들어갔거든……”

쥐브의 말이 끝나기가 무섭게 팡도르가 대꾸했다.

"저도 마찬가지예요!"

평소 침착한 성격인데도 불구하고 쥐브는 슬슬 초조해지기 시작했다.

"이보게, 젊은 친구. 지금 자네가 하는 말은 정말이지 얼토당토않은 말이네! 왜냐하면……"

"정 그렇다면 아까 행동한 대로 다시 해보는 건 어때요? 일단 불부터 켜고요."

"안 돼! 불은 켜지 말게. 경솔한 짓이야."

캄캄한 어둠 속에서 두 사람은 계단 바로 앞까지 돌아가 섰다. 쥐브가 속삭였다.

"방금 전처럼 내가 네 발짝을 걸어가면 문 앞에 휘장이 있고, 그것을 젖히고 방향을 틀어 들어가면……"

자기가 말한 동작을 정확히 실행에 옮기자 쥐브는 영락없이 서재 안으로 들어가게 되었다. 거기서부터는 숙달된 촉각을 활용해 책상과 ㄱ자 모양으로 놓인 소파를 손바닥으로 일일이 확인했다.

"이것 보라고. 내가 지금 이렇게 서재에 들어와 있잖아!"

그런데 그 말을 내뱉자마자 쥐브는 뭔가에 소스라치게 놀란 듯 움찔하지 않을 수 없었다.

팡도르의 목소리가 멀지만 아주 선명하게 밤의 적막을 흩뜨리며 들려오는 것이었다.

"저도 지금 서재 안에 들어와 있거든요!"

순간 경솔한 행동이고 뭐고 아랑곳하지 않고 쥐브는 무작정 전원 스위치를 돌렸다. 방 전체가 환해졌지만, 팡도르의 모습은 어디에도 없었다!

쥐브는 득달같이 문밖으로 뛰쳐나갔고, 마찬가지로 어디선가 허겁지겁 뛰쳐나온 팡도르와 마주쳤다. 둘은 거의 동시에 이렇게 중얼거렸다.

"방금 서재에서 나오는 길인데……"

두 남자는 서로의 어깨를 부여잡고 어이없다는 표정으로 한참을 마주 보았다.

이제는 샬레크든 루파르든 범인 추적이 문제가 아니었다. 조제핀도, 라리부아지에르 병원도, 이 괴이한 집 안에서 살해된 채 발견된 신원 미상의 여인도 더이상 문제가 아니었다.

"쥐브!"

"팡도르!"

"이게 대체 어떻게 된 일인지 아시겠습니까?"

"아니……"

하지만 쥐브는 결코 멍하니 당하고만 있을 사람이 아니었고, 팡도르 역시 정신을 놓고 앉아 있는 성격은 아니었다. 이 황당무계한 사태의 진실을 무슨 수를 써서라도 밝혀내, 왜 그리고 어떻게 같은 공간 안에 있는 두 사람이 서로의 존재를 인지하지 못하는지를 밝혀내야만 했다!

혹시 거울을 이용한 트릭 때문에 방의 일부밖에 볼 수 없었던 것은 아닐까? 하지만 그 정도로 설명하기에는 사태가 너무도 기상천외했다.

이제 어떻게 해야 하나?

쥐브는 어떤 알 수 없는 힘이 두 사람을 서로 떼어놓을까봐 걱정되기라도 하는 것처럼 팡도르의 팔을 단단히 붙잡고 자기 쪽으로 바싹 끌어당겼다.

두 사람은 그렇게 몸을 밀착시킨 상태로 함께 움직여 나아갔다. 쥐브가 먼저 한 발을 떼면 팡도르가 뒤따라서 보조를 맞추는 식이었다.

둘은 똑같이 서재 안으로 들어선 다음 서로를 다시 마주 보았다.

이어서 혹시라도 시각적 속임수가 개입되지는 않았는지 확인하기 위해 함께 방 안을 이리저리 돌아다니며 가구들을 만져보기도 하고, 벽을 두드려보기도 했다. 이상하게 보이는 것은 아무것도 없었다.

"어떤가, 내게 설명해줄 수 있겠나?"

쥐브의 말에 팡도르는 창백하게 질린 얼굴로 대꾸했다.

"제 기억이 틀리지 않다면…… 아까 경감님이 문 앞의 휘장을 젖힌 뒤 오른쪽으로 돌아 들어간 데 반해 저는 왼쪽으로 들어간 것 같은데요……"

"설마……"

"아니요, 그런 것 같습니다!"

"그렇다면 이 방으로 통하는 문 하나에 서로 다른 두 개의 통로가 연결되어 있다는 말인가?"

쥐브와 팡도르는 또다시 밖으로 나왔다. 이번에는 팡도르가 앞장서고 쥐브가 뒤따르기로 했다. 팡도르는 아까처럼 휘장을 젖힌 뒤 왼쪽으로 방향을 틀었다.

두 사람이 도달한 곳은 틀림없는 서재였다. 쥐브가 택한 통로도, 팡도르가 택한 통로도 서재와 연결되어 있었다. 하지만 문은 하나뿐이었다. 쥐브는 깊은 생각에 잠겨 중얼거렸다.

"이게 어찌 된 일인가, 팡도르? 상황이 이렇게 명백한데도 난 도무지 이해가 안 되는걸. 그렇다면 방금 전까지 내가 왼쪽과 오른쪽을 구분 못 했다는 얘기밖에 더 되는가? 이건 말도 안 되는 일이야……"

잠시 침묵이 흘렀다. 마침내 쥐브가 주먹으로 책상을 내리치며 말했다.

"제기랄! 이 문제는 어떻게 해서든 확실히 짚고 넘어가야겠어. 다시 시작해보세!"

무엇보다도 답답하고 궁금해서 참을 수가 없었다! 이마에 송골송골 식은땀까지 맺힌 쥐브는 소파 위에 모자를 훌렁 던져놓고, 팡도르를 잡아끌다시피 하며 밖으로 나갔다.

만약 상황이 지금과 달랐다면, 두 사내가 이처럼 흥분한 표정으로 딱 붙어 걸어다니는 꼴 자체만으로도 무척이나 우스꽝스러워 보였을 것이다.

하지만 지금 쥐브와 팡도르는 상대를 보고 웃을 기분이 전혀 아니었다.

쥐브는 이번에야말로 자신의 행동과 말을 철저히 통제해서 한 치의 오차도 없이 일치시키려는 듯 큰 소리로 또박또박 말했다.

"내가 왼손으로 휘장을 젖히고 들어간다…… 나는 좁은 통로로 접어든다. 이제 오른쪽으로, 즉 방금 전 휘장을 젖힌 반대 방향으로 몸을 튼다. 앞으로 계속 걸어간다. 그리고 드디어……"

마무리는 팡도르가 대신 해주었다.

"……서재로 들어간다!"

순간 쥐브는 심장이 멎을 듯 기겁했다! 어둡고 좁은 통로를 벗어나 방 안의 밝은 빛 속으로 파고들자, 그는 꼼짝 못하고 그 자리에 멈춰 설 수밖에 없었다. 불과 몇 초 전에 모자를 던져놓았던 구석의 소파 위로 그의 시선이 날아가 꽂혔지만, 거기에 모자는 없었다. 그런가 하면 팡도르도 허겁지겁 벽난로 앞으로 다가갔다가 쥐브를 돌아보며 이렇게 말했다.

"정말 이상하군요. 방금 전에 제가 이 시계를 일부러 정지시켰거든요. 그때 바늘을 여섯시에 맞춰놓았어요. 그런데 보세요! 시

계가 정상으로 가고 있고, 시각도 정확히 열두시 이십이분을 가
리키고 있어요…… 이게 도대체 어떻게 된 일이죠?”

쥐브는 아무 대꾸도 하지 못했다.

바로 그때였다. 날카로운 기계음과 더불어 갑자기 불이 나갔다!

“퓨즈가 나간 모양입니다!”

팡도르는 즉시 길을 더듬어 되돌아 나오려고 했지만 얼마 가
지 못해 새로운 장애물에 부딪히고 말았다.

“쥐브, 문이 닫혔어요! 아무래도 갇힌 것 같습니다!”

팡도르의 숨 가쁜 외침에 쥐브는 얼른 전원 스위치를 조작해
보았으나 허사였다. 손전등을 꺼내들고 팡도르와 함께 문을 열
려고 해보았지만 아무리 흔들고 밀어봐도 문은 꼼짝도 하지 않
았다.

쥐브는 즉시 창가로 달려가 커튼을 젖혀보았다. 아니나 다를
까, 두 개의 묵직한 철문이 굳게 닫힌 채 자물쇠로 잠겨 있어서
그곳을 통해 밖으로 빠져나갈 가능성은 전혀 없어 보였다.

“갇혔어! 우린 꼼짝없이 갇힌 상태야!”

게다가 엎친 데 덮친 격으로 새로운 불안 요소가 두 사람을 더
욱 황당하게 만들고 있었다.

팡도르는 애써 소리를 죽이며 다급하게 외쳤다.

“대체 무슨 일이죠?”

“모르겠는걸!”

"결국 이렇게 당하는 건가요?"

"건물이 무너지려는 것 같아."

"아……"

그러고 보니 방 전체가 가볍게 흔들리고 있었다. 사실 둔탁한 기계음과 함께 불이 나간 바로 그 순간부터 바닥이 함몰하고 있다는 느낌이 들었다. 승강기가 하강할 때와 유사한, 그리 낯설다고만 할 수는 없는 느낌이었다.

처음에는 건물 전체가 무너져내리는 엄청난 재앙을 당하나 싶었지만, 가만 보니 내려앉는 양상이 대단히 규칙적이었다. 한마디로 하강중인 승강기 안에 있는 것과 크게 다르지 않았다!

잠시 후, 덜컹 하는 약간의 충격과 함께 승강기가 바닥에 안착한 듯한 느낌을 쥐브와 팡도르 모두 감지했다. 한동안 쥐 죽은 듯 고요한 시간이 흘렀다.

"쥐브?"

"팡도르……"

"생각보다 심각하진 않군요."

"그러게 말이야. 어쨌든 바닥에 착지한 것 같으니, 이제부터 여기가 어디인지 알아봐야겠지?"

처음의 흥분된 감정이 가라앉자 제법 농담까지 건넬 여유가 생긴 듯했다.

사실 두 사람은 완전히 박살나지 않는 한 결코 기가 죽을 위인들이 아니었다. 오히려 이렇게 되고 보니 기세가 등등해지는 분위기였다. 그나마 의문 하나는 풀리지 않았는가!

요컨대 완전히 동일하게 꾸며놓은 두 개의 서재가 존재하되, 그중 하나는 지금 경험했다시피 승강기처럼 작동하게 되어 있었다! 이것으로 모든 상황이 설명되었다.

살인이 일어난 그날 밤 서재에서 늦게까지 일에 매진하던 샬레크 박사를 감시하느라 쥐브와 팡도르 두 사람이 창문 커튼 뒤에 붙박여 날밤을 지새는 동안, 악당 루파르는 아무 어려움 없이 또다른 서재에서 살인을 감행했던 것이다!

"맙소사, 그러니까 그동안 우리는 샤틀레 극장의 무대장치 같은 건물 안에 있었던 게로군!"

쥐브가 탄식하자 팡도르도 맞장구를 쳤다.

"솔직히 누가 그걸 미리 간파할 수 있었겠어요……"

하지만 쥐브의 생각은 조금 달랐다.

"아니, 내가 어리석었기 때문에 그 점을 미처 간파하지 못한 것으로 봐야지…… 아무튼 대단한 속임수야!"

팡도르는 어깨를 으쓱하며 대꾸했다.

"너무 흥분하시는 것 같습니다, 쥐브! 이런 일은 우리가 예측할 수 없는 일이에요. 이런 장치가 있을 것으로 예상하기에는……"

하지만 쥐브는 단호하게 팡도르의 말을 끊었다.

"닥치게, 젊은 친구! 자네나 나나 살인자가 무엇을 목표로 하는지 전혀 모르고 있어. 어쩌면 여기엔…… 아주 심각한 비밀이……"

"쥐브, 또 로캉볼* 타령을 하시려나본데, 로캉볼은 죽었습니다!"

"흠, 로캉볼이 죽었다 해도 팡토마스는 아직 건재하지……"

담대한 성향에도 불구하고 팡도르는 이 거물급 형사가 흘린 말 한마디에 그만 몸서리를 치고 말았다.

감히 털어놓지는 못했지만, 실은 벌써부터 팡도르의 불안한 마음속에는 도무지 그 정체를 규명할 수 없는 신비스러운 존재의 은밀한 실루엣이 벌써부터 선연하게 떠오르고 있었다. 수년 전부터 공공의 안위를 엉망으로 뒤흔들면서 죽음과 공포를 실컷 뿌려놓고는 나타났다가 사라지기를 반복해온 저 팡토마스라는 존재 말이다.

"쥐브!……"

"팡도르!……"

"느끼셨나요?"

"음, 느낌이 와……"

"대체 뭘까요?"

---

*19세기 중반에 활동한 프랑스 대중소설 작가 퐁송 뒤 테라이가 쓴 연재 모험소설의 주인공. '로캉볼스럽다rocambolesque'라는 형용사가 있을 정도로, 파란만장한 인생을 살면서 기상천외한 능력을 보여주는 인물이다.

"그건 나도 모르겠어!"

두 사람 모두 정체를 알 수 없지만 상상조차 할 수 없을 정도로 괴이한 느낌을 감지하고 있었다!

손과 얼굴, 귓불에 이르기까지 미세한 따끔거림이 피부를 자극하고 있었다. 아울러 공기마저도 왠지 텁텁한 것이 숨쉬기가 조금씩 거북해지는 느낌이었다.

"마치 몸에 뾰족한 핀들이 쏟아지는 것 같군……"

쥐브가 자신의 생각을 다급하게 털어놓자 팡도르가 버럭 외쳤다.

"혹시 전기가?……"

실제로 전기가 손가락 끄트머리를 파고 들어오는 근질거림 비슷한 느낌을 팔다리 전체를 통해 경험하고 있었다. 다만 캄캄한 어둠 속에 반짝이는 불티가 전혀 보이지 않고, 텁텁한 공기에 먼지가 섞여 있는 느낌이 드는 것이 다를 뿐이었다.

그런가 하면 서걱서걱하는 소리가 은은한 가운데 점점 강도를 더해가고 있었다.

쥐브는 몇 차례 시도 끝에 겨우 손전등에 불을 밝혔다.

희미한 불빛 속에서 아까부터 들리던 이상한 소리의 정체가 무엇인지 확인한 쥐브와 팡도르는 기겁하지 않을 수 없었다!

다름 아닌 모래가 쏟아지는 소리였다!

섬세하기 이를 데 없는 모래비가 천천히, 그러나 어마어마한 양이 천장에서 쏟아져내리는 것이 아닌가……

두 남자는 차근차근 진행되고 있는 끔찍한 사태의 진상을 순식간에 깨달았다.

팡도르가 저도 모르게 울부짖었다.

"우린 망했어요!"

"아, 이런…… 모래 속에 점점 파묻히고 있어!"

주위에 모래가 점점 차오르면서 두 사람을 조금씩 삼켜가고 있었다.

쥐브는 애써 사태를 낙관하려 했지만 왠지 허망한 노력 같아 보였다.

"이 방을 모래로 가득 채워서 우리 둘을 산 채로 매장할 모양인데, 그러려면 웬만한 양의 모래로는 턱도 없을걸! 잠깐 이러다 말 거라고……"

그러나 상상도 못 할 끔찍한 일은 이미 벌어지고 있었다! 바닥부터 차근차근 높이를 더해가는 모래와는 별도로, 전지가 닳을까봐 아껴 비추고 있는 손전등 불빛 속에서 천장이 슬금슬금 내려앉는 광경이 포착된 것이다……

팡도르가 팔을 치켜들자 손끝이 천장에 닿았다!

이러다가는 조만간 몸 전체가 으깨지는 상황이 오고야 말 터였다.

팡도르가 떨리는 목소리로 중얼대기 시작했다.

"오, 부탁이에요, 쥐브…… 저를 이런 식으로 죽게 내버려두지 마세요…… 차라리 지금 저를 죽여주세요!"

형사는 성난 야수처럼 방 안을 이리저리 두리번거릴 뿐 아무런 대꾸도 하지 않았다. 처음에는 그저 얼떨떨한 마음에 온몸이 마비되는 듯했지만, 시간이 흐를수록 형언할 수 없는 분노가 솟구쳤다.

그는 갑자기 앞으로 내달리더니, 주먹으로 벽을 마구 두드리고 가구들을 거칠게 밀치면서 어떻게든 탈출구를 찾으려고 미친 듯이 발버둥쳤다.

"이런 젠장! 무슨 수를 써서라도 여길 빠져나가야 해! 이봐, 팡도르! 이리 와서 좀 거들어봐!"

쥐브는 혹시나 돌파구라도 생길까 싶은 마음에 닥치는 대로 의자를 하나 집어들어 있는 힘껏 내동댕이쳤다. 하지만 의자는 벽에 부딪히자마자 산산조각으로 부서지고 말았다. 그와 동시에 그의 귀에 들린 것은 길게 이어지는 금속성의 충격음이었다.

승강기 방이 강철로 만들어졌다는 것은 이제 불 보듯 뻔했다.

그런 방의 벽에 구멍을 낸다는 것은 정신 나간 짓이었다!

"좋아, 어디 버틸 때까지 버텨보자고!"

내려앉는 천장을 받치려는 듯 쥐브는 책상 위에 다른 의자 하나를 올려놓으며 기를 쓰고 외쳤다. 반면 팡도르는 저만치 구석에 기대선 채, 어느 정도 체념한 듯 고개를 설레설레 젓고 있었다. 그는 점점 내려앉는 천장을 손으로 가리키며 말했다.

"어쩌면 모래비는 피할 수 있을지도 모르죠. 하지만 압사당하는 건 막을 수 없어요…… 이런 무지막지한 장치를 버텨낼 만한 가구는 아마 없을 테니까요."

쥐브는 팡도르의 눈길이 향하는 곳을 가만히 살펴보았다.

아까부터 계속 하강하고 있는 천장이 얼마 안 있으면 머리 바로 위까지 위협적으로 내려앉을 기세였다. 그걸 보고 있자니 어깨가 저절로 움츠러들었다.

세아무리 용감한 형사반장이라 하더라도, 이런 상황에서는 모든 게 끝장났다는 생각을 하지 않을 수 없었다.

쥐브는 길게 한숨을 토해낸 뒤 호주머니에서 권총을 꺼내들었다. 젊은 친구를 무시무시한 고통에서 일찌감치 해방시켜주는 것은 물론, 자신도 곧장 그 뒤를 따르기로 마음을 다잡은 듯했다. 그런데……

난데없이 우지끈 하는 굉음과 더불어 쥐브는 균형을 잃고 뒤로 벌렁 넘어질 뻔했다. 순간 그는 번개 같은 순발력으로 냉큼 몸을 날려 팡도르를 부둥켜안았다.

도대체 무슨 일이 일어나고 있는 걸까?

가만 보니 모래의 양이 빠르게 줄어들고 있었다!

아직 상황을 파악하지 못한 가운데 혼비백산한 두 남자……
저 아래 어딘가에 휑하게 뚫린 구멍 속으로 모래가 빠져나가고 있는 게 분명했다. 주위를 빼곡히 채우고 있던 모래 입자가 빠르게 휘돌아 빠져나가고, 그와 동시에 아래로부터 습한 공기가 차오르는 것이 느껴졌다.

쥐브는 얼른 손전등을 다시 켰다. 과연 바닥에 시커멓게 구멍이 나 있고, 그 속으로 모래가 폭포처럼 빠르게 쏠려 내려가고 있었다. 우두커니 서서 구멍 속을 살피는 쥐브…… 순간 발을 디딘 바닥이 난데없이 푹 꺼지는가 싶더니, 쥐브와 팡도르 두 사람 모두 속수무책으로 나뒹굴기 시작했다.

"팡도르!"

"쥐브!"

서로 화답한 것으로 미루어 두 사람 다 무사한 듯했다.

캄캄한 어둠 속, 어느 알 수 없는 미로에 또 발을 들여놓았는지는 모르지만, 어쨌든 서로의 목소리를 확인하자 형언할 수 없는 안도감에 가슴이 벅차올랐다.

그러나 또다시 알 수 없는 묘한 느낌이 엄습하면서 두 사람의 의식은 곧장 긴박한 현실로 돌아왔다. 정신을 차리고 보니 두 사람 다 무릎까지 물에 잠겨 있는 것이 아닌가! 발끝에서부터 차오르는 싸늘한 냉기와 귓전에 울리는 찰랑거리는 소리……

잠시 후, 쥐브가 버럭 소리를 질렀다.

"옳거니!"

"뭐죠?"

그는 어느새 평소의 침착함을 되찾고 있었다.

"이제 우린 살았어!"

완전히 평정을 되찾은 쥐브는 혈기왕성한 나이에도 불구하고 저도 모르게 비틀거리는 팡도르의 몸을 단단히 부축해주면서 자못 학자 냄새마저 풍기는 어조로 설명을 시작했다.

"보아하니 놈들이 계산을 헷갈린 모양이네. 이런 경우엔 기발한 착상만이 능사가 아니라, 진정한 기술과 과학적 지식을 겸비해야 하는데 말이지! 이보게, 팡도르. 우리의 목숨을 구해준 건 바로 아까 그 고마운 모래라네. 프로쇼 주택단지의 악당 놈들이 쥐덫에 쥐를 가두듯 우리를 가두어버린 서재 바닥이 생각보다 훨씬 부실했던 모양이야. 승강로의 맨 밑바닥을 지탱하는 받침대도 허술한 하수구 덮개에 불과했고 말이야. 결국 모래의 하중을 견디지 못해 서재 바닥에 구멍이 생기고 그 아래의 받침대마저 허물어지면서, 우리는 전혀 비밀스럽거나 환상적이지 못한 피갈 광장의 냄새나는 지하 하수도에 이렇게 곤두박질치고만 거야! 우리가 지금 처박혀 있는 이 하수도는 아마 비탈을 따라 이대로 죽 흘러가다가 쇼세 당탱의 하수도 본관과 합류하겠지…… 자, 팡도르, 슬슬 움직여보자고! 여기서 100미터 떨어진 곳까지는 밖으로 나갈 구멍이 전혀 없을 테니 각오 단단히 하고!"

그렇게 쥐브와 팡도르는 걸쭉한 진흙탕을 저벅거리고 어둠을 더듬어가며 힘겨운 행군을 시작했다. 하수도는 쥐브가 파악한 경로대로 정확히 펼쳐져 있었다.

한참을 걷다가 문득 걸음을 멈춘 쥐브의 입에서 쾌재의 탄성이 터져나왔다. 왼편 내벽을 따라 더듬어가던 그의 손끝에 쇠로 된 기둥 같은 것이 느껴진 것이다. 그것은 하수도 청소부가 보도에 띄엄띄엄 위치한 묵직한 맨홀 뚜껑을 열고 쉽사리 안으로 드나들 수 있도록 마련해둔 사다리들 중 하나였다. 치안국 형사반장인 쥐브는 파리의 지하 구조를 워낙 훤히 꿰뚫고 있어서 자신이 방금 감지한 물체가 무엇인지 금세 확신할 수 있었다. 그는 재빨리 사다리를 잡고 기어올랐다. 꼭대기에 올라가기 무섭게 맨홀 뚜껑을 있는 힘껏 밀어젖힌 그는 바깥으로 고개를 내밀자마자 보도 위로 훌쩍 뛰어올랐고, 곧바로 손을 내밀어 팡도르를 밖으로 빼내주었다. 그러나 두 사람은 이미 그동안 겪은 고초로 인해 몸과 마음이 만신창이 상태였고…… 결국 길 위에 그대로 뻗어버렸다.

얼마나 지났을까. 정신을 차린 팡도르는 희미한 조명이 밝혀진 텅 빈 방 안의 들것에 누워 있는 자신을 발견했다. 처음에는 몽롱했으나, 점점 정신이 맑아지면서 격한 어조로 이야기하는 쥐브의 목소리를 들을 수 있었다. 보아하니 경찰관들을 앞에 놓고 마구 떠들어대는 것 같은데, 어찌 된 일인지 손목에 수갑을 찬 채 길길이 역정을 내고 있었다.

"아니, 자네들 전부 머리가 어떻게 된 것 아닌가? 우리가 도둑이라니! 다시 말하지만, 나는 치안국 형사반장 쥐브 경감이란 말이야!"

12
조제핀을 미행하다

뒤늦게나마 신원 확인이 이루어져 두 사람은 곧장 풀려났다.

경찰서 문밖으로 몇 미터 걸어나오다 말고 치안국 형사반장은 신문기자의 팔을 툭툭 치며 말했다.

"자, 자, 서두르자고! 저 멍청한 녀석들 때문에 우리의 소중한 시간만 낭비하지 않았나!"

"맙소사! 그런 절체절명의 위기에서 죽지 않고 살아 나온 걸 하늘에 감사해야지요!"

팡도르의 말에 쥐브는 퉁명스럽게 대꾸했다.

"모르는 소리! 이번 일로 우리가 얼마나 혹독한 대가를 치렀는데…… 경찰의 명예가 땅에 곤두박질친 셈이란 말이네!"

"설마하니 경찰의 명예씩이나요?"

"이보게, 팡도르. 말이야 바른 말이지, 우리는 조금만 정신을 차렸어도 피할 수 있었던 함정에 빠져 바보처럼 농락당한 셈이야. 어젯밤 샬레크 박사 집에 갈 때만 해도 그 인간을 불시에 덮칠 수 있을 거라 생각했지. 하지만 우리는 상대를 철저히 잘못 판단했어. 한마디로 멍청한 생각을 바탕에 깔고 접근했던 거야! 불시에 덮친다고? 천만의 말씀! 그자야말로 미리 다 알고 우리를 기다리고 있었단 말이네……"

그런 이야기를 하며 생 라자르 가에 다다랐을 때, 어느 텅 빈 허름한 선술집 주인이 쥐브의 눈길을 끌었다.

쥐브는 곧장 팡도르에게 말했다.

"저기로 들어가세! 경찰서에서 내준 점심이라는 게 위생적이긴 하지만 워낙 부실해서 배가 고파 죽을 지경이군…… 앞으로 고된 날들만 닥칠 텐데 영양보충을 좀 해둬야지."

가게 안쪽으로 들어간 두 남자는 벽을 등지고 입구 쪽을 향해 자리를 잡았다.

"이 자리라면 들어오는 사람들을 모두 살필 수 있을 거야."

쥐브는 그런 전략적 위치를 차지한 것에 뿌듯해하며 테이블을 쿵쿵 두드려 햄과 빵, 포도주 한 병을 주문했다.

즉석에서 준비된 음식을 팡도르는 아무 소리 않고 실컷 먹어댔다. 목표했던 승리를 놓쳤을 때일수록 쥐브라는 인물이 자잘한 질문 받기를 싫어한다는 것을 팡도르는 여러 차례의 경험으로 익히 알고 있었다. 아니나 다를까 심각하게 일그러져 있는 얼굴이 어떤 종류의 대화든 내켜하지 않는 심정을 고스란히 드러내고 있었다.

"이 정도는 먹어둬야 저녁때까지 든든히 버틸 수 있겠지……"

쥐브가 치즈를 추가로 주문하며 중얼거리자 팡도르는 그 틈을 이용해 겨우 질문 하나를 건넬 수 있었다.

"그나저나 샬레크 박사는 지금쯤 어디에 있는 걸까요? 설마 라리부아지에르 병원으로 돌아가진 않았겠죠?"

"그야 두말하면 잔소리지! 샬레크는 병원으로 돌아가지 않았네. 그렇다고 어디에 있다고 단정하기도 어려운 문제지…… 중요한 건 그 인간이 분명 어딘가를 어슬렁거리고 있다는 사실이야. 하지만 두고 보라고. 내게도 계획이 있으니까…… 자, 일단 건배나 하세!"

팡도르는 쥐브의 쾌활한 태도에 자못 놀라며 기꺼이 잔을 부딪쳤다.

"계획이 있다니요, 쥐브? 어떤 계획인데요?"

하지만 쥐브는 잠깐 기다리라는 손짓을 했다. 다소 선선한 날씨에도 셔츠 바람에 평범한 푸른 앞치마만 달랑 두른 뚱뚱한 선술집 주인이 카운터 의자 위로 올라가 가게의 유일한 조명인 가스등에 불을 붙이는 중이었다. 시계에서는 방금 다섯시를 알리는 종소리가 울렸는데, 바깥 거리는 아직 밝았지만 가게 안은 벌써부터 어스름한 분위기에 젖어가고 있었다.

의자에서 내려온 주인은 카운터에 두 주먹을 떡하니 올려놓고, 조만간 아페리티프를 걸치러 한꺼번에 몰려들 손님들을 느긋하게 기다렸다. 그 모습을 물끄러미 바라보던 쥐브가 과장되게 팔을 뻗어 빈 식기를 앞으로 밀쳐내며 말했다.

"내 계획이 뭐냐고 물었나, 팡도르? 음…… 엄밀히 말하자면 계획이랄 것도 없지. 잘 생각해보게. 조제핀은 루파르의 정부이고, 루파르는 샬레크 박사와 아는 사이임이 분명해. 살인이 일어난 장소는 샬레크 박사의 집이고, 우리를 산 채로 매장시키려고 한 장소 역시 샬레크 박사의 집이지…… 그런데 샬레크는 도망쳤고, 루파르도 어디론가 자취를 감춘 상태란 말이야. 그렇다면 논리적으로 따져볼 때 우리가 필요로 하는 자들을 찾아내려면 조제핀을 통해야 한다는 결론이 나오지."

"맞습니다. 그러면 이제 조제핀을 감시해야겠군요…… 그래야 제대로 된 함정을 만들 수 있을 거고 말이죠!"

"그렇지. 단 자네가 잊고 있는 게 하나 있네. 조제핀은 현재 병원에 있고, 루파르든 샬레크 박사든 그녀를 보러 거기까지 일부러 찾아오진 않을 거라는 사실 말이야."

"동감입니다. 하지만 조제핀이 병원 밖으로 나간다면요?"

"그게 바로 내가 하고 싶었던 얘기네! 조제핀이 지금처럼 라리부아지에르 병원에서 치료를 받는 한, 우린 아무 성과도 거둘 수 없어. 대신 그녀가 병원 밖을 나서는 순간부터 우린 단 한순간도 그녀를 시야에서 놓쳐선 안 되네."

"한데 그녀가 언제쯤 병원에서 나가게 될까요? 혹시 라리부아지에르 병원장이 그 문제에 대해 뭔가 언질을 주진 않았나요?"

쥐브는 대답 대신 갑자기 주먹으로 테이블을 두드리며 외쳤다.

"여보쇼, 주인장! 여기 필기할 것 좀 주고, 계산서도 부탁합니다!"

쥐브는 선술집 주인이 가져다준 시원찮은 펜으로 대여섯 차례 글씨를 써보려고 했으나 결국 포기할 수밖에 없었다. 하는 수 없이 싸구려 연필로 끼적거리면서 현재 조사가 정확히 어느 단계에 와 있는지를 차근차근 설명하기 시작했다.

"내 생각에는 조제핀이 라리부아지에르 병원에 그리 오래 눌러앉아 있을 것 같지 않네. 아마 그 아가씨는 애인이 왜 자기를 없애려 했는지 너무나도 잘 알고 있을 거야…… 그렇지만 물론 그녀의 마음 깊숙한 곳에 그 일로 인한 애인에 대한 원망 따위는 전혀 없을 거고 말이야…… 혹시 자신을 향해 총을 쏜 사람이 샬레크 박사일 거라고 생각할까? 그럴 리는 없을 거라고 보네. 무엇보다 그녀는 루파르라는 인간을 잘 알 테니 그가 무슨 짓이든 능히 저지를 수 있다고 생각하겠지. 예고했던 대로 그가 직접 라리부아지에르 병원에 나타났다고 생각할 게 틀림없어. 자기한테 앙갚음을 하려고 말이야…… 내가 장담하는데, 지금 이 시각에도 그녀의 머릿속에는 오로지 병원에서 나가야겠다는 생각밖에 없을 거야! 그리고……"

"……루파르에게 돌아가서 자신이 배신한 게 아니라고 증명하려 들 거라 이 말씀이군요! 그렇지 않습니까?"

팡도르의 말에 쥐브는 고개를 끄덕였다.

"바로 그거지! 따라서 우리는 이제 이렇게 해야 한다는 얘길세. 자네도 같은 생각이겠지만, 나는 지금 즉시 경찰청으로 들어가 그간 내가 잠적했던 원인을 설명하고 상관들에게 최근 벌어진 사태를 보고함과 동시에, 아바르 씨에게도 이번 사건의 자초지종을 자세히 알릴 참이네. 그러는 동안 자네는 곧장 라리부아지에르 병원으로 달려가는 거야. 여기 이 쪽지를 보여주면 병원장이 자네를 알아서 잘 맞아줄 걸세. 자네는 무엇보다 먼저 조제핀이 아직 병원을 벗어나지 않았는지 직접 확인해야겠지. 물론 계속 눈을 떼지 말고 감시해야 하네. 내가 갈 때까지 두 시간 정도만 그렇게 여자를 지키고 있으면 되는 거야."

"잘 알겠습니다, 쥐브! 절 믿으세요! 조제핀을 놓치는 일은 결코 없을 겁니다. 그럼 나중에 뵙지요!"

벌써 뛰쳐나가려는 팡도르를 쥐브가 덥석 붙잡았다.

"잠깐! 하나만 더 얘기하지…… 만약 어떤 사정이 생겨서 자네가 병원에서 이탈해야만 하거나 나한테 따로 무슨 언질을 줘야 할 경우에는 즉시 전보를 치게. 내게 직접 쳐도 되고, 치안국

44호실을 통해서도 가능해. 나한테 전달되도록 조처해놓을 테니까. 내일이 일요일이지만 상관없어……”

그로부터 십오 분 후, 앙브루아즈 파레 가 모퉁이를 돌아들던 제롬 팡도르는 반대 방향에서 걸어오던 어떤 여자와 스치며 저도 모르게 움찔하지 않을 수 없었다.

‘어…… 이럴 수가 있나!’

외마디 비명이 터져나오는 것을 간신히 참으면서 팡도르는 전혀 흐트러지지 않은 걸음걸이로 몇 발짝 그대로 걸어갔다. 여자가 아무런 눈치도 채지 못했다는 판단이 서고 나서야 곧장 방향을 돌려 오던 길을 되돌아 걷기 시작했다. 그리고 방금 자신을 지나쳐간 여자의 뒷모습을 한참 동안 주의 깊게 살폈다.

‘아, 설마 내가 꿈을 꾸고 있는 건 아니겠지…… 하지만 도무지 의심할 여지가 없잖아……’

이런 생각을 하며 그는 라 샤펠 대로를 따라 바르베스 대로 방향으로 걸어가는 여자의 뒤를 소리 없이 미행했다.

라리부아지에르 병원 본관 건물 전면을 장식하는 거대한 시계에서 저녁 여섯시를 알리는 종소리가 울릴 무렵, 병원의 각기 다른 진료구역들에서는 평소와 다름없이 야간근무 준비를 마친 간호사들이 분주히 오가고 있었다.

환자들은 오후 다섯시 반에 제공된 저녁식사를 방금 마친 상
태였다. 식사 시간마다 각종 식기와 물병을 가득 싣고 병실을 돌
아다니는 운반 카트의 바퀴 구르는 소리가 아직도 복도 저 멀리
서 들리고 있었다.

파텔 박사의 진료구역에서는 인턴이 매일 저녁마다 있는 회진
을 막 끝내는 중이었다. 일부 환자들에게는 꽤 길고 상세한 충고
를 해주는가 하면, 특별한 관리가 필요치 않은 다른 환자들에게
는 친근한 안부인사만 건네는 식이었다.

"그래, 식욕은 괜찮죠? 잠을 좀 청해보세요! 내일 아침쯤이면
아주 좋아져 있을 겁니다."

회진은 그렇게 막바지를 향해 나아가고 있었다. 이제 남은 건
마지막 침대 하나……

인턴은 차마 눕지 못하고 침대에 앉아 있는 젊은 여자에게 말
을 건넸다.

"정말 퇴원해야겠습니까?"

"네, 선생님……"

"여기가 편하지 않으신가요?"

"그건 아니지만……"

"그럼 뭐죠? 여전히 무서운 겁니까?"

"오, 아니에요!"

환자가 어찌나 자신 있게 대답을 하는지, 인턴은 웃음을 참을

수 없었다.

"만약 제가 환자분 입장이라면 그렇게 자신만만하진 못할 겁니다…… 그래, 어떻게 하실 생각인가요? 여기를 나가서 어디로 가실 생각이세요? 이곳에서 또 하룻밤을 보내기 싫다는 말씀인데, 몸이 여전히 약한 상태이니 내일 열한시 면회 시간이 끝나고 나가시는 게 좋지 않겠습니까? 제 생각에는 그게 훨씬 합리적일 것 같은데 말이죠……"

"선생님, 저는 나가고 싶어요……"

인턴은 도저히 안 되겠다 싶었는지 금세 단념하고 무심히 내뱉었다.

"좋습니다! 퇴원증을 내드리도록 하죠."

그는 옆에 있는 수간호사에게 눈짓을 했다. 자기는 아무래도 상관없는 일이라는 투였다.

인턴이 자리를 뜨자, 젊은 여자는 곧바로 침대에서 내려와 옷을 갈아입기 시작했다.

"아무렴, 이렇게 회복된 마당에 내가 단 일 분이라도 여기 더 머물 거라고 생각하나요?"

푸념처럼 뱉어내는 여자의 말에 수간호사가 대꾸했다.

"누구 기다리는 사람이라도 있으신가봐요?"

"네, 아마 그럴 거예요…… 루파르는 내가 아직 돌아오지 않고 있어서 기분이 별로 좋지 않을 거예요."

"그럼 지금 그 사람에게 돌아가겠다는 건가요?"

"물론이죠!"

"저라면 그 사람을 다시 본다는 생각만으로도 무서워서 죽을 지경일 텐데요…… 그 사람 손에 살해당하지 않은 게 얼마나 큰 행운인지 모르세요?"

"이봐요, 간호사 아가씨. 모르는 얘기 하지 마세요. 루파르가 나를 죽이지 않은 건 애당초 그럴 마음이 없었기 때문이에요! 그이는 자타가 공인하는 명사수랍니다. 쐈다 하면 늘 백발백중이 죠! 그러니 나는 걱정 안 해요. 그이가 내 몸에 구멍을 내지 않 았다면, 그건 그러고 싶지 않았다는 뜻이거든요. 그리고 내가 이 곳에 있는 걸 그이가 원치 않는다면 그럴 만한 이유가 있는 거고 요. 자세한 사정이야 알 수 없지만……"

마침내 여자는 병원에 들어올 때 입었던 옷으로 말끔히 갈아 입었다.

콧노래까지 흥얼거리면서 병원 중앙계단을 내려가 마당을 가 로질러 수위실 앞으로 다가가는 품이 그렇게 흥겹고 뿌듯해 보 일 수가 없었다.

그녀는 수위에게 퇴원증을 흔들어 보이며 외쳤다.

"저 나가요! 그동안 고마웠어요! 그런데 다시는 여기에 올 생 각이 없으니, 이게 작별인사나 다름없겠네요……"

"그러게 말입니다! 하지만 뭐 어제오늘 일도 아닌걸요. 회복기 환자를 병원에 붙잡아둘 방법이란 없는 법이지요. 특히 토요일 저녁에는 말입니다. 주말이면 진탕 퍼마셔야 직성이 풀리기도 할 테고……"

병원 정문을 나서면서부터 조제핀의 발걸음이 눈에 띄게 빨라졌다. 지나가다가 마차 주차장의 시계탑을 흘끔 본 뒤로 필경 시간이 많이 늦었다고 생각하는 모양이었다.

아페리티프를 마실 시간이 지나고 저녁식사 시간이 다가오면서, 사람들로 넘치는 라 샤펠 구역의 거리들은 가장 생기 넘치는 분위기를 연출하고 있었다. 인근의 공장들에서 남녀 직공들이 거리로 쏟아져나온 지 오래고, 카페마다 손님들이 연신 들락날락했다. 가족과 함께하는 저녁식사에 대한 기대감을 품은 채 집으로 향하는 수많은 일꾼들의 걸음이 갈수록 빨라지고 있었다.

한편 팡도르는 앙브루아즈 파레 가에서 스쳐 지나간 여자의 뒤를 계속 미행하며 이런 생각을 곱씹고 있었다.

'만에 하나 저 여자가 뒤를 돌아본다 해도, 이 수많은 사람들 틈에서 나를 특별히 주목하지는 않을 거야. 게다가 나는 저 여자를 알지만, 저 여자는 나를 본 적도 없잖아!'

그런 생각이 들자 다소 안심이 되는지 팡도르는 조제핀의 뒤를 좀더 바짝 뒤쫓았다.

'외곽도로 다음에는 바르베스 대로겠지. 음, 이쯤 되면 구트

도르 가의 자기 집으로 가고 있는 게 분명해……'

아니나 다를까, 채 몇 분이 지나지 않아 조제핀이 당도한 곳은 그녀 자신의 거처였다. 그녀는 아파트 관리인에게 툭 던지듯 인사를 건넸고, 보행 속도를 면밀하게 계산하며 미행하던 팡도르는 적절한 시점에 아파트 입구에 도착해 계단을 오르는 여자의 모습을 잽싸게 확인했다.

'옳거니! 드디어 둥지에 안착하셨군. 이제부터는 찾아드는 손님들만 주시하면 되겠지……'

주변을 둘러보니 조제핀이 사는 아파트 맞은편에 작은 선술집 하나가 영업을 하고 있었다. 팡도르는 그곳으로 들어가 말했다.

"종이와 펜 좀 빌릴 수 있을까요?"

그러고는 생각했다.

'지금 당장 쥐브에게 편지를 써야 해. 그런 다음 아무 삯마차나 불러서 경찰청에 전해달라고 부탁하면 되겠지…… 늦어도 사십오 분 후면 우리 둘이 제대로 된 덫을 마련할 수 있겠군!'

팡도르는 쥐브에게 완벽한 사전 자료를 제공하겠다는 일념으로 어느덧 편지를 네 장이나 쓰고 있었다. 경찰관들의 매복에 도움이 되도록 자세한 지형 설명이라든가 주변의 상점 배치도를 곁들이느라 정신이 없었다. 그러던 중 무심코 고개를 든 팡도르는 기겁을 했다!

"제기랄! 이게 대체 어떻게 된 일이야?"

팡도르는 테이블 위에 은화 한 닢을 훌쩍 던져놓고 거스름돈도 챙기지 않은 채 부리나케 가게를 뛰쳐나갔다. 선술집 주인은 기대 이상으로 후한 돈을 내놓고 가는 손님의 인심에 할 말을 잊고 멍하니 바라만 볼 뿐이었다. 팡도르는 건물 담벼락을 따라 바르베스 대로를 다시 내려가기 시작했다.

'얼굴은 정말 못 알아볼 정도지만 그 여자가 분명해.'

여자의 뒤를 밟으며 그런 생각을 굴리는 사이 어느새 지하철역까지 다다랐다.

'대체 어디로 가겠다는 거지? 빌어먹을! 혹시 샬레크와 만날 약속이라도 한 건가?…… 아니지, 그럴 이유가 없잖아! 하지만……'

그는 여자 다음으로 차표를 끊고 곧장 플랫폼으로 나섰다.

'저 여자가 가는 곳이면 어디든 따라가야 해! 한데 대체 어디로 가는 걸까?'

루파르의 정부는 더도 덜도 아닌, 전형적인 파리 여성의 우아한 풍모로 돌변해 있었다. 수수한 여공 복장을 해도 예쁜 용모지만 화장을 한 모습도 기가 막히게 어울리고, 익숙지 않을 치장들도 전혀 어색함이 없었다. 오늘 저녁, 풍성한 깃털 장식이 달린 큼직한 모자가 그녀의 갈색 머리카락에 그늘을 드리우며 두 눈을 더욱 깊어 보이게 하고 계란형의 섬세한 얼굴 윤곽을 훨씬 더

돋보이게 해주었다. 또한 단아한 분위기의 푸른 투피스는 몸에 완벽하게 들어맞고, 앙증맞은 하이힐은 고운 발을 더더욱 아름답게 연출했다. 리옹 역에 도착해 지하철에서 내리는 그녀의 우아한 자태를 보며 불과 얼마 전 라리부아지에르 병원에 누워 있던 갈색 머리 아가씨를 떠올릴 사람은 아무도 없을 터였다.

여성의 미모란 영원한 것인가! 그토록 짧은 시간에 이루어진 이렇게 완벽한 변신은 오로지 파리 여공 특유의 기품이 있었기에 가능했을 터!

조제핀이 리옹 역사와 디드로 대로를 잇는 넓은 광장으로 몇 발짝 내딛자마자, 수수한 차림새의 젊은 남자 한 명이 다가와 말을 걸었다.

"잠깐 얘기 좀 나눌 수 있을까요? 거절하지 말아주십시오……"

"하지만……"

"잠깐이면 됩니다, 아가씨! 아주 중요한 얘기예요."

조제핀은 망설이는 듯하더니, 결국 걸음을 멈추고 대답했다.

"말씀하세요."

"오, 여기서는 곤란합니다. 뭐라도 좀 들면서 얘기하지요."

"그러죠 뭐."

곧장 카페로 향하는 두 사람…… 그들은 행인 하나가 뒤따라 가게 안으로 들어오는 것을 눈치채지 못했다.

제롬 팡도르는 가게 안쪽으로 들어가 거울로 두 사람을 관찰

할 수 있는 자리를 골라잡았다.

'저자는 뭐지? 혹시 루파르가 보낸 심부름꾼이 아닐까? 그런데 여자는 전혀 모르는 눈치인걸…… 어? 이런 제길!'

생각을 하다 말고 팡도르가 허겁지겁 자리에서 일어나 대충 자릿값을 지불한 뒤 후닥닥 가게 밖으로 뛰쳐나갔다.

그럴 만도 한 것이, 종업원이 마데이라 산産 포도주 두 잔을 가지고 오는 사이 조제핀이 갑자기 벌떡 일어나 냉큼 역사 쪽으로 달려나간 것이었다.

제롬 팡도르는 그러나 가게 문을 나선 직후에도 교묘하게 테라스 앞을 지나치면서 카페 종업원과 혼자 남은 사내가 농담처럼 나누는 대화 내용을 놓치지 않고 엿들었다.

"쉽지 않았던가봅니다?"

종업원의 실없는 질문에 젊은 남자는 이렇게 대꾸했다.

"어휴, 말도 마쇼! 여자가 보기보다 앙칼지더이다. 제법 괜찮은 기회였는데……"

팡도르는 속으로 중얼거렸다.

'그랬군! 처음에 조제핀이 남자의 수작을 받아들인 건 저 멍청한 녀석이 혹시 루파르가 보낸 사람이 아닌가 싶어서였어. 한데 녀석의 속셈이 드러나자 지체 없이 자리를 박차고 나간 거지……'

제롬 팡도르는 짐들을 가득 싣고 리옹 역 쪽으로 올라가는 마차들을 은폐물 삼아 50여 미터 뒤에서 조제핀을 미행했다. 그는 조만간 흥미로운 광경을 목격하게 될 거라 믿어 의심치 않았다.

조제핀은 전혀 서두는 기색이 아니었다. 오히려 불이 켜진 대형 시계탑을 여러 차례 흘끔거리면서 그때마다 점점 걸음을 늦추는 것이었다.

유리 가판대에 내걸린 신문의 화보들을 한동안 유심히 살피던 그녀는 이윽고 역사 안으로 들어갔다. 그리고 간이식당 쪽으로 오르는 계단 바로 아래쪽 벤치에 앉았다.

'들키지 않으면서 여자를 지켜보려면 어디로 가 있어야 하지?…… 아, 그렇지! 일단 계단 위로 올라가자! 누군가와 얘기를 나누는 동안은 굳이 고개를 들어 계단 위를 살필 리 없으니 안전하겠지.'

제롬 팡도르는 가방을 잔뜩 실은 수레 뒤에 바짝 붙어서 슬그머니 조제핀을 지나쳐 갔다. 마침내 계단 끝에 오른 그는 난간에 기대섰다.

간이식당 종업원이 얼른 다가와 안쪽 자리를 권하자, 팡도르는 이렇게 말했다.

"아, 기다리는 사람이 있는데요……"

그러고는 더이상 방해받지 않기 위해 커피를 한 잔 주문했다.

그렇게 제롬 팡도르가 관찰 장소를 잡은 지 채 오 분도 안 돼 초라한 행색의 한 남자가 조제핀에게 다가왔다. 조제핀은 곧장 벤치에서 일어나 그와 대화를 나누기 시작했다.

그 광경을 은밀히 내려다보며 팡도르는 속으로 중얼거렸다.

'저자가 바로 기다리던 사람인 모양이군. 얼른 보기에는 마차 꽁무니를 쫓아다니며 가방이나 후리는 놈 같은데…… 옳지, 루파르와 어울리는 놈들 중 하나가 분명해! 한데 고작 저런 놈을 만나려고 저렇게 치장을 했단 말인가?'

팡도르가 예의 주시하고 있는 사내가 문득 호주머니에서 때 묻은 수첩을 빼들더니 이리저리 종이를 넘기다가 그 사이에서 뭔가를 꺼내 조제핀에게 건넸다. 조제핀은 그것을 받자마자 눈 깜짝할 사이 손가방 속에 집어넣었다.

도대체 어찌 된 일이지?…… 저 초라한 행색의 인간이 방금 호주머니에서 꺼내 조제핀에게 건넨 것이 기차 일등칸 표가 맞나?…… 그렇다면 조제핀은 여행을 떠나려는 건가? 대체 어디로 가려는 거지?…… 그리고 왜 하필 저자가 기차표를 건네준단 말인가?

초라한 행색의 사내는 벌써 승객들이 자리를 잡고 있는 기차를 손으로 가리켰다.

'어, 마르세유 행 기차잖아! 맙소사! 그럼 루파르가 이미 파리를 떠나 있다는 얘기야? 아무래도 좀더 철저히 파헤쳐봐야겠군!'

팡도르는 상황을 정리하고는 얼른 종업원을 불렀다.

"이봐요!"

"네, 부르셨습니까, 손님?"

"지금 곧바로 마르세유 행 기차 일등칸 표를 좀 구해주시오. 돈은 여기 있습니다. 내가 플랫폼에 미리 가 있을 테니 표는 거기로 가져와요. 알겠죠? 아, 그리고 이 근처에 전신국이 어디쯤 있나요? 멀지는 않나요?"

"도착 플랫폼 쪽에 있습니다, 손님."

"그럼 이따가 나 대신 전보도 좀 쳐주셔야겠소. 자, 자, 어서 서둘러요!"

조제핀과 대화를 나누던 남자는 이내 자리를 떴고, 조제핀은 근처 가판대에서 신문을 잔뜩 구입한 다음 마르세유 행 급행열차가 정차해 있는 플랫폼 위를 걸어가고 있었다.

'앞으로 십 분쯤은 여유가 있어……'

조제핀이 자리잡은 객실을 확인한 팡도르는 속으로 그렇게 중얼거렸다.

그는 객차 외벽에 수첩을 대고 다음과 같은 전보 내용을 부랴부랴 끼적였다.

경찰청 치안국 44호실 쥐브 경감 귀하

조제핀과 우연히 맞닥뜨려 미행. 마르세유 행 열차 일등칸에 탑승. 하차 장소 미상. 표를 구해 동승 예정. 소식 있는 대로 전보하겠음.

팡도르

13
열차 강도

"차표 보여주십시오."

팡도르가 내민 차표를 받아들더니 검표원이 말했다.

"실례지만 손님, 뭔가 착각하신 것 같습니다!"

"이 기차 마르세유로 가지 않나요?"

팡도르가 묻자 검표원이 설명했다.

"그렇긴 합니다만, 지금 계신 마지막 객차는 아닙니다. 이 객차는 퐁타를리에 행이고, 디종에서 앞차들과 분리될 예정입니다."

팡도르는 뭐라고 대꾸해야 좋을지 몰라 난감했다. 사실 행선지는 어디든 상관없었다. 중요한 건 옆 객실에 자리잡은 조제핀을 따라가는 것이었다.

승객이 아무 대꾸도 하지 않는 이유를 알 리 없는 검표원은 무척이나 친절하게 안내를 해주었다.

"중간에 옮기려면 귀찮으실 테니, 아예 지금 객차를 바꿔 타시는 게 좋을 듯합니다."

"까짓, 일단 출발하고 나서 적당한 때에 다른 객차로 옮기죠 뭐!"

"죄송하지만 그럴 수가 없게 되어 있습니다, 손님. 열차 앞에 있는 마르세유 행 객차들은 서로 연결되어 있습니다만, 이 객차는 중간에 있는 화물 운송차로 분리되어 있거든요."

검표원이 꼼꼼하게 설명하자 팡도르는 짜증스럽게 내뱉었다.

"하여튼 좀 이따 옮길게요. 어쨌든 디종까지는 가는 거 아닙니까."

"디종까지는 가실 수 있습니다."

그렇다면 조제핀 역시 착각을 하고 있는 건 아닐까? 조제핀은 중간에 다른 객차로 갈아탈 생각일까, 아니면 의도적으로 마르세유 행 급행열차와 분리될 객차를 골라 아예 스위스 국경 쪽으로 가려는 생각일까?

검표원은 이제 조제핀이 앉은 객실의 차표를 검사하고 있었다.

팡도르는 몰래 접근해 귀를 기울였지만, 검표원과 조제핀 그리고 함께 탄 승객 사이에 오가는 대화의 끄트머리만 살짝 들려올 뿐이었다.

검표원은 객실에서 나오며 말했다.

"됐습니다, 편히 쉬십시오!"

팡도르는 속으로 중얼거렸다.

'조제핀도 디종에서 내리든가 아니면 퐁타를리에를 거쳐 스위스까지 가든가 할 텐데, 그걸 누가 알겠어…… 아무튼 두고 보자고! 기껏해야 차표를 추가로 더 사면 그만이니까.'

제법 상류층 여성처럼 치장한 조제핀과 동행하고 있는 낯선 이는 다소 속물 티가 나는 뚱뚱한 몸집의 남자였다. 다만 행색만큼은 대단히 부티가 났는데, 지긋한 나이와 쾌활해 보이는 얼굴을 감싸듯 기른 턱수염 때문인지 전체적으로 닳고 닳은 뱃사람이나 군밤 장수 같은 인상을 풍기고 있었다. 뿐만 아니라, 한쪽 눈은 아예 애꾸인 상태였다. 요컨대 차림새는 대단히 고급스러웠지만 취향은 형편없었다. 한마디로 젊은 여자의 물주 노릇이나 하는 졸부라고 하면 딱 맞을 위인이었다. 결혼 서약은 뒷전에 둔 채 젊은 여자와 여행을 떠나느라 신이 난, 그러면서도 혹시 들킬까봐 조마조마해하는 중년 신사!

그런가 하면 조제핀은 계속 발랄하고 사랑스럽게 처신하면서도 어딘지 신경이 곤두서 있는 기색이었다. 같이 있는 남자의 말에 꾸준히 대꾸하긴 하지만 이따금 다른 문제에 정신이 쏠린 듯 한눈을 파는 것이었다. 팡도르는 단순한 불륜 여행이라고 생각하면서도, 혹시 두 사람 모두 진짜 정체와 의도를 숨기느라 연극을 하는 건 아닐까 하는 의심이 들기도 했다.

열차는 어둠을 헤치며 달리고 있었다.

빌뇌브 생 조르주 역을 지나치자마자 차츰 속도를 높이는가 싶더니, 뜨거운 연기를 퍽퍽 뿜어내면서 밤의 어둠 속을 힘차게 파고들었다.

그럼에도 불구하고 아직은 전속력으로 일정하게 달리는 궤도에는 오르지 않은 상태였다. 수많은 분기점들과 복잡하게 얽힌 지선들, 선로 변환장치로 인한 위험, 그리고 끊임없이 이어지는 작은 간이역들 때문에 열차는 어쩔 수 없이 속도 조절을 할 수밖에 없었다.

열차는 대략 50킬로미터를 지나고 나서야 최고 속도에 도달하게 되어 있었다. 그때까지 기관사와 화부는 정신을 바짝 차리고 파리를 벗어나 드넓은 근교 지역을 무사히 가로지르는 일에 온 신경을 집중해야 했다.

아직은 꽤나 이른 시간임에도 불구하고, 승객들은 최대한 편안하게 밤을 보낼 채비를 하고 있었다. 대부분의 램프들이 푸르스름한 덮개로 가려지고, 복도를 향한 객실 문들은 단단히 닫혔다.

하지만 팡도르는 모자와 지팡이로 미리 찜해둔 구석에 아직 처박힐 때가 아니라는 판단이었다.

도대체 이 미행은 언제 마무리될 것인가?

조제핀이 행보를 멈추는 것을 과연 목격할 수 있을까?

이러다가 느닷없이 일이 꼬여 목적을 달성 못 하고 쥐브에게 알릴 수도 없는 상황에 봉착하지는 않을까?

시간이 갈수록 팡도르는 어깨를 짓누르는 무거운 책임감을 실감하고 있었다.

마침내 그는 자기 객실로 돌아왔다.

맨 안쪽의 자리 두 개는 이미 임자가 있었다. 그중 기차가 가는 반대 방향을 바라보도록 되어 있는 자리는 왁스를 발라 다듬은 콧수염에 나이가 사십대 정도 되어 보이는 평복 차림의 장교가 차지하고 있었고, 그 맞은편에는 창백한 안색의 중학생이 앉아 있었다.

객차 안의 다른 객실 세 곳은 안을 들여다볼 수 없게 꼼꼼히 차단되어 있었다. 하긴 누구든 야간 여행을 하면서 커튼 너머로 방해받고 싶지 않다면 당연히 취할 만한 조치라 할 수 있었다.

결국 팡도르도 객실에 들어가 자기 자리에 앉았다.

평복 차림의 장교는 한창 신문 읽기에 빠져 있었는데, 숨 쉬는 소리가 요란한 걸로 봐서 호흡 자체가 무척 힘겨운 모양이었다.

팡도르는 문득 이런 생각이 들었다.

'저 양반 아무래도 잠잘 때 풀무처럼 코를 고는 타입인 것 같군…… 덕분에 나는 잠들 일이 없어서 다행이야. 지금처럼 피곤한 상태에서 일단 곯아떨어지면 날이 밝을 때까지 못 일어날 테니 말이야.'

하지만 그것은 자신의 능력을 다소 과대평가하는 생각이었다.

자리에 앉은 지 십여 분쯤 됐을까, 달리는 기차의 진동과 함께 흔들흔들 밀려오는 졸음이 그의 온몸을 무겁게 감싸기 시작했다.

그러면서도 팡도르는 무수히 복도를 오가는 정체를 알 수 없는 수상쩍은 사람들의 기색을 감지하고 있었다. 들릴 듯 말 듯 수군대는 소리 속에서 이따금 크게 터져나오는 말소리가 귓가를 스치는가 하면, 무기의 금속성 광채가 번득이는 것을 언뜻 본 것도 같았다.

괴한의 어른거리는 실루엣이 그의 앞을 지나가고 있었다. 샬레크와 루파르, 조제핀의 이미지가 악몽처럼 떠돌았다. 전날 모래비를 맞고 하수도에서 허우적댈 때처럼, 잠이 들었는지 깼는지 답답한 신음만 힘겹게 토해내고 있다는 느낌에 끊임없이 시달리고 있었다……

그러던 중 번쩍 눈을 뜬 팡도르! 방금 전 누군가가 복도로 난 객실 문을 빠끔히 열고는 그를 굽어보듯 안으로 들어서서 거의 스칠 만큼 가까이 다가든 것 같았다.

"누구요?……"

아직 잠기운이 묻어나는 데다 열차의 소음마저 뒤섞여 팡도르의 목소리는 아주 희미한 중얼거림과도 같았다.

대답하는 사람이 없었다.

신문기자는 복도로 슬그머니 나가보았다.

지나다니는 사람은 아무도 없었다. 다만 객차 저 끝에 검은 수염을 길게 늘어뜨리고 우두커니 서 있는 한 승객의 모습이 보였다. 그는 시가를 한 대 피우면서 유리창에 얼굴을 바짝 갖다붙인 채 어두컴컴하게 펼쳐진 들판을 뚫어져라 바라보고 있었다.

팡도르는 자신의 괜한 불안감을 탓하며 다시 자리로 돌아갔다. 그런 식으로 안절부절못하는 꼴이 어리석게만 느껴졌다. 사실 따지고 보면 애인과 밀회를 즐기려고 길을 떠난 행실 가벼운 아가씨를 미행하는 것뿐이 아닌가! 물론 비위를 맞춰주는 여자로 인해 잔뜩 우쭐해진 나이 지긋한 신사분께서 적절한 보수도 챙겨줄 것이고 말이다. 아마도 유부남일 그 부르주아 신사는 되도록 한적한 시골로 아가씨를 데리고 내려가 허튼 짓거리를 벌일 것이 분명했다. 열차 안의 모든 승객들을 루파르의 정부와 짜고 사고나 치려는 떼강도로 몰아가는 것은 별로 그럴듯한 상상이라고 볼 수 없었다. 하지만 이런 식으로 생각을 정리한 뒤 오분이 채 못 되어 팡도르는 다시금 움찔 놀랄 수밖에 없는 상황에 처했다. 생김새도 험악하고 태도도 수상쩍어 보이는 사람 둘이 복도를 지나가는 게 눈에 띈 것이다.

그중 한 명은 팡도르가 앉아 있는 객실 안으로 기분 나쁜 시선을 던지기까지 했다.

팡도르는 같은 객실을 이용하고 있는 승객들을 다시 한번 유심히 살펴보았다. 평복 차림의 장교와 중학생은 세상모르고 자는 듯했다. 한데 과연 그럴까? 장교는 나무랄 데 없는 시민의 모습 그대로 느긋하게 코를 골며 자고 있었지만, 학생은 왠지 그렇지 못해 보였다. 어린 학생은 이따금 눈을 뜨고 주위를 불안하게 두리번거리다가 팡도르와 눈이 마주치면 허겁지겁 다시 자는 척하는 것이었다.

그러는 가운데 열차는 어느덧 라로슈 역에 들어서고 있었다.

평복 차림의 장교가 갑자기 잠에서 깨더니 부랴부랴 내렸다.

그렇게 떠나가는 장교의 뒷모습을 바라보자니 팡도르는 왠지 혼자 외롭게 남겨진 기분이었다.

순간 팡도르는 사람들을 주위로 좀 불러볼까 생각해보았다. 그렇게 불러모아 통성명도 하고, 서로의 정체를 명확히 밝히는 것이다. 또 역驛 지구대장이 승객들을 모두 조사하는 광경을 떠올려보기도 했다. 그러다가 이내 어깨를 으쓱하며 천하의 바보 같은 망상에 별 우스꽝스러운 걱정을 다 한다며 자책을 했다. 아, 만약 그런 일들이 진짜로 벌어진다면 얼마나 황당하겠는가! 역 지구대장이 그런 말도 안 되는 조사를 하게 하려면 어떤 핑계를 끌어대야 하느냔 말이다! 웬만한 상황이 아니고는 지구대장이 그런 일에 나설 리도 만무하거니와, 설사 팡도르의 바람이 이루어진다 해도 문제가 손쉽게 해결될 가능성은 별로 없었다! 또 승객들에게는 그런 거북한 절차를 어떻게 일일이 납득시키겠는가? 쥐브가 직접 나선다면 몰라도, 결코 만만한 일이 아님은 불

보듯 뻔했다.

　새로운 기관차를 연결하는 조차 작업이 마무리되자, 열차는 다시 움직이기 시작했다. 평복 차림의 장교가 내리면서부터 객차 안에는 일련의 변화가 일어났다. 조제핀과 뚱뚱한 신사가 차지한 객실의 문이 활짝 열려 있었는데, 이상한 것은 중학생이 자기 자리를 떠나 바로 그 객실에 앉아 있다는 것이었다. 녀석은 뚱뚱한 몸집의 신사 맞은편에, 그러니까 문 반대쪽의 구석 자리에 틀어박혀 있었다. 다시 말해 이제 팡도르는 객실 안에 혼자 남은 셈이었다. 왠지 모르게 불안감이 치밀어 쉽사리 잠에 빠질 수 없었다. 팡도르는 잠 생각을 아예 떨쳐버리기 위해, 푹신한 쿠션의자 대신 복도에 구비된 접이식 간이의자를 사용하기로 했다. 마침 간이의자는 문이 열려 있는 조제핀의 객실이 빤히 들여다보이는 위치에 있었다. 그런데도 몸을 휘감아드는 피로감이 어찌나 심한지, 일부러 불편한 자세를 취했는데도 고개가 푹 꺾이면서 꾸벅꾸벅 잠이 오는 것을 어쩔 수가 없었다……

　순간 무언가에 거칠게 떠밀리는 듯한 느낌과 함께 그는 조제핀의 객실 안 좌석 위로 맥없이 나뒹굴었다! 아직 잠이 덜 깬 상태라, 누군가가 의도적으로 공격을 했는지, 아니면 사고가 일어난 것인지 제대로 알 수가 없었다. 팡도르는 사태를 파악하려고 얼른 몸을 추슬렀지만, 이내 그의 입에서 날카로운 비명 소리가 솟구쳤다. 이마 바로 앞 3센티미터 지점에 총구가 바짝 겨눠져 있는 게 아닌가! 권총을 손에 쥔 자는 얼굴을 가린 거한으로, 당당한 덩치로 문 전체를 막아서다시피 하고 있었다.

"다들 손들어!"

명령조의 거친 목소리에 승객들은 놀란 토끼마냥 어쩔 줄을 몰랐다. 권총을 쥔 사내가 거듭 다그쳤다.

"모두 손을 들고 꼼짝 말란 말이다! 조금이라도 움직였다간 골로 갈 줄 알아!"

그제야 완전히 정신이 든 팡도르는 즉시 두 손을 머리 위로 깍지 낀 채 어떤 일이 벌어질지 주시했다. 얼마 지나지 않아 느닷없는 신음 소리가 자기도 모르게 잇새로 새어나왔다.

권총을 겨눈 사내와 객실 문 사이로 웬 난쟁이 같은 형체가 슬그머니 나타난 것이다. 역시 가면을 쓴 것으로 미루어 공범임이 확실했다. 둘 다 얼굴을 철저히 감추고 있어서 생김새가 어떤지 전혀 읽어낼 수가 없었다.

"움직이지 마!"

권총을 겨눈 덩치 큰 남자가 거칠게 내뱉었다.

이전에도 범죄사건을 숱하게 취재한 경험이 있기에 팡도르는 작금의 상황을 금세 파악할 수 있었다. 요컨대 지금 그는 의심할 여지 없이 전형적인 열차 강도단과 맞닥뜨린 상태였다. 그러고 보니 오히려 안심이 되었다! 열차에서 강도짓을 벌이는 무리는 불가피한 경우가 아니면 결코 살인을 저지르지 않는다는 것을 팡도르는 잘 알고 있었던 것이다. 누구든 저항만 하지 않으면 그들에게서 무사히 벗어날 수 있다.

팡도르는 급한 마음에 지갑 속에 든 은행권을 떠올렸다.

그때 덩치 큰 남자가 조제핀을 쏘아보며 이렇게 뇌까렸다.

"어이, 거기 계집년은 여기서 빠져!"

혹시 루파르와 그 일당, 즉 조제핀의 존재가 이번 거사와 무슨 관계라도 있는 건가? 아니면 그저 우연의 일치인가? 아무렴, 악명 높은 건달의 정부 조제핀이 평범한 부르주아 여성처럼 열차 강도에게 희생되겠는가?

하지만 얼굴 표정만 봐서는 도저히 알 수가 없었다. 조제핀은 부랴부랴 자리를 박차고 일어나 난쟁이와 거한 사이를 잽싸게 빠져나가 객차 구석에 웅크리고 앉았다.

일당의 우두머리인 듯한 거한이 버럭 소리 질렀다.

"자, 어서 시작해!"

말이 떨어지기가 무섭게 난쟁이가 뚱보 신사에게 달려들어 저고리며 조끼의 호주머니를 닥치는 대로 뒤졌다. 뚱보 신사는 잔뜩 겁에 질려 부들부들 떠는가 하면, 하얗게 질린 이마에 식은땀이 송골송골 맺히면서 저항할 생각은 전혀 못 하고 있었다. 오히려 스스로 바지 주머니까지 홀라당 뒤집어 보여주었는데, 고작 잔돈 몇 푼밖에 나오지 않았다. 눈 깜짝할 사이에 털린 것이라고는 시계와 얄팍한 지갑이 전부였다. 뚱보 신사는 그것으로 모든 고충이 끝났다고 생각했을지 모르나, 강도들은 권총을 매섭게 들이대며 이번에는 셔츠까지 벗으라고 요구했다.

"돈은 이미 다 드렸는데……"

"벗으라면 벗어!"

순식간에 플란넬 속옷 차림이 되고 만 뚱보 신사…… 아니나 다를까, 허리춤에 두둑한 복대를 차고 있는 게 아닌가!

"어허, 이놈 좀 보게나…… 이것은 필경 휴대용 금고렷다!"

거한은 뚱보 신사가 쩔쩔매는 꼴을 매섭게 노려보며 난쟁이에게 거듭 지시했다.

"어이, 보몸, 저 양반의 짐을 좀 덜어줘야지!"

난쟁이는 신속하게 명령을 따르면서 연신 히죽거렸다.

"짐이 정말 대단하네요! 털양말로 만든 복대라 꼴은 좀 볼썽사납지만……"

"그러게 말이야, 보몸. 어디, 이리 좀 가져와보라고!"

복대는 뚱보 신사의 허리춤에서 풀리자마자 곧바로 가면을 쓴 거한의 손에 넘겨졌다. 거한은 복대의 무게를 가늠해보며 무척이나 흡족해했다.

"그래, 내 이럴 줄 알았다니까! 정말 짭짤하겠어!"

실제로 복대 안에는 은행권 다발과 금화들이 빽빽이 들어차 있었다.

모든 것을 사전에 고안하고 준비한 티가 역력했다. 이들은 뚱보 신사가 마르세유 행 급행열차에 탑승할 거라는 사실을 분명히 알고 있었다. 그 정보에 따라 이 모든 조치를 마련한 것이며, 나머지 승객들은 털끝 하나 건드릴 생각이 없는 듯했다. 구석에 처박혀 부들부들 떨고 있는 팡도르와 중학생은 강도들의 안중에도 없는 게 확실했다.

가진 것을 죄다 털린 뚱보 신사는 되는대로 옷을 다시 주워 입었다. 한데 너무 혼비백산한 나머지 넥타이를 매다 말고 그만 쓰러지듯 의자에 주저앉더니, 호흡곤란 증세를 보이다 기절해버리는 것이었다!

팡도르가 본능적으로 다가가 살피려고 하자, 거한이 어깨를 턱 짚으며 으르렁거렸다.

"신경 끄고 움직이지 않는 게 좋아! 자네와는 상관없는 일이니까. 공연히 발끈하다가는 후회할 일이 생길 거야."

생각 같아서는 당장이라도 놈에게 달려들어 끝장을 보고 싶었지만 일단 꾹 참기로 했다. 어쨌든 목표는 오로지 조제핀 아닌가! 그녀를 놓치지 않고 미행하기로 쥐브와 약속했고, 그 약속을 지키기 위해서라면 못 할 일이 없는 그였다. 그런데 일이 이렇게 꼬이고 만 것이다. 아울러 그의 머리를 계속 어지럽히는 의문이 있었다. 이들이 과연 루파르의 일당인가 아닌가 하는 의문이었다. 어느새 난쟁이가 자취를 감추었고, 덩치 큰 남자도 패거리가 기다리고 있을 객차 뒤쪽으로 천천히 뒷걸음쳐갔다. 팡도르는 지금이야말로 절호의 기회라고 판단했다. 상대가 조금이라도 한 눈을 팔면 놓치지 않고 뛰쳐 일어나 비상벨을 울려서 열차를 정지시키리라 마음을 다지고 있었던 것이다.

불현듯 거센 분노의 감정이 그의 가슴을 옥죄었다. 그랬다, 분노의 감정! 팡도르는 어수룩하기 짝이 없게 이렇게 바보 꼴로 내팽개쳐져 있는 자신의 처지에 불같은 분노가 치밀었다. 그는 비상벨 버튼을 눈으로 찾았다. 아직까지도 하얗게 질려 있는 중학생의 머리 바로 위로 비튼이 보였다. 마침내 후닥닥 몸을 날린 팡도르…… 그러나 버튼에 손이 거의 닿으려는 찰나, 느닷없는 비명을 내지르며 뒤로 벌렁 나가떨어지고 말았다. 극심한 통증이 손에 느껴졌다. 정신을 차리고 보니 중학생 녀석이 그의 손가락을 악착같이 깨물고 있었다. 뜻밖의 공격에 팡도르는 잠시 정신을 잃었고, 그사이 중학생은 객실을 훌쩍 벗어나 복도로 내달렸다. 그렇다면 저 녀석 역시 놈들과 공범이란 말인가?

바로 그때, 급행열차의 속도가 차츰 느려지는 것이 느껴졌다. 방금 벌어진 사태 때문에 아직 어안이 벙벙한 팡도르는 손에 난 상처와 맞은편 좌석에 아직도 널브러져 있는 뚱보 신사를 번갈아 살피며 이렇게 중얼거렸다.

"음…… 누군가 나보다 한 수 빨리 움직여줬군! 자, 기차가 서는 것 같은데, 왠지 골치 아픈 일이 생길 것 같단 말씀이야……"

열차가 점점 느려짐에 따라, 등줄기를 타고 스치는 한 줄기 소름이 한층 뚜렷하게 느껴졌다. 지금 저놈들이 이 현상을 감지 못할 리는 없지 않은가!

제동장치를 갑작스레 가동해 생기는 덜컹 하는 진동을 시작으로 분명 열차의 속도가 현저히 줄어들고 있었다.

열차 강도들이 흔히 그러하듯, 놈들은 이번에도 현장을 빠져나가기 직전에 기념으로 뭔가 흔적을 남길 것이다. 객실 여기저기에 되는대로 총을 발사해 탄흔이라도 새겨두려고 할 것이다!

문제는 조제핀이었다! 이 와중에 그녀의 운명은 어떻게 될 것인가?

조제핀의 신병을 확보하는 것이 급선무인 팡도르는 선로 쪽으로 난 문들 중 하나가 덜컹 열리는 소리에 움찔했다. 그는 조제핀의 목소리가 들리기만 하면 언제든 뛰쳐나갈 만반의 채비를 갖추고 귀를 잔뜩 곤두세운 채 기다렸다.

복도는 소란스러웠지만, 왠지 무질서한 상황은 아닌 듯했다.

놈들은 금방이라도 열차에서 내릴 태세였지만, 도망치려고 허둥대기보다는 적절한 타이밍을 노려 열차에서 벗어나겠다는 긴장감이 느껴졌다.

열차는 계속 속도를 늦추고 있었다. 강도 패거리 사이에 활발하되 서두는 기색은 전혀 없는 대화가 오갔다.

"이봐, 보몸. 자네한테 복대를 맡기다니, 어림없는 소리! 그건 아주 성스러운 일이라는 걸 모르나?"

“그나저나 떨어져나간 거예요?”(대체 누구 얘기를 하는 걸까?)

“여부가 있나! 벌써 한참 지난걸. 아까 덜컹 했을 때부터……”

“그럼 신 나게 달리는 건가?”

열차의 속도가 점점 느려지고 있는데 강도 패거리는 ‘신 나게 달린다’는 둥 이상한 얘기를 하고 있다는 생각이 문득 팡도르의 뇌리를 스쳤다. 그들의 대화는 계속 이어졌다.

“뛰어내리기엔 너무 높지 않나요?”

이것은 틀림없이 조제핀의 목소리였다.

누군가 조제핀의 말에 대답했다.

“그렇지 않아. 걱정 말고 몸을 맡겨. 내가 안을 테니까……”

이어서 강도들이 도망을 치느라 객차 승강구 계단을 디디는 요란한 소리가 팡도르의 귀에 묵직하게 들려왔다. 그렇다면 조제핀도 그들과 함께라는 얘기인데, 정녕 그녀가 열차 강도단과 한패란 말인가? 적어도 팡도르의 귀에 들린 그녀의 말로 미루어 짐작할 때 그 사실은 의심의 여지가 없는 듯했다. 팡도르는 조제핀을 뒤쫓기 위해 후닥닥 복도로 달려나갔다.

하지만 느닷없이 총성이 울리며 곧장 뒷걸음을 칠 수밖에 없었다. 바로 앞의 유리창을 박살내면서 총알 하나가 머리 위의 판자를 파고든 것이다.

“제기랄! 조제핀이고 강도들이고 눈 깜짝할 사이에 죄다 도망쳐버렸어…… 지금 이렇게 머뭇거리고 있을 때가 아니지!”

팡도르는 분한 듯 잇새로 중얼거렸다. 총알을 피하려면 곧바로 뒤를 쫓기보다는 반대쪽 문으로라도 일단 뛰어내려 추적해야 했다. 민완기자 팡도르의 인생에서 마음속 결단과 행동은 언제나 하나였다. 그러나 당장 자리를 박차고 뛰어나가려는 찰나, 난데없는 신음 소리에 또다시 멈칫할 수밖에 없었다. 차츰 정신이 들기 시작한 뚱보 신사가 팡도르의 옷자락을 와락 붙들었다.

"도와주십시오, 선생…… 날 버리고 가지 마요……"

젊은 신문기자는 더듬대는 바람둥이 중년 신사를 향해 가차없이 으르렁댔다.

"젠장, 갈수록 태산이군. 엄살 좀 그만 부리시지! 그냥 그대로 가만히 있으면 곧 회복될 겁니다!"

바로 그때였다. 이상한 느낌에 팡도르는 움찔하지 않을 수 없었다. 잠시 정차하나 싶었던 열차가 이내 조금씩 뒤로 후진하는 것이 아닌가! 팡도르는 총에 맞을지 모르는 위험을 무릅쓰고 깨진 유리창 너머로 고개를 내밀고는 눈을 부라리며 어두운 밤 속을 두리번거렸다.

"아뿔싸! 이게 뭐야?"

팡도르는 자기도 모르게 탄식을 내뱉으며 멍하니 있었다. 선로에 열차가 보이지 않는 것이었다. 아니, 좀더 엄밀히 말하자면, 열차로 보이는 시커먼 윤곽이 전속력을 다해 저만치 멀어져 가고 있었다. 정지했던 것은 열차 전체가 아니라 일부 차량뿐이었다. 팡도르가 있던 객차와 화물 운송차 말이다. 차량 간의 연결부가 저절로 끊어질 리는 만무하고…… 누군가 의도적으로 훼손해 떨어져나간 것이 틀림없었다.

열차 강도단의 마지막 일격이 보기 좋게 성공한 것이다!

놀랄 일은 그게 다가 아니었다. 본체와 분리되어 따로 떨어져나간 차량이 이제는 역방향으로 내달리고 있었다.

"아, 이게 도대체 어떻게 된 거야?"

팡도르가 당황한 사이, 어느새 정신이 들어 가까이 다가온 뚱보 신사 역시 바깥을 내다보더니 호들갑을 떨었다.

"차가 뒤로 가고 있어요! 뒤로 가고 있다고요!"

"그런 것 같습니다. 지금 우리는 뒤로 가고 있어요. 아마도 비탈을 거꾸로 내려가는 것 같군요……"

뚱보 신사는 온몸을 부들부들 떨면서 덧붙였다.

"그렇다면 큰일입니다! 생플롱 오리엔트 특급열차가 약 십이 분 거리를 두고 우리를 따라오고 있단 말이에요! 그러니 이대로 계속 가다가는……"

팡도르는 입술을 질끈 깨물었다.

더이상 지체할 수 없었다. 그는 언제쯤 뛰어내리는 것이 좋을지 가늠하기 위해 객차의 바깥 출입문 쪽으로 바싹 다가갔다. 이대로 끔찍한 충돌을 맞이하느니, 팔다리가 부러지더라도 달리는 기차에서 뛰어내리는 편이 나을 터였다. 순간, 속도가 또다시 주춤하는 게 느껴졌다.

팡도르는 차량의 움직임에 온 정신을 집중했다.

그랬다! 과연 바퀴가 있는 어귀로부터 제동장치가 삐걱대는 소리가 올라오고 있었다. 필경 화물 운송 차량에 남아 있던 어느 직원이 이 해괴망측한 상황에 놀라 웨스팅하우스 사社의 제동장치를 긴급 작동시킨 모양이었다.

아니나 다를까, 잠시 후 차량이 멈춰 섰다.

팡도르와 뚱보 신사는 객차 문을 박차고 정신없이 뛰어내렸다. 화물 운송 차량에서도 두 사람이 뛰어내리더니 크게 손짓을 하며 외쳤다.

"객차에서 떨어져요! 빨리 피해요!"

그때부터는 누가 먼저랄 것도 없이 선로 위 자갈들을 밟으며 미친 듯 내달려 산울타리를 뛰어넘고 도랑의 진창 속을 헤집으며 두 손이 까지고 옷이 찢기는 것도 모른 채 기차로부터 무조건 멀리 달아나는 게 전부였다. 팡도르와 뚱보 신사는 경사진 들판의 무성한 잡초 위에 한참을 나뒹굴다 경작지에 얼굴을 박고 죽은 듯 엎어졌다. 잠시 후, 저 위 선로 쪽에서 천둥 치는 것 같은 무시무시한 굉음이 일어나 밤의 적막을 갈가리 찢어놓았다.

저만치 어둠을 뚫고 전속력으로 달려온 생플롱 오리엔트 특급 열차의 선두 기관차와 호화 객차들이 선로에 멈춰 서 있던 두 개의 차량을 그대로 들이받아 처참하게 날려버린 것이다!

14
야간 도주

조제핀을 받아 안은 루파르는 본체에서 떨어져나간 두 개의 차량이 선로를 따라 미끄러져 내려가기 시작하자 동료들을 향해 외쳤다.

"자, 모두들 어서 튀자! 조제핀, 당신도 치마 따윈 걷어붙이고 모처럼 뜀박질 좀 해줘야겠어!"

루파르와 그 일당은 부랴부랴 철도 제방을 구르듯 내달렸다.

"빨리빨리! 이러다간 다들 붙잡히겠어! 어서! 어서 서둘란 말이야!"

그렇게 재촉하는 가운데 루파르는 이따금 털보에게 물었다.

"길은 맞나?"

"그렇다니까! 저기 보이는구먼."

"저게 디종 가는 길인가?"

"아니, 베레로 가는 길이야."

"그래? 음, 일이 잘되어가는군! 자, 자, 이쯤에서 멈추고 다들 모여보게."

루파르는 도로에서 수백여 미터 떨어진 비탈에 털썩 주저앉았다. 그는 먼저 숨부터 고른 뒤, 한데 모여 지시를 기다리는 수하들을 향해 말문을 열었다.

"작전은 멋지게 성공했다! 수입이 아주 짭짤했어! 하지만 불행히도 아직 다 끝난 게 아니다. 우리가 미처 예상하지 못한 변수가 있었어……"

"설마 그럴 리가……"

"친구, 입 닥치고 잘 들어나보라고! 아직 끝나지 않았다는 건 목표한 액수의 일부밖에 긁어내지 못했기 때문이야. 그러니 분배는 내일밤에 해야겠어!"

순간 여기저기서 투덜대는 소리가 일었다.

"뭐야, 내일밤이라니! 아예 하늘나라에 가서 하자고 하지그래!"

"다시 말하지만 내일밤이야! 싫으면 참석하지 말고. 그러면 오는 사람 몫이 자동으로 늘어날 테니까. 자, 이제 각자 찢어질 시간이다. 조제핀하고 털보 그리고 나는 함께 간다. 우리는 아직 파리에 할 일이 있어. 그러니 아직은 모두들 잘했다며 토닥여줄 때가 아니라는 얘기다! 나머지는 일단 서로 반대 방향으로 흩어지는 게 급선무다. 지금 우리는 파리에서 200킬로미터 떨어져 있는데, 오늘밤과 내일 한나절밖에는 거기에 갈 시간 여유가 없다. 기차를 탈 생각은 당연히 하지 말아야 할 거다. 방금 일어난 열차 사고 때문에 역마다 수동 신호기가 닫혀 있을지도 모르니까…… 내키면 발로 뛰어. 어디 가서 멍청하게 털리지만 말고! 중요한 건 열시쯤에는 각자 목적지에 도착해 있어야 한다는 점이다. 다들 알겠지?"

두목의 말에 중학생, 아니, 애송이 미밀이 물었다.

"그런데 어디서 모이는 거죠?"

"감방이라고나 할까……"

루파르는 대답 대신 농을 던지고는(그건 고참들이 알아서 챙길 문제일 터) 털보와 조제핀에게 따라오라는 손짓을 했다.

"이봐, 털보, 자네가 길 좀 가르쳐줘야겠어."

"어디로 가는데?"

"전신국."

"전신국은 왜?"

당연한 질문이었지만 루파르는 버럭 화를 냈다.

"이런 우라질! 이젠 자네도 꼬치꼬치 캐물을 작정인가? 괜히 궁금한 척하는 거야, 뭐야! 정말 상황 파악을 못 하겠다는 건가?"

"상황 파악이라니?"

"이런 멍청한…… 우리가 날치기를 당했단 말이야!"

"날치기라니?"

"맙소사! 그 포도주 상인 놈의 돈다발을 보지 않았나!"

"그게 왜?"

"반 쪼가리 지폐였다니까! 그 자식이 거저 빠져나간 거라고!"

요컨대, 기껏 땄더니 먹을 수 없는 과일이더라는 것이다! 놈의 전대 속에 있던 150장의 지폐 다발은 내다버리기나 하면 딱 좋을 폐지 뭉치였다.

"자, 자, 그렇다고 너무 성내진 말게! 어차피 다시 붙잡을 테니까. 반 쪼가리 두 개를 모아 합치면 완전한 전체가 되는 법이지……"

"어디 가서 붙잡을지는 알고 있나?"

"당연하지!"

"내일밤까지 모인다는 곳이 바로 거기인가?"

"그렇다네."

"전신국에 가는 것도 그 일 때문이고?"

털보의 질문에 루파르는 단호한 음성으로 대답했다.

"아니. 내일 먹을 파이 조각이나 자르려는 건 아니야. 그보다는 파이 위에 시뻘건 딸기잼이나 좀 얹어볼까 하는 거지."

순간 털보는 깜짝 놀란 표정으로 아무 말도 못 하고 루파르를 바라보기만 했다. 루파르는 기분 나쁜 미소를 지으며 덧붙였다.

"그래…… 피를 좀 봐야겠다 이 말이네. 그것도 상당한 유명

인사의 피……"

"누구 말인가?"

여자 앞에서 말하기를 꺼리는 듯한 루파르의 표정에, 조제핀은 슬그머니 자리를 피했다. 그제야 루파르는 이렇게 대답했다.

"누구냐고? 그야 쥐브 경감이지!"

"아, 세상에!"

얘기는 거기서 끝이 났다.

원래 털보는 루파르가 내린 결정에 대해 감히 왈가왈부할 처지가 아니었다. 그럼에도 불구하고 방금 들은 계획에는 섬뜩 놀랄 수밖에 없었다. 루파르가 눈 하나 깜짝 않고 해치우겠다고 장담한 치안국 형사반장 쥐브 경감은 소위 건달세계에서 용맹과 지략으로 명성이 자자한 터라, 제아무리 악명 높은 루파르가 상대한다 해도 결코 만만치 않은 혈전을 각오해야 할 터였다. 그런데 과연 무슨 뜻으로 저런 이야기를 한 걸까? 아까 루파르는 내일밤 새로운 작전을 펼 거라는 말을 했다. 그리고 지금은 쥐브를 살해하겠다는 얘기를 하고 있다. 이건 분명 보통 일이 아니었다. 너무 지나친 야심이 아닐지……

루파르와 털보, 그리고 조제핀은 조용히 한 발 한 발 걸어나갔다. 사내 둘이 너무 빨리 걷다보니 조제핀은 숨이 차기 시작했다.

"저기…… 아직 멀었나요?"

"그건 털보한테 물어봐!"

루파르의 말에 털보가 대답했다.

"아니, 거의 다 왔어. 저기 저 언덕만 넘으면 베레랍니다, 귀여운 아가씨."

"이보게, 털보. 그러면 국도는 어디로 지나가는 건가?"

"어느 국도? 디종 국도?"

"맙소사! 그러면 지금 내가 카르팡트라 국도를 물어봤겠나!"

"아, 저기 보이는 저 도로네."

"어디?…… 저기 가로수 늘어선 곳?"

"그래, 저 포플러들……"

"좋았어! 자네는 조제핀하고 저기 가서 기다리고 있게. 나는 십오 분 후에 갈 테니. 전보 하나만 치면 되니까……"

털보와 조제핀은 서열이 분명한 건달패 특유의 깍듯한 태도를 보이며 즉각 우두머리의 지시를 따랐다. 둘은 가던 길을 벗어나 파리-디종 간 국도를 향해 들판을 가로지르기 시작했다.

수하들을 보낸 뒤, 루파르는 다시 걸음을 재촉했다. 그는 입고 있던 저고리를 벗어 만일을 대비해 겉과 속을 뒤집어 입었다. 그렇게 하고 보니 방금 전과는 색깔도 다르고 호주머니의 위치도 전혀 다른 차림새가 되어 있었다. 그 정도의 변신으로 완전한 효과를 거두기는 어렵다 해도, 아까보다는 루파르를 알아보기가 쉽지 않은 것이 사실이었다. 베레 마을 어귀에 자리잡은 몇 채의 집 분위기로 보건대, 사람들은 이미 잠에서 깨어 인근 선로에서 벌어진 사고에 대해 다들 알고 있는 것 같았다. 사실 건달패는 열차를 버린 뒤 상당한 거리를 우회해서 들판을 건너온 참이었다. 혹시라도 특급열차 기관사가 앞서가던 열차의 차량이 이탈한 사실을 알아채고 열차를 정지시켜 모종의 조치를 취했을 경우 의외로 쉽게 발각될 수도 있다는 생각에 선로를 따라 이어진 길은 이용하지 않았던 것이다. 그러다보니 어느덧 시간이 많이 흘러 있었다. 베레에 도착하면서 루파르는 흘끔 뒤를 돌아보았다. 아니나 다를까, 저 멀리 언덕 꼭대기에 불그스레한 화염이 보이는가 하면, 이따금 불어오는 바람결에 어지러운 소음도 간간이 실려오는 듯했다.

루파르는 속으로 중얼거렸다.

'생플롱 오리엔트 특급열차가 차량을 된통 들이받기는 한 모양이군…… 아수라장이 됐겠지!'

그러고는 갑자기 표정을 바꾸어 혼비백산한 사람처럼 허둥댔다. 그는 한밤중에 잠을 깨 부랴부랴 옷을 챙겨입고 뭐라도 도움이 될까 싶어서 집을 뛰쳐나온 마을 사람 중 한 명을 붙잡고 다짜고짜 물었다.

"전신국이 어디쯤 있나요?"

전신국의 접수창구를 맡아 보는 여자도 경황이 없기는 마을 사람들과 마찬가지였다. 다급하게 들이닥친 루파르를 덮어놓고 사고 생존자로 착각하는 것이었다. 루파르는 주어진 서식에다

다음과 같이 끼적였다.

파리 보나파르트 가 142번지 치안국 쥐브 경감 귀하

모든 일이 잘 진행중. 루파르와 그 일당 전원의 움직임을 포착하고 있음. 강도짓이 있었지만 실패. 자세한 사항은 지금 전할 수 없지만 일단 우리가 힘을 합하면 일을 빨리 끝낼 수 있을 것으로 확신. 내일밤 8시에 베르시 부두 선적장으로 혼자 무장하고 오실 것. 케슬러 사의 포도주 저장고 근처.

팡도르

루파르는 전보 내용을 쓱 읽어보고는 매우 만족스러워했다. 그는 접수창구로 다가가며 생각했다.

'머저리 신문기자 놈은 십중팔구 열차에 뭉개졌겠지……'

여직원이 전보를 건네받으려고 손을 뻗자, 건달은 지극히 깍듯한 태도로 이렇게 말했다.

"부탁입니다만, 이 전보 좀 꼼꼼히 읽어봐주시겠습니까? 무슨 뜻인지 아시죠? 보시다시피 비밀 유지를 철저히 해야 하는 전보입니다……"

그러자 접수창구 여직원은 겁먹은 표정으로 말했다.

"네, 잘 알겠어요. 저를 믿으셔도 됩니다, 선생님. 세상에나……

그럼 이 사고가 범죄로 인해 발생했다는 얘긴가요?"

"아무튼 잘 좀 부탁드립니다."

루파르는 가볍게 인사를 한 뒤 전신국을 나왔다. 마침 역장이 동원한 군경 두 명이 전보 칠 공문서를 들고 급히 전신국 안으로 들어서고 있었다.

조제핀과 털보가 기다리는 곳까지 도착하는 데는 루파르이 빠른 걸음으로 십여 분이 소요되었다.

"어이, 별일 없었지?"

루파르가 호탕하게 묻자 털보가 대답했다.

"별일 없었어."

"그래, 좀 지나가던가?"

"뭐가?"

"자동차 말이야!"

"응…… 왜, 자동차가 필요한가?"

루파르는 어깨를 으쓱 추스르고는 조제핀을 돌아보며 말했다.

"이봐, 조제핀! 저 길가로 내려가서 500미터쯤 걸어가 있어. 그리고 처음 자동차가 지나가면 힘껏 소리를 지르라고. 사람 살리라고, 사람이 죽는다고 난리를 치란 말이야! 그러면 자동차가 속도를 줄일 거야. 내 말 알아듣겠지? 자, 어서 가!"

"하지만 루파르……"

"어서 가라니까! 내 지시를 어기려는 거야? 벌써 마음이 약해
진 거야?"

복종할 수밖에 없다는 것을 잘 아는 조제핀은 결국 터벅터벅
걸음을 옮겼다.

시간이 얼마나 지났을까. 길을 따라 계속 걷다가 갓길로 몸을
숨기는 조제핀의 모습이 털보와 루파르의 눈에 포착됐다.

"총은 장전되어 있겠지, 털보?"

"든든한 6연발이네, 루파르……"

"좋았어! 자네는 오른쪽, 나는 왼쪽이네!"

루파르가 지시를 내리기 무섭게 저만치 지평선 위로 불빛 한
점이 비치더니 들판의 적막을 가르는 엔진 소리가 점점 커져왔다.

루파르가 난데없이 웃음을 터뜨리며 말했다.

"이보게, 털보. 저기 저 불 깜빡거리는 거 보이나? 자동차 전
조등 맞지?…… 우리에게 더없이 기막힌 선물이 지금 당도하고
있네!"

자동차는 제법 빠르게 다가오고 있었다. 조제핀은 자동차가
자신이 매복한 곳을 막 지나칠 즈음 길바닥으로 후닥닥 달려나
가 찢어질 듯 비명을 질러댔다.

"사람 살려요! 사람이 죽어요! 제발…… 제발 차를 멈춰주세
요!"

휑한 길 한복판으로 난데없이 뛰쳐나온 여자의 모습에 기겁한

운전사는 재빨리 브레이크를 밟았다. 더블 페이튼*의 뒷좌석에서 승객 한 명이 벌떡 일어나 길을 굽어보며 외쳤다.

"뭐야? 무슨 일이야? 차 세워요!"

조제핀이 계속 달려오고, 자동차가 차츰 속도를 줄여 막 정지하려는 찰나, 길 양쪽에서 루파르와 털보가 뛰쳐나왔다.

루파르는 털보를 향해 외쳤다.

"자넨 승객을 맡게! 나는 운전사를 맡을 테니!"

털보가 차주인 듯한 뒷좌석 승객의 목덜미를 낚아채고, 루파르는 운전사를 졸지에 무력화했다.

"반항은 하지 않는 게 좋아! 여차하면 쏠 테니까!"

루파르와 털보는 눈 깜짝할 사이 각자 상대의 이마에 총구를 들이대 상황을 완전히 장악했다.

"조제핀, 이자들을 묶어!"

루파르가 자기 호주머니에 비어져나온 밧줄을 가리키며 지시했다.

잠시 후, 그들은 자동차 안에 있던 두 사람을 결박한 것도 모자라, 루파르의 노파심 탓에 재갈까지 물렸다. 그러고선 루파르가 털보에게 이런 지시를 내렸다.

"이자들을 들판으로 100여 미터 끌고 가서 팽개쳐두게. 쉽사

---

* 1907년에서 1911년까지 생산된 컨버터블로, 좌석은 앞뒤 2열이며 창유리가 없다.

리 눈에 띄지 않게 말이야!"

"아니, 이 사람들을 살려두겠다는 얘기야?"

루파르는 잠시 망설이더니 대답했다.

"쳇, 공연히 일을 복잡하게 만들 필요가 뭐 있겠나! 까짓, 정 걱정되면 살짝 손만 봐주든지…… 그건 털보 자네가 알아서 하라고!"

루파르는 이렇게 내뱉은 뒤 자동차에 훌쩍 올라타 능숙한 솜씨로 방향을 틀었다.

"잘됐나?"

루파르는 옷을 툭툭 털며 돌아오는 털보에게 물었다.

"그런대로…… 한데 너무 세게 팬 건 아닌지 모르겠어. 몇 대 맞더니 둘 다 꼼짝도 안 하는 거야."

루파르는 상관없다는 몸짓을 하고는 이렇게 내뱉었다.

"조제핀, 털보, 어서 타기나 하라고! 이제부터는 파리로 직행이야! 그런데 이렇게 잘 달리는 녀석을 잠깐 타고 버려야 하다니 유감이로군. 가지고 다니다가는 꼬리를 밟힐 위험이 크니 어쩔 수 없지만 말이야."

잠시 침묵이 흐른 뒤, 루파르는 이를 우두둑 갈면서 낮은 소리로 중얼거렸다.

"두고 봐라, 쥐브……"

15
생플롱 오리엔트 특급열차의 대재앙

엄청난 열차추돌 사고를 틈타 루파르와 그 일당이 들판을 가로질러 무사히 도망치고 한 시간이 지난 후, 팡도르는 철도회사 직원과 이야기를 나누고 있었다.

화부가 아직 충격에서 벗어나지 못한 표정으로 팡도르에게 말했다.

"그나마 커브길에서 사고가 난 게 얼마나 다행인지 모릅니다! 기차가 그만큼 서행을 하고 있었으니까요. 십 분만 더 일찍 부딪혔어도 모두 죽음을 면하지 못했을 겁니다!"

팡도르는 타고 남은 석탄 검댕과 그을음으로 지저분한 화부의 얼굴을 손수건으로 닦아주면서 말을 받았다.

"그럼요, 다행이고말고요! 비록 기관사가 중상을 입었고 딱하게도 방금 실려간 여자분의 두 다리가 골절됐지만, 그밖에 특별한 중상자는 없는 것 같으니 말입니다. 공교롭게도 충돌한 차량들에 사람이 거의 타지 않았다지요?"

"네, 그렇습니다."

팡도르는 대단히 헌신적으로 움직였다. 충격이 컸을 텐데도 빠르게 냉정을 회복했고, 금세 용기를 되찾아 잔해 속에서 부상자를 거두는 인명구조 작업에 적극 앞장섰다.

시간이 흘러 점차 구조 인력이 충분해지자, 그는 지친 몸을 쉴 겸 생각도 정리할 겸 한적한 장소를 찾았다.

철도 제방을 따라 몇 미터 벗어났을 즈음, 누군가 부르는 소리에 뒤를 돌아보았다.

"여보세요! 선생님!⋯⋯"

"누구요?"

"정말 끔찍한 일 아닙니까?"

그제야 팡도르는 조제핀과 바람을 피우려다 허리에 찬 복대를 깡그리 털린 뚱뚱한 중년 신사를 알아보았다.

"아, 그래도 멋지게 탈출하지 않았습니까! 다행으로 생각해야죠. 그나저나 부인께서는 어떻게 되었나요?"

"부인이요? 아이고, 지금 그 문제 때문에 골치가 아파 죽겠습니다! 그 여자는 제 아내가 아니에요! 그냥 여자친구입니다⋯⋯ 짐작하시겠지만, 이번 일로 제 집사람이 모든 걸 알게 될 거예요.

전 망했습니다. 그 아가씨를 정말 사랑했는데…… 그런데 그 여자 진짜 어떻게 됐나요?"

"정말 모른단 말입니까?"

(그렇다면 이 속 편한 작자는 조제핀이 강도단과 한패라는 사실을 정녕 알아채지 못했단 말인가?)

"네, 몰라요! 제가 강탈당하는 꼴을 보시지 않았습니까. 워낙 경황이 없어놔서…… 정신을 차리고 보니 어느새 사라져버리고 없더군요. 사방팔방 찾아다녀도 보이질 않아요! 서로 안 지 겨우 보름 됐는데, 운이 없으려니까 이런 일까지 생기네요. 파리에서는 한 번도 마음 놓고 만난 적이 없습니다. 그래서 여차여차 겨우 이번 여행 약속을 잡았고 리옹 역에서 만나 같이 기차에 오른 건데, 이놈의 사고가 모든 계획을 뒤엎어버린 겁니다! 이런 경을 칠 일이 어디 있겠어요! 솔직히 그녀가 어떻게 됐을까봐 걱정입니다. 이러다가 피투성이가 되어 들것에 누워 있는 꼴이라도 보게 되면……"

"아, 그러면 역에서 만날 약속을 미리 하셨던 건가요? 당신이 돈을 가지고 가는 것도 그 여자가 알고 있었고요?"

"그렇죠. 아, 내 돈…… 전 이제 망했습니다."

"자, 자, 기운을 내세요. 놈들은 모조리 잡힐 겁니다. 우리가 놈들의 인상착의를 설명해줍시다."

"오, 물론 그래야죠! 그런데 그중 한 놈은 아는 얼굴이더군요."

순간 루파르라는 이름이 팡도르의 입가로 새어나올 뻔했다.
팡도르는 신중하게 입을 다물고는 이렇게 물었다.

"그게 누구죠? 대체 어떤 놈이에요?"

"우리 회사 직원 중 한 명입니다. 술통을 만드는 자인데……"

"혹시 당신은 포도주 상인입니까?"

"네, 베르시에서 포도주 중간상을 하고 있어요. 그러지 않아도
우리 거래처에 빚진 자금을 지불해야 합니다. 한데 놈들이 15만
프랑에 가까운 돈을 거의 다 빼갔다고요!"

"'거의 다'라뇨? 도대체 당신은 누구입니까? 성함이……"

"마르시알이라고 합니다. 화물 선적장에서 케슬러 & 바퀴 사
의 마르시알이라고 하면 모르는 사람이 없지요! 저는 이번 강도
사건이 사전에 치밀하게 계획되었다고 확신합니다. 일부러 저를
노린 거지요. 제가 매달 막대한 현금을 가지고 출장을 간다는 사
실을 그 술통 제조업자가 모를 리 없습니다."

"저런…… 좀 신중하게 처신했어야죠!"

"설마하니 그자가 그럴 줄이야!…… 어쨌든 돈을 죄다 잃은
건 아닙니다."

"죄다 잃지 않다니요? 놈들을 붙잡을 방법이라도 있다는 겁니
까?"

"그게 아니라, 놈들이 가져간 돈은 절반밖에 안 되거든요."

"돈을 전부 지니고 있었던 게 아닌가요?"

팡도르의 질문에 포도주 상인은 낮은 목소리로 털어놓았다.

"웬걸요! 놈들은 감쪽같이 속아넘어간 겁니다! 실은 매달 현금을 들고 출장을 다닐 때마다 이런 사고가 일어날까봐 대비를 하고 있죠."

"어떻게 말입니까?"

"아주 간단합니다. 오늘도 저는 15만 프랑을 가지고 있었어요. 바로 어제 그 돈을 은행권으로 전부 챙겨두었죠. 단, 그것들을 가위로 반씩 자른 다음 반 쪼가리 지폐 다발만 몸에 지니고 있었는데, 놈들이 바로 그걸 강탈해간 겁니다. 물론 그 반 쪼가리 돈 다발만으로는 단 1프랑의 가치도 없지요. 나머지 반 쪼가리까지 손에 넣어야 제값을 발휘하는 셈입니다."

"도무지 무슨 소리인지 모르겠군요."

"오, 별로 어려운 얘기가 아닙니다! 그다지 힘들이지 않고 안전을 보장하는 방법일 뿐이에요. 매달 그렇게 반쪽짜리 지폐 다발을 갖고 출장을 가서 거래처에 지불한 후, 그다음 달에 나머지 반쪽 다발을 갖다주는 거죠. 그러면 거래처에서 둘을 이어붙여서 완전한 지폐를 만드는 겁니다! 솔직히 말해서 이번 같은 경우 제 입장에서는 전혀 급할 것이 없답니다. 반으로 자른 지폐의 어느 쪽을 잃어버리든 간에, 은행에 신고하고 지폐 번호만 알려주면 석 달 후 빳빳한 새 은행권으로 온전히 돌려받을 수 있으니까요."

“그럼 나머지 반쪽들은 어디에 있습니까?”

“오, 그야 베르시에 있는 제 집에 안전하게 보관되어 있지요!”

팡도르는 잠시 입을 다물고 생각에 잠겼다. 그러고는 갑자기 피가 나도록 입술을 깨물며 후닥닥 자리를 떴다. 마르시알 씨는 팡도르의 예상치 못한 반응을 어리둥절한 표정으로 바라볼 뿐이었다. 팡도르는 선로복구 작업을 하는 인부 중 한 명에게 달려가 물었다.

“뭐 좀 물읍시다…… 선로가 언제쯤 복구되나요?”

“앞으로 한 시간 후면 될 겁니다.”

“그때까지는 파리로 올라가는 기차가 없겠군요?”

“그렇습니다.”

팡도르는 고맙다고 인사를 한 뒤 선로를 따라 멀어져가면서 생각했다.

‘옳거니! 일단 〈라 카피탈〉지에 전보를 한 장 넣어야겠군. 아직은 시간이 있어!’

팡도르는 늘 몸에 지니고 다니는 메모지철을 호주머니에서 꺼내들고, 철도 제방을 따라 죽 이어진 풀밭에 털썩 주저앉아 기사를 쓰기 시작했다. 한데 아무래도 그간 너무 무리를 했다는 느낌이 엄습했다. 다른 건 다 그만두고 격한 흥분 상태가 도대체 몇 시간째 이어지고 있는 건지…… 심신이 완전히 녹초가 되었다. 십여 분쯤 지났을까, 팡도르는 반쯤 조는 상태에서 무의식적

으로 끼적이던 연필을 맥없이 떨구더니 고개를 푹 숙인 채 깊은
잠에 빠져들었다……

"아, 제기랄, 제기랄, 망했다! 신문에서 뭐라고들 떠들까?"

후닥닥 잠에서 깼는데, 어느덧 어스름한 박명이 드리워져 있
었다. 정말 멍청하게 곯아떨어져 있었던 것이다.

팡도르는 기차의 다음 예상 정차역까지 미친 듯이 달려갔다.

"파리 행 첫번째 열차가 언제 지나가나요?"

"이 분 후입니다."

"급행인가요?"

"아뇨. 밤 열시에 도착하는 기차입니다."

팡도르는 하늘을 향해 두 팔을 쳐들며 탄식을 내뱉었다.

"밤 열시라! 아뿔싸, 다 내 잘못이야. 밤 열시나 돼야 파리에
도착할 수 있다니, 아무래도 너무 늦겠어! 맙소사, 이를 어쩐다?
쥐브에게 알릴 시간도 없고……"

베르시의 참사

쥐브 경감은 프로쇼 주택단지에서 하루 종일을 보냈다. 그저게 벌어진 어처구니없는 참패가 그대로 묻히도록 조심했음에도 불구하고 어느새 여러 신문에서 눈치를 챘는가 하면, 〈라 카피탈〉지조차도 팡도르의 이름만 명기하지 않은 채 온갖 얘기를 실컷 떠벌렸다. 뿐만 아니라, 샬레크 박사와 쥐브 경감, 루파르, 살인이 벌어진 건물, 병원에서 일어난 사건 등등 터무니없는 낭설들까지 저마다 되는대로 떠들어대는 분위기였다. 그런데도 쥐브는 잘못된 점들을 지적하기는커녕 오히려 더욱 널리 퍼뜨리는 데 앞장서고 있었다. 경찰청 고위 인사와 직속 상관들의 공감도 있었지만, 종종 언론이 큰 목소리를 낼수록 공권력의 수사와 검거 업무가 더욱 수월해질 수도 있고, 특히 이번 일의 경우 잘못

된 추적과 오보를 부추기는 편이 오히려 낫겠다는 것이 그의 판
단이었다.

샬레크 박사의 저택에 진을 친 벽돌공과 전기 기술자, 함석공
들이 마침내 감독관의 지시에 따라 공사를 시작했고, 집 주변에
는 벌써 구경꾼들이 발 디딜 틈 없이 몰려들고 있었다.

쥐브는 프로방스 가의 유명한 다이아몬드 중개상이자 건물주
인 나낭 씨와 우선 장시간 대화를 나누었다. 그는 히필 지신의
건물이 기상천외한 사건의 무대가 되어버린 사실을 알고 참담한
심경에 빠져 있었다.

그가 샬레크 박사에 관해 아는 사실이라고는 사 년 전부터 그
곳에 세 들어 살았으며 늘 정해진 날짜에 집세를 치렀다는 것이
전부였다.

"샬레크 박사가 자신의 진짜 서재와 똑같은 공간을 설치하고
승강기로 작동시킨 사실을 전혀 눈치채지 못하셨나요?"

"전혀요! 단지 일 년 반 전에 자비를 들여 저택 일부를 수리하
려고 하니 허락해달라는 요청을 해온 적은 있었습니다. 저야 밑
질 것 없으니 그러라고 곧장 허락해주었죠. 그때 그가 설치한 것
이 바로 그 괴상망측한 장치였던 것 같습니다. 그나저나 건물이
많이 훼손되었나요? 하수도 시설이 파손된 것은 제가 책임져야
하는 겁니까?"

"잘 모르겠습니다. 그건 파리 시와 직접 이야기하셔야 할 문제

라고 생각되는군요."

쥐브의 대답에 다이아몬드 중개상은 탄식을 내뱉었다.

"아이고! 이 골치 아픈 일로 인한 온갖 피해는 결국 내가 다 뒤집어써야 하는군…… 최소한 하수도로 직접 내려가 사정이 어떤지 확인해볼 수는 있겠죠?"

"내일까지는 안 됩니다. 우선 제가 조사를 마치고 나서요……"

쥐브 경감은 미셸 형사 및 관할 경찰서장 뒤팔리옹 씨와 함께 단지 관리인들과 샬레크 박사의 이웃 주민들로부터 몇 가지 진술을 더 확보했다. 하지만 특별히 귀 기울일 만한 정보는 하나도 없었다. 특별한 사태를 보거나 들은 사람이 전혀 없었다. 쥐브와 미셸은 정오가 되어서도 샬레크 박사의 저택을 한 발짝도 벗어나지 않은 채 간소한 식사를 시켜서 먹었다.

미셸이 입을 열었다.

"그런데 이해가 통 안 되는 것이 있습니다, 반장님. 범행이 일어난 날 밤이 거의 끝나갈 무렵 라 로슈푸코 가의 경찰서에 도움을 요청하는 전화가 왔었다는 사실 말입니다. 희생된 여자가 직접 전화를 걸었을 경우, 그때까지만 해도 그 여자가 죽지 않고 살아 있었다는 얘기가 되겠지요…… 하지만 그녀가 전화를 건 게 아니라면 그때는……"

"그런 문제제기를 충분히 할 수 있겠지. 한데 내가 보기에는 그리 어려운 문제는 아닌 듯하네. 당시 걸려온 전화는 살해당한 여자가 건 게 아니니까. 기억하겠지만 아침 여섯시 반에 우리가 그 여자의 시신을 거두었을 때는 이미 몸이 차가웠네. 그런데 전화가 걸려온 시각은 여섯시가 거의 다 되어서였지. 그 시각이면 여자가 죽은 지 꽤 지난 때였을 거야……"

"그렇다면 제삼자가 전화를 걸었다는 얘긴가요?"

"그렇지! 될 수 있는 대로 범행 현장이 빨리 발견되기를 바랐지만, 나와 핑도르가 다시 돌아올 것은 미처 생각 못 한 제삼자라고나 할까."

"그렇다면 살인이 일어나는 동안 반장님이 서재 커튼 뒤에 숨어 있었던 것을 범인이 알고 있었다는 얘긴가요?"

"글쎄…… 범인이 알고 있었는지는 모르겠고…… 샬레크 박사는 우리가 거기 있다는 것을 알았을 걸세."

"어쨌든 모든 것이 사전에 치밀하게 준비된 것만은 분명하군요. 그런데 아직도 이해가 안 되는 것이 있습니다. 여자의 시신이 있는 방에 돌아왔을 때 반장님은 발코니 쪽으로 가서 창문과 커튼 사이에서 반장님 구두의 흙자국을 확인하지 않으셨습니까? 그렇다면 살인이 일어난 바로 그 방에서 반장님이 밤새도록 지키고 계셨다는 얘기인데요…… 아, 물론 그 집에서 잠시 벗어나 계신 동안 누군가 시신을 서재 안으로 옮겨놓았다고 할 수도 있겠죠. 하지만 여자의 헝클어진 머리채에 피가 엉겨붙어 있었을 뿐만 아니라, 바닥의 양탄자는 물론 그 밑의 마룻바닥에까지 피가 말라붙어 있었으니 그렇게는 도저히 설명이 안 됩니다. 시신을 옮겨놓고 얼마 지나지 않아 우리가 발견한 거라면 그렇게 피가 말라붙어 있을 수가 없거든요……”

“이보게, 미셸. 내가 그런 식으로 설명했다면 당연히 지금 같은 반론을 제기할 수 있겠지. 하지만 우리가 시신을 발견한 방에서 범행이 일어난 것은 분명한 사실이네. 즉, 우리가 밤샘을 했던 방이 아니라는 얘기지. 이보게, 미셸. 그래서 자네가 순진하다는 거야! 창가에서 발견된 흙 부스러기는 물론 우리가 신고 있던 구두에서 나온 거지만, 원래 우리가 숨어 있던 방에서 범행 현장으로 옮겨온 것이라네! 팡도르와 내가 자리를 뜨자 곧장 그렇게 한 거지. 결국 그 모든 짓은 우리가 그날 현장에 잠입해 있는 것을 알고 있던 누군가에 의해 저질러졌다는 얘기네. 또 하나, 샬레크 박사가 편지를 봉인하려고 밀랍을 녹일 때 사용한 양초 말이네. 사실 그건 우리가 보는 앞에서 불과 몇 분 정도만 탔지. 그런데 범행 현장에서 발견된 양초도 딱 그 정도만 탄 상태였거든. 요컨대 우리를 속여넘기려고 모든 것을 기막히게 짜맞췄다는 결론이 나오는 거지.”

쥐브는 이야기를 하며 이리저리 서성대는 동안 계속 줄담배를 피웠다.

“이보게, 미셸. 이제 우리는 사건의 면면을 조금씩 이해하기 시작했네. 하지만 그 동기가 무엇인지는 여전히 깜깜해. 이를테면 루파르라든가, 샬레크, 조제핀 등 꼭두각시들이 움직이는 건 알겠는데, 그 모든 사람을 조종하는 줄이 도통 보이지 않거든……"

"조종하는 줄이라면…… 결국…… 팡토마스?"

순간 섬뜩한 냉기가 주위를 휘돌았다. 쥐브 경감 앞에서 범죄의 제왕 이름을 함부로 입에 올려서는 안 된다는 것이 일종의 불문율이었는데……

"미셀, 자네가 그랬지. 더이상 건달 패거리들 틈에서 골빙대 행세는 못 할 것 같다고 말이야."

쥐브의 말에 미셀은 곧바로 정색을 하며 대답했다.

"그렇습니다! 프로쇼 주택단지에서 범행이 일어나기 바로 전날 루파르에 의해 정체가 탄로났거든요. 노네 형사도 마찬가지입니다."

"그 얘기라면 노네한테서 어렴풋하게 듣긴 했네. '술통'이라고 알려진 어느 놈하고 털보가 꾸민 함정에 빠졌다더군. 자네도 알고 있나?"

"안타깝지만 저도 반장님이 아시는 것 이상으로는 잘 모릅니다. 아무튼 저희는 미행을 중단할 수밖에 없었습니다."

"그 뒤로 노네는 무얼 하고 있나?"

"현재 샤르트르로 파견 나간 상태입니다."

쥐브는 시큰둥하게 어깨를 으쓱하고 말았다. 수사중인 형사들의 임무를 필요에 따라 툭하면 변동시키는 작금의 경찰 체제를 탓하는 수밖에 도리가 없었다. 그래서 한번 시작한 수사의 마무리가 이다지도 힘든 것이다.

그렇다고 지금 부하 경찰관과 그 문제를 놓고 토론을 벌일 수도 없는 노릇.

쥐브 경감은 현재 경찰과 긴밀한 관계를 맺고 있는 코른 영감의 가게 '친구 사이'에 다시금 잠입할 수 있는 새로운 위장술을 연구해보도록 미셸 형사에게 지시한 뒤, 지하로 내려가 작업이 이루어지는 현장을 살폈다. 그동안 미셸 형사는 2층에서 서류 목록을 조사했다.

저녁 일곱시 반경, 쥐브는 프로쇼 주택단지를 나서며 지난 며칠 동안 검토해볼 여유도 없이 몰아치듯 일어난 모든 사건들을 좀더 찬찬히 되짚어볼 생각으로 레 마르티르 가를 터벅터벅 걸어 내려갔다.

대로변에 다다르자 신문팔이들이 내지르는 고함 소리가 그의 주의를 끌었다. 사람들이 너도 나도 집어가는 신문 머리기사의 불길한 제목이 언뜻 눈에 들어왔다.

또다시 열차 사고
생플롱 오리엔트 특급열차, 마르세유 급행열차와 추돌
사상자 다수 발생

생플롱 오리엔트 특급열차가 들이받은 마르세유 급행열차에
는 제롬 팡도르가 탑승해 있을 터! 하지만 쥐브 경감은 금세 마
음을 진정시켰다. 사실 마르세유 급행열차 전체가 아니라 연결
이 끊긴 꽁무니 차량 두 대만 사고를 당했으니 말이다.

'신문만 봐서는 아무것도 알 수 없지!'

그렇게 생각하며 쥐브는 택시를 잡아탔다. 그는 택시 기사에
게 다짜고짜 십 주소를 대고는 속으로 중얼거렸다.

'집에 들러 잠깐 몸단장 좀 하고 즉시 경찰청에 들어가봐야겠
어. 아무래도 거기에는 정확한 정보가 넘칠 테니 말이야…… 팡
도르가 어떻게 됐는지도 알 수 있겠지.'

"전보가 한 통 와 있습니다, 쥐브 경감님!"

그를 보자 수위가 얼른 말을 건넸다.

"나한테요?"

"네, 전보에 분명 경감님의 이름이 적혀 있던데요."

쥐브는 불안한 마음으로 반신반의하며 파란 종이를 받아들었
다. 아무래도 오늘은 죽어라 놀랄 일들만 겪을 모양이었다. 집으
로까지 전보가 들이닥치다니……

그것만으로도 기겁을 할 만했다.

그동안 경찰로서 어느 누구에게도 집 주소를 알려준 적은 없

었던 것이다. 이따금 휴식을 취하러 집에 들어갈 때도 절대로 방해하지 말라는 당부를 경찰청 직원들에게 따로 남길 정도였다. 급하게 전해야 할 소식이 있으면 반드시 전화로 해결하도록 했다.

쥐브는 미간을 찌푸린 채 전보의 점선 부분을 뜯었고, 내용을 빠르게 훑어내려가더니 급기야 안도의 한숨을 내쉬었다.

그는 계단을 성큼성큼 걸어 올라가며 이렇게 중얼거렸다.

"역시 야무진 녀석이야. 이 소식이 아니었다면 정말 골치깨나 썩었을 거야. 가만있자, 여덟시라…… 경찰청에 들러 지원 요청을 할 시간도 없겠군! 하긴 이런 일일수록 인원이 적어야 효율적이지!"

쥐브는 우선 몸부터 씻은 다음, 남은 음식을 데워서 간단히 요기를 하고는 즉시 밖으로 뛰쳐나갔다. 생 제르맹 대로에 이르러 파리 식물원 방향으로 가는 전차에 후닥닥 몸을 실었다.

식물원에서 내린 그는 계속해서 둑길을 따라 베르시 방향으로 천천히 걸어갔다. 눈이 닿는 곳 어디에나 수많은 오크통들이 끝간 데 없이 놓여 있었다.

부둣가 포도주 선적장의 끝이 안 보이는 미로로 접어든 지 어언 두 시간이 되어가고 있었다. 쥐브는 슬슬 불안해지기 시작했다. 만나기로 약속한 시각에서 이미 오십 분이 지나 있었고, 인적이 드물 거라 예상하긴 했지만 주변 분위기가 어찌나 을씨년스러운지 점점 불안감이 커져가는 것이었다. 도대체 팡도르는 왜 이리 늦는 건지…… 혹시나 무슨 일을 당한 것은 아닌지…… 게다가 하필 약속 장소를 이런 곳으로 정하다니 정말 얼빠진 녀석이 아닌가! 베르시 부둣가라니…… 도대체 왜?

순간 쥐브는 으스스 몸서리를 쳤다.

'이거 혹시…… 함정 아니야? 다른 건 몰라도 팡도르가 보낸 그 전보가 아무래도 이상해. 처음에는 끔찍한 사고에서 기적적으로 빠져나온 터라 이것저것 생각할 겨를 없이 집으로 직접 전보를 쳤겠거니 했는데…… 가만히 따져볼수록 참으로 있을 법하지 않은 일이거든! 팡도르는 평소에 늘 경찰청으로 전보를 보내왔으니, 무의식적으로 집에 전보를 쳤다고 보기에는 어딘지 석연치가 않아…… 정말 그 친구가 보낸 전보일까? 그 명민한 친구가 평소에 쓰던 간결하고 정확한 어투가 아니잖아! 아, 젠장…… 쥐브, 인마, 네가 지금 이렇게 애송이처럼 굴 때냐?'

그 순간 예기치 않게 들려온 수상쩍은 소음이 형사반장의 어지러운 생각을 끊어버렸다. 언뜻 휘파람 소리가 솟구치는가 싶더니, 다급한 발소리, 텅 빈 오크통들이 서로 부딪치는 소리 등이 긴 여운을 끌며 들려왔다.

쥐브는 자세를 한껏 낮추고 호흡을 가다듬었다. 지금 그가 있는 곳은 유리 지붕이 얹힌 부두 창고였는데, 멀리 그림자 하나가 천천히 지나가는 것 같았다.

쥐브는 슬금슬금 그 뒤를 쫓기 시작했다. 갑자기 철커덕 하며 심상치 않은 소리가 그의 귓전을 때렸다.

"어디 해보자, 이건가?……"

그는 잇새로 으르렁거리면서 가지고 온 권총을 힘주어 그러쥐었다. 그러고는 일부러 목소리를 다르게 꾸며 이렇게 외쳤다.

"거기 누구냐?"

보아하니 상대가 이쪽으로 다가오는 것 같았다. 적당한 거리에서 멈춰 세워야겠다고 생각하는데, 별안간 총성 두 발이 연달아 들렸다. 쥐브는 불꽃이 어디서 뿜어져나오는지 똑똑히 보고 있었다. 거리는 불과 열다섯 걸음 정도밖에 되지 않았지만, 다행히도 상대는 이쪽 위치를 제대로 파악하지 못한 듯했다. 총알이 어처구니없이 빗나가기만 하는 것이었다.

"오냐, 쏴라, 쏴! (그 순간 세번째 총성이 울렸다.) 여섯 번 총을 쏘면 그다음엔 내 차례인 줄 알아라……"

그렇게 중얼거리는 사이 마침내 여섯번째 총성이 울렸다. 쥐브는 기다렸다는 듯 달려들었다. 물론 상대가 6연발 권총을 재장전하는 동안은 공격수단이 무력화될 거라는 사실을 감안한 행동이었다. 그는 늘어선 오크통을 뛰어넘으며 어렴풋이 보였다 안 보였다 하는 그림자를 향해 무작정 달려들었다. 결국 한 사내와 일대일로 맞서는 상황에까지 다다른 쥐브…… 그가 난데없이 쾌재의 탄성을 내지르며 말했다.

"아니, 자네 팡도르 아닌가!"

"쥐브 경감님……?"

"아, 이럴 수가 있나…… 아까 자네가 나한테 총을 쐈단 말인 가?"

그런데 팡도르는 오히려 어이없다는 투로 대꾸하는 것이었다.

"그건 제가 할 말인데요! 경감님이야말로 저한테 총을 쏘다니 요!"

그러면서 팡도르는 한 발도 빠짐없이 완벽히 장전이 되어 있 는 자신의 권총을 쓱 내보였다.

쥐브가 권총을 유심히 살피는 사이, 팡도르는 갑자기 생각이 난 듯 물었다.

"그나저나 여기서 뭐 하시는 겁니까?"

"자네가 나한테 전보를 치지 않았나!"

"그런 적 없는데요!"

쥐브는 호주머니 속에서 전보 용지를 꺼내 팡도르에게 내밀었 다. 두 사람은 이제 서로 가까이 마주하고 서 있었다. 그런데 순 간 난데없이 섬광이 번쩍이더니, 요란한 총성이 또다시 울리는 게 아닌가! 귓가를 스치듯 지나가는 뜨끔한 느낌에 둘은 거의 동 시에 움찔했다.

쥐브와 팡도르는 본능적으로 오크통 사이에 납작 엎드려 숨을 죽였다.

지금까지 연속으로 발사된 총 일곱 발의 총탄이 두 사람 모두를 비켜간 것은 그야말로 행운이었다.

그제야 쥐브는 방금 전까지 어떤 일이 벌어지고 있었는지 정확히 깨달았다. 그러고 보니 특히 팡도르에게 큰일이 닥칠 뻔한 상황이었다. 아까까지 총을 쏜 미지의 적이 그토록 서툴게 느껴진 데는 그럴 만한 이유가 있었다. 그는 쥐브가 아닌 팡도르를 겨냥해 총을 쏘았던 것이다!

그 미지의 적이 총을 재장전하는 동안 총성이 잠시 멎었다 또다시 총격이 재개되는 상황이었다.

쥐브도 이제는 총알을 아낄 이유가 없었다. 그는 오크통 뒤에서 한껏 자세를 낮춘 채 팔꿈치로 팡도르를 쿡 찌르며 말했다.

"내가 시작하면 자네도 방아쇠를 당기게!"

말을 내뱉기가 무섭게 그는 버럭 고함을 지르며 총을 쏘았다. 아니나 다를까, 저만치 우측 방향에서 그림자 하나가 쏜살같이 내달리는 것이 보였다.

팡도르는 총을 겨누다 말고 쥐브를 돌아보며 물었다.

"보셨습니까?"

"봤네……"

"살레크 아닌가요?"

한편, 연속적으로 울려대는 총성이 포도주 창고의 거대한 적막을 뒤흔드는 가운데 어디선가 음산한 울림이 그 뒤를 잇고 있었다. 쥐브와 팡도르가 웅크리고 있는 곳 주변으로 뒤집혀 구르는 오크통 소리와 수군대며 뱉어내는 이런저런 상소리들, 몸무게를 못 이겨 우지끈 부서지는 나무판자 소리들이 어지러이 맴도는가 하면, 좀더 멀리서는 규칙적인 발소리가 점점 거리를 좁히며 들려오고 있었다. 마치 부대가 행진을 하는 것처럼 규칙적으로 들려오는 그 소리 사이사이에는 짤막하게 솟구치는 명령 소리와 날카로운 호각 소리도 들려왔다.

"저건 경찰이야……"

쥐브는 혼잣말처럼 중얼거린 뒤, 팡도르에게 베르시 부두의 선적 창고가 실은 부랑자와 뜨내기들에게 일종의 급식소 역할을 할 뿐 아니라, 취침 장소로도 활용되고 있음을 상기시켰다. 경찰청에서 파악한 바로는, 완전히 개방되어 있는 이곳으로 매일 밤 노숙자들이 비와 추위를 피해 휴식을 취하려고 몰려와 텅 빈 오크통 속으로 기어들거나 꽉 찬 오크통 위에 벌러덩 드러눕는데, 그중에는 범죄를 저지르고 도피중인 놈들도 간혹 섞여 있다는 것이었다.

쥐브 경감은 이렇게 결론 내렸다.

"하지만 그런 경우가 흔한 건 결코 아니지. 이런 곳에서 눈을 붙이는 사람들은 대개 그다지 나쁜 사람들이 아니야. 따라서 여기에 경찰이 개입했다면 그건 그럴 만한 다른 이유가 있다는 얘기지. 뭔가 정보가 있어야 일제 소탕 작전 같은 걸 수행하게 되어 있으니까. 이따금 세관원들이 같이 붙어서 돌아다니다가 밀수꾼을 색출해내기도 하지만 그 정도가 전부야. 자, 이제 우리는 느긋하게 구경이나 해보자고……"

그러나 쥐브의 기대는 여지없이 빗나갔다. 그의 판단을 무색케 하려는 듯 총성이 연이어 두 번이나 울린 것이다! 경찰도 이처럼 과격한 반응은 예상하지 못한 듯했다. 밀집 대형을 이루던 경찰관들은 잠시 우왕좌왕하며 당황한 분위기가 역력하더니, 일제히 흩어져 부두 곳곳으로 스며들었다.

또다시 총성이 여러 번 들렸고, 뒤이어 난데없는 고함 소리가 여기저기서 터져나왔다. 대체 무슨 일이 벌어지고 있는 것인가?

"불이야……"

팡도르가 중얼거렸다.

말 그대로 도깨비불이 포도주 창고 안을 어지러이 난무하는가 싶더니, 독한 연기가 피어올랐다.

쥐브가 당장 으르렁댔다.

"이런 망나니 같은 놈들! 근처에 있는 술통에 불을 놓은 거야. 아, 제대로 걸렸군!"

이제 쥐브와 팡도르는 자신들의 안위를 걱정해야 할 처지였다. 무엇보다 아까부터 그들을 노리고 있는 적들에게 노출될 위험을 각오하면서라도 즉시 그곳을 빠져나가야 할 상황이었다. 보아하니 놈들은 베르시 부두의 포도주 창고에 거의 상주하다시

피 하는 부랑자들과 뒤섞여 무려 한 시간 전부터 쥐브와 팡도르의 동태를 파악하고 있었으며, 그 우두머리는 샬레크 박사가 틀림없었다!

"일단 여기를 빠져나가야겠어!"

쥐브의 말에 팡도르는 잠자코 그의 뒤를 따랐다.

"아뿔싸!"

순간 쥐브의 입에서 낮은 탄식이 새어나왔다. 몸을 일으켜 나서긴 했지만, 전방은 물론 좌우 어디를 봐도 띠를 이루어 활활 타오르는 화염에 진로를 가로막힌 것이 아닌가!

"뒤로 돌아가요. 센 강 쪽으로 내려가야겠어요!"

팡도르가 다급하게 제안했다.

하지만 바로 그때 또다시 폭발이 일어났다. 술통 하나가 더 터지고, 술통 속의 독주에 화르르 불이 붙어 분수처럼 치솟는 것이었다. 불구덩이 속에 화약통 하나가 더 추가된 꼴이었다. 이제는 불꽃의 띠가 동그랗게 모여 그 안에 갇힌 쥐브와 팡도르를 옴짝달싹 못하게 만들고 있었다.

"젠장, 이거 상황이 완전히 꼬여버렸어……"

쥐브가 신경질적으로 내뱉자, 팡도르가 대꾸했다.

"이럴 바엔 차라리 아까 그 총성이 그리울 정도입니다."

두 남자는 잠시 어찌할 바를 모르고 멈춰 서 있었다. 주위에 펼쳐진 광경은 정말이지 끔찍하면서도 장관이었다.

거인 같은 불길이 하늘로 솟구치는가 하면, 유리 지붕 아래로 거꾸러지면서 매캐하면서도 두꺼운 연기로 돌변하는 것이었다.

그 와중에 사람들의 비명 소리와 경찰관들의 호각 소리가 어지럽게 들려왔다. 멀리 소방수들의 경적이 불길하게 우는 가운데, 술이 가득 든 오크통들의 거센 폭발음 너머로 날카로운 총성이 연달아 울리기도 했다.

삽시간에 기온이 견디기 어려울 정도까지 치솟았고, 화염의 원주는 그 반경을 위협적으로 좁혀오고 있었다.

"음, 이것부터 해결해야겠어!"

쥐브 경감이 으르렁댔다.

"하지만 어떻게요?"

팡도르가 되묻자 쥐브는 갑자기 쾌재의 탄성을 지르며 말했다.

"옳거니, 이제 살았다! 바로 저거야, 친구!"

쥐브는 눈부신 불길 속에서 방금 그들 옆으로 굴러든 텅 빈 술통을 손으로 가리켰다.

"무슨 말씀인지 모르겠는데요……"

"자네 통 굴리기 곡예 한번 즐겨볼 마음 없나?"

팡도르는 심각한 상황에도 불구하고, 쥐브의 엉뚱한 질문에 실소를 터뜨리지 않을 수 없었다.

"자, 자, 실없이 웃지 말고, 나랑 같이 저 큼직한 술통이나 옆으로 뉘여보자고. 저 술통을 부두의 경사면을 따라 잘만 굴러가게 하면 곧장 강에까지 다다를 수 있을 거야. 통을 똑바로 굴러가게 하려면 불룩 튀어나온 부분을 저기 저 도랑에 맞추면 되겠지…… 그러면 레일 위를 구르는 것처럼 저절로 안정되게 굴러갈 수 있을 거야. 어떤가, 한번 해볼 만하지 않은가?"

"그거 괜찮은 생각인데요!"

이제야 쥐브의 의중을 헤아리기 시작한 팡도르는 무척이나 흥미진진해하는 표정이었다.

"좋았어, 젊은 친구! 자, 어서 통 안에 탑승하시지!"

팡도르가 먼저 통 속에 기어들어가고, 쥐브가 뒤따라 들어가 팡도르 옆에 바짝 붙었다. 쥐브는 통의 헐거운 뚜껑을 꽉 붙잡고 열리지 않도록 단단히 끌어당기며 이렇게 지시했다.

"이제부터 우리 둘이 힘을 합해 다람쥐가 쳇바퀴를 돌리듯 통을 굴리는 거야! 제발 저 화염 속 어디쯤에 장애물이 없도록 기도나 해야지…… 자, 출발!"

커다란 술통은 처음에는 다소 힘겹게 움직였지만 불과 몇 초도 지나지 않아 전속력으로 구르기 시작했다. 통 안에서 느껴지는 지글대는 소리와 갑작스러운 온도 상승만이 현재 통이 뜨거운 불길 속을 굴러가고 있다는 걸 짐작하게 해주었다.

통은 크기와 무게 때문에 가속이 실려 저 아래 강의 수면을 향해 경사진 부두의 도랑을 무섭게 굴러내려갔다. 그러는 가운데에도 쥐브는 통 뚜껑의 안쪽 가로장을 악착같이 붙든 채 현기증

나는 회전속도를 온몸으로 버텨내고 있었다. 구원의 유일한 수단으로 고른 이 괴상망측한 탈것의 무지막지한 속도에 이리저리 흔들리고 부대껴 쥐브와 팡도르 둘 다 더는 견디기 어려운 지경에 다다랐을 즈음, 나무 술통이 강의 수면에 철썩 부딪혔다! 그리고 부글거리는 기분 나쁜 소리와 함께 서서히 물속으로 가라앉기 시작했다!

한편 경찰은 부둣가에서 소방대원들의 화재 진압을 돕느라 여념이 없어서 포도주 창고의 야간 숙박객들 통제에 소홀할 수밖에 없었고, 쥐브 경감과 팡도르가 겪은 절체절명의 위기에 대해서도 까마득히 모른 채 미지의 가해자들이 얌전히 달아나는 동안 아무런 조치도 취하지 않고 있었다.

17
해부대 위에 누운 여자

탁월한 검시 능력으로 그동안 까다로운 조사에서 숱하게 진실을 규명해온 의과대학 교수이자 저명한 법의관 아르델 박사가 생 루이 교각 모퉁이를 돌아드는 순간, 저만치 시체 안치소 앞에서 이야기를 나누는 쥐브 경감과 수사판사 퓌즐리에 씨가 그의 시야에 들어왔다.

"제가 좀 늦었죠? 기다리시게 해서 죄송합니다."

판사와 형사가 아니라며 손사래를 치자, 아르델 박사는 이렇게 너스레를 떨었다.

"그렇다면 굳이 저 안의 여성 고객분을 기다리게 하는 것으로 분풀이하실 이유도 없겠군요…… 자, 이쪽으로 오십시오, 어서 안으로 들어가십시다."

아르델 박사는 최대한 깍듯한 태도로 손님들을 안내했다.

"건물이 그다지 상쾌하지는 못합니다! 허허…… 평판이 아주 무시무시한 곳이지요. 어쨌든 마음껏 둘러보시기 바랍니다! 퓌즐리에 판사님, 편안하게 얼마든지 조사해보셔도 괜찮습니다. 허허…… 쥐브 경감님, 이곳의 여성 고객에게는 어떤 질문을 던져도 다 허용된답니다. 허허허……"

아르델 박사는 말끝마다 너털웃음을 터뜨려가며 호탕하게 목소리를 높였다. 그는 상대가 대꾸할 여유도 주지 않고 계속해서 말을 이어갔다.

"그럼 저는 잠깐 실례해도 될까요? 고무장갑도 끼고 작업복도 걸쳐야 하니 잠시 자리를 비우겠습니다. 아, 저희 일이라는 게 항상 꼼꼼히 신경을 써야 한다니까요!"

법의관이 자리를 뜨자, 퓌즐리에 씨가 쥐브를 돌아보며 물었다.

"보시다시피, 나는 오늘 아침 당신이 보낸 전보를 받고 즉각 조치를 취했소. 아르델 박사한테 바로 연락해서 이렇게 오후 일정을 잡아놓긴 했지만, 솔직히 당신이 무슨 생각을 하는지 아직도 잘 모르겠소…… 도대체 여기서 무얼 찾겠다는 겁니까?"

호주머니에 손을 찔러넣은 채 원형 강당 중앙에 약간 높게 자리잡은 해부대 앞을 이리저리 서성대던 쥐브는 수사판사의 질문에 즉각 걸음을 멈추고는 이렇게 대답했다.

"여기서 무얼 찾느냐고요? 그건 저도 잘 모릅니다! 아니, 실은 감히 입 밖으로 털어놓질 못하겠습니다. 뭐랄까요, 수수께끼를 풀게 해주는 암호라고나 할까요……"

"이거야 원……"

"퓌즐리에 씨, 그만큼 문제가 간단하지 않다는 말씀입니다."

"허, 그것 참!"

"무엇보다 조제핀이라는 여자의 역할이 갈수록 모호해지고 있어요. 그녀는 분명 루파르의 정부인데, 그러면서도 그를 고발하는가 하면, 그에게 총격을 당하고, 또 팡도르의 말로는 그의 공범 노릇도 한다는 겁니다…… 그것도 미국의 범죄연감에나 나올 법한 아주 대범한 열차 강도 사건에서 말이죠!"

"열차 강도요?"

"그렇습니다. 아무튼 조제핀은 일단 제쳐두기로 하죠. 그래도 정체를 알 수 없는 두 사람이 있는데 말입니다…… 우선 샬레크 박사입니다. 상류층 인사인 데다 교양도 풍부한 이 인물이 왠지 범죄단의 우두머리 같은 인상을 주고 있단 말이죠. 샬레크 박사에 대해 우리가 확실하게 파악하고 있는 사항은 바로 그가 조제핀에게 총격을 가한 장본인이며, 포도주 창고에서 일어난 사건에도 관여했다는 것입니다. 그다음으로 루파르가 있는데, 제 생각에 그자는 아주 중요한 범죄자인 듯한데도 우리가 그에 관해 알고 있는 것이 전혀 없습니다. 그자가 일개 건달일까요? 그럴지도 모르죠…… 문제는 샬레크 박사와 어떤 관계인가 하는 것입니다. 루파르는 상류층에 속한 인물일까요? 그랬다면 조제핀 같은 여자를 애인으로 두진 않을 겁니다…… 아니면 살인범일까요? 프로쇼 주택단지에서 시체로 발견된 여자의 살인범?…… 글쎄요, 증명된 것은 아직 아무것도 없습니다……"

"오, 이미 그렇게 생각하고 있는 것 같은데요, 쥐브 경감!"

"아닙니다! 말씀드렸다시피 증명된 것은 아직 아무것도 없어요. 그걸 확인하려면 먼저 죽은 여자가 누구인지, 왜 죽었는지를 밝혀내야만 합니다…… (쥐브는 팔짱을 끼고 퓌즐리에 씨를 심각하게 바라보며 얘기를 이어나갔다.) 지금 우리는 희생자의 신원을 파악하지 못하고 있을 뿐 아니라, 어떤 식으로 살해당했는지도 전혀 모르고 있습니다! 그걸 알아내기만 한다면 살인범이 누구인지도 알아낼 수 있을 텐데요…… 살인범은 샬레크일까요? 아니면 루파르?"

퓌즐리에 씨가 잠시 숨을 고른 뒤 말했다.

"좋소, 아주 심각한 문제라고 칩시다. 그나저나 쥐브 경감, 당신의 상상력은 생각할수록 대단해요! 그 많은 가설들을 빠짐없이 챙기다니 말이요. 당신 얘기를 잠시만 듣고 있으면 아무리 차분한 사람이라도 정신이 혼미해질 거요. 결론만 첨부된다면 더할 나위 없을 텐데……"

"무슨 결론 말씀이죠?"

"글쎄올시다. 그런데 지금 추적하고 있는 단서는 뭐요?"

"뭐니 뭐니 해도 죽은 여자에 대한 것이죠. 이제 곧 그 여자를 중심으로 모든 조사를 진행할 겁니다. 그러고 나면 수사 방향을 본격적으로 결정할 수 있을 거고요."

"혹시…… 팡토마스를 염두에 두고 있는 건 아니요, 쥐브 경감?"

"왜 아니겠습니까! (쥐브는 기다렸다는 듯이 외쳤다.) 루파르 뒤에, 샬레크 뒤에, 언제 어디서나…… 퓌즐리에 판사님, 방금 그 말씀 정말 잘하셨습니다! 제가 찾고 있는 존재가 바로 팡토마스입니다!"

때마침 아르델 박사가 들어오지 않았다면 얘기가 더 길게 이어졌을 것이다.

검시관 복장으로 갈아입은 아르델 박사는, 제복 차림이라는 것이 으레 그러하듯 전문가의 진지한 분위기로 돌변해 있었다.

"자, 그럼 시작해볼까요. (방금 도착한 조수에게) 6번 냉동실에 있는 시신을 운반해오게."

잠시 후, 조수 두 명이 일종의 카트 위에 신원 미상의 여자 시신을 싣고 원형 강당 중앙으로 돌아왔다.

"자, 실컷 살펴보십시오. 모쪼록 신원 확인이 가능했으면 좋겠습니다. 저는 검시관으로서 할 수 있는 모든 조치를 다 했습니다. 이제 보고서 작성할 일만 남은 셈이죠."

아르델 박사가 말하자 수사판사 퓌즐리에와 쥐브는 한참 동안 시신을 굽어보았다.

그러나 죽은 여자의 몸은 처참한 상처 그 자체였다. 이 정도라면 가까운 지인도 못 알아볼 것 같았다.

쥐브는 고개를 들어 아르델 박사를 쳐다보며 말했다.

"아무래도 일개 형사의 입장에서 시신을 살펴보는 것만으로는 밝혀낼 만한 것이 아무것도 없을 것 같습니다. 이런 상태로는 인체 측정법도 소용이 없을 게 뻔하고요. 그러니 박사님의 고견에 매달릴 수밖에 없군요."

"고견이라니요…… 무슨 말씀이십니까?"

"이 여자가 어떻게 죽었는가를 여쭙고 있는 겁니다!"

"그게 아니라, 왜 죽었는지를 물어보셔야죠."

"결국 같은 얘기 아닙니까?"

"천만에요! 여자가 왜 죽었는지는 어떤 생리적 현상에 의해 사망했는가를 설명하면 풀리는 문제입니다. 반면 어떻게 죽었는지는 죽음에 이르도록 한 행위가 무엇인가를 설명해야 풀리는 문제지요."

"이것 보세요, 박사님. 지금 말장난이나 하고 있을 때가 아닙니다! 이 시신을 검사하여 알아낸 것이 무엇인지나 말씀해주십시오."

"뭐 별것 없습니다. 이 여자의 경우 사망 원인이 특정 신체기관에 생긴 상처나 타박상에 있는 것 같지는 않다는 정도지요. 지금까지 검사한 결과, 전반적인 출혈 현상이 있었던 것으로 보입니다. 시신을 열어보고 제가 깜짝 놀란 것은 심장이든 동맥이든 정맥이든, 심지어 허파에 이르기까지 혈관이란 혈관은 모조리 파열되어 있다는 사실이었습니다!"

"그렇다면 대체 무슨 일이 있었다는 얘긴가요?"

"잠깐, 그게 다가 아닙니다. 뼈까지 산산조각 나 있었어요!"

"세상에, 그럴 수가!"

"요컨대 목의 상부에서 시작해 다리 하부까지, 즉 전신에 걸쳐 반상출혈이 확인된다고 보아도 무방한 상태입니다."

"그래요, 그러니까 제 얘기는 그런 모든 현상들을 종합해볼 때, 무엇이 이 여자를 죽음에 이르게 했는지 박사님의 소견을 말씀해달라는 겁니다!"

"쥐브 경감님, 이건 뭐랄까, 참으로 괴이한 생각인데요…… 법의관인 저로서도 확실하게 말씀드리기는 어렵습니다만…… 이 여자의 신체는 일종의 압착기 속을 지나간 것처럼 보입니다……"

순간 퓌즐리에 판사가 쥐브를 쳐다보며 물었다.

"이봐요, 쥐브 경감. 대체 이게 다 무슨 소립니까?"

"제가 생각하기에 지금 아르델 박사께서는 저 역시 이미 어렴풋하게 내린 결론을 과학적으로 검증하고 계신 것 같습니다. 과연 살인범이 어떤 식으로 범행을 저질렀는지가 점점 더 궁금해지는군요……"

쥐브의 설명에 아르델 박사가 대꾸했다.

"저 역시 아무리 머리를 쥐어짜도 바로 그 점을 규명할 수가 없습니다, 쥐브 경감님. 한 인간의 몸을 이 지경으로 박살낼 만한 도구가 대체 무엇인지……"

쥐브는 다시금 강당 안을 신경질적으로 서성대기 시작했고, 수사판사 퓌즐리에는 깊은 생각에 빠져들었다. 마침내 수사판사가 먼저 입을 열었다.

"내 생각에 이제 여기서는 볼일이 더 없을 것 같은데…… 이보시오, 쥐브 경감. 이 시신이 당신이나 나의 수사 방향에 더이상 단서를 제공해주진 못할 것 같소이다. 아르델 박사의 과학적인 설명도 특별한 도움이 못 되는 것 같고……"

하지만 쥐브 경감은 시신 곁에 가서 걸음을 멈추더니 이렇게 말했다.

"아닙니다…… 아직 끝난 게 아니에요!"

그러고는 아르델 박사를 돌아보며 말했다.

"이 여자가 입었던 옷을 좀 가져다주시겠습니까?"

"그야 어렵지 않죠!"

쥐브는 조수가 가져온 가방에서 죽은 여자의 옷가지들을 줄줄이 끄집어냈다. 일류 제화공이 만든 구두, 최신 유행에 맞춰 자수를 곁들인 스타킹, 섬세한 소재로 만든 내의류, 최고급 코르셋 등등을 하나하나 꺼낼 때마다 주의 깊게 살펴보았다.

"아무것도 없구먼! 상표도, 제조자 이름도, 아무것도 없어!"

그는 탄식을 하듯 내뱉은 뒤, 불현듯 뭔가가 떠올랐는지 호주머니 속에서 작은 주머니칼을 빼들고 한층 힘이 들어간 목소리로 외쳤다.

"좋다, 어디 끝까지 가보자! 아주 끝장을 보고야 말겠어!"

그러고는 아예 바닥에 무릎을 꿇고 앉아 죽은 여자의 옷가지를 하나하나 다시 들추면서 봉제 상태를 살피는가 하면, 소매단과 감친 부분들을 철저히 풀어헤치는 것이었다.

"쥐브 경감, 당신 미쳤소? 도대체 뭘 찾겠다고 이러는 거요?"

보다 못한 퓌즐리에 판사가 한마디 하는 찰나, 갑자기 쥐브의 입에서 외마디 소리가 터져나왔다.

"어, 이게 뭐지?"

블라우스의 벨벳 칼라 속에 칼끝을 넣어보고는 무슨 종이 같은 것이 그 안에 들어 있음을 직감한 것이다.

칼라를 완전히 해체하는 데는 두어 번의 칼질로 족했다. 과연 쥐브의 직감은 틀리지 않았다! 벨벳 칼라와 그 안감 사이에 피 묻은 종이가 가느다랗게 말린 채 끼어 있는 것이 아닌가!

아르델 박사와 퓌즐리에 판사는 누가 먼저랄 것도 없이 쥐브 옆으로 바짝 다가들어 그와 마찬가지로 무릎을 꿇고 앉았다.

쥐브는 부들부들 떨리는 손이 진정될 때까지 잠시 그대로 가만히 있었다.

마침내 그는 손가락 끝으로 돌돌 말린 문제의 종이를 천천히 편 다음 이렇게 말했다.

"뭔가가 쓰여 있군요. 한번 읽어보겠습니다…… 음, 처음 몇 글자는 찢겨나가서 판독이 안 되고…… '하느님의 자비를 바랄 뿐이다……' 또 이렇게 쓰여 있군요. '이런 회한을 가슴에 안고 죽어가고 싶은 마음은 없다. 이 비밀을 덮으려고 그가 나를 죽이는 것을 가만히 두고 볼 생각은 없다. 지금 이 고백의 글을 쓰고는 있지만, 그에게는 이 쪽지를 안전한 곳에 놔두었다고 얘기해야지. 그렇다, 나는 그 가엾은 배우의 죽음을 초래한 장본인이다! 거언이 저지른 범죄의 대가를 발그랑이 치른 것이 맞다는 얘기다. 그렇다, 나는 거언 대신 발그랑을 교수대로 보냈거니와, 가끔 거언이라는 인물이 혹시 팡토마스가 아닐까 하는 생각이 든 것이 사실이다!……'"

쥐브는 이 대목을 약간 흔들리면서도 또렷한 목소리로 읽어내려갔다.

"뭐죠?"

"이게 대체 어떻게 된 겁니까?"

아르델 박사와 수사판사의 질문에 그는 가까스로 흥분을 가라앉히며 대답했다.

"여기 서명이 있군요, 서명이! '벨담 부인'!"

"벨담 부인? 쥐브 경감, 지금 벨담 부인이라고 했소?"

쥐브는 손가락으로 철자 하나하나를 다시 짚어보더니 떨리는 목소리로 말했다.

"네…… 확실합니다……"

그는 방금 자신을 송두리째 뒤흔든 이름이 적힌 너덜너덜한 종이를 수사판사에게 내밀었다.

"벨담 부인이라니……"

그동안 퓌즐리에 씨는 물론 경찰과 검찰의 거의 모든 고위 인사들이 팡토마스의 존재와 거언이 팡토마스라는 사실, 또한 거언이 벨담 부인의 애인이며, 특히 거언이 기요틴에서 무사히 빠져나갔다는 사실 등을 공식적으로 인정하길 거부해왔다. 그 와중에 진실이 무엇인지 똑똑히 지각하고 있던 단 두 사람이 바로 쥐브와 팡도르였던 것!

쥐브는 문제의 글을 읽고 또 읽고 다시 읽으며 생각했다.

'맙소사, 틀림없어! 벨담 부인은 죄가 있다는 걸 알면서도 팡토마스를 열렬히 사랑했던 거야…… 그리고 지금 이것은 절망에 빠진 어느 날 그녀가 자신의 회한을 적어내려가면서 진실을 증언하려고 쓴 글의 일부인 거지……'

그는 수수께끼 같은 문장 하나하나를 되짚으며 생각을 이어갔다.

이 비밀을 덮으려고 그가 나를 죽이는 것을 가만히 두고 볼 생각은 없다.

‘그렇다면 벨담 부인이 이 글을 쓸 당시에는 거언과의 사이가 틀어졌다는 뜻일까? 그리고 다음 문장은 또 어떻게 해석해야 하는 거지?’

가끔 거언이라는 인물이 혹시 팡토마스가 아닐까 하는 생각이 든 것이 사실이다!

‘그렇다면 벨담 부인은 그 당시 연인의 정확한 정체를 모르고 있었다는 얘긴가?’

그에게는 이 쪽지를 안전한 곳에 놔두었다고 얘기해야지.

‘그래, 결국 자신이 살해당할지 모른다는 생각으로 칼라의 안감에 이 마지막 고백을 숨겨두었던 거야!’
열에 들뜬 쥐브는 바닥에 흩어져 있는 옷가지를 다시 붙들고 천조각들을 샅샅이 점검하기 시작했다.
‘틀림없이 어딘가에 고백문의 처음 부분에 해당하는 다른 쪽지가 들어 있을 거야. 반드시 찾아내야 해…… 반드시……’
그런 생각을 하며 열심히 옷가지를 뒤지던 그의 입에서 갑자기 낭패의 탄식이 새어나왔다.

"이런, 제기랄!"

쥐브가 퓌즐리에 판사를 쳐다보며 손으로 가리킨 속치마의 안감 한 귀퉁이에는 과연 호주머니처럼 생긴 또다른 공간이 텅 빈 채로 드러나 있었다!

"고백의 글을 여러 쪽지로 나눠서 보관한 게 틀림없습니다. 범인은 분명 그 골치 아픈 쪽지들을 빼앗으려고 여지를 살해한 거고요. 결국 범인은 목적을 달성한 것 같습니다. 보세요, 비밀 호주머니가 이렇게 비어 있지 않습니까! 칼라 안감 속의 것은 천만다행으로 범인의 손길을 피해 우리 손에 들어왔고요. 아무튼 좀더 찾아봐야겠습니다!"

쥐브는 포기하지 않고 계속 옷을 뒤졌지만 더는 아무것도 나오지 않았다.

마침내 허리를 펴고 일어선 그는 갑자기 미친 사람처럼 퓌즐리에 판사의 팔을 거칠게 끌어당겨 죽은 여자가 누워 있는 해부대 앞으로 다가갔다. 조금 전까지만 해도 철저히 미궁 속에 머물러 있던 존재가 지금은 왠지 섬뜩한 미소를 짓고 있는 것처럼 보였다.

쥐브는 떨리는 목소리로 이렇게 외쳤다.

"퓌즐리에 판사님, 죽은 자가 증언을 한 겁니다! 지금 죽어 나자빠져 있는 이 여자…… 이 여자가 바로 벨담 부인이란 말입니다!"

그러자 수사판사는 흠칫 물러서며 중얼거렸다.

"그럼 샬레크 박사는 뭐가 되는 겁니까? 루파르는 또 누구고
요?"

쥐브는 한 치의 주저함도 없이 대답했다.

"그건 팡토마스한테 물어보십시오!"

어안이 벙벙해진 수사판사와 아르델 박사는 안중에도 없이 불
현듯 시체 안치소 문을 박차고 뛰쳐나가는 쥐브…… 그 허둥대
는 모습이 어찌나 다급하고 기괴한지, 지나가는 행인들이 낮은
목소리로 이렇게 중얼거리는 것이었다.

"저 사람 왜 저래? 사람이라도 죽였나?"

18
팡토마스의 희생양

"자넨 내 목표를 이해하겠지, 팡도르? 지금까지 나는 조용히 싸우고 싶었네. 혼자의 힘으로 진실에 도달하겠다는 생각이었지. 맙소사, 팡토마스를 색출해 그의 손목에 기어이 수갑을 채우고 말겠다는 소박한 야심을 남몰래 키우면서, 오로지 그 성공만을 바라며 살아왔단 말이네. 그를 치안국으로 압송해 나의 상관들 앞에 꿇어앉힌 뒤 이렇게 말하겠다는 거지. '자, 지난 삼 년간 당신들은 팡토마스가 죽었다고 줄기차게 단언해왔습니다. 그러나 보십시오! 여기 그를 데려왔습니다. 천인공노할 희대의 악당을 이렇게 붙잡아왔단 말입니다. 분명 팡토마스입니다! 이자가 저지른 범죄 행각에 대한 증거는 이미 다 제출했습니다. 그러니 이제 마음대로 처분하십시오. 나의 역할은 끝났습니다. 어떤 희생을 치르더라도, 내 몸에 총알구멍이 나더라도 기필코 승리하겠다는 오랜 다짐을 이제야 이루고 갑니다!'"

쥐브의 얘기에 귀 기울이던 팡도르는 이렇게 말을 받았다.

"얘기만 들어도 참 통쾌합니다! 아직은 희망이 사라진 건 아니죠. 오히려 그 반대입니다! 사실 어제까지만 해도 우린 어렴풋이 의심하는 정도가 아니었습니까……"

"오, 그랬지!"

"그런데 지금은 확실해진 거예요! 당신이 찾아낸 것이 정녕 벨담 부인의 시신이라면, 우리에겐 이제 신출귀몰한다는 그 범죄자와 마주하는 일만 남은 셈입니다. 벨담 부인의 죽음을 초래할 만한 자는 오직 그자뿐이니까요!"

"그야 물론이지! 하지만 싸움은 이제 막 시작된 거나 다름없네. 그밖에 우리가 안다고 내세울 만한 것이 뭐가 있나? 아무것도 없어! 단지 개연성 하나만으로 팡토마스가 자신의 애인을 제거했을 거라고 간주하는 거지. 그런데 그것만 가지고는 어림도 없어. 어쨌든 우린 거기서 출발해 놈을 추적해야만 하는 처지야."

"무슨 계획이라도 있나요?"

"그건 벌써 말해주지 않았나. 더이상 침묵하고 있을 수는 없네. 가급적 드러내놓고, 최대한 소란스럽게 세상에 알려야겠어. 지금까지는 그늘 속에서 일해왔지. 하지만 이제는 빛을 밝혀야 할 때네. 그동안은 사람들이 쑥덕거리는 소리를 피했지만, 앞으로는 법석을 좀 떨어야겠어! 지금 우리에게는 대중의 협력이 필요해. 내 상관들의 안이한 태도를 뒤흔들어놔야겠다고!"

"제가 기사를 쓸까요?"

"그래야겠지. 팡토마스와 관련한 수수께끼 같은 사건들에 대해 자네가 경찰청으로부터 정보를 얻고 있다는 건 세상이 다 아는 일이니까. 자네가 근무하는 〈라 카피탈〉지는 그 문제에 관한 다른 경쟁지들보다 월등히 앞서 있지."

"그게 다 쥐브 당신 덕분이죠."

"듣기 좋으라고 하는 소리는 아니네만, 젊은 아가씨들이 입에 발린 칭찬을 좋아하듯 위험이라면 사족을 못 쓰고 덤벼드는 자네 같은 젊은이가 있었기에 가능했던 일이네…… 자네가 이런저런 정보를 흘리면 다들 모른 척할 순 없을 거야. 너도 나도 그 정보를 확대 재생산하려 들 거라고……"

"그럼 이제부터는 아무 제약 없이 기사를 써도 된다는 말인가요?"

"그렇다네, 팡도르! 기이한 상황에서 발견된 시체 이야기도 가능한 한 자세히 쓰게. 그래도 전혀 상관없어! 특히 죽은 여자의 신원을 내가 어떻게 파악했는지도 공개해. 그 여자가 다름 아닌…… 벨담 부인임을 어떻게 증명해냈는지 말이야. 아울러 벨담 부인이 거언의 정부였다는 사실을 강조해주게. 나 쥐브 형사는 언제나 그 거언이라는 작자의 진짜 정체가 팡토마스라고 주장해왔다는 사실도 빠뜨리지 말고! 벨담 부인이 거언을 어떻게 기요틴에서 벗어나게 해줬는지에 대해서는 자세하게 적을 필요가 없겠지. 다시 말해 외모가 비슷한 발그랑이라는 배우를 애인 대신 죽게 했다는 얘기는 빼란 말이네. 아무튼 결론은 팡토마스가 아직 살아 있다는 것이지…… 아, 나머지 종이 쪼가리만 찾아냈어도 이런 작전들이 필요 없을 텐데 말이야!"

"쥐브, 아쉬워하는 건 그쯤 해두고, 우리가 아는 사실만을 토대로 해서 차근차근 따져보자고요!"

"그래, 옳은 말이네. 이제부터라도 정신 바짝 차려야지! 자, 자, 자넨 어서 가서 기사를 쓰게. 오늘 저녁에 나올 〈라 카피탈〉지를 어서 읽어보고 싶군!"

쥐브는 층계참까지 팡도르를 배웅한 뒤 곧바로 집 안으로 들어갔다. 한데 현관 어귀에서 하인 장이 그의 팔을 붙들며 이렇게 말하는 것이었다.

"경감님, 혹시 잊으신 건 아니죠?"

"뭘 말인가?"

"응접실에서 기다리고 계신 분이요."

"아, 그렇지! 누가 날 보러 왔다고 했지. 그런데 이 집 주소를 아는 사람이 없을 텐데…… 거참 별일도 다 있군그래! 어쨌든 서재로 모시게."

그렇게 지시한 뒤 쥐브는 직업상의 습관대로 미리 권총을 손질해 손 닿는 곳에 놓아두고는, 앞에 어질러진 서류 더미를 정돈하기 시작했다. 잠시 후, 하인 장이 손님을 데리고 나타났다.

"공증인 제랭이라고 합니다."

쥐브는 벌떡 일어나 의자를 권했다.

"실례지만 초면인 것 같은데…… 이렇게 저를 찾아오신 용건이 무엇인지요?"

제랭 씨는 정중하게 고개를 숙여 인사부터 했다. 나이는 육십 대쯤 되어 보이고 더할 나위 없이 반듯한 인상을 갖춘 넉넉한 몸집의 사내였다. 단정한 얼굴은 그다지 지적이라 할 순 없었지만 그렇다고 아둔해 보이지도 않았다. 머리 모양 역시 그저 단정할 뿐, 빗질이 지나치게 깔끔하다든지 헝클어진 면이 보인다든지 하지는 않았다. 아랫입술 밑의 황제수염은 단정한 구식 스타일을 그대로 따른 모습이었고, 수수하면서 단정한 옷차림은 우아하지도, 촌스럽지도 않고 무난했다. 아니나 다를까, 그의 입에서 처음 나온 몇 마디 말도 나무랄 데 없이 단정했다.

"먼저 이렇게 불쑥 찾아와 폐를 끼쳐서 죄송합니다. 경찰청으로 찾아가 뵙는 것이 관례라는 건 알고 있습니다만, 경찰로서가 아니라 한 개인으로서, 또 공적이기보다는 사적인 차원에서 뵙고 드릴 말씀이 있어서 결례를 무릅쓰고 이렇게 댁으로 찾아왔습니다. 실은 아주 중대한 용건입니다. 직업상의 비밀이 아무리 유지된다 해도, 치안국 사무실에서 제 입으로 발설하기는 왠지 꺼려질 만큼 엄청난 이름들을 공개해야 하는 일이거든요……
혹시 제가 잘못 알고 찾아온 건 아니겠지요? 예전에 소냐 다니
도프 대공비 도난사건과 랑그륀 후작부인 사건의 수사를 맡으신
분이 맞으시죠? 거언이라는 악당이 저지른 영국 외교관 살인사
건도 맡으셨던 것으로 아는데, 맞지요? 선생님께서 정녕 팡토마
스의 숙적이신 게 맞습니까?"

전혀 예상치 못했던 이름이 상대의 입에서 불쑥 튀어나오자,
쥐브는 자기도 모르게 고개를 끄덕이는 것으로 대답을 대신했다.

"그렇다면 제대로 찾아왔군요…… 저는 바로 그 살인범에 관
한 얘기를 나누려고 합니다. 그자는 죽기 전에 자신의 비밀을 잘
아는 또다른 강력한 후계자를 지목해두었답니다! 그렇게 해서
자신을 대신해 복수하게 만들려는 계산이었죠. 제가 이렇게 찾
아온 건 왠지 끔찍한 범행이 일어난 것 같아서입니다…… 아마
도 팡토마스, 아니, 그 후계자들의 소행으로 여겨질 만큼 무시무
시한 사태가 벌어진 것 같습니다!"

"그래요? 편하게 말씀해보십시오!"

"쥐브 선생, 아무래도 제 고객 중 한 분이 살해된 것 같습니다.
그분을 안 지 꽤 오래되는 만큼 제 입장에서는 호감도 많았고,
아울러 그분에 대한 호기심도 상당했답니다. 솔직히 말씀드려
서…… 그분은 팡토마스의 수수께끼 같은 사건들에 연루되어
있는 처지였거든요."

공증인의 말에 쥐브는 잔뜩 흥분한 눈빛으로 다그쳐 물었다.

"그 여자분의 성함이 어떻게 되나요? 이름 말입니다!"

"이름이요…… 정체불명의 살인범들에게 희생당한 분이 누구인고 하니…… 바로 벨담 부인입니다!"

'벨담 부인'이라는 말을 듣자마자 쥐브는 속으로 쾌재의 탄성을 지르지 않을 수 없었다.

그 얼마나 기대해온 이름인가!

"벨담 부인이라니! 아, 제랭 선생. 계속, 계속 말씀해보십시오. 어떤 근거로 그런 생각을 하게 됐는지 말씀해보세요! 선생의 그 얘기가 저를 얼마나 흥분시키는지 짐작도 못 하실 겁니다!"

"실은 소설을 쓰고 있다고 저를 비난할까봐 은근히 걱정했는데요…… 저는 오래전부터 벨담 부인의 전담 공증인 노릇을 했습니다. 그런데 삼 년 전 거언에 대한 사형 선고에 뒤이어 형이 집행되고 벨담 부인과 관련해 세간에 추문이 떠돌면서 소위 팡토마스 사건이 마무리될 즈음, 부인과의 소식이 완전히 끊겨버렸어요. 그런데 얼마 전 그분이 난데없이 제 사무실을 방문하는 바람에 까무러치는 줄 알았답니다. 당연히 노골적인 질문은 입밖에 꺼낼 엄두도 내지 못했지요…… 그러면서도 저는 그녀의 태도를 유심히 관찰했답니다."

"그게 정확히 언제입니까?"

"정확히 십구 일 전이에요."

“계속 말씀해보십시오.”

“벨담 부인은 많이 변했더군요. 예전의 도도하고 차가운 귀부인의 모습이 아니었어요. 불행한 일개 아낙의 모습이었습니다.”

“그녀가 무슨 얘기를 했나요?”

“글쎄, 제게 이렇게 말하더군요. ‘제랭 씨, 제가 오늘밤 아니면 내일, 늦어도 모레 편지를 한 장 쓰려고 하는데요. 만약 그 편지가 제삼자의 손에 들어간다면 끔찍이도 불행한 일이 될 겁니다. 고백하자면, 당신이 최대한 신경 써서 편지를 보관하고 계셔야 해요. 지금은 편지에 어떤 내용을 적을지 정확히 말씀드릴 수 없어요. 단지 제가 어떤 일을 저질렀다는 걸 고백하기 위해 편지를 쓸 거라는 점만 알아주셨으면 해요…… 제 말 알아들으셨나요? 제가 살아 있는 한 당신이 책임지고 그 편지를 보관하셔야 한다는 얘기예요…… 편지와 함께 제 유언장도 맡길 텐데, 제가 죽으면 그걸 어떻게 처리해야 할지 유언장에 명시해놓을 거예요!……’ 그래서 제가 기꺼이 편지와 유언장을 보관하겠노라고 말하자, 벨담 부인이 또 이렇게 말하는 겁니다. ‘제랭 씨, 차라리 이렇게 하지요. 편지가 일단 당신 손에 들어간 뒤 제가 죽게 되면 그걸 즉시 치안국에 전달해주세요. 그런데 제가 죽어도 당신이 모를 수 있으니 이렇게 하기로 하지요. 제가 쓴 편지가 당신의 금고 속에 보관된 날부터 시작해서 이 주마다 한 번씩 제가 직접 글씨를 쓴 명함 한 장을 당신께 보내겠어요. 만약 명함이

오지 않으면 제가 죽은 줄로 아시면 돼요. 그때는 제가 누군가의 손에 살해당했다고 생각하고, 즉시 편지를 치안국에 전달하면 되는 거예요…… 그렇게 제 복수를 해주시면 되는 겁니다!'"

"그래서요? 그래서 어떻게 됐습니까?"

제랭 씨는 맥 빠진 몸짓을 하며 대답했다.

"말씀드린 게 전부입니다, 쥐브 선생. 그후로는 벨담 부인을 보지 못했어요. 소식도 전혀 못 들었고요. 자신이 말한 편지도 보내주지 않았습니다. 제가 한번 찾아갔더니 그 집 하인 말이 여행을 떠나고 집에 없다는 겁니다. 그게 다예요. 십구 일 전의 일입니다! 저는 그 가엾은 분이 생각을 바꿨다고 보지는 않아요. 그때 그분이 한 얘기가 지금도 생생하거든요. 그분은 분명 살해당할까봐 두려워하고 있었습니다."

쥐브는 서재 안을 이리저리 서성대며 말했다.

"당신 말씀을 들으니 제가 어렴풋이 짐작하던 상황이 좀더 확실하게 그려지는군요. 맞습니다, 벨담 부인은 분명 살해당했을 겁니다! 그래요, 그녀는 죽었습니다. 그녀가 쓰려고 했던 편지는 일종의 자백서였습니다! 자기가 저지른 죄를 털어놓을 뿐만 아니라, 공범이자 애인 그리고 주인이기도 한 자의 죄까지……"

그 대목에서 쥐브는 잠시 말을 멈췄다. 제랭 씨가 슬쩍 눈치를 보며 물었다.

"그게 누구죠?"

"팡토마스! 자백을 못 하게 하려고 벨담 부인을 살해한 팡토마스 말입니다! 이제 그자는 벨담 부인으로부터 자유로워져서 다시금 끔찍한 만행을 이어갈 준비를 하고 있을 거예요!"

"하지만 팡토마스는 죽었습니다!"

"다들 그렇게 알고 있죠……"

"그럼 그자가 살아 있다는 증거라도 갖고 계십니까?"

"증거를 찾는 중입니다."

"네? 쥐브 선생…… 도대체 뭘 어쩌겠다는 겁니까?"

"본격적인 수사를 진행해야죠. 웃을 일이 아닙니다! 우선 벨담 부인이 어디서 어떻게 살해됐는지를 알아낼 겁니다. 반드시 알아낼 거예요!"

제랭 씨는 그만 입을 다물었다. 쥐브는 잠시 뜸을 들인 후 이렇게 말했다.

"조만간 또 뵙도록 하죠. 일단 오늘 저녁과 내일 〈라 카피탈〉 지를 주의 깊게 읽어보십시오. 아주 많은 사실을 아시게 될 겁니다. 지금 우린 어마어마한 사태를 앞두고 있어요!"

19
앵케르만 대로의 영국 여인

쥐브는 깊은 생각에 잠겨 있었다.

그는 공증인이 한 이야기 속에서 자신이 계획하고 있고 반드시 끝을 볼 작정인 이번 수사에 도움이 될 만한 단서를 어떻게든 뽑아내려고 애썼다.

물론 고되고 위험천만하며, 어쩌면 아무 소득 없는 일이 될 수도 있을 터였다. 그러나 얼마 전 팡도르에게 말한 것처럼 결국 목표에 도달해 '범죄의 천재'의 손목에 수갑을 채우기만 하면 승리는 더욱 찬란할 거라는 생각도 들었다.

'벨담 부인이 제랭 씨를 보러 갔다, 이거지…… 그러고 보면 상당히 신중한 여성이었어. 자기가 원하는 게 무엇인지 확실히 알고 있었다는 얘기거든. 고백의 편지를 쓸 거라고 자기 스스로 밝혔고, 또 기꺼이 그렇게 했지. 무엇보다도 강력한 동기가 그녀를 몰아붙인 셈이야. 그런데 과연 어떤 동기였을까? 단지 두려움 때문이었을까? 그래, 그럴지도 모르지…… 하지만 무엇에 대한 두려움?'

이런 생각을 굴리며 쥐브는 무심코 종이에 뭔가를 끼적이고 있었다. 어느 순간 퍼뜩 정신이 든 그는 눈을 휘둥그레 뜨고 종이를 내려다보았다. 그가 분홍빛 종이에 무의식적으로 끼적이고 있던 단어는 지금까지 머릿속을 한 번도 떠난 적이 없는 이름, 모든 의문점을 단번에 해결해줄 이름이었다.

팡토마스……

'아, 이런! 내가 미쳐가는 모양이군! 그놈의 악당 생각을 한시도 안 할 수가 없으니…… 놈이 아예 내 생각을 조종하고 있는 것 같아. 자, 자, 방금 전에 제랭 씨한테도 얘기했지만, 벨담 부인은 삶의 어느 시기에 이르러 끔찍한 생각을 하게 된 거야. 거언이 죽지 않고 살아 있다는 걸 아는 사람은 이제 나 혼자다, 그의 비밀을 나 혼자 알고 있으니 나만 죽으면 그는 자유로워질 거다, 그렇게 말이야. 그런 생각에 이른 벨담 부인이 취할 수 있는 행동은 과연 무엇이었을까?…… 옳거니! 그녀는 팡토마스가 자신을 살해함으로써 비밀을 덮으려고 하는 걸 미리 간파하고는 나름대로 수를 쓴 거야. 팡토마스에게 이렇게 못을 박아두었겠지. '난 자백서를 이미 써놓았어요. 내가 죽게 되면 즉시 그 글이 공개될 거라고요.' 결국 팡토마스는 더이상 그녀를 해코지할 수 없었을 거야. 하지만 팡토마스가 누구야! 문제의 편지를 빼앗고 벨담 부인이 더는 허튼짓을 하지 못하도록 죽여버릴 궁리를 했겠지! 틀림없어. 문제는 과연 어떤 식으로 그 일에 착수했나 하는 점인데…… 그걸 알 수가 없거든……'

쥐브는 이리저리 서성이다 말고 벽난로 위를 장식하고 있는 거울 앞에 멈춰 섰다. 왕성한 정신력을 주체하기 어려운 사람들이 대개 그러듯, 그도 자신의 생각을 몸짓으로 표현하길 좋아했다. 쥐브는 거울을 한참 바라보더니 그 속의 자기 모습을 손가락으로 가리키며 이렇게 중얼거렸다.

"아, 멍청한 녀석! 그러고 보니 지극히 단순한 희극에 속절없이 놀아난 꼴이야. 팡토마스는 벨담 부인을 살해했어. 그의 공범인 샬레크 박사 집에서 여자를 죽인 거지. 당연히 여자의 시신이 거추장스러웠을 거고. 한데 샬레크 박사는 전혀 의심받을 일이 없는 사람처럼 보였거든. 이중의 서재 장치 덕분에 나무랄 데 없는 알리바이를 제공하는 건 일도 아니었을 테지…… 그렇다면 팡토마스가 한 일은? 맙소사, 카드를 섞는 거였어! 또다른 공범인 루파르가 삼인조 중 나머지 한 놈이거든. 놈은 여자친구를 시켜 내게 편지를 쓰게 했고, 난 그 내용을 철석같이 믿었지…… 루파르는 일부러 자신을 미행하게 해서 나를 서재 커튼 뒤로 끌어들였고, 샬레크가 결백하다는 걸 확인하게 만든 거야. 난 그런

줄은 꿈에도 몰랐던 거고…… 세상에, 경찰을 대표한다는 내가
한 일이 그저 샬레크를 지켜준 것에 불과하다니! 게다가 루파르
를 깔끔하게 엮어넣을 방법도 없잖아…… 애인이라는 조제핀마
저도 며칠 뒤 라리부아지에르 병원에서 총을 두 발이나 맞았어.
추적의 실마리가 끊겼다고나 할까…… 좋아! 그래도 나는 그 토
막토막을 이어붙일 수가 있지…… 죽은 여자의 이름과 살인동
기가 무엇인지 알았고, 누가 저지른 일인지도 충분히 짐작하고
있다고…… 희망이 없다고 하기에는 아직 일러!”

마침내 쥐브는 모자를 집어들더니 호주머니 속 권총의 장전
상태를 주의 깊게 살피며 낮고 엄숙한 목소리로 으르렁거렸다.

“두고 보자, 팡토마스……”

그러고는 휑하니 문을 나섰다.

*

“어이, 팡도르. 이러는 내가 정신 나간 사람처럼 보이겠지? 자
네에게 기사를 쓰라고 말한 지 불과 두 시간도 안 됐는데, 이제
는 다 집어치우고 당장 어딜 가자고 난리이니 말이야.”

쥐브와 팡도르는 택시 뒷좌석에 앉자마자 얘기를 나누기 시작
했다.

“기사 양반, 뇌이 성당으로 가주시오!”

쥐브는 택시 기사에게 그렇게 지시한 다음, 공증인 제랭 씨가 찾아온 얘기를 꺼냈다.

"정말이지 이제 본격적인 수사가 시작된 것이나 다름없어. 어제 이미 우리가 확인한 것은 벨담 부인의 시신이라고 생각했지만, 이제는 모든 것이 더욱 확실해졌단 말이야. 벨담 부인은 틀림없이 우리를 팡토마스에게 인도할 거야, 젊은 친구!"

"당연히 그래야죠!"

"다만 그녀가 죽은 몸이라는 게 문제겠지…… 자, 이제 일을 어떻게 진행해야 할까?"

"죽기 전 며칠간의 행적부터 정확하게 추적해봐야겠죠."

"맞았어, 팡도르! 그러기 위해서는 무엇을 해야 하지?"

팡도르는 먼지 낀 택시 유리창 너머 한적한 뇌이 가도를 손으로 가리키며 대답했다.

"우선 앵케르만 대로에 있는 벨담 부인의 집부터 가봐야죠. 한데 정작 집에 가서 무얼 어떻게 해야 할지……"

팡도르가 우물거리자 쥐브가 분명한 목소리로 말을 이었다.

"그야 지극히 간단하네! 나는 아마도 텅 비어 있을 집 안을 수색하고, 그동안 자네는 이웃 주민들을 찾아다니는 거야. 자주 가던 단골 가게라든가, 아무튼 벨담 부인과 알고 지냈고 그녀의 일상생활에 관해 뭐든 말해줄 수 있는 사람들을 만나 얘기를 들어보는 거지. 한창 일하던 자네를 이렇게 끄집어내온 건 다 그것 때문이네. 그렇게 하면 더욱 특별한 르포 기사를 쓸 수 있지 않 겠나! 하여튼 자네만 믿겠네."

잠시 후, 택시는 앵케르만 대로 모퉁이에 멈춰 섰다.

"주소가 정확히…… 자네 기억하지? 삼 년 전 내가 거언을 체 포한 바로 그 집이니까!"

두 사내는 얼마 지나지 않아 문제의 건물 앞에 다다랐다. 벨담 부인의 저택은 오랫동안 손보지 않아 철책에는 송악이 지저분하 게 얽히고설켜 있었고 폐허나 다름없는 상태였다. 그 밖에도 덧 창의 경첩들이 반쯤 떨어져나가고, 돌계단엔 이끼가 푸르죽죽하 게 끼었으며, 정원에는 잡초가 비죽비죽 자라나 있었다.

"사람이 살지 않은 지 꽤 오래된 것 같은데…… 이 집이 과 연 벨담 부인이 마지막까지 살았던 집일까요?"

팡도르의 말에 쥐브가 대꾸했다.

"바로 그 점을 알아내야겠지. 자, 자네는 어서 가서 따로 조사 해보게."

팡도르는 즉시 거리 모퉁이를 돌아 뇌이 상가 구역으로 접어 들었다.

'가만있자…… 어디부터 밀고 들어가지?'

팡도르가 마침내 작심하고 들어선 어느 상점의 허름한 담벼락 에는 다음과 같은 간판이 붙어 있었다.

원예 전문

"아무도 안 계세요?"

"무얼 도와드릴까요, 손님?"

붙임성 있어 보이는 노파가 팡도르를 맞으러 나왔다.

"공연히 폐 끼치는 건 아닌지 모르겠습니다만…… 혹시 벨담 부인 댁의 정원 관리를 담당한 가게가 여기 맞습니까?"

"앵케르만 대로에 사시는 영국인 부인 말씀인가요? 네, 맞아요! 제 남편이 그 집 관리인하고 함께 일을 했죠."

"그럼 뭐 좀 여쭤봐도 될까요?"

"글쎄요. 지금은 벨담 부인도 안 계시고, 제 남편이 그 집 일을 보지 않은 지도 벌써 몇 달째라……"

"저런…… 사실 저는 벨담 부인의 친구 되는 사람인데요. 하도 오랫동안 소식을 주고받지 못해서 말입니다. 한데 최근 파리로 돌아올 거라는 얘기도 있고 해서 집에 가보면 만날 수 있을까 했는데…… 막상 가보니 텅 비어 있지 뭡니까!"

"그렇죠, 그 집은 폐쇄되어 있답니다. 지금은 관리인도 고향에 내려가 있다고 하더군요."

"혹시 정원을 좀 보살펴달라든가 하는 쪽지 같은 것을 남기진 않았나요?"

정원사의 늙은 아내는 젊은 기자의 질문에 횡설수설로 일관했다. 쪽지 같은 것은 전혀 받지 못했다는 둥, 자신이 아는 것은 아무것도 없다는 둥, 만약 벨담 부인이 중간에 집에 들렀다면 무엇이든 자기가 아니라 정원사인 남편을 붙들고 말했을 거라는 둥, 결국 자신은 아무런 부탁도 받지 않았을뿐더러 벨담 부인의 소식도 전혀 접하지 못했다는 둥, 게다가 벨담 부인은 집을 떠나면서 꽤 오랫동안 집을 비울 거라고 말했고, 그때로부터 이미 한 달에서 한 달 반, 아니, 두 달은 족히 지났다는 둥……

그러고는 이렇게 덧붙이는 것이었다.

"좀더 똑 부러지게 말씀 못 드려서 죄송해요!"

"그게요, 부인……"

"아, 저 역시 벨담 부인이 참 훌륭한 고객이라고 생각한다니까요! 레몽 부인도 우리 가게에서 꽃을 많이 사주셨고요……"

"레몽 부인이라니요?"

(레몽 부인이라니…… 그 여자는 또 누구지?)

제롬 팡도르는 속으로 움찔하면서 덧붙였다.

"아, 벨담 부인의 친구분 말씀인가요?"

"그렇죠, 친구라고 할 수 있죠. 말동무 삼아 함께 다니시는 분 말이에요."

"아, 레몽 부인 말씀이군요! 이제야 생각납니다! 벨담 부인께서도 말씀하신 적이 있어요. 여행 다닐 때 함께 동행하셨다는…… 하긴 혼자 사시다보니……"

"네, 맞아요. 재산이 암만 많으면 뭐해요? 늘 그렇게 혼자 지내야 하니 얼마나 불행해요! 그래서인지 여행도 참 많이 다니셨

266

죠…… 하기야 썰렁한 집에 혼자 있는 것이 좋았겠어요?"

"그런 얘기를 자주 하셨나보죠?"

"그럼요, 손님."

"그래서 벨담 부인이 레몽 부인과 가깝게 붙어 지내셨나봅니다?"

"당연히 그랬겠죠! 그렇게 으스스한 저택에서 혼자 소일하고 싶었겠어요!"

팡도르는 정원사의 아내와 나눈 대화에서 아주 중요한 정보 하나를 얻어낼 수 있었다. 벨담 부인에게 말동무로 고용된 여인이 한 명 있었다는 사실! 레몽 부인이라…… 이 소식을 들으면 쥐브가 얼마나 뿌듯해할지 눈에 선했다.

젊은 민완기자 제롬 팡도르는 서둘러 앵케르만 대로로 발길을 돌렸다.

멀리서 그를 먼저 알아본 쥐브가 한걸음에 달려와 물었다.

"그래, 어찌 됐나?"

"쥐브, 당신은 뭐 좀 알아낸 게 있나요?"

쥐브가 어깨를 으쓱하며 대답했다.

"먼저 벨담 부인이 뇌이를 떠난 지 정확히 육십사 일 됐다는 사실을 알아냈네. 어떻게 이렇게 정확하게 알아냈는지 궁금하지 않나? 간단하지! 그 집 우편함에 배달된 일일 간행물의 일지를 꼼꼼히 살펴봤거든. 벨담 부인이 집을 비운 시점이 고스란히 드러나더군……”

“수취인 주소 변경 조치가 취해지지 않았나보죠?”

“그런 건 편지에나 가능하지 간행물에는 적용되지 않네. 그리고 정육점 점원과도 얘기를 나눠봤는데……”

“뭐라던가요?”

“벨담 부인에겐 말동무로 고용된 여자가 따로 있었다는 거야!”

“맙소사, 저도 바로 그 얘길 전해드릴 참이었어요!”

“저런! 그래, 그 레몽 부인이라는 여자에 대해 자세한 정보라도 있나?”

하지만 팡도르가 털어놓는 얘기는 너무도 단순했다.

“생각해보세요. 만약 그 레몽 부인이라는 여자가 정말 벨담 부인과 단짝처럼 어울리고 진실한 말동무 역할을 해주었다면, 벨담 부인이 실종된 것에 무척 놀라지 않았을까요? 그리고 경찰에 신고하는 게 당연하지 않겠습니까? 그게 아니라면 레몽 부인 역시 팡토마스의 손에 당한 거고요……”

“멍청한 소리! 어리석기는……”

“하지만……”

“이보게, 팡도르, 레몽 부인이라는 여자가 어떻게 생겼는지는 물어봤나?”

“거기까지는 미처 생각을 못 했습니다……”

순간 쥐브는 벽력같이 화를 냈다.

"뭐야? 생각을 못 해? 맙소사, 말도 안 돼! 내가 가르쳐줄 테니 귀담아 잘 듣게! 레몽 부인은 짙은 색의 머리에 늘씬한 몸매, 푸른 눈동자가 보기 드물게 아름다운 아주 예쁘고 젊은 여자야. 알겠나, 팡도르?"

"글쎄요, 무슨 말씀인지……"

"이 정도쯤은 투명한 샘물처럼 훤히 들여다볼 줄 알아야 얘기가 되지. 자, 잘 따져보라고! 지금끼지 벌이진 사대들을 논리적으로 따라가보란 말이야. 벨담 부인은 자백서를 썼고, 팡토마스는 그걸 눈치챘지. 그런 다음 벨담 부인이 살해됐고, 루파르도 거기에 개입했어. 자, 그런데도 레몽 부인이라는 여자의 정체가 짐작이 안 간단 말인가?"

제롬 팡도르는 황당해하는 표정으로 쥐브를 쳐다보았다.

"설마 레몽 부인이……"

"왜 아니겠나! 레몽 부인은 조제핀일 수밖에 없어! 벨담 부인을 염탐하고 결국에는 프로쇼 단지로 끌어들이기 위해 투입된 첩자라고나 할까……"

"쥐브, 지금 그 생각은 정말 소름끼칩니다!"

"이보게, 팡도르. 생각이 아니라 사실이야! 자, 자, 어서 서둘자고! 사태가 급박하게 돌아가고 있네. 지금까지는 루파르와 살레크를 추적할 생각만 했는데, 이제는 조제핀도 절대 놓쳐선 안 될 인물이 되었어!"

20

조제핀 검거되다

기농 부인과 쥘리 그리고 애교마담의 다소 심각했던 얼굴들이 갑자기 환해졌다. 샤르보니에르 가에서 경찰의 일제 단속이 벌어진 바로 다음 날 풀려난 뜨내기 부랑자 부지유가 베르무트[*] 한 병을 따자, 조제핀은 분주한 태도로 잔을 내왔다.

조제핀의 비좁은 숙소에 모처럼 손님들이 모여든 것이다. 종종 그렇게 친구들끼리 서로의 숙소를 오가며 점심을 먹곤 했다. 간이 식탁 위에는 먹음직스러운 음식들이 놓였고, 루파르의 어여쁜 애인이 가스 불에 속성 요리를 만들고 있는 후미진 구석에

---

[*] 포도주에 브랜디나 당분을 섞고 향쑥, 용담, 키니네, 창포 뿌리 등의 향료나 약초를 넣어 향미를 낸 혼성주.

서는 살짝 구운 마늘의 감칠맛 나는 향이 모락모락 풍겼다.

아페리티프를 맛보자 다들 말문이 열리는지 이런저런 잡담이 오가기 시작했다. 점심 준비에 바쁜 가운데도 조제핀이 서랍을 열고 카드 한 벌을 꺼내자, 애교마담이 기다렸다는 듯 덥석 달려들었다. 그 모습을 바라보며 쥘리가 조심스레 충고했다.

"패는 왼손으로 떼요. 자기가 하는 일에 생각을 집중하고…… 돈벼락 맞을 일 없는지 어디 한번 점괘를 보자고요."

사흘 전 여행에서 돌아온 이후 조제핀은 루파르를 보지 못했다. 그는 파리 근교 성곽 지대에 자동차를 버린 뒤, 조제핀에게는 집에 돌아가 따로 연락이 갈 때까지 기다리라고 하면서 털보와 함께 사라졌다.

생플롱 오리엔트 특급열차 사건은 대단한 파장을 불러일으켰다. 상류사회에 속한 사람들은 혹시라도 범죄의 표적이 될까봐 두려워했고, 동종의 우범자들은 또다시 경찰한테 시달릴까 싶어서 몸을 사렸다. 그 사건으로 인해 치밀하고 꼼꼼한 수사의 필요성이 새삼 제기되었고, 저마다 묻어두고 싶은 가벼운 잘못까지 들추어내는 계기가 마련될 조짐이었다. 어떤 이름이 구체적으로 거명된 것은 아니지만, 라 샤펠 구역 그리고 특히 구트 도르와 샤르트르 가 일곽에서 '레 시프르 파'의 중요 멤버들이 갑자기 보이지 않게 된 것과 사건 일자가 묘하게 겹치는 점은 주목하지 않을 수 없었다. 그런 상황에서 루파르가 다시 모습을 드러내지 않는 것은 전혀 이상한 일이 아니었다.

조제핀은 혹시라도 이웃 사람들이 수상쩍어할까 내심 고민한 끝에, 이처럼 가까운 친구들을 불러모아 점심 대접을 하기로 결심했던 것이다. 사실 이곳 친구들은 친하면서도 가장 껄끄러운 적이었다. 애교마담이나 쥘리, 심지어 껑다리 에르네스틴까지 건달 두목의 정부이자 동네에서 가장 예쁜 조제핀에게 공공연한 질투와 시기심을 품고 있었던 것이다.

여자들이 식탁에 둘러앉아 염치없이 소시지에 손을 대는 찰나, 문이 활짝 열렸다. 툴루슈 할멈이었다. 장물어미 툴루슈 할멈은 몸을 틀어 큼직한 바구니를 안으로 들이며 외쳤다.

"그러잖아도 조제핀 집에서 한판 벌일 줄 알았지! 이 툴루슈 할멈께서 이런 자리에 빠질 수 있나! 내가 무턱대고 쳐들어온 것 같아도, 이렇게 굴과 달팽이를 수북이 가져왔으니 불청객 취급은 받지 않을 거야, 안 그런가?"

툴루슈 할멈을 환영하는 박수갈채가 일제히 터져나온 것은 물론이고, 부지유는 툴루슈 할멈의 바구니에 와락 달려들어 내용물을 확인하느라 바빴다.

"혹시 알아? 툴루슈 할망구가 우리한테 한 방 먹이려고 바구니 안에 빈 껍데기만 잔뜩 가져왔을지?"

그렇게 흥겨운 분위기에서 두번째 술병이 돌았고, 차츰 열이 오른 사람들 간에 대화가 무르익어갔다.

애교마담이 화사하게 웃으며 소리쳤다.

"야호, 돈하고 애정 패가 나왔네! (쥘리를 돌아보며) 이 정도면 내 나이에 정말 기대하기 힘든 운수 아니겠니?"

그러자 툴루슈 할멈이 진지한 표정으로 끼어들었다.

"그건 농으로 할 얘기가 아니지! 카드점이란 항상 진실만을 말하는 법이거든. 이렇게 말하는 나도 정말 이름을 걸고 맹세하는데, 첫 애인을 카드점을 통해 만났거든. 보름 만에 곧장 잠자리를 같이했지 뭐야……"

그때였다. 떠들썩한 분위기 속에서 이따금 딴 생각에 빠진 듯 골똘한 표정을 짓던 조제핀이 후닥닥 자리를 털고 일어나더니 문 쪽으로 달려갔다! 다른 사람에게는 들리지 않는 노크 소리가 그녀의 귓전을 때린 것이다.

조제핀은 문밖 층계참에서 잠깐 대화를 한 뒤 노크의 주인공을 곧장 안으로 들여 방에서 마저 이야기를 나누었다. 이야기는 그녀의 마음을 뒤흔들어놓기에 충분한 내용이었다. 노크의 주인공은 관리인의 어린 아들 폴로였다.

"엄마가요, 조제핀 아줌마한테 올라가서 알려드리라고 했어요. 방금 아저씨들 두 명이 관리실에 들어와서 아줌마에 대해 이것저것 물었다고요……"

아이의 더듬대는 설명에 조제핀은 얼굴이 하얗게 질린 채로 다그쳐 물었다.

"그 아저씨들이 누군데? 폴로 네가 아는 사람들이야?"

"아뇨."

"그 사람들이 왜 나에 대해 물었을까?"

"몰라요. 그런 얘긴 안 했어요."

"그래, 네 엄마는 뭐라고 하셨니?"

"잘 모르겠어요. 아줌마가 집에 있다고 말하는 것 같던데……"

"그리고? 그리고 또 뭐라고 했니?"

조제핀은 점점 더 초조해하며 아이를 다그쳤다. 그러면서 전령처럼 미리 파견되어온 폴로가 말한 그 미지의 아저씨들이 벌써 계단을 올라오는가 싶어서 바깥쪽으로 잔뜩 귀를 기울이는 것이었다.

아이는 조제핀의 예쁘장한 얼굴이 불안감으로 일그러지는 것을 놀란 눈으로 쳐다보며 계속 말을 이었다.

"너무 걱정하지 마세요, 조제핀 아줌마. 그 아저씨들은 가버렸으니까요. 아마 다시는 안 올 거예요!"

조제핀과 폴로가 그런 대화를 나누는 동안 식탁의 분위기는 여지없이 썰렁해져 있었다. 사람들은 수고했다며 포도주를 큰 잔 가득 따라 아이에게 마시게 한 뒤 내려보냈다.

"분명 짭새들일 거야. 아니면 내가 성을 갈지, 암!"

애교마담이 심각하게 단언하자 조제핀은 금방이라도 쓰러질 것 같은 기색으로 중얼거렸다.

"도대체 그 사람들이 왜 내 뒤를 캐는 거지……"

"그야 누가 알겠어! 그놈들이야 항상 닥치는 대로 캐고 쑤시고 다니는 게 취미잖아. 특별할 것도 없는 일인데 뭘!"

부지유가 손사래를 치며 내뱉자, 쥘리가 조제핀 옆에 바짝 붙어 위로했다.

"그래, 진정해. 어쨌든 여기까지 들이닥친 건 아니잖니."

그제야 조제핀은 갑자기 히죽 웃으며 말했다.

"쳇, 이제 나도 아무 영문 모르면서 전전긍긍하는 짓은 더이상 안 할 거야! 딱히 잘못한 일도 없는걸. 기어이 날 귀찮게 하겠다면 당당히 응할 수도 있어!"

그러자 부지유가 다시 한마디 했다.

"아무튼 속 썩일 필요 없어. 그저 숙소에 푹 처박혀 잠자코 있으면 되는 거야. 저들도 여기까지 처들어와서 당신을 끄집어내진 않을 테니까."

"아뇨. 처들어와도 상관 안 해요! 오히려 대체 어떤 작자들인지 여기 내 눈앞에서 봤으면 좋겠어요. 탁 터놓고 얘기 한번 해보죠, 뭐……"

조제핀이 오기를 부리자 쥘리도 맞장구를 쳤다.

"그 마음 이해해. 나도 조제핀과 전적으로 같은 생각이에요. 영문도 모른 채 당하고만 있느니 차라리……"

"그래? 좋아, 정 그러면 지금이라도 거리로 한번 나가보자고. 짭새들도 멀리는 못 갔을 거야. 모험을 해보라고. 가서 뭘 원하는지 물어보라니까!"

부지유가 부추기자 조제핀이 버럭 외쳤다.

"좋아요, 결정했어요! 자, 갑니다!"

씩씩하게 방을 나서는 조제핀의 등 뒤에 대고 애교마담이 유쾌하게 소리쳤다.

"혹시 오늘밤 안으로 못 돌아오면 우리가 알아서 치워놓을 테니 걱정하지 마! 행운을 빌어, 우리 조제핀. 잠은 가급적 감방에서 자지 말도록 하고."

루파르의 정부는 늙은 매춘부가 내뱉는 얄궂은 농담 따위는 듣는 둥 마는 둥 층계를 빠르게 달려 내려갔다. 이어서 아무 말 없이 부리나케 관리인 앞을 스쳐 지나더니, 햇살이 쏟아지는 정문 문턱에 이르러 잠시 주춤했다. 그리고 곧장 좌측으로 방향을 틀어 샤르트르 가를 걷기 시작했다. 일단 수상쩍거나 비정상적인 낌새는 거리 어느 구석에서도 느껴지지 않았다.

그러나 바로 다음 순간, 조제핀은 갑자기 심장이 멎는 것 같았다. 사복 차림의 두 사내가 양옆으로 접근해오더니, 그녀의 발걸음에 자연스레 보조를 맞추는 것이었다. 그 태도가 어찌나 자연스러운지 소름이 끼칠 정도였다. 조제핀은 불안한 침묵 속에서 얼마간 시선을 전방으로 향한 채 관자놀이가 쿵쾅거리듯 쑤시는 것을 애써 참으며 뻣뻣한 걸음을 옮겼다.

급기야 오른쪽에 있는 사내가 낮은 목소리로 물었다.

"당신이 조제핀 라모인가요?"

"네."

"우리랑 같이 가주셔야겠습니다."

"그러죠."

"순순히 따라오겠습니까?"

"네."

잠시 후 조제핀은 삯마차 속, 퇴역 하사관 같은 분위기의 두 남자 사이에 끼어 앉아 파리를 가로지르고 있었다.

구인拘引이 워낙 꿈결같이 진행되었기에, 조제핀은 자신이 도대체 무슨 생각으로 자진해서 호랑이 굴에 뛰어들었는지 스스로 어리둥절할 정도였다. 그런 와중에도 작전에 임한 경찰관들의 눈부신 수완이 신문에 대서특필될 것을 생각하니 머리끝까지 울화가 치밀어 견딜 수가 없었다. 검거 작전이 이번처럼 단순하고 쉽게 이루어진다면 경찰이 내세울 만한 건 아무것도 없을 터였다.

어쨌든 그녀는 단연코 무죄를 주장할 생각이었다!

무죄라…… 음, 마르세유 열차사건 때문에 조금 불안하긴 했다. 아울러 자동차를 강제로 탈취한 일도…… 그에 관해 경찰이 얼마나 자세히 알고 있을까? 그에 관해 조사를 받는다면 무조건

부정만 할 수 있을까?

'이런, 저항할 걸 그랬나……'

검거 이유를 잘 알고 있다는 듯 순순히 붙잡혀온 것은 누가 뭐라 해도 치명적인 실수였다. 도대체 루파르는 어떻게 된 것일까? 그리고 털보는?

"조제핀 라모, 퓌즐리에 수사판사님 집무실로 출두!"

순간 조제핀은 숨이 턱 막히면서 속으로 중얼거렸다.

'드디어 제대로 임자를 만났나……'

옷을 잘 차려입은 신사 한 명이 자리에 앉아 뭔가를 끼적이고 있고, 그 맞은편의 어둠 속에는 또다른 누군가가 역광을 받으며 미동도 없이 서 있었다.

"조제핀 라모 출두했습니다, 판사님. 심문 진행해주시겠습니까?"

고개를 슬쩍 든 수사판사의 얼굴은 감정을 읽을 수 없을 만치 차가웠지만 심술궂지는 않았다. 일단 젊어 보이는 데다, 수사판사 하면 으레 까칠한 수염에 성깔 사나운 태도, 무례한 말투를 밥 먹듯 사용하는 아주 고약한 존재라고만 생각하던 조제핀의 눈에는 제법 서글서글한 느낌마저 주는 인상이었다.

"이름이 뭔가요?"

"조제핀 라모입니다."

"태어난 곳은 어디인가요?"

“벨빌 가입니다.”

“나이는 어떻게 되나요?”

“스물둘입니다.”

판사는 그쯤에서 잠시 멈추고는 조제핀을 뚫어져라 바라보았다.

“매춘을 하며 살아가나요?”

수사판사가 툭 던진 질문에 조제핀은 발끈하듯 외쳤다.

“아닙니다, 판사님! 저는 엄연한 직업이 있어요. 금속 연마 일을 하는 여공입니다.”

판사는 의심스럽다는 듯 고개를 삐딱하게 기울이며 되물었다.

“요즘도 그 일을 한단 말입니까?”

조제핀은 약간 당황하며 더듬댔다.

“그게…… 지금 당장은 일이 없습니다만…… 직접 조사해보면 아실 거예요. 말트 가에 있는 몽티에 씨 가게에서 수련과정을 거쳤고요. 그리고……”

“그리고 떡대라고 불리는 건달 루파르의 정부가 된 다음부터 번듯한 직장을 때려치웠겠지요?”

“그래요, 제가 루파르의 여자가 아니라고는 말하지 않겠습니다. 하지만 매춘에 종사한다고 사람을 몰아붙이는 건……”

바로 그때였다. 심문 시작부터 미동 한 번 없이 조제핀의 신경을 쓰이게 하던 어둠 속의 남자가 슬그머니 앞으로 나서서 수사판사의 귓가에 뭐라고 속삭였다.

수사판사는 고개를 끄덕이며 이렇게 말했다.

"음, 일리 있는 얘기요."

그러고는 다시 심문이 시작되려는 찰나, 조제핀은 느닷없이 벌떡 일어섰다. 그녀는 어둠 속에서 조용히 지켜보던 남자를 그제야 알아보고는 얼굴이 다 환해지는 것이었다. 남자는 다름 아닌 라리부아지에르 병원에서 총격사건이 벌어지던 날 노파로 변장한 채 옆의 침대에 누워 있던 형사 나리가 아닌가!

"쥐브 경감님!"

조제핀은 형사 쪽으로 손을 뻗으며 자기도 모르게 한 발 다가섰다.

하지만 그뿐, 심문은 엄중한 분위기 속에서 재개되었다.

퓌즐리에 판사는 민감한 문제를 본격적으로 추궁하기 시작했다.

그는 지난 몇 주에 걸친 조제핀의 행적을 장시간에 걸쳐 읊조리고는 이렇게 마무리했다.

"……그러고는 애인인 떡대 루파르와 그의 수하인 건달 털보와 함께 돌아왔다, 이거죠……"

조제핀은 말하는 내내 집요하게 자신을 쏘아보는 수사판사의 위세에 잔뜩 주눅이 들었지만 아무렇지도 않은 표정을 짓느라 애썼다. 그러나 자신이 분명 동참했던 사건에 대해 조목조목 애기를 풀어놓는 판사 앞에서 갈수록 초조함이 더해가고, 안색이 걷잡을 수 없이 변하고, 눈꺼풀마저 파르르 떨리는 것은 어쩔 수 없었다.

점점 커져가는 불안감 속에서 급기야 저항할 수 없게 되는 결정적 순간, 이를테면 문이 별안간 열리면서 양손에 수갑을 찬 루파르와 털보를 마주하는 순간이 오는 건 아닌지 두렵기까지 했다. 사건에 연루된 자신을 이렇게 탐문해서 덮친 것을 보면, 그두 사내 역시 잡아들였을 수도 있는 일 아닌가……

그때 수사판사가 불쑥 말했다.

"조제핀 당신은 루파르, 털보와 함께 셋이서 강도짓을 저질렀고 강탈한 돈은……"

순간 조제핀은 거의 반사적으로 결백을 부르짖었다. 아니다, 그건 사실이 아니다! 자신은 열차 강도로 돈 한 푼 만진 적이 없으며, 지금 무슨 애길 하는 건지 전혀 모르겠다. 정확한 진실을 이야기하자면 이렇다. 병원에 몸져누워 있던 와중에 문득 며칠 전 루파르가 당부한 일이 생각났다. 토요일 저녁 일곱시 정각에 어떻게든 리옹 역에 나오라는 것 말이다. 그런데 하필 그 토요일이 자칫 죽을 뻔했던 총격사건 바로 다음 날이더라. 그래도 몸이 좀 나아졌기에 애인의 말에 따라 병원을 나서게 된 것인데, 그이상은 아는 것이 없고, 아무 짓도 하지 않았다. 즉 뭘 잘못했다는 얘기에는 도저히 수긍할 수가 없는 입장이다……

조제핀의 장황한 이야기가 끝나자, 잠시 적막이 흘렀다.

퓌즐리에 판사는 펜 끝을 잉크병 속에 푹 담그고는 쥐브 쪽을 흘끔 건너다보며 차분한 목소리로 말했다.

"결국 공모관계가 있었다는 것은 확실하다고 할 수 있군요?"

조제핀은 움찔하지 않을 수 없었다. 이런 언급의 무게를 잘 알고 있었던 것이다.

아직까지는 법의 심판대에 올라서본 적이 없지만, 그간 예심 장면에 관한 이야기를 숱하게 들어온 터라 수사판사의 미묘한 언급들에 아주 문외한은 아니었다. 공모라 하면 일단 혐의가 있다는 뜻이 아닌가!

조제핀이 부들부들 떨리는 두 팔을 마치 사정이라도 하듯 수사판사 쪽으로 뻗으려는 순간, 쥐브 경감이 판사의 발언을 정정하기 위해 점잖게 입을 열었다.

"죄송합니다만, 공모관계였다기보다는 어쩔 수 없는 상황이었다고 봐야 할 듯싶은데요……"

"무슨 말씀인지요, 쥐브 경감?"

"수사판사님, 총격사건을 겪은 다음 날 이 아가씨의 상태가 유난히 혼란스러웠을 거라는 점을 고려해야 합니다. 더구나 그 총격사건은 우리 경찰이 신변보호를 장담한 이후에 저질러지지 않았습니까! 이렇게 여리고 단순한 아가씨로서는 주변에서 가장 강해 보이는 대상에게 모든 것을 의지하고 싶은 마음이 드는 게 당연합니다. 당시 자신의 애인이 경찰을 보기 좋게 농락하다시피 한 상황이었으니, 애인의 지시에 복종할 수밖에 없었던 처지는 충분히 납득할 만하다고 봅니다……"

쥐브가 하는 한마디 한마디를 황홀한 심경으로 음미하던 조제핀은 복받치는 감정을 주체 못 하고 이렇게 외쳤다.

"오, 경감님, 경감님, 방금 하신 말씀이 모두 맞습니다! 정말 그랬어요. 그래요, 저는 루파르가 무서워서 복종한 거예요. 제가 달리 어떻게 할 수 있었겠어요? 제가 어떻게 할 수 있었겠어요! 그가 저를 가만두지 않을 거라는 걸 뻔히 알면서 어떻게 약속을 어길 수 있겠어요!"

수사판사 퓌즐리에는 어리둥절한 표정으로 쥐브와 조제핀을 번갈아 바라보았다. 조제핀을 이미 피의자로 간주하는 것이 분명했다. 마침내 그가 입을 열고 말했다.

"실례지만 쥐브 경감, 우리 너무 흥분하지 맙시다. 지금까지 당신의 추론을 잘 들었는데, 왠지 허울만 그럴듯한 얘기라는 생각이 듭니다. 나로서는 그런 논리에 찬성하기가 그리 쉽지 않아요. 어차피 짐승은 위험한 존재 아닙니까? 그러니 책임이 있든 없든, 일단은 남을 해칠 수 없는 상태에 몰아넣어야죠. 종종 예기치 못한 일들도 벌어지기 마련이니 최소한 그런 조치는 필요하다고 생각합니다. 하지만 당신 생각이 정 그렇다면…… 좋습니다, 당신의 주장을 수용하도록 하죠! 이 아가씨를 열차 강도 사건과 관련짓지는 않기로 하겠습니다. 그보다 더 중요한 사항도 있으니까요!"

퓌즐리에 판사는 조제핀을 돌아보더니, 자신의 말이 가져올 파장을 가늠하고는 대뜸 캐물었다.

"벨담 부인은 어떻게 된 겁니까?"

"네?"

"벨담 부인 말이오! 어떻게 된 겁니까?"

수사판사의 갑작스러운 질문에 조제핀은 그저 어안이 벙벙했다. 그 이름이 코앞에서 직접 거론되기는 아마 처음인 모양이었다.

퓌즐리에 판사는 쥐브를 향해 중얼거렸다.

"우리가 대단한 여걸을 만난 모양입니다. 조금도 흔들림이 없군요……"

"맙소사, 정말 그렇게 생각하시는 겁니까?"

쥐브는 대꾸하다 말고 문득 조제핀의 눈치를 살폈다.

한편 조제핀은 처음의 어리둥절한 상태에서 겨우 마음을 추스른 뒤, 심문이 어떤 식으로 진행될지는 정확히 모른 채 막연하게 이런 예감을 곱씹고 있었다. 수사판사가 단호한 적이라면, 쥐브 경감은 자신의 강력한 지원군일 거라는 예감…… 뒤이어 퓌즐리에 판사는 루파르에 관한 질문을 시작했다.

옳거니! 조제핀은 자신이 애인과 관련해 아주 유력한 논거를 들이밀 수 있다는 사실을 잘 알고 있었다. 다름 아닌 쥐브 경감에게 보낸 그 편지 말이다!

편지의 진실성을 쥐브 경감이 철석같이 믿어만 준다면 모든 일이 잘 풀릴 터였다.

조제핀은 냉큼 결정을 내렸다.

한번 끝까지 가보는 거다. 어떻게든 무고함을 주장하고 보는 거다. 그리고 어떤 결과가 나오든 결코 지금의 입장을 포기하지 않으리라……

조제핀은 단호한 태도로 얘기를 풀어나갔다.

"인생의 꽃 같은 시절, 애인의 사랑에 취해 지내는 가련한 아가씨를 사람들이 끝끝내 못살게 군다는 생각을 하니 참으로 안타까워요! 제게 뭘 물으셨죠? 네, 그래요. 저는 루파르의 말이라면 깜빡 죽는 여자였어요. 그런데 그게 뭐 어때서요? 자기를 사랑해주는 남자에게 모든 걸 바치는 것이 잘못인가요? 마음을 준 남자를 위해 자신을 바치는 게 죄라도 되냐고요. 그래선 안 된다고 누가 그러던가요? 글쎄요, 근엄한 성직자들 말고는 아무도 그런 말을 하지 않을 거예요. 쳇, 잘난 성직자들끼리나 잘해보라고 하세요……"

게임에서 이기려면 상대가 가진 패를 읽을 줄 알아야 하는 법.

"그지 남의 돈을 빼앗는 것이 문제였다면 제가 한 얘기는 별것 아니었겠죠. 그런 문제라면 단념하셔야 해요. 안 그런가요, 판사님? 저는 그것보다 더 험악한 일이 벌어질 거라고 생각했기 때문에 쥐브 경감님 앞으로 무턱대고 편지를 쓴 거예요. 루파르와 어떤 사람이 하는 이야기를 제가 얼핏 엿들었거든요. 아무래도 뭔가 범죄를 저지를 거라는 생각이 들어서 경찰에 모든 걸 알렸어요. 그런데 돌아온 보상이 뭔지 아세요? 제 애인에게 가서 죄다 떠들어댔지 뭐예요. 그래서 다음 날 루파르와 함께 저녁식사를 할 때 하마터면 독살당할 뻔했어요. 아픈 몸을 이끌고 라리부아지에르 병원으로 갔지요…… 한데 곧바로 그 사실을 알아챈 루파르가 자기한테 돌아오라고 하는 거예요. 말을 듣지 않으면 혼쭐이 날 거라면서요. 저는 하는 수 없이 사법 당국에 신변보호를 요청했답니다. 그것에 대한 화답은 두 발의 총탄이 제 살갗을 뚫도록 내버려두는 것이었고요! 그 일을 겪은 뒤, 저는 루파르에게 복종해야만 한다는 걸 확실히 깨달았죠. 아, 당신들이 말하는 정의란 참…… 그러고도 어떻게 정의를 수호한다느니 하는 말을 입에 담을 수 있는지……"

순간 쥐브는 격한 몸짓으로 조제핀의 말을 막았다. 그녀는 흥분한 나머지 해서는 안 될 말까지 내뱉을 참이었는데, 그럴 필요까지는 없는 상황이었다! 쥐브에게는 조제핀이 몹시 필요했고, 이제 수사 계획은 완벽하게 갖춰진 것이나 다름없었다.

퓌즐리에 판사는 과연 이 여자에게 정식 체포영장을 청구해야 할지 고민하기 시작했다.

21
몽마르트르의 축제

블랑슈 광장 근처에는 떠들썩한 군중 한 무리가 화려하게 불을 밝힌 거창한 규모의 가건물로 몰려들고 있었다. 번쩍거리는 옷을 입은 한 어릿광대가 가설무대 위에서 한바탕 사설을 구변 좋게 늘어놓았다.

"어서 들어오십시오, 신사숙녀 여러분! 돈이 아깝지 않을 겁니다! 여러분이 이번에 보시게 될 연극에서는 세상에서 가장 어여쁘면서도 가장 뚱뚱한 여인을 감상하시게 될 겁니다. 체중이 자그마치 100킬로그램, 아니, 아마도 그 이상일 겁니다. 실은 튼튼한 저울을 찾을 수가 없어서 체중이 정확히 어느 정도인지 알 수가 없답니다. 그뿐이 아닙니다. 아비시니아* 흑인이 선사하는 기이한 광경도 보시게 될 겁니다. 흑단처럼 멋진 피부에 새하얀

문신을 새긴 검둥이지요. 뿐만 아니라, 갓 열네 살 된 소녀의 대담한 볼거리가 여러분을 열광의 도가니로 몰아갈 것입니다. 그 가냘프고 어여쁜 소녀는 으르렁대는 소리가 여기서도 들릴 만큼 무시무시한 야수의 우리 속으로 걸어 들어갈 겁니다!"

순진한 군중은 대번에 혹하는 분위기였고, 그중 작심한 듯 보이는 몇 명은 이미 가건물 안으로 통하는 계단을 성큼성큼 걸어 올라가고 있었다.

사람들의 수가 조금씩 줄어들자, 어릿광대는 다시금 더 큰 소리로 떠들어대기 시작했다.

"자, 자, 곧 시작합니다, 시작해요! 신사숙녀 여러분께 권합니다. 서두르십시오. 그래야 한 장면도 빠뜨리지 않고 보고, 듣고, 감상하실 수 있습니다! 아주 재미난 순서들이 마련되어 있습니다. 방금 제가 간단하게 소개해드린 기막힌 여흥거리 다음으로는 현대과학의 개가인 총천연색 영화를 감상하시게 될 겁니다. 우리 공화국 대통령의 최근 근황이 담겨 있지요. 수많은 청중을 모아놓고 연설하시는 광경을 볼 수 있습니다. 또한 요즘 경찰을 아주 곤혹스럽게 만들면서 여론을 뜨겁게 달구고 있는 살인사건의 세세한 내용이 더없이 적나라하고 치밀하게 재현되는 것도 보실 수 있습니다. 다름 아닌 프로쇼 주택단지 살인사건을 말씀

---

* 에티오피아의 옛 이름.

드리는 겁니다. 살해된 여자는 물론이고, 제정시대 풍의 추시계라든가 불 꺼진 양초, 그 밖의 모든 소품이 완벽하게 갖춰져 있답니다. 집이 무너지는 장면과 승강기가 하수구 속으로 곤두박질치는 장면도 당연히 구경하실 수 있어요. 자, 자, 이제 시작합니다, 시작해요!"

어릿광대의 그럴듯한 장광설에 매료되어 있던 구경꾼 중 세 명이 마지막 이야기에 잔뜩 흥미를 보였다. 그들은 시시덕 웃으면서 서로를 흘끔거리는가 하면, 상대방의 옆구리를 팔꿈치로 쿡쿡 찔렀다. 그중 두 명은 어두운 빛깔의 외투 속에 근사한 연미복을 우아하게 받쳐입은 신사들이었고, 한 명은 목이 깊게 파인 옷 위에 풍성한 비단 망토를 걸친 아리따운 아가씨였다.

아가씨는 동행한 두 신사 중 카이저수염을 기르고 희끗한 머리를 짧게 깎은, 마치 기병 장교처럼 보이는 연장자 쪽으로 고개를 돌리더니 이상한 얘기를 속삭였다.

"저기 왼쪽을 좀 보세요. 지금 시계 상점 앞을 지나가는 저 남자요…… 일당 중 한 명이 틀림없어요. 생플롱 오리엔트 특급열차 사건 때 있었던 자예요!"

하필 그때 대로 쪽에서 일대 혼잡이 일어났다.

"우리랑 떨어지면 안 돼요!"

아가씨의 말에 금발 턱수염을 길게 기른 또다른 신사가 빙그레 웃으며 말했다.

"걱정 마십시오."

우아한 복장의 어여쁜 아가씨는 다름 아닌 건달 루파르의 정부 조제핀이었다. 금발 턱수염을 기른 젊은 신사는 팡도르였고, 기병 장교 같은 모습의 또다른 신사는 쥐브였다. 각자 나름대로 변장을 했지만, 특히 쥐브는 이마를 찌푸리고 입술을 일그러뜨리는 수법으로 전체적인 인상에 상당한 변화를 꾀한 듯했다.

세 사람의 연합 작전은 조제핀이 수사판사의 집무실에서 잊지 못할 오후 시간을 보낸 바로 다음 날 전격적으로 이루어졌다. 조제핀은 마지막 순간까지 정식으로 체포되는 줄로만 알고 있던 차에 쥐브의 고마운 개입 덕분에 잠정적으로나마 풀려난 상태였다. 뜻밖에 호랑이 굴에서 벗어난 조제핀은 너무나 기쁜 나머지 경찰 수사에 적극 협조하기로 약속했다.

바로 그날 저녁, 쥐브와 조제핀은 대형 레스토랑에서 팡도르와 저녁식사를 함께했다. 쥐브 경감은 순순히 협조할 경우 풍요로운 생활을 흠뻑 맛보게 해주겠다고 약속했으며, 그 맛에 흠뻑 취한 조제핀은 모든 일에 협조하겠노라고 연거푸 맹세했다. 급기야 그녀는 몽마르트르 축제에 가면 아주 흥미로운 사람들을 보게 될 거라고 귀띔해주었고, 그래서 지금 세 사람이 이곳에 오게 된 것이다.

쥐브는 행인들에게 누가로 만든 과자를 파는 아랍인과 한창 대화중이었다. 그렇다고 과자를 사려는 것 같지는 않았고, 아랍인 역시 물건을 내밀지 않았다.

"그렇습니다, 반장님. 정오부터 두 시간 내내 미밀을 미행하고 있습니다. 이제 검거에 들어가야 하나요?"

아랍인이 묻자 쥐브 경감은 대답 대신 상대를 물끄러미 바라보고는 이렇게 말했다.

"브라보, 미셸. 자네 변장 솜씨 한번 기막히군그래! '레 시프르 파'의 그 누구도 알아보지 못할 거야! 망토 두건을 뒤집어쓴 채 누가 과자를 파는 아랍 상인이 설마 일주일 전 '친구 사이'에 죽치고 있던 골병대일 거라고 누가 짐작하겠느냔 말이야!"

그때 마침 조제핀이 다가오더니 쥐브의 소맷자락을 잡아당겼다. 그녀는 블랑슈 광장을 가로지르는 일단의 사람들을 남몰래 손으로 가리켰다. 아랍인은 그 틈을 타 슬그머니 군중 속으로 섞여 들어갔고, 쥐브는 즉시 광장 쪽 사람들을 미행하기 시작했다. 이제 조제핀과 팡도르 그리고 쥐브는 루파르의 모습을 확실히 포착하고 있었다.

기다란 작업복을 걸친 건달패 두목은 높은 챙모자를 쓰고 단단한 곤봉을 그러쥔 채 비슷한 복장을 한 남자 대여섯 명과 어울려 걷고 있었다. 행색만으로 따지자면 누구라도 라 빌레트의 소몰이꾼들이라고 여길 만했다. 수상쩍은 무리는 피갈 광장 쪽으로 천천히 나아가고 있었고, 그 뒤를 바짝 쫓던 쥐브는 분수대 근처에서 서서히 걸음을 늦추어 그들이 조금 앞서가도록 내버려두었다. 화려하게 불을 밝힌 식당들이 광장 주위에서 성업중이라, 그 환한 분위기 속에서 자칫 이쪽의 정체가 노출될까봐 조심스러웠던 것이다.

그런데 어인 일인지 그 가짜 소몰이꾼들도 문득 걸음을 멈추는 것이었다. 그들은 루파르를 중심으로 일제히 모여 두목의 말에 귀를 기울였다.

또 무슨 범행을 모의하는지, 아니면 누군가 자기들을 미행하고 있음을 간파한 것인지 알 수가 없었다.

조제핀과 팔짱을 낀 채 걷고 있던 팡도르는 그녀의 심장이 금방이라도 터질 듯 두방망이질하는 것을 고스란히 느꼈다. 만약 이판사판이니 해보자는 판국이라면, 그녀야말로 누구보다도 불안하고 위험한 상황에 처한 셈이었다. 애인의 분노를 걱정해야 하는 것은 물론, 축제 장소 여기저기 흩어져 있을 '레 시프르 파'의 수많은 일원 중 한 명이라도 그녀를 알아봤다가는 말 그대로 경을 칠 운명이었으니 말이다.

팡도르는 다정한 말 몇 마디를 건네 조제핀을 안심시켰다.

"아가씨, 두려워할 것 없습니다. 내 판단이 틀리지 않다면, 루파르는 머지않아 완전히 걸려들고 말 겁니다. 일단 쥐브 경감한테 걸리기만 하면 빠져나가기가 쉽진 않을 거예요."

그러나 조제핀의 흥분 상태는 좀처럼 가라앉을 기미를 보이지 않았고, 오히려 더 격한 상태로 치닫는 듯했다.

한편 루파르는 광장 한 켠에 자리잡은 '크로코딜'*이라는 식당으로 혼자 걸어가고 있었다.

그곳에선 밤에 문을 여는 여느 업소와 마찬가지로 손님들이 자유로이 드나들면서 널찍한 1층에 마련된 바에 앉아 부담 없이 맥주 한 잔씩을 걸칠 수 있었다. 좁고 가파른 계단을 통해 연결된 2층에는 너른 홀이 있고, 화려한 제복 차림의 거구 한 명이 출입문을 지켰다. 마지막으로 3층에는 개별 밀실들이 있었다. '크로코딜'에 드나들며 야식을 즐기는 일은 분위기에 쉽게 취하는 속물들과 시내 한량들 사이에 일종의 유행이 되어가고 있었다. 시각이 자정에 가까워지자, 과연 옷깨나 차려입은 수많은 사람들이 남녀로 쌍을 이루어 몰려들기 시작했다. 근사한 복장으로 미루어볼 때 1층보다는 2층에서 야참을 즐길 사람들이었다.

한데 놀랍게도 루파르가 큼직한 모자를 쓴 화류계 여성 두 명을 비롯한 몇몇 젊은이들의 틈새에 끼어 계단을 오르는 것이 팡도르와 조제핀의 눈에 들어왔다. 소몰이꾼의 긴 작업복과 포주들이나 쓰는 높다란 챙모자가 나름대로 사람들의 관심 어린 시선을 끌 태세였다.

그런 와중에 쥐브가 말했다.

"모든 게 잘돼가고 있어. 내가 이 건물을 좀 아는데, 출구가 딱

---

* '악어'라는 뜻.

하나뿐이야. 부탁인데 조제핀 당신은 2층으로 올라가 아무 테이블에든 자리를 잡고 앉도록 해요. 자, 여기 50프랑을 줄 테니 샴페인도 한 병 주문하고. 그냥 무뚝뚝하게 있지 말고, 누구든 말을 걸어오면 가급적 사근사근하게 대해요. 즐기려고 나온 매력적인 화류계 여성처럼 처신해야 한다는 걸 잊지 마요.”

“그게 저한테 어울린다고 생각하시나봐요.”

조제핀은 씽긋 웃으며 대꾸하고는 걸음을 뗐다.

그런데 쥐브가 조제핀의 팔을 덥석 붙들며 이렇게 덧붙이는 것이었다.

“그리고 어떤 일이 일어나도 우린 서로 모르는 걸로 해야 합니다.”

“어떤 일이라뇨? 무슨 말씀이죠?”

팡도르가 끼어들어 묻자 쥐브는 멀어져가는 조제핀의 뒷모습을 바라보며 이렇게 설명했다.

“루파르가 저 건물로 들어간 게 아무래도 수상해. 뭔가 흉계가 있는 것 같아.”

“하지만 남의 눈에 띄는 걸 별로 개의치는 않는 것 같은데요……”

“이보게, 팡도르! 분명한 건 루파르가 2층에 죽치고 있지는 않을 거라는 사실이네.”

“그럼 여기서 놈을 기다릴 겁니까?”

"그건 두고 보면서 결정해야지. 일단 들어가서 첫번째 테이블, 그러니까 계단에서 제일 가까운 테이블에 앉을 수만 있다면 나도 조제핀처럼 2층에 올라가 있을 계획이네."

"만약 그 테이블에 사람이 있으면 어떻게 할 거죠?"

"맙소사! 만약 그렇다면 여기 이 길바닥에 죽치고 서서 기다리는 수밖에……"

쥐브와 팡도르가 앉은 테이블로 '크로코딜'의 지배인 도미니크 씨가 직접 서빙을 하러 왔다. 신경을 많이 써야 할 고객임을 한눈에 알아본 것이다. 하기야 고급 샴페인에 푸아그라 등 제법 값비싼 메뉴를 주문했으니.

팡도르와 쥐브는 푸짐한 야식으로 저녁 나들이를 멋지게 장식하고 싶어하는 두 도락가처럼 애써 흥겨운 태도를 취했다. 애당초 세운 작전대로 계단에서 가장 가까운 테이블을 차지하는 데는 이미 성공한 상태였다.

팡도르가 면밀히 관찰하고 있는 실내 광경은 분명 흔치 않은 분위기였다. 남편과 함께 온 상류층 부인네들이 엑스트라 드라이*속에 과자를 담가 먹는가 하면, 방탕하기 짝이 없는 아가씨들, 놀기 좋아하는 한량들과 스스럼없이 어울리고 있었던 것이다.

---

* 단맛이 배제된 담백한 맛의 샴페인.

실내는 웃음소리와 아우성, 농담과 상소리가 뒤섞여 어수선했다. 빨간 옷을 입은 흑인 한 명이 손에 쥔 종을 흔들어대며 테이블 사이를 이리저리 누비는가 하면 혼자서 춤추고, 노래하고, 온갖 우스꽝스러운 만담을 지껄였다. 그다음으로 분위기를 이끈 것은 집시들의 관현악 연주였다.

한편 홀 한복판에서는 눈에 띄게 어여쁜 모습의 조제핀이 쥐브가 지시한 사항을 그대로 이행하는 중이었다. 그녀의 태도는 사근사근할 뿐만 아니라, 다소 도발적이기까지 했다. 얼추 보아도 끈덕지게 치근댄다 싶은 녀석이 한 명 있었는데, 금발에 당당한 덩치, 깔끔하게 면도한 혈기 충천한 얼굴은 누가 봐도 앵글로색슨 출신임을 알 수 있었다. 팡도르는 그를 유심히 지켜보았다. 분명 어디선가 본 듯한 인상이었다. 건장한 체격과 황소처럼 떡 벌어진 어깨, 옷 속에 팽팽하게 부푼 이두박근……

마침내 팡도르의 입에서 작은 탄성이 새어나왔다.

"세상에, 저 사람은 딕슨 아닙니까! 미국인 권투 선수로 헤비급 챔피언이잖아요."

쥐브는 조끼 주머니에서 외알박이 뿔테 안경을 자연스럽게 빼 들고는, 나무랄 데 없이 우아한 태도로 자신의 오른쪽 눈에 갖다 댔다.

그 천연덕스러운 모습에 팡도르는 한바탕 웃어젖히더니 이렇게 중얼댔다.

"옷도 그럴듯하게 차려입으시더니 정말 세세한 데까지 엄청 신경을 쓰셨군요!"

쥐브가 아무런 반응도 보이지 않자, 팡도르는 계속해서 너스레를 떨었다.

"공작 나리처럼 기가 막히게 잘 어울리시네요! 전혀 찡그리지도 않고 아주 자연스러운 표정에, 참으로 대단하십니다! 그대로 자키 클럽*에 가입하셔도 되겠어요!"

쥐브 경감은 이따금 써먹는 학자 같은 근엄한 어조로 이렇게 대구했다.

"이보게, 젊은 친구. 자네는 지금 성경에서 얘기하듯 눈은 있으나 앞을 보지 못하는 저 불경한 족속들과 전혀 다를 바 없이 굴고 있네. 자네는 여기 들어와 앉은 직후로 무엇을 눈여겨보고 있었나? 그 두 눈에 대체 무엇이 보이느냔 말이야! 조제핀과 에스파냐 무희들, 미국인 권투 선수, 흑인 만담가…… 겨우 이 정도가 아니냔 말이야!"

쥐브 경감이 친절히 열거하는 동안 팡도르는 다시 한번 주위를 열심히 둘러보았다. 이렇게 얘기하는 걸 보면, 쥐브는 필경 이 안에서 어딘가 특별해 보이는 존재를 찾은 것 같았다! 마침내 팡도르도 그 존재를 식별해낼 수 있었다. 젊은 민완기자는 흥분

---

* 영국 최고의 고급 사교·경마 클럽.

을 감추지 못하며 더듬거렸다.

"저, 저기…… 샬레크가 있었군요!"

"그걸 이제야 알았다니 자네도 참 한심한 친구야……"

과연 십여 명이 둘러앉고 온갖 술병과 꽃들이 어지럽게 놓인 테이블 너머에 샬레크 박사의 모습이 또렷하게 포착되었다.

보아하니 그 테이블의 분위기를 주도하는 것 같았다. 최신 유행 스타일의 연미복을 말끔하게 차려입은 그는 정장 차림의 사람들 속에서 한창 장광설을 늘어놓는 중이었다.

그러고 보니 쥐브는 일부러 샬레크가 앉은 테이블에 등을 돌리고 앉아 팡도르와 얘기를 나누고 있었다.

"방금 시가에 불을 붙인 자의 태도를 보아하니 저 테이블은 슬슬 파장 분위기인 것 같군그래……"

"아니, 쥐브, 당신은 뒤에도 눈이 달렸습니까? 어떻게 등을 돌리고 앉아 샬레크의 테이블에서 일어나는 일을 전부 알 수가 있죠?"

"어수룩하기는…… 거울로 보면 되지!"

팡도르는 주위를 이리저리 둘러보았다. 그러나 가까운 곳 어디에도 거울은 눈에 띄지 않았다.

보다 못한 쥐브가 외알박이 안경을 벗어서 건네자, 팡도르의 입에서 가벼운 탄성이 흘러나왔다.

"아, 이제 알겠군요! 이 안경에 비밀이 숨어 있을 줄이야……

정말 재치가 이만저만이 아니십니다!"

"간단한 거지 뭐! 생각만 있으면 그리 어려운 일도 아니야. 자, 이제 그만 내려가자고!"

"그럼 저자를 이대로 놔두자는 겁니까?"

"천만에! 그 반대지."

층계 바로 앞까지 나오고 나서야 쥐브는 샬레크와 루파르가 함께 있는 장소에서 소란을 일으키고 싶지는 않다고 설명했다.

"어차피 샬레크는 금방 나올 거니까. 자네 명함이나 이리 주게."

팡도르가 즉시 명함을 건네는 사이, '크로코딜'의 지배인 도미니크가 바쁜 걸음으로 그들 앞을 지나치려 했다. 쥐브는 도미니크 씨를 얼른 붙잡고 팡도르의 명함에 자기 명함을 얹어 건네며 이렇게 말했다.

"도미니크 씨, 저기 예쁘장한 아가씨들 틈에 앉아 있는 신사분 보이죠? 턱수염을 부챗살처럼 다듬은 저 남자 말입니다. 저 신사분한테 가서 지금 바깥에서 우리가 기다리고 있다고 큰 소리로 알려주십시오. 용건이 있다고 하더라면서 여러 사람들이 볼 수 있도록 이 명함 두 장을 건네주면 됩니다. 그러면 알아서 나올 겁니다."

쥐브는 식당 앞 보노에 나와서도 팡도르와 계속 얘기를 나누었다.

"……맙소사, 샬레크가 달리 어쩔 수 있겠나? 기껏해야 둘 중 하나겠지. 첫째, 함께 있는 여인네들한테 체면을 차리려고 한다면 물러서지 않고 나의 정중한 요구에 당당히 맞설 테지. 반면 함께 있는 여자들이 공범이라면 되도록 소란을 일으키지 않고 빠져나가는 것이 최선이라고 생각할 거야…… 그래봤자 출입구가 한 곳이라 우리 앞을 지나칠 수밖에 없겠지만. 오, 저기 내려오는군. 샬레크 저 친구 제법 당당한 타입인걸!"

샬레크는 비교적 차분한 표정에 흔들림 없는 눈빛으로 나타났다. 반쯤 탄 시가의 끄트머리에는 재가 고스란히 붙어 있었다.

사실 그는 형사반장과 신문기자의 명함을 받아들고서도 전혀 움찔하지 않았다!

샬레크 박사가 건물 밖으로 나오기 무섭게 쥐브는 그의 어깨에 손을 얹었고, 동시에 제복 차림의 경찰관에게 신호를 보냈다. 경찰관이 득달같이 달려들어 샬레크 박사의 팔을 낚아챘음은 물론이다. 사태가 전개되는 동안 팡도르는 뒤쪽으로 한 발 물러나 있었다.

쥐브는 특유의 간명한 어조로 내뱉었다.

"샬레크 박사, 당신을 체포하오."

그러나 샬레크 박사는 전혀 위축되지 않고 받아쳤다.

"이보시오, 쥐브 경감, 그러잖아도 나도 할 말이 있소! 신문을 보니 당신이 내가 사는 곳을 완전히 망가뜨려놨더군! 멀쩡하니 잘 있다가 대체 그게 무슨 짓거리요?"

그러면서도 살레크 박사는 쥐브 경감이 목표한 라 로슈푸코 가의 경찰서 방향으로 이동하는 동안 순순히 따르는 눈치였다.

그는 또다시 이렇게 말했다.

"당신 때문에 지난 이틀 동안 여관 신세를 져야만 했소이다! 오늘밤에는 모처럼 즐기려고 외출했지만, 평상시 늘 책과 더불어 얌전히 살아가는 나 같은 사람에게 그런 일이 얼마나 고통스러운지 당신은 모를 거요!"

쥐브는 그가 마음대로 떠들도록 내버려두었다. 보아하니 아예 작심하고 달려드는 품새이고, 이미 방어할 작전을 제대로 갖춘 듯했다.

어쩌면 라리부아지에르 병원의 총격사건 직후 자신은 외국에 나갔었고 바로 어제 돌아왔다고 주장하려는 것인지도 몰랐다. 그게 아니라면 뭔가 다른 알리바이를 내세울지도 몰랐다. 조제핀이 피격됐을 때 혐의를 무사히 벗어난 전례를 충분히 활용할 수도 있을 터였다.

한편 쥐브는 속으로 이렇게 중얼거렸다.

'놈이 모든 사태에 대비해 단단히 준비를 하고 나온 것 같군. 자칫하면 우리가 아주 애를 먹게 생겼어. 정 그렇다면……'

한데 바로 그 순간 그의 입에서 갑작스러운 탄식이 터져나올 만한 상황이 벌어지고 말았다!

일행이 정확히 라 로슈푸코 가와 노트르담 드 로레트 가가 교차하는 지점에 다다랐을 즈음, 큼직한 말이 끄는 삯마차 한 대가 블랑슈 광장 쪽으로 천천히 거슬러 오르면서 피갈 광장에서 내려오는 보행자들을 본의 아니게 막아섰던 것이다. 아울러 반대편에서 다가오는 버스의 경적 소리가 요란하게 들려왔다. 버스는 이미 피갈 가를 넘어선 듯했고, 순식간에 라 로슈푸코 가를 가로질러 생 조르주 광장을 향해 전속력으로 치달을 기세였다.

한데 바로 그 순간 샬레크가 '크로코딜'을 나서면서 어깨에 걸쳤던 짧은 외투를 슬그머니 벗는가 싶더니, 좌우에서 호위하던 쥐브 경감과 경찰관, 그리고 뒤를 맡은 팡도르마저 너무도 손쉽게 뿌리치고는 쏜살같이 내달리는 것이었다!

샬레크는 삯마차를 끄는 덩치 큰 말에게로 곧장 달려가더니 말의 다리 사이로 날렵하게 빠져나갔다. 그와 동시에 버스가 삯마차와 정확히 마주치고…… 쥐브가 마차 바로 앞까지 재빨리 몸을 날려보았지만 이미 버스에 몸을 싣고 달아나는 샬레크의 모습만 확인할 뿐이었다!

그야말로 눈 깜짝할 사이에 이 모든 일이 일어났다.

쥐브와 팡도르, 그리고 경찰관 한 명은 이제 라 로슈푸코 가 모퉁이에 망연자실 머리를 맞대고 선 채 샬레크가 팽개치고 간 단 하나의 흔적만을 우두커니 바라보는 처지가 되고 말았다.

그 흔적은 다름 아닌 짧은 외투, 검은 비단 천으로 속을 댄 아주 우아한 외투였는데, 어깻죽지와 팔 부위가 아무래도 이상했다. 고무인지 혹은 다른 재질인지는 모르지만, 팔과 똑같은 형체가 부착되어 있어서 옷 위로 만지면 사람의 팔 느낌이 그대로 나는 것이었다!

쥐브가 콧수염 끄트머리를 손가락으로 돌돌 말더니 불쑥 내뱉었다.

"아뿔싸! 제기랄! 제기랄!"

조금 전 쥐브 경감과 경찰관이 샬레크의 좌우에서 단단히 붙들고 있던 것은 소매 속의 가짜 팔이었을 뿐, 샬레크는 그저 외투를 훌렁 벗어던지는 것만으로 모든 구속에서 손쉽게 벗어날 수 있었던 것이다!

경찰관이 들고 있는 문제의 외투를 팡도르가 천천히 살펴보는 사이, 쥐브가 버럭 외쳤다.

"가만…… 루파르는?"

쥐브와 팡도르는 그 즉시 피갈 가를 헐레벌떡 거슬러 올라갔다. 한시라도 빨리 '크로코딜' 앞으로 돌아가 다시금 진을 칠 생각이었다. 쥐브는 일단 지배인을 따로 불러 그 수상쩍은 가짜 소몰이꾼의 일거수일투족에 대해 물어볼 심산이었다.

그런데 현장에 도착한 그들의 눈에 강력한 엔진 출력을 자랑하며 천천히 시동을 걸고 있는 2인승 스포츠카가 들어왔다. 운전석에는 미국인 권투 선수 딕슨이, 그 옆 좌석에는 조제핀이 앉아 있었다. 그리고 약 삼십 초 후, 쥐브 경감은 고급 택시에 올라 두 남녀가 탄 스포츠카를 쫓고 있었다. 팡도르에게는 현장에 남아 다른 한 놈을 맡으라는 지시를, 택시 기사에게는 앞선 차량을 절대 놓치지 말라는 지시를 해놓은 상태였다.

팡도르는 그 지시를 정확히 이해했다. '다른 한 놈'은 곧 루파르를 의미했다! 팡도르는 2층으로 달려 올라가 일단 샴페인을 시켰다. 물론 주문을 핑계로 도미니크 씨에게 은밀히 질문을 건네려는 의도였다. 지배인은 팡도르가 묘사하는 인물의 인상착의를 거의 가깝게 기억하고는 있었지만, 그 인물이 오래 머물러 있었는지는 모르겠다고 대답했다. 어쨌든 밖으로 나가는 것은 보지 못했다는 대답이었다. 또한 3층의 밀실들에는 세 쌍의 남녀가 들어갔는데, 그중 소몰이꾼은 없는 게 확실하다고 했다.

그 이상의 정보는 얻을 수 없었다. 이후 한 시간가량을 기다렸지만 쥐브 경감은 돌아오지 않았고, 그날의 공방에 지친 팡도르는 초조한 기분을 달래며 발길을 돌리지 않을 수 없었다.

*

어찌 됐든 격렬했던 밤도 어느새 끝자락을 보이기 시작했다. 쥐브는 브랭보리옹 공원의 키 큰 나무들 너머로 해가 돋는 것을 가만히 쳐다보고 있었다. 참을성 있게 잠복하고 있던 덤불숲에서 이제 막 걸어나온 그는 외투 깃을 여미며 이렇게 투덜댔다.

"공연히 추위에 벌벌 떨고 있을 필요는 없지!"

쥐브는 벨뷔 고갯마루에 이르는 좁은 오솔길을 따라 걸음을 옮겼다. 그 너머로는 세브르와 뫼동을 잇는 대로가 펼쳐져 있었다.

조제핀과 미국인이 어디론가 줄행랑치는 것을 목격한 쥐브는 팡도르에게 루파르를 맡으라고 지시해놓고 곧장 그 두 사람 추격에 나섰었다.

그가 탄 택시는 파리를 휭하니 벗어나 서쪽 외곽 지역을 내처 달렸다. 빌랑쿠르를 가로질러 어느새 세브르 다리를 건너 브랭보리옹 공원을 마주하는 벨뷔 고개로 접어들더니 딕슨이 모는 스포츠카는 어느 근사한 주택지 안으로 들어갔다.

딕슨의 태도는 마치 자신이 그곳의 주인인 것처럼 일말의 주저함도 없이 지극히 자연스러웠다. 자동차를 주차한 뒤 그는 조제핀과 함께 저택의 계단을 걸어 올라갔고, 집 안은 이후 약 반 시간 동안 불이 밝혀져 있다가 이내 캄캄한 어둠 속에 파묻혔다!

쥐브는 딕슨이 차를 세우는 걸 보자마자 차에서 내려 언덕 아래에 택시를 대기시켰다. 주택지를 에워싼 담장은 어렵지 않게 뛰어넘을 수 있었다. 그는 정원을 서성이면서 저택의 면면을 살피는가 하면 장소를 익히기 위해 이곳저곳을 눈여겨보았다. 사실 그런 일에는 이력이 난 몸. 쥐브는 마침내 어둠 속으로 파고들어 잠복에 들어갔다.

쥐브 경감은 딕슨이라는 미국인이 루파르의 공범일 거라 확신
하고 있었다. 놈이 조제핀과 함께 줄행랑친 것은 흔히 생각하듯
젊은 아가씨를 구슬려보겠다는 흑심의 발로만은 아닐 거라는 게
쥐브의 판단이었다.

그렇다면 조만간 루파르도 이곳에 나타나지 않을까? 아니면
샬레크 박사라도?

하지만 천하의 쥐브라 해도 더이상 대담성과 용기만 믿고 혼
자 버텨낼 상황은 아니었다.

이미 오랜 시간을 기다렸고, 그동안 아무 일도 일어나지 않았다.

동이 틀 무렵이 되자, 조금 더 잠복할 생각도 없지 않았지만
주위가 환해지고 그와 더불어 이웃 주민들이 잠에서 깰 경우 상
황이 불리하게 전개될 가능성도 고려하지 않을 수 없었다. 이처
럼 평온한 지역, 조용한 오솔길에서 흰 넥타이에 검은 예복과 외
투를 갖춰 입은 신사가 온갖 흙먼지와 이슬을 뒤집어쓴 모습으
로 뭇사람의 눈에 띈다면, 그 자체로 때아닌 소란이 일 것은 자
명한 일이었다.

쥐브는 밤새 방탕하게 놀다가 아침녘 피곤한 몸으로 귀가하는
한량의 걸음걸이를 완벽하게 흉내 내며 자신을 기다리고 있는
택시로 돌아갔다.

얼마나 지났을까, 보나파르트 가에 도착해 차에서 내린 그는
미간을 잔뜩 찌푸린 채 택시 기사에게 금화 세 닢을 지불했다.

22
권투 선수의 순정

하녀 한 명이 정자 아래에 카페오레를 가져다두었다.

오전 여덟시, 커튼처럼 드리운 나뭇가지들 사이로 이미 생기 발랄해진 햇살이 들이칠 즈음, 꽃들이 듬성듬성 피어난 작은 숲 속 그늘은 아직 은은한 상큼함이 지배하고 있었다. 바야흐로 봄이었다!

조용하던 자갈길이 난데없이 들려오는 누군가의 분주한 발걸음에 이내 소란스러워졌다. 멋진 몸매에 잘 맞는 흰색 플란넬 정장을 갖춰 입고 미국인 딕슨이 저만치 모습을 드러냈다. 그는 나뭇잎이 무성하게 드리운 정자 입구로 고개를 숙이며 들어오다말고 안이 텅 빈 것을 확인하고는 무척 당황하는 눈치였다.

미끈한 몸매와 다부진 체격을 동시에 갖춘 권투 선수는 유연한 발걸음으로 정원 끝까지 걸어갔다. 속도 좀 가라앉힐 겸, 거기서 담배나 한 대 피우면서 기다릴 참이었다. 필경 누군가가 나타나기 전에는 점심을 먹지 않을 작정인 듯했다. 그는 남자인지 여자인지, 늙은 하녀가 이미 납셨다고 알린 그 누군가를 초조하게 기다리기 시작했다.

문득 저택의 문이 열리면서 우아하기 그지없는 여인의 모습이 눈에 들어왔다. 조제핀이었다!

젊은 여인은 아름다운 아침 공기에 잘 어울리는 상큼한 비단 가운을 두른 채, 주변을 감도는 맑은 공기를 가슴 깊이 들이마시면서 문 앞 계단을 천천히 내려오고 있었다.

그녀가 계단을 다 내려왔을 즈음, 딕슨이 영접하듯 그녀 바로 앞까지 다가갔다. 한껏 감동한 기색이었다.

"좋은 아침입니다, 어여쁜 아가씨!"

"좋은 아침이에요, 딕슨 씨……"

미국인은 소리 없이 미소를 지으며 정자 쪽을 가리켰다.

"피네트* 양, 저기 카페오레가 준비되어 있습니다. 가서 기분 좋게 한 잔 드시지요."

두 젊은 남녀는 더없이 조용한 분위기 속에서 테이블 앞에 앉았다. 오가는 말이라고 해봐야 접시나 설탕을 건네달라는 등 지

---

* 조제핀이라는 이름의 애칭.

극히 간단한 부탁의 말 정도였다. 마침내 딕슨이 애써 소심함을 떨치고 입을 열었다. 그는 아주 낮은 목소리로 물었다.

"계속 그렇게 새침하게 앉아 계실 겁니까?"

"……집이 아주 편안하군요."

딕슨은 은근히 상기된 목소리에 외국인의 독특한 억양까지 살짝 가미된 말투로 녹음이 우거진 보금자리에서 꾸려나갈 수 있는 단순하고 평화로운 삶의 매력에 대해 자상하게 늘어놓기 시작했다. 그러면서 자신의 의자를 조제핀이 앉은 의자 곁으로 끌어당겨 점점 가까이 다가가는 것이었다.

그는 조제핀의 나른한 허리에 다정스레 팔을 두르며 물었다.

"이곳까지 오는 데 동의했으면서 나를 밀어낸 이유가 대체 뭡니까? 왜 고집스럽게 나를 거부하는 거죠?"

조제핀은 고개를 가로저으며 대답했다.

"어제는 기분이 좀 그랬어요. 제가 어떻게 행동했고 왜 당신 집까지 왔는지 정말 모르겠더라고요…… (그녀의 어조가 어느새 우울하게 변해 있었다.) 어제 그 수상쩍은 건물에서 당신이 저를 과연 어떤 여자로 보았는지……"

그러자 딕슨은 전혀 거리낌 없이 이렇게 내뱉었다.

"솔직히 말해서 그냥 헤픈 여자로 봤습니다."

조제핀은 무심결에 자신의 출신이나 살아온 환경이 드러날 만한 말투로 이렇게 말했다.

"그렇다면 번지수를 잘못 찾아도 한참 잘못 찾으셨군요! 자랑을 하려는 건 아니지만 이쯤에서 저도 한마디 해야겠어요! 이 조제핀은 그렇게 호락호락 넘어갈 여자가 절대 아니랍니다. 암, 어림없는 소리죠……"

조제핀의 갑작스러운 반응에 딕슨은 다소 놀라는 눈치였다.

"아, 물론 당신이 다른 여자들과 같지 않다는 건 알고 있었습니다!"

그러자 이번에는 조제핀이 딕슨의 팔에 다정하게 손을 얹으며 말했다.

"실은 저도 당신의 생김새가 그리 싫지는 않았어요. 그러니 어젯밤 우리가 단둘이 있을 때 당신이 마음만 있었다면……"

딕슨은 이제 지극히 차분하면서도 허심탄회한 태도로 자신이 바라는 것을 털어놓았다.

"난 정말 당신이 마음에 듭니다. 다른 어떤 여자보다 당신이 훨씬 더 좋아요! 글쎄요, 당신이 내 앞에서 공연히 콧대를 세웠기 때문일까요? 아마 그건 아닐 겁니다. 왜냐하면 지금 난 당신에게 정말 깊은 감정을 느끼고 있거든요. 당신은 내게 절실한 여자입니다. 그러니 우리 함께 사는 게 어떻겠습니까? 앞으로 한 달 후면 나는 미국으로 떠납니다. 보다시피 돈이라면 이미 충분하지만 거기 가서 더 많이 벌 생각이거든요. 나는 당신을 데려갈 생각입니다. 우리 서로 떨어지지 말자는 얘깁니다, 어떻습니까?"

이 정도라면 여자로서도 한번 생각해볼 만한 제안이었다.

잠시 침묵이 흐르자 초조해진 딕슨은 살짝 늘어진 말투로 조르듯 말했다.

"어때요, 피네트? 생각 있으면 대답 좀 시원하게 해봐요!"

하지만 조제핀은 여전히 묵묵부답이었다. 머릿속에 물밀듯 밀려드는 다른 생각들이 그녀를 유난히 머뭇거리게 했다. 편안하고 안락한 삶, 소박한 사랑, 그리고 미욱…… 이 모든 것이 나무랄 데 없이 좋다는 건 분명했다.

"글쎄요…… 좋다고 말해야 할지, 아니라고 말해야 할지 모르겠네요…… 아무튼 생각할 시간을 조금 더 줬으면 해요."

마침내 딕슨은 점잖게 자리를 털고 일어나 이렇게 말했다.

"좋습니다. 일단 마음 내키는 대로 얼마든지 이곳에 계십시오. 최소한 오늘 저녁까지는 머물러주셨으면 하는 게 제 바람입니다…… 일단 한시까지 시간을 드릴 테니 느긋하게 생각해보십시오."

그러더니 자기는 매일 하는 훈련이 있어 잠깐 자리를 비우겠다고 했다.

잠시 후, 부릉거리는 자동차 엔진 소리가 조제핀의 귓가에 들려왔다.

마침 늙은 하녀 역시 장을 보러 나가서 조제핀은 완전히 혼자 있게 되었다. 쾌적하고 아름다운 딕슨의 별장을 여기저기 기웃거린 뒤, 그녀는 멋지게 손질된 정원을 거닐기 시작했다.

그렇다, 삶이란 이렇듯 아늑해야만 한다! 시골에서 느껴지는 고요함 속에는 맑은 공기는 물론이고 라 샤펠 구역과는 판이한 무언가가 가득했다. 조제핀은 딕슨이라는 미국인의 품위 넘치고 차분한 태도와 루파르의 거칠고 무례한 언행 사이에 얼마나 큰 괴리가 존재하는지 가만히 생각해보았다.

한데 좁은 오솔길을 따라 정원 끝 우거진 덤불숲에 다다라 발길을 돌리려는 찰나, 조제핀의 입에서 비명이 터져나왔다.

눈앞에 루파르가 떡하니 버티고 서 있는 게 아닌가!

루파르가 양손을 호주머니에 찔러넣고 조제핀의 눈을 쏘아보듯 응시하며 어슬렁어슬렁 다가오고 있었다.

"잘 지내는군."

조제핀은 너무 놀라 입 한 번 뻥긋하지 못했다. 잠시 침묵이 흐른 뒤 루파르가 다시 말했다.

"그래봤자 오래는 못 가겠지만 말이야……"

마침내 조제핀은 기어들어가는 목소리로 더듬거렸다.

"루파르…… 사, 살려줘요…… 내가 뭘 잘못했다고……"

그러자 루파르는 한껏 빈정대는 투로 말했다.

"내 사랑 조제핀께서 상당히 뻔뻔해지셨군! 결국 요렇게 잡힐 걸 말이야. 대범하게도 첩자질을 하질 않나, 그놈의 쥐브 선생에게 내 얘기를 미주알고주알 지껄여대질 않나, 급기야는 아무 놈팡이한테나 닥치는 대로 몸을 맡기질 않나……"

조제핀은 잔디 위에 털썩 무릎을 꿇었다. 그러고는 배신에 대한 루파르의 매서운 질타에 머리를 조아리기만 할 뿐이었다. 일순 그녀의 가슴속에 양심의 가책이 복받쳐올랐다. 한순간이나마 애인을 곤경에 몰아넣으려 했고, 경찰에 그에 관한 정보를 제공했다는 생각에 스스로도 아연실색할 따름이었다. 자신의 잘못으로 하마터면 루파르가 검거될 뻔했다는 생각이 조제핀을 처절한 자책감에 몰아넣었다. 그래, 지금 루파르가 나를 이렇게 비난하는 것도 당연해. 나는 벌을 받아 마땅해. 감히 그를 속이다니, 말도 안 돼!

그러나 조제핀은 루파르가 자신을 질타하는 첫째 이유에 대해서는 고분고분 수긍하면서도, 자신이 부정을 범했다는 것에 대해서는 분연히 고개를 들고 반박했다.

"그래요, 내가 그 레스토랑에 가서 권투 선수랑 얘기를 나누고 그의 집에까지 이렇게 온 것은 분명 잘못이지만, 겉으로 보는 것하고는 전혀 달라요. 루파르, 내 말을 믿어줘요. 나는 결코 비난받을 만한 짓은 하지 않았다고요!"

루파르는 고개를 끄덕였다. 사실 그는 말과 달리 그다지 화가 난 건 아니고, 단지 그렇게 보이고 싶은 듯했다. 정부를 빤히 바라보는 그의 눈빛 속에는 분노보다는 일종의 궁금증이 녹아들어 있었다.

그는 어깨를 한번 으쓱 추스르고는 말했다.

"하긴, 네가 그자와 잠자리를 같이했기로서니……"

"아! 제발 그런 말은 하지 마요, 루파르! 당신이 나에 대해 그런 식으로 얘기하는 건 싫단 말이에요! 그렇게 무관심한 것보다는 차라리 질투를 하고 거칠게 다뤄주는 게 난 더 좋아요. (조제핀은 루파르에게 애걸복걸 매달리며 애원했다.) 루파르, 당신 나를 아직 사랑하는 거 맞죠?"

"그거야 두고 볼 문제지…… 일단 이쯤 해두자고. 아무튼 앞으로 너는 내가 시키는 대로 군말 없이 해야만 할 거야."

순간 조제핀은 심장이 졸아붙는 것 같았다. 루파르가 이런 말을 하는 것이 어떤 의미인지 그녀는 익히 알고 있었던 것이다. 또 뭔가 흉악한 일을 꾸미고 있는 것이 분명했다.

조제핀은 일단 궁금해서 못 견디는 척하며 불쑥 물었다.

"그나저나 여기엔 어떻게 온 거죠?"

그러자 루파르의 얼굴 가득 소리 없는 미소가 번졌다.

"요런 멍텅구리 계집 같으니! 나한테 그런 어리석은 질문을 하다니, 역시 세상은 새대가리 천지라니까! 그러는 너는 도대체 여기까지 어떻게 온 거야?"

"그야, 딕슨이 운전한 차를 타고 왔죠……"

"그때 너희의 뒤를 밟은 게 누구지?"

조제핀은 잠시 아무 대답도 하지 못했다. 질문 자체가 무슨 뜻인지 몰랐던 것이다.

"누가 너희의 뒤를 미행했느냐니까?"

"미행이라니, 아무도 미행 안 했는데……"

루파르는 한층 신이 나 빈정댔다.

"아무도 미행 안 했다고? 그럼 너희의 꽁무니를 따라온 택시 안에서 쥐브 경감은 대체 뭘 하고 있었던 거지?"

순간 조제핀은 기겁하며 비명을 내질렀다.

루파르는 더욱 뿌듯한 표정으로 얘기를 이어갔다.

"아울러 이 루파르는 뭘 하고 있었을까?…… 재치 만점 루파르 님께선 저 유명한 쥐브 경감이 느긋하게 앉아 쉬고 있는 택시 뒤에 단단히 매달려 있었다, 이거야! 아하, 요 풋내기 아가씨, 그 정도야 식은 죽 먹기지! 내가 말했잖아. 세상은 새대가리들 천지라고!"

신이 나서 한껏 비아냥대는 품으로 미루어 루파르는 이제야 기분이 좀 풀린 듯했다.

조제핀은 얼른 그의 목에 매달렸다.

"아, 내가 사랑하는 사람은 당신이에요. 나는 오로지 당신만을 사랑한단 말이에요! 우리 둘이 살아도 죽어도 함께하는 거예요. 그나저나 여긴 싫어요. 어서 떠나요. 닐 데려가줄 거죠?"

루파르는 조제핀의 포옹을 풀며 단호하게 내뱉었다.

"잠깐, 아직 할 일이 있어! (그러고는 진지한 목소리로 얘기를 시작했다.) 아까 그 미국 놈 말대로 당신이 이 집에서 얼마든지 편히 지낼 수 있다니 말인데, 그렇다면 챙길 것이 좀 있는지 봐야지…… 일단 당신은 오늘 저녁까지 여기 그대로 머무는 거야. 그런 다음 내일 새벽 다섯시쯤 파리 중앙시장터로 나오라고. 나도 그때쯤 거기에 가 있을 테니까. 아마 당신은 나를 알아보지 못할 거야. 대신 내가 당신에게 다가가 말을 걸 텐데, 그때 당신의 그 사랑하는 권투 선수가 돈을 어디에 쟁여두는지를 정확히 알려주면 돼. 당연히 이 집의 자세한 도면하고 복사된 열쇠, 그 밖에 필요한 것들을 모두 갖춰야겠지…… 당신과 내가 저놈의 쥐브 경감과 그 일당을 위해 또 하나의 멋진 뉴스거리를 제공해주자, 이거야!"

맨 마지막 말은 조제핀의 귀에 거의 들어오지도 않았다. 문득 숨이 가빠오는가 싶더니 이마가 후끈 달아오르고, 관자놀이에는 땀이 송골송골 맺히면서 엄청난 불안감이 가슴을 조여왔다. 방금 전까지 그토록 고분고분하고 헌신적이던 여자는 별안간 흠칫 불안해하며, 애인이 자기에게 또 못된 짓을 지시한다는 생각에 말 못 할 참담한 심정에 빠져들고 있었다.

하지만 루파르는 애인과 말씨름이나 하면서 시간을 지체할 생각이 없었다. 그는 같은 지시를 반복하는 사람이 결코 아니었다.

건달 두목 루파르는 화해의 표시로 애인의 이마에 대충 입맞

춤을 해준 뒤, 바람처럼 사라져버렸다.

텅 빈 정원에 조제핀 혼자 한동안 우두커니 서 있었다.

1층 거실에서 팡도르와 딕슨이 서로 마주한 채 차를 마시고 있었다. 시각은 오후 네시. 자신을 광고하는 데 열성적인 권투 선수는 다음 날 호세 샘과 갖게 될 결전에 관해 인터뷰를 요청해온 〈라 카피탈〉지의 기자를 정성껏 맞이하는 중이었다.

권투 선수가 자신의 훈련 방법과 식사 메뉴, 글러브의 무게 및 전문가적 시각으로 볼 때 대단히 중요한 수많은 사항들을 세세히 설명하는 동안, 팡도르는 그 모든 내용을 열심히 받아적었다.

마침내 팡도르는 슬쩍 윙크를 하며 이런 질문을 던져보았다.

"그런데 말입니다, 몸 상태를 제대로 유지하기 위해서는 대단히 까다롭게 관리해야 하지 않습니까? 이를테면 수도승처럼 금욕을 한다든지……"

미국인 권투 선수는 슬그머니 웃기만 했다.

전날 밤 '크로코딜'에서 어여쁜 아가씨와 함께 앉아 야식을 즐기는 걸 목격했다는 의미의 질문일까?

사실 팡도르는 지금 쥐브의 지령에 따라 스포츠 취재를 구실로 딕슨의 거처에 파고들어 필경 아직도 그곳에 머물러 있을 조제핀의 존재를 확인하고자 애쓰는 중이었다. 팡도르는 말 한마디, 아주 작은 단서 하나도 놓치지 않는 가운데 젊은 매춘부와 권투 선수 사이의 베일에 가려진 관계를 밝혀낼 수 있기를 바랐다. 결국 알아내고 싶은 것은 조제핀과 딕슨이 이전까지는 전혀 모르다가 어젯밤 우연히 서로 알게 된 사이인지, 아니면 옛날부터 알고 지내다가 어젯밤에 다시 만난 것인지 하는 것이었다. 요컨대, 딕슨이 루파르가 이끄는 정체불명의 범죄 집단에 속해 있는지 아닌지가 궁금했다.

딕슨은 진정 사랑에 빠진 사내처럼 지난밤에 있었던 일들을 팡도르에게 상세히 털어놓았다. 조제핀의 까다롭고 소심한 처신이라든가 자신의 단정하고 조심스러운 태도 등등. 딕슨이 조제핀을 어찌나 고고하게 떠받드는지, 팡도르는 웃음을 터뜨리지 않기 위해 이따금 입술을 질끈 깨물어야만 했다. 심지어 이 권투 선수가 신문기자인 자신을 어수룩한 멍청이로 알고 일부러 그러는 것이 아닌가 싶을 정도였다.

어쨌든 딕슨은 팡도르의 그런 심정을 전혀 눈치채지 못한 듯 자신만의 환상을 계속해서 늘어놓았고, 조제핀을 데리고 미국으로 떠나겠다는 의지를 숨기지 않았다.

그러더니 갑자기 벌떡 일어나 이렇게 말하는 것이었다.

"이참에 그녀를 직접 소개해드리겠습니다."

딕슨은 곧장 집 안과 정원 구석구석을 훑고 다니면서 조제핀을 소리쳐 불렀다.

"피네트, 피네트 양…… 조제핀!"

팡도르 혼자 거실에 남겨진 지 얼마나 지났을까, 갑작스럽게 돌아가는 사태의 양상에 그는 덜컥 불안해졌다. 시간이 한참 지난 후 돌아온 딕슨은 표정이 엉망으로 일그러진 데다 눈이 퀭하고 고개를 맥없이 떨군 것이 여간 심각한 기색이 아니었다! 아까와 동일 인물이라고 여겨지지 않을 정도였다.

그는 완전히 실의에 빠진 표정으로 힘겹게 입을 열었다.

"그 어여쁜 아가씨가 그만…… 내게 아무런 말도 남기지 않고 떠나버렸습니다. 가슴이 찢어지는 것 같네요……"

그로부터 오 분 후, 팡도르는 의례적인 작별인사로 시간낭비할 것 없이 잽싸게 그곳을 벗어나 곧장 파리로 향하는 전차에 몸을 실었다.

성과로 보자면, 그곳을 방문하기 전과 달라진 것은 별로 없는 셈이었다.

23
제보자

"쥐브, 저는 지쳤습니다. 지난 이틀 동안 잠시도 제대로 쉰 적이 없어요. '크로코딜'에서의 그날 밤 이후, 루파르를 뒤쫓느라 거의 날밤을 새운 그저께 밤 이후, 어제도 하루 종일 여기저기 돌아다니느라 정신이 없었단 말이에요. 이제 결심했습니다. 오늘 저녁에는 아무 일도 안 할 겁니다!"

"담배 한 대 피우겠나, 팡도르?"

"그러죠…… 혹시 저랑 같은 생각이실까 해서 드리는 말씀인데, 지금으로선 최대한 신속하게 세브르로 돌아가서 그 딕슨이라는 작자 주변에 철저하게 감시망을 짜놓는 일이 가장 중요해요."

"자네 생각은 그런가?"

"그럼 쥐브 당신 생각은 아닌가요?"

"꼭 그렇다는 얘기가 아니라……"

"하지만 왠지 확신이 안 선다는 표정인데요."

"무슨 근거로 딕슨을 감시할 필요가 있다고 생각하는지가 궁금할 뿐이네."

"근거야 세세한 점까지 따지면 무수히 많죠."

"한번 들어볼까?"

"일단 딕슨에 대해 우리가 알고 있는 게 뭡니까? 별안간 나타나 우리가 빤히 보는 앞에서 조제핀을 낚아채가 우리를 속수무책으로 만든 사람이 아닙니까."

"그렇다고 그자를 겨냥해 특별히 지적할 만한 사항은 또 뭐가 있나? 기껏해야 조제핀과 아는 사이라는 것뿐인데…… 그게 그리 중대한 문제는 아닐 거고……"

"하긴 제가 너무 성급하게 결론을 내리려고 하는지도 모르죠. 솔직히 말해 우리가 앞으로 무얼 어떻게 해야 하는지 저는 잘 모르겠습니다. 추적을 해봤지만 실마리가 모두 끊어져버렸어요…… 조제핀만 해도, 언제 우리 앞에 다시 나타날지 그저 막막할 뿐입니다!"

팡도르가 얘기하는 동안, 쥐브는 유리창에 이마를 댄 채 길을 오가는 행인들을 묵묵히 내다보고 있었다.

그러다 어느 한순간,

"팡도르!"

신문기자를 부르는 쥐브의 목소리에는 분명 흥겨움이 배어 있
었다.

"왜요, 쥐브?"

"와서 좀 보게나."

쥐브는 거리의 어느 한 지점을 손가락으로 가리키며 말했다.

"저길 보라고! 저기 저 삯마차 근처에서 길을 건너려고 하는
사람……"

팡도르는 웃음부터 터뜨리지 않을 수 없었다.

"하하…… 맙소사!"

"그래서 뭐든 장담해선 안 되는 거라네, 팡도르."

"이건 정말 의외네요. 그런데……"

"그런데 뭐?"

"쫓아가지 않을 건가요? 가서 붙잡아야 하는 거 아닌가요?"

팡도르는 그렇게 내뱉자마자 문 쪽으로 달려가고 있었다. 그
런데 쥐브는 여전히 유리창에 이마를 댄 채 우두커니 서서 이렇
게 말하는 것이었다.

"달려가서 붙잡자 이건가? 어설프기는…… 자넨 지금 저 여
자가 이 거리에 나타난 것이 순전히 우연이라고 보나?"

"그러면……"

"물론 아니지! 자, 보게. 지금 길을 건너서 곧바로 이곳을 향
하고 있네! 그리고 이 건물 안으로 들어오겠지…… 장담하는데,

늦어도 오 분 후에는 조제핀이 이곳까지 올라와 내가 권하는 이 안락의자에 편안히 앉아 있을 걸세."

팡도르는 그저 어리둥절할 뿐이었다.

"지난 사태들로 미루어볼 때 조제핀이 제 발로 이곳에 찾아온다는 건…… 아, 쥐브, 정말 뭐가 뭔지 모르겠군요! 혹시 그녀와 무슨 약속이라도 되어 있나요?"

"전혀."

"그런데 그녀가 여기 주소를 알고 있어요?"

"물론이지. 지난번에 심문할 때 진술을 받아내느라 내가 이렇게 저렇게 요리를 좀 했더니 경찰청 건물만 봐도 벌벌 떨더군. 그래서 안심을 시키느라 내가 사는 곳을 일러줬지. 보다시피 그게 아주 쓸모없지는 않았던 모양이야! 그나저나 지금 찾아오는 용건은 대체 뭔지 모르겠군……"

그때였다, 하인 장이 들어와 이렇게 알렸다.

"경감님, 어떤 여자분이 찾아오셨는데, 이름 밝히길 거부하십니다. 지금 거실에서 기다리는데요."

"들어오시게 해요, 장."

늙은 하인이 나가고 얼마 안 있어 여자 손님이 안내를 받아 방 안으로 들어왔다.

쥐브는 따뜻한 어조로 인사를 건넸다.

"안녕하십니까, 아가씨. 어인 일로 이렇게 이른 시간에 행차하셨습니까?"

루파르의 정부 조제핀은 잠시 얼떨떨한 표정으로 방 한복판에
서 있었는데, 왠지 조금 떨고 있는 듯 보였다.

"여기 앉으시죠, 조제핀…… 혹시 내 친구 팡도르가 있어서
불편한 건 아니겠죠? 이 친구야말로 무슨 얘기든 무덤까지 가지
고 갈 만큼 과묵한 친구랍니다. 게다가 당신의 남자친구 딕슨에
대해 최대한 좋은 쪽으로 얘기해주고 있었어요."

"그를 아시나요, 선생님?"

조제핀이 의외라는 표정으로 묻자 팡도르가 대답했다.

"네, 조금…… 당신은 그를 만난 지 오래됐습니까?"

"아뇨, 기껏해야 사흘 된 셈이죠. 그저께 '크로코딜'에서 처음
봤으니까요."

"그래, 괜찮은 사람이던가요?"

"둘이 서로 괜찮아했어요! 솔직히 저로서는 그를 알게 돼서
무척 기뻤답니다."

"특별한 이유라도 있습니까?"

이번에는 쥐브가 물었다.

"그때 제 마음이 안정되어 있지 않았잖아요, 쥐브 경감님. 우
리 모두 루파르를 따라 올라가지 않았나요? 그런데 현장에 그가
없었죠……"

"글쎄 말입니다. 한데 정말 아무 일도 없었습니까?"

“네? 지금 저를 의심하시는군요!”

“아닙니다! 천만의 말씀!”

“아니에요. 분명히 제가 뭔가를 꾸며낸다고 생각하고 있어요…… 제가 당신들을 따돌렸다고 생각하는 거죠?”

듣고 있던 팡도르가 빙그레 웃으며 끼어들었다.

“오호, 아가씨. 그 문제라면 딱히 아니라고도 말 못 하실 겁니다. 당신이 덕슨과 함께 줄행랑을 친 건 사실이니까요!”

“아, 그건 아까 말씀드린 이유 때문에……”

“자, 자, 팡도르, 여자분을 그만 괴롭히게. 좋은 말동무를 사귀는 바람에 그만 우리의 존재를 까맣게 잊었다고 하지 않나. 그 정도 가지고 나무랄 것까지야 없지.”

쥐브는 일단 그렇게 상황을 정리한 뒤, 지극히 자연스러운 어조로 얘기를 계속했다.

“자, 조제핀, 이제 여기에 찾아온 용건을 슬슬 들어볼까요.”

“그냥 와봤어요……”

“저런! 오직 자신이 결백하다는 걸 우리 눈앞에 증명하려고 여기까지 찾아왔단 말입니까?”

조제핀은 쥐브가 하는 말의 의미를 너무나도 잘 알고 있었다.

“제가 결백하다는 걸 증명하려고…… 네, 맞아요, 쥐브 경감님……”

“말 몇 마디 그럴듯하게 포장해서요?”

조제핀은 잠시 뜸을 들이더니 이렇게 중얼거렸다.

"실은 다른 얘기가 있어요……"

"그럼 그렇지. 자, 어서 말해봐요!"

"그런데, 이제부터 제가 드리는 말씀을 다른 데서 떠들어대지 않겠다고 맹세해주셔야만 해요."

"심각한 얘기인가요?"

"네, 아주 심각한 얘기예요, 경감님. 정말이에요! 당신께 방법을 알려드리려고요."

"방법이라……"

쥐브는 겉으로는 여자의 말에 별 신경 쓰지 않는 척했지만 실은 무척이나 초조한 마음으로 내용을 기대하고 있었다.

"쥐브 경감님, 제가 루파르를 검거할 방법을 알려드릴게요!"

"오호!"

팡도르가 중얼거리며 반응을 보이자, 쥐브는 재빨리 눈짓으로 주의를 주었다.

"이것 보세요, 조제핀. 고마운 말씀이긴 한데, 지난번 '크로코딜'에서와 같은 방식을 애기하는 거라면……"

"아뇨, 아니에요! 이번에는 확실하게 잡을 수 있을 거예요!"

"그래, 지금 그자가 어디에 있는데요?"

"지금은 모르지만…… 모레에는 노장에 있을 거예요."

"노장에요? 루파르가 거기에 무슨 볼일이 있어서?"

"말씀드리죠. 루파르는 패거리를 이끌고 노장, 샤르미유 가 7번 지로 갈 거예요. 한 건 하려고 말이죠. 정확히 어떤 내용인지는 모르겠고…… 경감님, 저는 지금 제가 아는 모든 것을 솔직하게 말씀드리고 있어요. 그러니 일단 이 모든 걸 어떻게 알았는지는 묻지 말아주세요. 어차피 물어도 대답해줄 수 없으니까…… 어쨌든 루파르는 모레 두시에 분명히 노장에 갈 거예요."

"이것 보세요, 조제핀…… 당신은 지금 속은 겁니다. 루파르가 당신을 데리고 장난을 친 거예요! 생각해봐요. 지금 얘기한 그 모든 정보를 제공한 자는 보나마나 루파르 자신이 아닙니까?"

조제핀이 기겁한 채 멀뚱하게 쳐다보기만 하자 쥐브는 얘기를 계속했다.

"어떤가, 팡도르, 자네 생각도 그렇지 않은가? 자네는 루파르와 그 일당이 대낮에도 너끈히 일을 벌일 수 있을 거라고 생각하나?…… 한데 도대체 이번에는 또 어떤 일을 꾸민답디까?"

"정확히는 모르지만 강도짓이 아닐까 싶어요. 인원이 모두 열댓 명은 될 거예요. 주인이 여행 가고 없는 작은 저택 앞에 집결할 거고요. 그중 일부는 위험할 경우 동료들이 쉽게 도망칠 수 있도록 소란스레 모여 있을 거고, 나머지는 집 안의 물건들을 들어낼 거예요! 아주 오랜 시간을 두고 준비해온 건수죠. 털보도 가담할 거고요……"

"루파르는요?"

"물론 제가 말씀드린 대로 루파르도 직접 나설 거예요. 두 사람은 철저히 변장을 할 거예요. 대개는 검은 마스크로 얼굴을 가리는데, 그걸로 그를 식별하면 될 거예요."

쥐브가 이번에는 팡도르를 돌아보며 말했다.

"우리에게 더 나은 방법이 없다면, 모레 노장에 진을 치는 수밖에 없겠군…… 안 그런가, 팡도르?"

"그래야겠죠……"

"단, 이것만은 분명히 짚고 넘어가야겠습니다, 조제핀. 만에 하나 당신이 지금까지 한 얘기가 허풍이라면, 우리도 멍하니 당하고만 있지는 않을 거예요."

"쥐브 경감님!"

조제핀이 발끈하며 일어서자 쥐브는 이렇게 덧붙였다.

"좋습니다. 당신의 진심을 증명할 방법이 아주 없는 건 아니지요. 루파르가 행차하기로 한 시각이 두시라고 했나요? 그렇다면 조제핀 당신은 한시 반까지 노장 역에 나와주십시오. 당신이 말한 그곳에서 루파르를 보게 되면 그땐 우리가 나서서 검거를 하겠습니다. 하지만 만약 루파르를 보지 못하면……"

쥐브의 목소리가 점점 준엄해졌다. 조제핀은 그가 어떤 얘기를 할지 이미 짐작하고 있었다. '검거될 사람은 루파르가 아니라 바로 당신이 될 겁니다……'

조제핀은 이렇게 중얼거릴 수밖에 없었다.

"그를 잡을 수 있을 거예요……"

그러고는 다급한 목소리로 덧붙였다.

"다만 쥐브 경감님, 그리고 팡도르 씨, 두 분 다 약속된 것처럼 행동하시면 절대 안 돼요. 제가 제보했다는 걸 아무도 눈치채게 해서는 안 됩니다! 당신들은 일이 잘못될 경우 저를 가만두지 않겠다고 하지만, 제 동료들 역시 제가 이러는 걸 알아채면 저를 가만두지 않을 거예요."

쥐브와 팡도르는 누가 먼저랄 것도 없이 고마운 제보자의 불안한 심정을 달래주려고 애썼다.

"그 점은 안심하십시오. 결단코, 결단코 그런 일은 일어나지 않을 테니까."

그제야 조제핀은 한시름 놓는 눈치였다.

"그리고 또 하나 얘기할 게 있어요. (이번에는 특별히 팡도르를 돌아보며 말했다.) 사실 똑 부러지게 말할 수는 없지만…… 루파르가 당신들 두 사람을 별로 좋아하지 않는 건 분명해요. 만약 제가 당신이라면 정말 조심할 거예요!"

얘기를 마친 조제핀이 계단을 내려가는 동안, 쥐브는 팔짱을 끼고 고개를 푹 숙인 채 팡도르와 함께 서재로 돌아왔다.

"이상해! 아무래도 이상해! 저 여자가 진심일까, 아니면 또 우리를 갖고 노는 걸까? 아니야, 분명 진심일 거야! 우리를 또다시 함정에 빠뜨린다는 건 엄청난 위험을 감수해야 하는 일일 테니까…… 한데 아까 그 마지막 경고는 또 무슨 뜻이지?"

쥐브는 팡도르를 향해 장난스럽게 손가락을 치켜들어 위협하는 동작을 취하며 덧붙였다.

"우리한테 조심하라고 하면서 유독 자네를 뚫어져라 보았거든…… 혹시 자네한테 맘이라도 있는 걸까?"

24
정체불명의 압박

"여보세요!"

쥐브는 자리에서 벌떡 일어나자마자 전화기로 달려갔다. 벌써 날은 훤히 밝았지만, 전날 너무 늦게 잠자리에 든 탓에 아침 일곱시까지도 세상모른 채 곯아떨어져 있었다.

그러다가 방금 울린 요란한 전화벨 소리에 깊은 잠을 겨우 떨치고 일어난 것이다. 그는 수화기 너머에서 들려오는 말들을 심각한 표정으로 귀담아들으며 간단한 몇 마디로 응대했다.

"네, 제가 쥐브입니다만…… 뭐라고요? 치안국이요. 아, 네, 아바르 국장님…… 네, 감사합니다…… 단서가 없다고요? 물론입니다, 아직은 이른 시점이라시요…… 알겠습니다. 그럼요, 지를 믿어주십시오…… 아뇨, 특별한 사항은 없습니다. 네, 곧 가겠습니다. 나중에 상세히 말씀드리겠습니다……"

쥐브는 서둘러 옷을 갈아입고 밖으로 나왔다. 생 제르맹 대로에서 손님을 기다리는 택시에 덥석 올라타자마자, 그는 택시 기사에게 이렇게 말했다.

"세브르 벨뷔 고개 어귀까지 전속력으로 갑시다!"

목적지에 도착해 차에서 내린 쥐브는 미국인 권투 선수 딕슨의 아름다운 별장이 자리한 고갯마루까지 비탈을 걸어 올라갔다.

길은 매우 한산했다. 치안국장이 직접 현장 확인을 지시할 정도로 심각한 사태가 벌어진 집 주변치고는 너무나 조용했다. 미리 얘기를 듣지 않았다면 범죄 현장, 최소한 범행 시도가 있었던 장소로 접근하고 있다는 생각조차 하기 어려울 정도였다.

통화 내용으로는 분명 끔찍하고도 수수께끼 같은 사건이 이곳에서 벌어졌다고 했다. 딱 거기까지. 그 이상의 얘기는 아바르 씨에게서 듣지 못했다.

고갯마루의 주택지 안으로 들어서자 제복을 입은 사내가 저만치서 다가오는 것이 보였다. 이 지역의 군경반장이었다.

"세브르 군경반장 뒤부아입니다!"

"무슨 일이 있었습니까?"

두 사람은 어느새 현관 앞 계단까지 와 있었다.

"경감님, 괜찮으시다면 안으로 들어가기 전에 이곳에서 잠시 기다려주셨으면 합니다. 딕슨 씨가 현재 안정을 취하는 중이라,

의사 선생이 절대 방해하지 말라고 정식으로 요청했거든요."

"상태가 심각합니까?"

"의사 선생 얘기로 미루어볼 때 그 정도는 아닌 것 같습니다."

"이보시오, 반장. 지금부터 모든 사항을 하나도 빠뜨리지 말고 처음부터 끝까지 내게 얘기해주시오. 실제로 일어난 사건들만 추려서 말입니다."

군경반장은 우선 쥐브 경감을 집 뒤쪽의 정자로 안내했다. 치안국 경감이 나타나자, 거기 앉아 뭔가를 끼적이고 있던 군경 한 명이 정중한 태도로 일어났다.

"방금 보고서를 작성하던 참이었습니다. 한번 보시겠습니까?"

군경반장의 말에 쥐브는 서류를 건네받아 읽기 시작했다.

세브르 주둔 제2군경대 군경반장 뒤부아 및 군경 베르디에는 6월 28일 오전 6시 35분 벨뷔에 거주하는 상점 점원 올리베티 씨로부터 다음과 같은 진술을 확보하였음.

이어서 올리베티의 자세한 진술 내용이 정성스러운 필체로 꼼꼼히 인용되어 있었다.

저는 오전 6시 15분에 집을 나와 6시 42분에 출발하는 통근열차 를 타기 위해 역으로 가는 중이었습니다. 벨뷔 고개를 지나는데, 16

번지로 불리다가 지금은 미국인 권투 선수 딕슨 씨의 별장지로 널리 알려진 브랜보리옹 공원에 다다르자 별안간 총소리가 들렸습니다. 동시에 창문이 와장창 깨지면서 유리 파편들이 돌바닥이나 단단한 지면에 흩어져 떨어지는 소리도 들렸습니다. 저는 잠시 숨을 죽인 채 멈춰 서 있었습니다. 주위를 둘러보았지만 아무도 보이지 않았습니다. 그런데 또다시 총소리가 세 번 연속으로 들렸습니다. 딕슨 씨의 별장에서 나는 소리 같았습니다. 잠시 후 그 집 가까이 다가가보았더니, 집 오른쪽 창문이 깨져 있었고, 유리 파편들이 테라스 시멘트 바닥에 어지러이 흩어져 있었습니다. 그리고 더는 아무 소리도 들리지 않았습니다. 사람도 나타나지 않았고요. 초인종을 눌러봤지만 아무도 나오지 않았습니다. 그래서 주변을 배회하던 누군가가 장난삼아 돌이라도 던졌나보다 하고, 제 갈 길이나 가려고 생각했습니다. 자칫하면 기차를 놓칠 수도 있었으니까요. 그런데 느닷없이 희미한 비명 소리가 들렸습니다. 아마도 집 안에서 새어나오는 소리 같았습니다. 그런데 정원으로 들어가는 문이 열쇠로 굳게 잠긴 듯했습니다. 아무리 열려고 해도 열리지 않을뿐더러, 혼자서 무기도 없이 그곳에 들어서고 싶은 마음이 들지 않았습니다. 혹시 범죄라든가 좋지 않은 일이라도 일어났나 싶어 저는 곧장 군경대로 달려가 군경 반장에게 신고했습니다.

수염을 돌돌 말고 있던 군경반장 뒤부아는 이제부터 자신이

할 이야기에 오류가 있거나 잘 기억나지 않는 부분이 있을 경우 수정하고 확인해달라는 뜻으로 부하 베르디에를 흘끔흘끔 보아가며 이렇게 말했다.

"올리베티 씨의 신고를 접수하자마자 베르디에 군경과 저는 즉시 벨뷔 고갯마루의 그 별장으로 출동했습니다. 물론 올리베티 씨도 동행했는데, 정말 신고한 내용 그대로더군요. 우리는 정원으로 손쉽게 진입할 수 있었습니다. 올리베티 씨가 진술한 것과는 다르게 길에 면한 대문이 열쇠로 잠겨 있지 않고 간단한 걸쇠로 닫혀 있어 손으로 얼마든지 밀어 열 수 있었지요. 하지만 현관문은 쉽게 열릴 것 같지 않았습니다. 안에 혹시 사람이 있느냐고 소리쳐 부르자 희미한 신음 소리가 들리더군요. 살려달라고 하는 소리도 들렸습니다. 창문이 깨진 2층 어느 방에서 나오는 소리였습니다. 그때 제가 베르디에에게 말했죠. 아무래도 사다리를 동원해 올라가야겠다고요. 그런데 베르디에가 사다리는 안 가져왔다고 하기에 제가 또……"

순간 쥐브 경감이 짜증스럽게 말을 끊었다.

"자, 자, 반장, 이제 그만 본론으로 넘어가시오! 도대체 사다리는 확보한 겁니까, 못 한 겁니까? 안에 들어갔어요, 못 들어갔어요?"

뒤부아 군경반장이 약간 당황한 기색으로 대답했다.

"물론 들어갔습니다, 경감님. 희생자를 발견한 즉시 플라생 박사를 불렀고요. 그 이후 경감님이 이곳에 도착할 때까지……”

“잠깐! 좀 천천히, 천천히…… 그 부분은 아주 흥미로운 대목이니 꼼꼼히 얘기해줘야만 하오. 내가 다시 짚어보겠소. 결국 사다리를 확보했고, 그걸 벽에 기댄 뒤 두 사람이 차례로 올라갔단 말이지요? 반장이 먼저, 그다음에는 베르디에 군경이……”

“그렇습니다, 경감님!”

“위로 올라가자마자 창문으로 안을 들여다보았을 테고. 그래, 무얼 보았소?”

“별건 없었고, 그저 살려달라는 소리와 고통스러운 신음 소리만 들려왔습니다.”

“그래서?”

군경반장은 조금씩 침착을 되찾으며 얘기를 이어갔다.

“그래서 저는 깨진 유리창 틈으로 손을 넣어 걸쇠를 푼 다음 창문을 열고 들어갔습니다. 베르디에도 곧 뒤따라 들어왔고요. 깔끔하게 정돈된 침실이었는데, 얼추 봐서 흐트러진 낌새라고는 전혀 찾을 수 없었습니다……”

군경반장은 그 대목에서 다시 한번 동의를 구하려는 듯 부하를 흘끔 바라보았다.

“‘얼추’ 말고 자세히 본 결과는?”

쥐브의 쏘는 듯한 추궁에 군경반장은 얼른 얘기를 계속했다.

“더 안쪽으로 들어가보니 과연 침대 위에 사람이 누워 있더군요. 극심한 고통을 겪고 있는 것처럼 보였습니다. 저는 그가 딕슨 씨라는 걸 단박에 알아차렸지요. 딕슨 씨는 거의 말도 못 하고 잘 움직이지도 못하는 상태였습니다! 어깨에서부터 팔 전체가 이불 밖으로 드러나 있고 잠옷도 풀어헤쳐져 있었는데, 자세히 보니 가슴과 어깨에 붉그스레한 반상출혈이 확인되더군요. 침대 오른편, 손 닿는 곳의 작은 원형 탁자 위에는 권총이 놓여 있었습니나. 여섯 발의 탄창이 죄다 비어 있었는데, 총알이 발사된 지 얼마 되지 않은 것 같았습니다.”

“아, 그랬군…… 계속 말해보시오.”

“일단 의사를 부르는 것이 급선무라고 생각했습니다. 집에 들어오지는 않고 정원에서 대기중이던 올리베티 씨가 가까이 살고 있는 플라생 박사를 데려오기로 했지요. 오 분 후 의사가 도착했고, 저는 그 즉시 베르디에를 군경대로 보내 경찰청으로 전화를 걸어 모든 상황을 보고하도록 지시했습니다.”

“건물 수색은 해보았나요?”

“아직 안 해봤습니다. 하지만 그리 어렵지는 않을 겁니다. 희생자의 옷 주머니 속에서 열쇠 꾸러미를 찾아냈거든요.”

군경반장의 말에 쥐브는 기다렸다는 듯 발끈했다.

“희생자라니! 도대체 딕슨 씨가 희생자라는 생각을 하게 된 근거가 뭐요? 누군가 공격을 가했고, 그래서 그가 희생됐다는 얘기일 텐데……”

"살려달라고 비명을 질렀다는 건 누군가에게⋯⋯"

쥐브는 군경반장의 대답엔 아랑곳하지 않고 금세 다른 얘기로 넘어갔다.

"의사 선생을 집 안에 들이기 위해서는 문을 따줘야 했을 텐데⋯⋯ 그렇다면 층계참이라든가 계단 등 집 안의 다른 곳도 살펴보았을 테고⋯⋯"

그러자 군경반장은 고개를 가로저으며 이렇게 말했다.

"오, 그건 아닙니다! 의사 선생도 사다리를 통해 올라왔어요. 물론 저는 딕슨 씨가 있는 침실 문을 열고 2층 층계참으로 나서려고 했지요. 그런데 침실 문이 잠겨 있는 것이었습니다! 정말 이상한 일이었어요⋯⋯ 누군가 딕슨 씨를 해치려고 했다면 필경 문을 통해 현장에 들어왔을 텐데 말입니다. 아무튼 경찰에서 직접 확인하기 전에는 열어봐선 안 될 거라고 생각해 잠긴 문을 그대로 두었습니다."

쥐브가 뿌듯한 표정으로 대꾸했다.

"아주 잘했습니다! 사건이 벌어진 시점에 문이 열려 있었는지 잠겨 있었는지는 앞으로 진행할 수사에서 매우 중요한 문제니까⋯⋯ 글쎄, 엄밀히 말해서 딕슨 씨가 잠자리에 들 때는 문을 잠갔다가 후에 다시 열었고, 나중에 조심하느라 다시 잠갔을 가능성을 생각해볼 수도 있겠지만⋯⋯ 어쨌든 그 문제는 차차 생각해보도록 하고⋯⋯ 자, 일단 올라가서 딕슨 씨의 상태를 좀 봅시다.”

“경감님, 실은 의사 선생께서 딕슨 씨가 진술할 수 있을 만큼 상태가 호전되면 알아서 통보해주겠다고 했습니다. 하지만 경감님께서 당장 보시겠다고 하면 지금이라도……”

군경반장의 말에 쥐브는 썩 탐탁지 않은 듯 웅얼거렸다.

“아, 그럼 됐소! 시간은 많으니까…… 그 전에 집이나 둘러봅시다. 그나지나 반장, 여기서 일하는 하인은 없소? 어째 집이 텅 빈 것 같은데……”

그러자 베르디에 군경이 불쑥 끼어들었다.

“그 점에 대해서는 제가 이미 조사를 마쳤습니다, 경감님! 이웃 주민들을 대상으로 조용히 알아보았는데요, 다들 미국인 딕슨 씨가 이곳에 혼자 사는 것으로 알고 있더군요. 다만 이 지역에서 꽤 평판이 좋은 노파 한 명을 가정부 겸 하녀로 두고는 있는데, 그나마 오전 아홉시 전에는 일을 하지 않는다고 합니다. 삼십 분쯤 있으면 이곳에 올 겁니다. 아직 아무것도 모르고 있을 테니까요.”

“좋소. 정원에서 기다리고 있다가 그녀가 나타나면 즉시 내게 알려주시오.”

군경반장과 쥐브는 딕슨 씨의 옷 주머니에서 나온 열쇠로 현관문부터 열기 시작했다.

딕슨이 있는 방 바로 옆에는 일종의 비품실 같은 작은 방 하나가 문이 활짝 열린 채 방치되어 있었는데, 바닥에 온갖 종이와 편지, 서류들이 어지러이 흩어져 있었다.

쥐브가 잇새로 중얼거렸다.

"그럼 그렇지! 금고를 노린 거였어……"

쇠로 만들어 벽에 부착한 무척 큰 금고가 과연 보기 흉하게 망가져 있었다. 아니, 좀더 정확히 말하면 여기저기 분해되고 톱으로 정교하게 잘려 있었다! '전문가의 솜씨야……' 쥐브는 속으로 중얼거렸다. 현재로서는 무엇을 도둑맞았는지 아는 것보다 실제로 도둑질이 행해졌는지, 만약 그렇다면 누가 도둑질을 했는지 규명하는 것이 더 중요했다!

쥐브는 비품실 바닥을 주의 깊게 살펴보았고, 거기서 사람 발자국이 찍힌 종이 두어 장을 수거해 그 크기를 수첩에 기록한 뒤 아래층으로 내려갔다.

그가 정원으로 몇 발짝 나서기 무섭게 집 앞에 대기중이던 베르디에 군경이 다가와 말했다.

"경감님, 의사 선생 말이 딕슨 씨가 이제 막 깨어났답니다."

쥐브는 득달같이 현장으로 향하되, 잠긴 방문은 그대로 두고 사다리를 통해 2층의 권투 선수 방으로 기어들어갔다.

다음과 같은 의사의 소견을 접하는 순간 쥐브는 안도의 한숨을 내쉬었다.

"타박상에 불과합니다, 쥐브 경감님. 비록 지금은 중한 상태라고 할 수 있지만, 그래도 타박상은 타박상이지요. 그나마 딕슨 씨의 몸이 워낙 근육질이라서 참 다행입니다. 그가 받았을 압력의 강도를 생각해볼 때, 만약 단단한 근육질이 아니었다면 형체도 분간하기 힘들 만큼 엉망진창이 되었을 겁니다!”

‘맙소사!’

불현듯 이것과 비슷한 얘기를 어디선가 들은 기억이 났다. 그러면서 벨담 부인의 죽음이 다시금 뇌리를 스치는 것이었다.

“딕슨 씨, 지난밤 겪은 모든 일을 저에게 상세히 말씀해주시기 바랍니다. 어제 저녁식사는 파리 시내에서 하셨습니까?”

“아뇨, 여기서 했습니다. 대신 다섯시부터 일곱시까지 아주 강도 높은 훈련을 했지요…… 내일…… (이 대목에서 그의 표정이 갑자기 침울해졌다.) 치르기로 한 시합을 대비한 훈련이었거든요. 아, 호세 샘의 함정에 제대로 걸린 꼴이죠! 이제 시합은 하나마나입니다……”

“그럼 그 호세 샘이라는 자가 당신이 링에 오르지 못하게 일부러 꾸민 일이라는 겁니까?”

그건 아니었다. 물론 호세 샘은 세계 챔피언 벨트를 놓고 그와 겨루는 숙적이기는 했지만, 대단히 용맹하고 정정당당한 흑인 권투 선수였다.

“딕슨 씨, 저녁식사 후에는 무얼 하셨나요?”

“옷부터 갈아입었죠. 가정부는 퇴근했고요. 저는 문단속을 하고 나서 침실에 올라왔습니다……"

"평소에도 침실 문을 잠그십니까?"

"네."

"몇 시에 잠자리에 드셨죠?"

"한 열시쯤……"

"그다음 일을 생각나는 대로 말씀해주십시오."

"일단 깊이 잠들었던 것 같아요…… 그러다가 한밤중이 되어 이상한 소리에 잠을 깼죠. 누군가 방문을 박박 긁어대는 것 같았습니다. 저는 고함을 버럭 지르면서 주먹으로 벽을 쾅 때렸죠."

"그건 또 왜죠?"

"집이 그렇게 낡은 것도 아니고 습하지도 않은데, 가끔 쥐들이 하수구를 통해 돌아다닌다는 얘기를 들은 적이 있거든요. 문 긁는 소리를 들으니 왠지 쥐들이 그런다는 느낌이 들었습니다. 그래서 쫓아내려고 그런 거죠."

"침대에서 일어나볼 생각은 안 했습니까?"

"예, 그러고 나서 소리가 뚝 끊겼거든요. 전 다시 잠들었고요."

"그다음에는요?"

"다시 잠이 깼습니다. 아마 오 분에서 십오 분쯤 후였을 겁니다. 이번에는 2층 복도에서 발소리 같은 게 들리더군요……"

"설마 그때에도 가만히 누워만 있지는 않았겠죠?"

"일어나려고 했지만…… 뭔가가 침대에 걸쳐지면서 이불을 끌어당기는 느낌이 들었어요! 주변을 살펴보니 몸이 마치 소시지처럼 옴짝달싹 못하게 묶여 있더군요. 양팔이 옆구리에 딱 붙은 채로 말입니다. 정체불명의 압박이 점점 가해져왔고, 그런 상태로 온몸의 근육으로 버텨내느라 십여 분가량 사투를 벌여야만 했습니다!"

"올가미로군……"

옆에 있던 플라생 박사가 낮은 목소리로 중얼거렸다.

"당신을 그렇게 압박하던 것이 무엇인지, 이를테면 특징 같은 거라도 얘기해줄 수 있나요? 어렴풋이 감 잡히는 거라도……"

"모르겠습니다, 모르겠어요…… 단지 뭐랄까, 촉감이 왠지 축축하고 차갑다는 느낌은 들더군요."

"젖은 올가미로군…… 물에 적신 밧줄로 감으면 저절로 조이기 마련이니까."

의사가 말했다. 쥐브는 계속 질문을 던졌다.

"그 압박감을 버텨내기가 그렇게 힘이 들던가요? 죽기 살기로 사투를 벌여야 했을 만큼?"

"그야말로 초인적인 인내가 필요했습니다, 경감님. 의사 선생님께서 말씀하신 것처럼, 근육이 단단하지 않았다면 온몸이 으스러졌을 거예요."

"좋아요, 아주 좋아…… 완벽해!"

쥐브의 뜬금없는 반응에 권투 선수는 어리둥절한 표정을 지었다.

"네? 그게 무슨 말씀인지?"

"아, 내가 예상한 내용과 너무도 일치해서요…… 그나저나 금고 안에 현금이 많았습니까?"

"역시 제가 도둑을 맞은 거죠? 이젠 망했군요…… 다 끝났습니다! 그렇죠? 어서 속 시원히 말해주십시오!"

딕슨 씨가 어찌나 낙담을 하는지 쥐브는 공연한 질문을 했다는 생각이 들었다. 하지만 그런 것에 연연해 주춤거릴 여유가 없었다. 그가 고개를 끄덕이는 것으로 대답을 대신하자, 딕슨 씨는 자초지종을 털어놓았다.

"자그마치 10만 프랑입니다! 저들이 10만 프랑을 강탈해갔다고요! 정말 지지리도 재수 없게 당한 겁니다. 저는 돈이 생기면 항상 은행에 넣거든요. 그런데 그 돈은 불과 나흘 전에 받은 돈이라…… 맞아요, 이제 기억납니다. 그놈의 압박을 견디느라 이를 악물고 있는 동안, 잡동사니들을 모아둔 방에서 사람 발소리가 들리는가 싶더니…… 급기야 뭔가를 마구 두드리는 소리가 났습니다!"

"자, 자, 진정해요, 진정해…… (의사가 걱정스러운 얼굴로 끼어들었다.) 그러다가 다시 열이 오를 수 있어요. 아무래도 이쯤에서 중단해야겠습니다."

그러나 쥐브는 물러서지 않았다.

"이봐요, 의사 선생. 얘기를 마저 끝내게 해주십시오! 잠깐이면 됩니다. 이건 아주 중요한 문제입니다. 그래서 일이 어떻게 마무리된 겁니까?"

"한 십 분쯤 지났을까요…… 문득 몸에 가해지는 압박이 느슨해졌다는 느낌이 들더군요. 하지만 고통이 너무 심해 그만 침대에 통나무처럼 뻗고 말았습니다. 잠을 잔 건지 기절을 한 건지는 모르겠는데, 아무튼 그대로 뻗고 말았어요……"

"그런 다음 전혀 일어나지 못했습니까?"

"네, 전혀 못 일어났어요."

"그렇다면 바깥 층계참으로 나가는 문은 밤새도록 잠겨 있었다는 얘긴가요?"

"밤새도록…… 네, 그런 셈이죠."

"깨진 유리창과 아침 여섯시에 울린 총소리는 어떻게 된 겁니까?"

"사람을 부르려고 제가 침대에 누운 채로 쏜 겁니다."

"음…… 역시 예상했던 대로군."

쥐브는 곧장 의자에서 내려와 바닥을 엉금엉금 기면서 양탄자를 세밀히 조사했다. 별다른 흔적은 없었지만, 백곰 가죽으로 만든 침대 밑 깔개의 털이 축축하고 끈적끈적한 뭔가에 쓸린 것처럼 군데군데 엉겨붙어 있었다.

쥐브는 엉겨붙은 털 뭉치를 가위로 조금 잘라내 지갑 속에 조심스럽게 넣었다. 그런 다음 문 쪽으로 다가가 앞을 가리고 있는 벨벳 휘장을 들춰보았다. 순간, 외마디 탄식을 내뱉지 않을 수 없었다. 문짝에 직경이 15~20센티미터가량 되는 구멍이 뚫려 있는 게 아닌가! 구멍이 바닥에서 10센티미터 높이에 위치한 것으로 봐서는 고양이 출입구라고 할 만도 했다.

"당신이 이 구멍을 뚫어놓았습니까?"

쥐브의 질문에 권투 선수가 대답했다.

"천만에요! 대체 그게 웬 구멍입니까?"

"그러게 말입니다. 대충 짐작은 갑니다만……"

쥐브가 나직이 중얼거리자, 플라생 박사는 신이 나서 외쳤다.

"바로 그겁니다! 제가 아까부터 말씀드리지 않았습니까! 올가미예요, 올가미! 딕슨 씨를 옥죄어 죽일 뻔한 올가미 말입니다. 바로 그 구멍을 통해 누군가가 올가미를 투입한 거예요!"

쥐브가 마지막으로 중얼거린 소리는 너무 작아 아무도 알아들을 수 없었다.

"그래…… 문제는 이런 경로를 통해 이토록 효과적으로 올가미를 던질 수 있는 자가 과연 이 세상 사람인가 하는 거지……"

25
함정

"이런 젠장! 벌써 정오야! 자칫하면 조제핀과의 약속이 물 건너가게 생겼어."

쥐브는 벨뷔 고갯길을 성큼성큼 걸어 내려가고 있었다.

"지금 상황에선 모든 것을 원점으로 되돌릴 수도 없지. 팡도르에게는 한시 반 정각에 노장 역에 가 있으라고 했고…… 벌써 열두시 오분인데 나는 아직도 세브르에 있으니……"

그나마 운이 좋았는지, 그는 루브르-베르사유 구간 전차에 자리가 있는 것을 발견하고는 2층 좌석에 훌쩍 올라탔다.

'어쨌든 아침 시간을 낭비한 것만은 아니야. 딕슨이 살해당할 뻔한 걸 보면, 조제핀이 우리한테 거짓말을 늘어놓은 것 같지는 않으니까. 적어도 그자가 놈들과 한패는 아니라는 뜻 아니겠어!'

그런 생각을 하는 동안 전차가 생 클루 문 앞에 이르러 잠시
멈춰 섰다. 쥐브는 이때다 싶어 훌쩍 뛰어내리고는 곧장 택시를
잡아탔다.

"빨리 노장 역으로 갑시다!"

택시 기사는 고개를 끄덕이고는 차를 몰았다.

그런데 채 오 분도 안 되어 쥐브가 안달을 내기 시작했다.

"젠장, 이러다간 도저히 안 되겠어!"

그는 택시 기사를 향해 버럭 고함을 질렀다.

"좀더 빨리 달립시다! 운전을 하는 거요, 마는 거요!"

"아이고, 손님. 그러다가 속도위반에 걸리면 어떡하라고요!"

"속도위반 따위는 신경 끄고, 제발 가속 페달이나 더 밟아요!"

"그래도……"

"아, 글쎄 달리라니까! 나는 치안국 형사요!"

쥐브의 마지막 말이 마법의 주문처럼 금세 효력을 발휘했다!
택시가 별안간 전속력으로 달리는 것이었다.

이윽고 노장 역 앞 광장을 날렵하게 돌아드는 동안, 치안국 형
사반장 쥐브는 속으로 이렇게 중얼거렸다.

'이크, 정확히 한시 사십오분이로군!'

쥐브가 택시 기사에게 요금을 건네는데, 역사 대합실에서 팡
도르가 불쑥 튀어나왔다.

"쥐브, 아침에 별일 없었나요?"

"말도 말게! 조제핀은 어디 있나?"

"아직 안 나타났습니다."

"역시나!"

"어쩐지 긴가민가했습니다."

"그러게…… 나타난다면 오히려 뜻밖이겠군."

"한데 어떤 전술로 임할 건가요?"

"전술…… 내 전술이라고 해봐야 지극히 간단하지. 이제 얼마 안 있으면 놈들이 일을 벌일 걸세. 우린 샤르미유 가 입구에 가서 조용히 기다릴 거고. 물론 범행 시도를 현장에서 직접 포착하기 위해서지. 결국 놈들은 우리가 숨어 있는 곳으로 오게 될 텐데, 그곳이 원래 막다른 길이라 다른 길로는 빠져나갈 수가 없거든…… 놈들이 사정권 안으로 들어오면 나는 즉시 루파르의 위치를 파악할 것이고, 인정사정 볼 것 없이 덮칠 걸세. 물론 저항이 있을 테고 약간의 난투극이 벌어지겠지. 그동안 팡도르 자네는 있는 대로 소리를 질러 도움을 요청하는 거야!"

"지원 인력도 없지 않습니까!"

"그렇지…… 아무도 없어! 사실 이처럼 미심쩍고 애매한 일로 경찰청에 지원 요청을 하려면 절차가 다소 복잡하다네. 게다가 조제핀이 우리를 엿 먹이려는 게 아니라는 확신이 아직은 없거든. 이런 상태로는 나도 상부에 별로 보고하고 싶지도 않고 말이야. 문제는 아주 간단해. 우린 놈들을 꼭 붙잡을 수 있을 거야!

다만……”

“다만 뭐죠?”

걱정스레 묻는 팡도르에게 쥐브는 억지 미소를 지으며 대답했다.

“루파르와 그 일당이 우리보다 월등히 강해서 붙어봤자 상대가 안 될 경우에는 좀 힘들어지겠지…… 제기랄! 여차해서 총이라도 발사되면 자네나 나나 무사할 거라고 장담할 순 없을 거야. 그 점은 생각해보았겠지, 팡도르?”

“아뇨!”

“아니라니?”

“이보세요, 쥐브. 언제 어디서나, 그 어떤 위험 앞에서도 당신을 따를 거라고 제가 몇 번이나 말했습니까!”

“진심인가, 팡도르?”

“진심이고말고요, 쥐브!”

“그렇다면야……”

쥐브는 즉시 돌아서서 손으로 길을 가리켰다.

“자, 저쪽이네!”

둘은 인적 없는 길고 좁은 골목을 따라 소리 없이 몇 발자국 걸어갔다. 그늘진 구석에 이르자 쥐브는 잠시 멈춰 서서 호주머니 속에 늘 소지하고 있는 브라우닝 권총을 빼들고는 탄창을 꼼꼼히 검사했다.

"나처럼 철저히 준비하게. 난전亂戰이 벌어질지도 모르니까……
이유는 모르지만, 오늘은 왠지 공기 중에서 화약 냄새가 나는 것
같아!"

두 사람은 다시 걸어갔다. 잠시 후 쥐브가 또 흠칫 멈춰 서며
말했다.

"가만, 팡도르. 들어보게…… 웃음소리가 안 들리나?"

"들려요. 그리고 보니 샤르미유 가가 무척 가까워졌군요. 이제
부턴 아무리 작은 소리에도 정신 바짝 차려야겠어요!"

쥐브는 고개를 끄덕이면서 덧붙여 말했다.

"저기 저 모퉁이만 돌면 샤르미유 가라네. 10여 미터만 더 가
면 루파르가 어디 있는지 알 수 있을 거야……"

그때였다. 고요하기 이를 데 없던 거리에 느닷없는 함성 소리
가 요란하게 터져나오는 것이었다.

"잡아라! 저놈 잡아라!"

쥐브는 팡도르의 팔을 덥석 붙잡으며 말했다.

"아뿔싸! 저 소리는…… 빨리 뛰게! 왼쪽 보도로!"

십여 걸음 뛰었을까, 별안간 일군의 무리가 길모퉁이를 돌아
나오며 이렇게 소리쳤다.

"잡아라! 잡아라!"

자세히 보니 득달같이 달려나오는 사람들 앞에 검은 복면을 쓴
남자가 전속력으로 도망치는 중이었고, 회색 벨벳 복면을 쓴 다

른 두 명이 그 뒤를 따르고 있었다. 그리고 얼마간 거리를 둔 채 가게 점원과 노동자들, 심지어 노장 시 경찰까지 가세해 우르르 몰려들고 있었다.

"살인이다! 잡아라! 저놈 잡아라!"

쥐브는 다급하게 팡도르를 붙잡고 말했다.

"잠깐, 조심해! 놈이 총을 갖고 있다!"

실제로 맨 앞에서 도망치는 자는 뭉뚝하게 생긴 권총으로 쫓아오는 사람들을 위협하고 있었다.

골목길을 따라 쫓는 쪽이나 쫓기는 쪽이나 쥐브와의 거리가 불과 몇 미터밖에 되지 않을 정도로 바짝 다가왔다.

"조심해. 루파르는 내가 맡는다!"

다시 한번 쥐브의 당부가 이어졌다.

한데 형사와 신문기자를 발견한 루파르가 주춤하는 것이었다.

그는 앙칼지게 내뱉었다.

"비켜라! 어서 비켜!"

그러면서 권총을 위협적으로 휘둘렀다.

쥐브 역시 지지 않고 소리쳤다.

"서라! 서지 않으면 쏜다!"

"오냐, 쏴라. 그러면 나도 쏜다!"

루파르는 갑자기 형사 쪽으로 달려들면서 권총을 두 번 발사했다.

쥐브는 잽싸게 몸을 비틀어 옆으로 피했다. 다행히 총알이 거의 스치듯 지나쳤을 뿐 맞지는 않은 것 같았다.

그는 몸을 추스르자마자 루파르에게 달려들었다. 옷깃을 낚아채 그대로 내동댕이치려 했지만 상대의 저항도 만만치 않았다.

"놔라! 놓지 않으면……"

한편 쥐브가 위험을 무릅쓰는 것을 똑똑히 지켜본 팡도르는 평소 경찰의 몸싸움에 직접 끼어드는 일을 가급적 삼가왔음에도 불구하고, 이번만큼은 회색 복면을 쓴 두 공범에게 분연히 달려들었다.

때마침 추격하던 사람들도 이제 막 합세할 태세였다.

그사이 쥐브는 루파르를 붙잡고 거칠게 흔들어대며 외쳤다.

"이제 그만해! 그만하라니까!"

하지만 몸싸움은 여전히 계속됐다.

"이거 놔!"

놈은 손에 쥔 권총을 놓지 않고 있었고, 그걸 무력화시키려는 쥐브의 노력에도 불구하고 다시금 총구가 형사 쪽을 향하는가 싶더니……

"옳거니, 이제 넌 죽었다!"

기분 나쁘게 중얼대는 소리가 들리고, 쥐브는 목 언저리에 총구가 닿는 섬뜩한 느낌에 부르르 몸서리를 쳤다.

'아차!'

흘끔 보니 팡도르가 달려와 도와줄 상황은 못 되었다. 말 그대로 일촉즉발! 언제라도 루파르가 방아쇠를 당길 수 있는 상황이었다.

"에잇!"

그러나 한발 먼저 앞선 것은 형사 쪽이었다. 그는 전광석화 같은 동작으로 루파르의 팔을 쳐서 힘껏 밀쳐낸 뒤, 곧바로 총을 겨누고 방아쇠를 당겼다.

"으악……"

루파르는 그 자리에서 핑그르르 돌아 바닥에 털썩 쓰러졌다.

"팡도르!"

그제야 쥐브는 신문기자 쪽으로 몸을 돌려 달려갔다.

한데 루파르와 그 일당을 쫓던 성난 무리가 이번에는 형사를 에워싸고 주먹질에 발길질을 마구 해대는 것이 아닌가!

"죽여라! 죽여!"

다짜고짜 악을 쓰며 무차별 폭력을 행사하는 사람들 앞에서 쥐브는 속수무책으로 당할 수밖에 없었다.

한편 덮어놓고 그를 돕기 위해 후닥닥 달려들던 팡도르는 문득 뇌리를 스치는 섬뜩한 생각에 뚝 멈춰 서고 말았다.

"아니, 이럴 수가!"

북적대는 사람들 건너편, 길바닥에 뻗어 있는 루파르의 몸뚱어리 저 너머에 한 사내가 카메라를 얹은 삼각대 옆에 우두커니

선 채 이 모든 광경을 불구경하듯 바라보며 싱글벙글 웃고 있는 게 아닌가!

상황이 워낙 급박하게 돌아가는 데다 가뜩이나 정신이 없던 팡도르는 잠시 멍하니 서 있다가 결국 "도와줘요! 사람 죽어요!"라고 목이 터져라 외쳐댔다. 한데 건너편의 수수께끼 같은 사내는 고개를 끄덕이며 이렇게 중얼거리기만 했다.

"좋아, 아주 좋아. 그렇게 해야 더 실감이 나지."

팡도르가 보기에 더욱 기가 막힌 노릇은 조금 전까지만 해도 루파르를 뒤쫓던 사람들 가운데 회색 복면을 쓴 사내 두 명이 더는 도망칠 생각을 하지 않고 열심히 폭행에 가담하고 있는 것이었다.

"사람 살려……"

양손으로 이마를 짚고 휘청거리던 팡도르는 쥐브를 폭행하던 사람들이 방향을 틀어 우르르 몰려들자 비로소 사태의 진상을 깨닫고는 아차 싶은 생각에 비틀거렸다!

*

머리와 팔에 붕대를 친친 감은 상태로 노장 경찰서장의 질문에 대답하는 쥐브의 목소리는 심하게 흔들리고 있었다.

"아닙니다, 서장님. 전혀 눈치채지 못했습니다! 나 원 참, 세상에…… 상대가 먼저 세 번 총을 쏜 뒤에야 이쪽에서 발사를 했습니다.”

“그렇더라도 강도든 경찰이든 그 묘한 행색을 좀 살폈어야지요! 당신이 쏜 총에 맞고 반쯤 사경을 헤매고 있는 그 딱한 친구는 어디까지나 분장을 한 상태였단 말이오.”

경찰서장의 질타에 쥐브 경감은 고개를 가로저으며 대꾸했다.

“맙소사! 그런 것까지 살필 여유가 없었단 말입니다! 이것 보세요, 서장님. 상황이 어떻게 된 거냐 하면, 애당초 나를 노리고 정교한 함정을 마련한 거라, 이겁니다. 저는 막강한 범죄 집단과 조우할 거라 확신하고 노장에 왔거든요. 그 시각에 그곳에서 놈들과 맞닥뜨릴 예정이었습니다. 인상착의에 관한 정보도 있었고요. 얼굴에 복면을 한 채 건물 밖으로 뛰쳐나오리라 예상했습니다. 그렇게 미리 얘기를 들었어요. 아니나 다를까, 지정된 길목에 들어서자마자 사람들이 고함을 지르며 제 쪽으로 뛰어왔습니다. 과연 복면을 한 자들이 눈에 들어왔고요. 그 와중에 자세한 행색에 신경 쓸 여유가 있었겠습니까? 아니죠, 그럴 순 없었습니다. 당장 선두에서 도망치는 자를 덮칠 수밖에요. 한데 그자가 권총을 쏜 겁니다. 그게 공포탄인 것을 어떻게 알 수 있었겠습니까! 한데 그 모든 것이 내가 경찰 역할을 맡은 배우일 거라 생각하고 한 연기였다니…… 어쨌든 그자가 자기 역할에 충실해서 총을 쐈든 어쨌든, 졸지에 희생자가 되어버린 내가 어찌 가만있을 수 있었겠어요. 당연히 응사를 할 수밖에……”

"그래서 사람을 그 지경으로 만들었습니까?"

"아이고, 서장님…… 저도 이번 일을 두고 굳이 변명을 늘어놓을 생각은 없습니다. 영화를 찍고 있는 줄은 꿈에도 생각하지 못했어요……"

"그건 그렇고, 사태가 어떻게 마무리되었는지나 정확히 설명해주시오."

"내가 총을 발사하자 쓰러진 배우의 동료들 역시 상황을 제대로 이해하지 못한 채 무작정 내게 덤벼들더군요. 아시다시피 저는 〈라 카피탈〉지의 기자인 제롬 팡도르라는 친구와 함께 왔습니다. 바로 그 친구가 카메라를 돌리고 있는 감독을 먼저 알아보고는 겨우 사태를 파악한 거죠. 그제야 진짜 경찰들이 몰려왔고 말입니다. 현장에 있던 배우들이 득달같이 내게 달려들어 난리를 쳤는데, 생각해보면 당연한 반응이었습니다. 나중에 경찰들이 간신히 나를 끌어낸 뒤 신분증을 확인하고서야 사태가 진정되었죠. 나 때문에 다친 그 배우도 병원 구급차가 도착할 때까지 응급조치를 받기 위해 근처의 생트 클로틸드 수녀원으로 실려갔고 말입니다."

쥐브가 현지 경찰서장에게 발목을 잡혀 자초지종을 설명하느라 진땀을 빼는 동안, 팡도르 역시 길고 지루한 조사 절차에 묵묵히 응하고서 망연자실한 심정을 추스르며 파리로 발길을 돌리고 있었다.

26
배우 보나르댕

팡도르는 롤랭 중학교 건물을 따라 걷고 있었다.

문득 누가 부르는 소리에 그는 얼른 고개를 돌렸다. 삯마차 한 대가 다가와 서더니, 누군가가 휘장을 걷으며 모습을 드러냈다. 조제핀이었다!

"아, 팡도르 씨."

"대체 어찌 된 겁니까?"

조제핀은 마차에서 내려 주변을 조심스레 둘러본 뒤, 팡도르의 손을 붙잡고 인적이 드문 작은 공원으로 무작정 끌고 갔다.

"아, 이건 보통 일이 아니에요!"

조제핀은 연신 그렇게 중얼거렸다.

밝은 빛깔의 정장 차림에 최신 유행하는 큼직한 모자를 비껴

쓴 그녀는 더이상 거리의 매춘부 조제핀이 아니었다. 미국인 권투 선수 딕슨의 마음을 온통 뒤흔들었던 바로 그 아리따운 아가씨의 모습이었다.

"정말 놀랄 만한 이야기가 있어요……"

조제핀이 본격적으로 운을 떼려 하자 팡도르가 매섭게 받아쳤다.

"이미 놀랐습니다. 당신을 눈앞에서 이렇게 다시 보다니요!"

"제가 체포되기라도 한 줄 아셨나봐요?"

"제기랄! 솔직히 말해 그러기를 바라고 있었소."

"아무튼 얘기를 할 테니 너무 놀라지 마세요. 당신 친구 쥐브 씨가 지금 감금된 상태예요!"

"뭐요?"

"체포되었다고요. 영화 촬영사건 때문에 퓌즐리에 씨가 길길이 날뛰고 난리도 아니에요!"

"이것 보십시오, 조제핀 양. 지금 무슨 소리를 하는 겁니까! 그런 말도 안 되는 얘기가 어디 있어요!"

"정말이에요. 안면 몰수하고 아주 심하게 다퉜다니까요! 결국에는 퓌즐리에 씨가 경관 두 명을 불러들여 '저자를 당장 감금해!'라고 소리쳤다지 뭐예요. 아무리 치안국 경감이라지만 이번 일만큼은 수사판사에게 맞설 수가 없었나봐요."

조제핀의 얘기가 끝나자 팡도르는 본연의 차분한 어조로 돌아와 이렇게 물었다.

"그런데 조제핀 당신은 어떻게 거기서 빠져나온 겁니까?"

조제핀은 신문기자 옆에 앉아 흐뭇한 웃음을 지어 보이며 대답했다.

"오, 그건 별로 어렵지 않았어요. 실은 저 역시 붙잡혀서 쥐브 형사님과 함께 퓌즐리에 씨의 집무실에 들어갔거든요. 두 사람이 싸운 건 제가 풀려난 다음의 일이고요."

"쥐브가 당신을 풀어주라는 얘기라도 했단 말입니까?"

"그건 아니고요. 제게 해가 될 말씀은 안 하시더군요. 다만 퓌즐리에 씨가 대단히 친절하게 대해주셨답니다. 절 보시더니 '또 당신이로군' 하며 맞이해주셨어요. 그래서 저도 '아, 네, 판사님. 이렇게 뵙게 되니 저 역시 무척 반갑네요' 뭐 이렇게 대꾸를 해드렸지요. 그러자 이런저런 농담을 하시는 거예요. 전처럼 제 나이라든가, 머리 색깔, 집 관리인의 성격 같은 것으로 길게 시간을 잡아먹지도 않고요. 그저 영화 촬영사건을 놓고 조사하는 것으로 충분히 만족하시는 것 같았어요. 전 제가 아는 모든 것, 당신한테도 얘기했던 진실 그 자체를 말씀드렸고요!"

팡도르가 어리둥절한 듯 눈을 끔벅이자 조제핀은 발을 쿵쿵 구르며 좀더 힘주어 말했다.

"그렇다니까요! 제가 당신한테 이야기한 건 모두 진심이었어요. 루파르가 그 함정 이야기로 제 머릿속을 잔뜩 세뇌시킨 거라고요. 물론 그 모든 것이 당신들을 곤란한 지경으로 끌어넣으려고 그가 꾸며낸 속임수였다는 걸 이제는 저도 알게 되었지만요. 저는 그 이야기가 전부 진짜인 줄 알았어요! 수사판사님도 그 점을 분명히 이해해주셨고요! 아, 루파르는 정녕 무서운 사람이에요. 온갖 허풍을 너무나 진지하게 꾸며대서 누구도 말려들지 않을 수 없게 만들어요. 저 역시 그래서 열차사건이나 이번 영화 촬영사건에 말려든 것 아니겠어요!"

"딕슨 사건도 그런 식으로 말려든 거겠죠……"

팡도르의 갑작스러운 대꾸에 조제핀은 얼굴이 약간 상기되더니 나지막한 소리로 중얼거렸다.

"아, 딕슨…… 그 사람 일도…… 네, 그런 셈이죠. 뭐, 더 드릴 말씀이 없네요. 분명한 건 딕슨과 저는 서로 아주 친한 사이라는 거예요. 어제 오후에도 그를 보러 간걸요……"

순간 팡도르는 속으로 이렇게 맞받아쳤다.

'흥, 우리가 그 엉터리 배우 나부랭이들의 영화판을 엉망으로 만드는 동안 거길 가 계셨다 이거로군.'

"아주 반갑게 맞아주더군요. 아무래도 나라는 여자한테 푹 빠져버린 것 같아요. 실은 나도 조금씩 그런 것 같고요…… 어쨌든 풍요롭게 잘 지낼 수 있을 거라며 자기와 함께 살자는 제안을 또 했어요. 아, 그럴 수만 있다면……"

조제핀이 한숨을 내쉬자 팡도르가 슬그머니 말했다.

"충분히 그럴 수 있을 텐데요."

"루파르를 떠나라고요? 쥐브 형사님도 감옥에 갇혀 있어서 루파르가 파리의 제왕이나 다름없는 이때에요?"

"그가 쥐브의 감금 소식을 비중 있게 받아들이기나 할 것 같습니까? 오히려 한낱 속임수로 생각하지 않을까요?"

팡도르의 말에 조제핀은 눈을 커다랗게 뜨며 되물었다.

"속임수라뇨? 무슨 근거로 그런 말씀을 하시죠? 경찰관 두 명이 수갑 찬 쥐브 형사님을 데려가는 걸 제가 이 두 눈으로 똑똑히 본걸요!"

두 사람이 얘기하는 사이, 석간신문을 파는 신문팔이의 고함 소리가 앙베르 공원 쪽으로 점점 가까워지고 있었다.

머리기사의 제목인 것 같았다.

"라 샤펠 구역에서 충격적인 사건 발생, 쥐브 형사 현장에서 체포!"

"거 봐요, 제가 사실이라고 했잖아요! 신문에도 났네요."

조제핀의 말에 신문기자는 이렇게 중얼거렸다.

"아차, 우리 신문이 한발 늦었군!"

팡도르는 조제핀 앞에서 매우 아쉬운 눈치를 보였지만, 사실 마음속 깊은 곳에서는 유능한 신문기자로서, 또 쥐브의 똑똑한 수제자로서 〈라 카피탈〉지의 신중한 침묵을 반기고 있었다.

*

"팡도르 씨, 그래서 어떻다는 건가요?"

"무엇보다 분명한 사실을 애써 부정할 필요는 없다고 생각합니다, 보나르댕 씨. 지금 여기저기서 쥐브의 체포 소식을 떠들어대고 있어요. 그러니 검거된 것은 맞는 것 같은데 말입니다."

"한데 얘기를 전하는 태도가 좀 이상하군요……"

팡도르는 점점 더 아리송한 태도로 대꾸했다.

"글쎄요, 나는 사실을 그대로 기록할 뿐 그로부터 어떤 결론도 끌어내지 않습니다만……"

보나르댕이 잠시 뜸을 들인 후 말했다.

"이보십시오, 팡도르 씨. 쥐브 경감에게 벌어진 일은 나 역시 무척 유감으로 생각하고 있습니다. 그러지 않아도 그 양반을 고소하지 않겠다는 내용의 편지를 검사한테 쓰고 있었어요."

"보나르댕 씨, 그 일은 사법 당국이 알아서 하도록 맡겨두십시다. 아직은 시간이 충분하니까요!"

팡도르는 앙베르 공원에서 조제핀과 만난 뒤, 전날 노장에서 일어난 불미스러운 사태로 부상을 당한 배우 보나르댕의 집을 찾아 아베스 가로 향했던 것이다. 팡도르는 직접 만나보고 그의 소식을 확인하는 것이 옳다고 생각했다. 다행히 상태가 그리 심각해 보이진 않았다.

보나르댕은 어깨에 깁스를 하고 있었다. 쥐브가 쏜 총알이 천만다행으로 그의 쇄골에 약간의 골절상을 입혔을 뿐, 그리 심각한 부상을 초래하진 않은 모양이었다. 며칠 안정을 취하면 어느 정도 회복될 수 있다고 했다.

아베스 가와 르피크 가가 만나는 모퉁이에 위치한 보나르댕의 아담한 아파트에는 가구를 아늑하게 배치하고 우아한 취향으로 단장한 방이 세 개 있었다. 아직은 젊은 나이임에도 불구하고—이제 겨우 스물다섯이었다—그는 대단한 명성을 누리는 배우였다. 국립 연극학교를 차석으로 졸업한 전도양양한 배우로서, 오데옹 극장에 안주하여 대중과 멀어지기보다는 시끌벅적한 세상 속에 뛰어들어 통속적인 극에서 자신의 역할을 찾고자 했다.

그는 팡도르에게 이렇게 말했다.

"내 꿈은 언젠가 타리드, 제미에, 발그랑, 뒤메니와 같은 명성을 얻는 것입니다."

순간 팡도르는 바짝 귀를 세웠다. 방금 보나르댕이 언급한 유명 배우들의 이름 중에는 신문기자로서 관심이 가지 않을 수 없는 이름, 즉 발그랑이 포함되어 있었던 것이다!

"발그랑과는 잘 알고 지낸 사이인가요?"

"그럼요, 아주 절친하게 지냈는걸요! 학교에서도 두 학기를 서로 붙어 지내다시피 했답니다. 기자님께서는 아마 기억을 못

하실지도 모르지만, 〈핏자국〉이라는 유명한 작품에 함께 출연하기도 했지요. 왜 있지 않습니까, 발그랑이 영국인 귀부인의 남편 벨담 경의 살해범 거언 역을 맡아 완벽한 연기를 선보였던 작품 말입니다. 물론 그 사건 얘기는 들어보셨겠죠?"

세상에…… 그 얘기를 들어보았느냐고? 젊은 신문기자는 한동안 멍하니 회상에 젖었다.

그러다 한순간 퍼뜩 정신이 든 팡도르……

보나르댕은 방금 얘기를 끝낸 뒤 상대의 반응을 살피는 얼굴이었다. 팡도르는 희미한 기억을 애써 더듬는 척하면서 이렇게 말했다.

"그러고 보니 어렴풋이 기억이 나는군요. 발그랑이 거언과 똑같이 분장을 해서 그 살인범과 거의 혼동될 정도였죠. 좀더 얘기를 해주시면 기억이 완전히 되살아날 것 같습니다만…… 그나저나 그 뒤로는 발그랑을 다시 못 보셨겠죠?"

보나르댕은 그러지 않아도 입이 근질거리던 차에 잘됐다 싶은지, 당시의 상황을 자기가 본 그대로 이야기했다.

"아, 그랬으면 차라리 나았게요. (보나르댕은 자꾸만 고개를 드는 기억으로 인해 잔뜩 흥분한 상태였다.) 초연이 있고 사흘째 되던 날이었지요. 발그랑이 우리 곁으로 돌아온 겁니다. 맙소사, 그때 그 사람이 과연 발그랑이었을까요? 뭐라고 얘기해야 할까…… 극도로 불안정해진 모습…… 끔찍하고 가엾은 몰골이었습니다! 그를 보자마자 우리 배우들 모두 할 말을 잃고 말았으니까요. 특히 가까운 지인들의 심정은 이루 말할 수 없었습니다. 아, 팡도르 씨. 당신이 신문기자이니 말입니다만, 이보다 더 훌륭한 기삿거리가 또 있을까 싶네요!”

팡도르는 억지로 미소를 짓느라 갖은 애를 썼다. 이유는 다르지만, 팡도르 역시 배우의 흥분된 감정을 공유하고 있었던 것이다.

“저런, 계속 말씀하십시오! 정말로 흥미진진하군요. 도대체 그 당시 발그랑에게 무슨 일이 있었던 겁니까?”

“발그랑이 그만 미쳐버린 겁니다! 정신이 돌아버렸단 말이에요! 아니, 좀더 정확히 말하자면 바보, 백치가 되어버렸습니다! 그 가엾은 친구가 과중한 일에 시달리며 피로가 겹치다보니 갑자기 정신을 놓아버린 게 분명했어요…… 무려 사흘 동안 자리를 비운 뒤 그날 밤 불현듯 무대로 돌아오긴 했는데, 글쎄 그게 습관적으로 무의식중에 돌아온 거였나봐요. 복도에서 자신의 분장실을 한참 찾지를 않나, 친구인 알베르티스도 알아보지 못하더군요. 아주 절친한 사이였는데 말이에요. 알베르티스를 스치듯 지나치면서 일부러 무시하는 것처럼 뻣뻣하게 행동해서 오죽하면 장난을 치는 줄 알았다니까요! 하지만 그 뒤에 나와 마주쳤을 때는 마구 울먹이면서 고백을 하더군요. 무척 불안해하긴 했지만, 자신이 얼마나 끔찍한 지경에 처해 있는지 명확히 인식하고 있는 듯했습니다. 자신의 대사를 한 마디도 모르겠다더군요!

한 줄도 생각나지 않는다고 했어요…… 나는 최선을 다해 위로
했습니다. 일부러 아무 일도 아닌 양 농담을 섞어가면서, 그저
일시적인 기억력 장애일 뿐이라고 말해줬지요. 그러자 발그랑은
자기 분장실의 의자에 털썩 주저앉더니 고개를 가로저으며 나
를 보고 이렇게 말했습니다. '자네 이름이 뭐지?' 의심할 여지 없
이 완전한 기억상실증이었죠. 조금 전까지만 해도 다들 그 불쌍
한 친구의 이상한 태도와 불안한 동작조차 혹시 연기가 아닐까
생각하며 당혹스러워했는데, 이제는 탁월한 배우와 더는 함께할
수 없다는 사실을 모두 직시하게 되었습니다. 우리 앞에 앉아 있
는 그 사람은 정신을 완전히 놓아버린 미치광이에 불과했어요!
마침내 막이 오르고 연극이 시작되었지만, 나는 여전히 발그랑
곁에 머물며 어떻게든 그간 있었던 일에 대한 실마리를 얻어내
려고 애썼습니다. 아울러 잠시 잠들어 있지만 한때 명민함을 날
리던 지성을 일깨워 과거에 대한 기억을 조금이라도 되살려보
려고 온갖 노력을 했지요. 그랬더니 결국에는 그의 입에서 이런
얘기가 흘러나오더군요. '이보게, 보나르댕. 아무래도 내가 병
에 걸렸던 것 같네. 그날 밤 나는 극장을 나선 뒤 피로로 곤죽이
된 몸을 이끌고 집에 들어갔지. 그러고는 날이 밝자마자 다시 집
을 나섰는데, 그 뒤로는 오리무중이야…… 대체 여기가 어디인
지 모르겠어…… 얼마나 시간이 흐른 거지?…… 내가 오랫동안
자리를 비웠나?' 내가 사흘이 지났다고 하자, 발그랑이 자기 이

마를 짚으며 또 이렇게 말하는 겁니다. '사흘이라니, 그럴 수가!'
그러고는 갑자기 얼굴이 잔뜩 일그러지고 눈도 휘둥그레지면서
'샤를로는 어디 있나?'라는 거예요! 샤를로는 그의 의상 담당자
였죠. 그러고 보니 나도 아차 하는 생각이 들더라 이겁니다. 의
상 담당자 샤를로 역시 주인이 사라진 후 극장에 더는 모습을 보
이지 않았던 거예요! 나는 공연히 그를 자극할까봐 아무 말도 하
지 않기로 했습니다. 그저 공연이 끝날 때까지 기다렸다가 함께
가자고만 했지요. 발그랑이 혼자 있지 않도록 집까지 동행해주
고, 의사도 부르고, 뭐든 먹을 수 있게 해주겠다고 말입니다. 발
그랑은 선뜻 그러자고 하더군요. 그때 무대감독이 불러서 나는
곧장 자리를 떠야 했어요. 내가 등장할 차례였거든요. 연극이 끝
난 뒤 분장실로 돌아가보니 발그랑은 사라지고 없었습니다. 아
예 극장을 벗어났더군요. 그후로는 한 번도 본 적이 없습니다."
　"그것 참 유감이로군요……"
　한참을 듣고 있던 팡도르가 중얼거리자, 보나르댕은 이렇게
덧붙였다.
　"……하지만 그에게 어떤 일이 일어났는지 대강은 알게 되었
답니다!"
　팡도르는 퍼뜩 흥미를 보이며 되물었다.
　"아, 그게 정말입니까?"
　"실은 소리 소문 없이 벌어졌다가 거의 알려지지 않고 지나가

버린 일이 있어요. 경찰의 수사가 미진해서라기보다는 위대한 배우의 명예를 기리는 뜻에서 그랬다고 봅니다만, 어쨌든 그 사태 전반에 걸쳐 침묵이 유지되었던 것 같습니다. 그래도 한 번 일어난 일은 일어난 일이죠…… 말씀드린 대로 발그랑은 그때 두번째로 완전히 자취를 감춘 상태였습니다. 그런데 아라고 대로 근처의 메시에 가였던가요, 아무튼 그 근방의 어느 버려진 건물 안에서 살해당한 시신 한 구가 경찰에 의해 발견되었답니다. 사망자의 신원은 쉽게 밝혀졌는데, 그게 다름 아닌 발그랑의 의상 담당자 샤를로였던 겁니다! 그가 어떤 연유로 거기에 간 건지…… 관리인조차 없는 건물이었거든요. 건물 주인은 어느 시골 노인네였는데, 아무것도 아는 게 없다고 했답니다. 하는 수 없이 사건은 종결되었죠.”

“그래서 당신이 내린 결론은 뭡니까?”

신문기자의 질문이 새삼스럽다고 느꼈는지 보나르댕은 의외라는 표정으로 대답했다.

“내가 내린 결론이라고 해봐야 뻔하죠. 당신도 마찬가지 아닙니까? 아니, 세상 사람들이 다 그렇게 생각할걸요! 발그랑은 자신의 의상 담당자를 살해한 겁니다. 왜 그랬을까요? 그건 우리도 모르지요. 하여튼 끔찍한 범행을 저지르고 나서 그 충격으로 정신이 돌아버렸던 거예요.”

“오호라……”

　사실 팡도르로서는 전혀 예상하지 못한 대답이었다. 솔직히 배우가 한 이야기를 주의 깊게 들어보건대 그런 추론과는 한참 거리가 먼 다른 결론이 나올 법했던 것이다. 팡도르는 의상 담당자의 죽음이라든가 발그랑의 실종을 그런 식으로 해석하고 정리할 수 있으리라고는 꿈에도 생각지 못했다. 한데 방금 그와 같은 결론을 접하자, 왠지 그것만큼 논리적이고 신빙성 있는 결론도 없을 것 같다는 생각이 들었다.

　물론 그것은 결코 진실일 수 없었다. 벨담 경의 살해범, 즉 팡도르가 생각하기에 팡토마스일 가능성이 점점 더 커져만 가는 거언이 분명 자기 대신 발그랑을 기요틴에 세웠으니 말이다! 그렇다면 어떻게 된 것인가? 그랑 트레토 극장에 돌아온 발그랑은 진짜 발그랑이 아니었다는 얘기가 된다. 진짜 발그랑은 살인마 거언(팡토마스)을 대신하여 이미 죽음을 맞이했으니까…… 실제로 발그랑의 실종 시점이 거언의 처형 시점과 일치할진대, 그런 추론은 충분히 할 만하지 않겠는가!

　거언(팡토마스)은 살아 있는 발그랑의 모습으로 몇몇 증인들 앞에 나설 필요가 있었으며, 그들로 하여금 필요한 경우 자기 대신 발그랑이 죽은 것이 아님을 증언하도록 만들어야만 했을 것이다.

　하지만 발그랑은 명배우였고, 거언(팡토마스)은 그렇지 못했다. 유명 배우이자 노련한 예술가를 기요틴에 끌어다놓을 만

큼 수완이 기막혔지만, 타고난 연기력만큼은 부족했다고나 할
까……

"그게 전부입니까?"

팡도르가 묻자 보나르댕의 이야기가 다시금 이어졌다.

"아뇨. 발그랑은 결혼해서 아이가 한 명 있었습니다. 그 비극
적인 사건이 일어나고 대략 일 년쯤 지났을 때였어요…… 역시
배우의 길을 걷고 있던 발그랑 부인이 오랜만에 파리에 들러 나
를 찾아왔습니다. 아들과 자신을 위해 남편이 마련해둔 부양 연
금을 찾으려는 게 목적이었지요. 발그랑 부인은 나와 장시간 대
화를 나누었습니다. 당시 나는 지금 당신에게 이야기한 내용을
아주 상세하게 풀어서 그녀에게 설명해주었는데, 웬일인지 그
녀는 내 말을 전혀 믿지 않는 눈치였어요. 그렇다고 나를 특별히
의심한다기보다는 계속 이렇게 대꾸했습니다. '그럴 리가 없어
요. 제가 발그랑을 잘 알지만 절대 그런 성격이 아니에요!' 그렇
다고 내 입장에서 뭐라고 추궁할 수도 없는 노릇이어서 그냥 그
러고 말았지요. 그후 몇 주가 지난 뒤, 나는 또다시 발그랑 부인
을 보게 되었습니다. 이번에는 사연이 좀 복잡했어요. 남편의 사
망 증명서가 안 나온다고 하더군요. 연금재단에서 '사망'보다는
'부재'로 책정을 하고 있대요. 그래서 부양 연금을 단 한 푼도 건
지지 못했다는 겁니다. 내가 알기로도 은행에 예치했는지 공증
인에게 맡겼는지는 모르지만 하여튼 엄청난 재산을 남긴 것으로

아는데 말이죠. 팡도르 씨, 당신도 잘 알 겁니다. 재산 처분이라든가 유산 상속 같은 것이 문제가 될 때는 늘 그런 복잡한 상황에 직면하기 일쑤라는 것을요……”

“맞는 말씀입니다.”

팡도르가 맞장구치자 보나르댕은 계속해서 얘기를 이어갔다.

“사실 발그랑 부인 입장에서는 무척 중대한 사안이었습니다. 그녀는 외국 무대에서 공연할 뻔한 큼직한 계약들을 모두 파기한 채, 아예 파리에 정착해 예금을 축내며 사는 입장이었거든요. 그 근엄하고 명민한 여인이 그렇게 살기로 작정한 것은 딱 두 가지 목표 때문이었습니다. 우선은 아들 르네를 위해 유산을 확보하는 것이었고, 둘째는 남편이 처한 운명의 진상을 정확히 밝히겠다는 것이었지요. 발그랑은 결코 의상 담당자를 살해하지 않았고, 어쩌면 멀쩡히 살아 있을 것이며, 언제라도 찾아내 잘만 보살피면 온전치 못했다던 정신 상태도 말끔히 회복시킬 수 있을 거라는 희망을 품었던 겁니다. 한마디로 혼자 소설을 쓰고 있었던 셈이지요…… 어쨌든 나는 얼마 전부터 발그랑과 관련한 모든 일에 완전히 신경을 끄고 지내던 터였습니다. 그러던 차에 대로 한복판에서 발그랑 부인과 정면으로 맞닥뜨리게 된 것이지요. 하마터면 그녀를 못 알아볼 뻔했습니다. 평소에 내가 알던 나무랄 데 없는 파리 여자의 세련된 차림새가 전혀 아니었거든요. 머리채는 길게 땋아늘였고, 복장은 지극히 소박하면서도 단순했습니다. 외모에는 거의 신경을 쓰지 않는 분위기였다고나 할까요…… 나는 양팔을 벌리고 다가가면서 '안녕하십니까, 발그랑 부인' 하고 반갑게 인사를 건넸습니다. 그런데 그녀가 나를 급하게 제지하더니 이렇게 중얼거리는 거예요. '쉿, 발그랑 부인은 이제 없습니다. 저는 일개 말동무로 고용된 사람일 뿐이에요.'"

"어느 집에 고용되었다고 하던가요?"

팡도르의 질문에 보나르댕은 기억을 더듬으며 이렇게 대답했다.

"어느 영국 여자의 집이라고 했는데…… 이름은 생각이 잘 안 나네요……"

팡도르는 굳이 추궁하지 않았다. 대신 자신의 생각을 살짝 비틀어서 이렇게 물었다.

"혹시 발그랑 부인이 자신의 정체가 알려지는 것을 꺼려하진 않던가요? 그 당시 자기를 뭐라고 부르던가요?"

"그래요, 그건 기억이 납니다! 레몽 부인이라고 하더군요."

순간 소스라치게 놀란 팡도르의 입에서 자기도 모르게 이런 소리가 터져나왔다.

"아, 내 그럴 줄 알았다니까!"

"왜요? 뭔데 그럽니까?"

어리둥절해하는 보나르댕 앞에서 팡도르는 이내 침착함을 되찾고 잘라 말했다.

"아무것도 아닙니다."

27
원장수녀

"원장수녀님 계십니까?"

용수철로 작동하는 대문은 팡도르가 들어서자 저절로 닫혔다. 낯선 방문객에 놀란 접수계 수녀가 수녀원 안뜰에 들어선 팡도르와 마주 보고 섰다.

팡도르는 거듭 물었다.

"실례지만 원장수녀님 좀 뵐 수 있을까요?"

"아, 선생님. 네…… 아니, 글쎄요……"

선량하기 그지없는 수녀는 어찌해야 좋을지 몰라 이리저리 허둥대는 기색이 역력했다. 그녀는 마침내 결정을 내린 듯 한쪽 회랑을 가리키며 말했다.

"선생님, 저쪽으로 들어가 잠시 기다려주십시오."

그리고는 부리나케 자리를 피해버렸다.

팡도르는 배우 보나르댕의 집에서 나오자마자 그가 부탁한 일을 늦지 않게 이행하고자 수녀원을 찾은 것이었다.

은혜를 잊지 않는 성격의 보나르댕으로서는 수녀들이 정성스럽게 보살펴준 일을 그냥 넘길 수가 없었다. 마침 그곳에서 나올 때 이렇다 할 감사의 표시도 하지 못한 터라, 보나르댕은 기탁금으로 전해달라며 50프랑짜리 지폐 두 장을 팡도르에게 건네주었다.

시간이 얼마나 지났을까, 면회실 문이 스르르 열리면서 수녀 한 명이 모습을 드러냈다. 그녀는 보일락 말락 고개를 까딱하며 인사를 했고, 젊은 신문기자는 가능한 한 정중한 자세로 상체를 숙이며 그 인사에 답했다.

"실례지만 원장수녀님이십니까?"

팡도르의 말에 수녀는 중얼대는 듯한 어조로 대답했다.

"원장수녀님께서는 지금 너무 바빠서 손님을 만날 수 없으십니다. 그래서 대신 제가 나왔습니다. 저는 수녀회의 재무 담당 수녀입니다."

'옳거니, 제대로 찾았군!'

팡도르가 그런 생각을 하는 사이 수녀가 이렇게 덧붙였다.

"그런데 선생님은 어제 사고로 오신 그분이 아니군요……"

"예. 저는 몇 가지 소식을 전해드리려고 온 사람입니다, 수녀님."

수녀가 손을 모으며 말했다.

"부디 좋은 소식이길 바랍니다. 그 가엾은 젊은 분은 좀 어떠신가요?"

"상태가 상당히 좋은 편입니다. 부상 정도도 그다지 심각하지 않은 데다, 워낙 훌륭한 보살핌을 받아서요. 물론 총알은 어렵지 않게 제거되었습니다."

"의사들의 수호성인이신 코스마 성인께 감사드릴 일이로군요! 그런데 범인은 어떻게 됐나요? 분명히 죗값을 치르겠죠?"

수녀의 말에 팡도르는 빙그레 웃으며 대꾸했다.

"수녀님, 사실 따지고 보면 범인도 피해자랍니다. 정말 어처구니없게 일이 꼬이는 바람에 그렇게 된 거예요. 이번만큼은 무고한 사람이 죄인이 되고 마는 예외적인 경우라 할 수 있겠습니다."

그러자 수녀는 얼른 또다른 성인을 끌어다댔다.

"그렇다면 변호사의 수호성인이신 이보 성인께 기도를 올려야 할 일이로군요. 부디 원만하게 해결되기를……"

"오, 능력 있는 성인들이 그렇게 많으니 이왕이면 수녀님께서 경찰이 나쁜 놈들과 잘 싸울 수 있도록 힘써줄 성인을 하나 소개해주시면 어떨까 합니다!"

보아하니 이 정도의 너스레쯤은 넉넉히 받아줄 만큼 지혜로운 수녀 같았다. 그녀는 이렇게 대꾸했다.

"그런 문제라면 전사의 수호성인이신 제오르지오 성인께 간구

해보는 게 좋겠군요, 선생님!"

그런 다음 다시금 태도를 바로 하면서 말했다.

"그건 그렇고…… 어쨌든 선생님이 이렇게 내방해주신 걸 알면 원장수녀님도 무척이나 고마워하실 겁니다."

팡도르는 면담을 마무리하려는 듯한 수녀의 말을 덜컥 잘랐다.

"수녀님, 저는 용건이 아직 끝나지 않았는데요……"

팡도르는 푸른빛 지폐 두 장을 꺼내 조심스레 내밀었다.

"보나르댕 씨가 가난한 사람들을 위해 써달라며 기탁하는 돈입니다."

수녀는 고맙다는 말을 거듭 하고는, 장난기가 물씬 밴 표정으로 팡도르를 쳐다보며 말했다.

"제가 지금 당장 가서 자비를 베푸는 사람들의 수호성인이신 마르티노 성인께 감사기도를 올려야겠다고 말하면 분명 웃으실 테죠? 어쨌든 성심을 다 바쳐 그분께 기도를 올리겠습니다!"

팡도르는 수녀님을 너무 오래 붙들고 있었다며 겸연쩍은 웃음을 지었다.

"지금 들리는 저 종소리는 분명 수녀님을 부르는 소리겠죠?"

수녀는 고개를 끄덕이며 대답했다.

"네, 저녁기도를 바칠 시간이 되었네요."

팡도르는 수녀의 배웅을 받으며 면회실을 나온 뒤 안뜰을 지나 거리로 면한 대문 쪽으로 향했다.

접수계 수녀가 문 열어줄 채비를 하는 동안 팡도르는 걸음을 멈추고 기다렸다. 다소곳이 열을 지은 수녀들이 규칙적인 걸음걸이로 천천히 건너가는 마당 저 끝에 나무들이 밀집해 있고, 그 위로 소박한 예배당 종루가 고개를 내밀고 있었다.

팡도르는 우두커니 선 채 행렬 맨 앞에서 걷고 있는 한 여인을 유심히 바라보았다.

잠시 후, 그는 덩달아 옆에 멀뚱히 서 있는 재무 담당 수녀에게 떨리는 목소리로 말을 건넸다.

"수녀님, 저기 맨 앞에 걷고 계신 수녀님은 누구신가요?"

"맨 앞에 계신 분 말씀인가요?"

"네, 맨 앞이요……"

"그분이 바로 원장수녀님이세요!"

*

운 좋게도 팡도르는 수녀원을 벗어나자마자 지나가는 택시를 잡아탈 수 있었다. 미간을 잔뜩 찌푸리고 끝 모를 생각에 깊이 잠겨 있던 터에, 막상 택시가 보나파르트 가에 멈춰 서자 꿈에서 깨어난 듯 화들짝 놀랐다.

"내가 어디로 가자던가요?"

팡도르의 엉뚱한 질문에 택시 기사는 처음엔 황당해하다가 점점 딱하다는 눈빛으로 바라보며 이렇게 말했다.

"맙소사! 손님이 가자고 하신 곳이 바로 여기 아닙니까! 이제 와서 나한테 그걸 물어보면 어떡해요!"

팡도르는 아무 대꾸 없이 요금을 지불하며 속으로 중얼거렸다.

'이건 분명 하늘의 뜻이야! 원래는 보나르댕을 다시 만나 심부름을 잘 끝냈다는 얘기를 해야 마땅한데, 수녀원에서 나오자마자 무턱대고 이렇게 쥐브를 만나러 오다니…… 하여튼 요즘처럼 불가능할 것 같은 일들이 다반사로 벌어져서야……'

보도 위에 꼼짝 않고 서 있는 신문기자는 지나는 행인들이 툭 치고 지나가는 것조차 전혀 느끼지 못하는 듯했다. 시선을 바닥에 고정한 채 기억 속을 헤매는 듯 우두커니 서 있기만 했다.

그러다가 행인 한 명이 유독 거칠게 부딪치고 지나가는 바람에 도로 쪽으로 내려서면서 거의 고함을 치듯 이렇게 외치는 것이었다.

"아, 이런! 내가 지금 길바닥에서 뭘 하고 있는 거지? 당장 달려가서 알려야 하는데 멍하니 서 있기나 하고!"

이윽고 팡도르는 쥐브의 집 계단을 후닥닥 달려 올라가다가 3층에 이르러 덜컥 걸음을 멈추었다.

그는 인상을 잔뜩 찌푸리며 속으로 중얼거렸다.

'가만있자…… 내가 왜 여기로 왔지? 신문에서 쥐브가 체포되었다고 하지 않았나? 쳇, 웃기는 소리 하고 있네! 나를 이곳까지 끌고 온 것은 어디까지나 육감이야. 육감은 이따금 이성적인 판단을 제치기 일쑤지. 암, 쥐브는 이곳에 있는 게 분명해!'

팡도르는 문을 열고 곧장 쥐브의 서재로 들이닥쳤다. 서재는 텅 비어 있었다. 옆에 있는 응접실을 흘끔 살피고 식당을 기웃거려보았지만 역시 아무도 없었다! 일단 숨을 깊게 들이쉰 다음 입가에 미소를 띤 채 큰 소리로 외쳤다.

"이것 보세요, 쥐브! 당신과 떨어져 있는 동안 정말 대단한 일들이 많이 일어났습니다! 그러니 웬만하면 좀 나타나시죠! 할 얘기가 많아요!"

신문기자는 서재 안락의자로 다가가 의연하게 자리를 잡고 앉았다. 어쩐 일인지 친구가 자기 목소리를 들었다고 확신하는 태도였다.

한데, 그 확신이 틀리지 않은 듯했다!

잠시 후, 서재 출입문을 가린 휘장이 슬며시 걷히는가 싶더니, 쥐브가 놀란 눈으로 나타나는 것이 아닌가!

"팡도르, 자네 정말 대단하군! 내가 여기 있을 줄 알았다니, 이거 보통이 아닌데!"

"경찰과 언론에서 지난 사십팔 시간 내내 감방에 웅크리고 있다고 한 남자가 실은 자기 집에서 버젓이 쉬고 있는 거야말로 보통과는 거리가 먼 일 아닌가요?"

쥐브는 젊은이가 내민 손을 뜨겁게 맞잡으며 외쳤다.

"아무튼 대단해! 자네가 그리 바보는 아니라는 것을 이젠 인정해야겠는걸. 그나저나 내 아이디어가 어떤가?"

"멋집니다! 더군다나 아리따운 조제핀이 빤히 보는 앞에서 수갑까지 찬 채 감방으로 끌려가다니……"

"그 정도면 모두가 믿겠지, 안 그런가?"

"당연하죠!"

"그런데 내가 여기 있다는 건 대체 어떻게 알았지?"

"알았다기보다는 냄새를 맡은 거죠. 쥐브 당신이 즐겨 피우는 카포랄* 냄새 말입니다! 담배 냄새 때문에 들킨 셈이라고나 할까요…… 그 훈훈한 향내야말로 다른 고약한 담배들의 차가운 느낌과는 질적으로 다르죠. 물론 그것도 나처럼 후각이 예민한 사람에게나 해당되는 얘기지만……"

"좋아, 팡도르! 아주 좋았어! 그런 것이 바로 통찰력이네. 자, 그런 의미에서 자네도 궐련 한 대 말아 피우고…… 이제 차분히 얘기를 나눠보세. 그래, 무슨 새로운 정보라도 캐왔나?"

"네, 아주 엄청난 정보입니다."

진지하면서도 주의 깊은 태도로 돌아온 쥐브에게 팡도르는 배우 발그랑에 관해 보나르댕과 나눈 대화 내용, 즉 레몽 부인이 누구인지를 상세히 전했다.

---

* 궐련의 일종.

“그것 참 설상가상이로군. 하지만 머지않아 그것마저도 우리 손으로 파헤쳐야겠지. 그러게 내가 뭐라고 했나. 조제핀의 이중성에 대해 경고하지 않았나. 자네는 내 말을 귀담아듣지 않는 거지, 팡도르? 더는 내가 안중에도 없는 거야?”

순간 팡도르는 벌떡 일어나 형사반장의 어깨에 두 손을 얹고는 뚫어져라 바라보며 말했다.

“그래요, 쥐브. 이제 그런 얘기는 너무 시시해서 안중에도 없는 지경입니다! 이유를 말해볼까요? 벨담 부인이 죽지 않고 멀쩡히 살아 있단 말입니다! 방금 이 두 눈으로 직접 보고 오는 길이에요!”

“뭐야?”

“제 이름을 걸고 맹세할 수 있습니다. 노장 수녀원의 원장수녀가 바로 벨담 부인이에요!”

28
늙은 중풍 환자

팡도르는 로마 가 끄트머리에 멈춰 섰다.

그는 속으로 이렇게 중얼거렸다.

'내가 또 어리석은 짓을 하는 건 아닐까? 이런 단도직입적인 내용의 쪽지를 내게 전한 이유가 대체 뭘까? B여사와 F가 연루된 사건에 관심이 있으면 오시라니…… B여사는 벨담 부인이고 F는 팡토마스가 아닌가! 아, 이놈의 쪽지 역시 나를 함정에 끌어들이려는 수작이 아닐까? 이럴 때 쥐브의 조언을 들을 수만 있다면……'

그러나 제롬 팡도르는 지난 이 주 동안 쥐브를 만나지 못했다.

몇 차례나 치안국에 찾아갔고 그의 집에도 자주 쳐들어갔건만, 쥐브는 그 어디에도 없었다. 쥐브가 사라져버린 것이다!

'그를 만나 얘기를 들어볼 수만 있어도 마옹이라는 자의 초대

장을 놓고 이렇게까지 고민하지 않아도 될 텐데……’

팡도르는 페레르 대로를 따라 다시 걸음을 옮겼다.

‘어쨌든 이렇게 주눅이 든대서야 말도 안 되는 일이지.’

그는 페레르 대로에 있는 어느 화사한 외양의 건물 앞에 이르러 멈춰 섰다. 결심이 선 듯 단호한 걸음걸이로 출입구를 지나자 얼마 안 가 관리실이 나타났다.

“실례합니다.”

“무슨 일이십니까?”

“좀 여쭤볼 게 있어서요. 혹시 이 건물에 마옹이라는 세입자가 있습니까?”

“아, 마옹 씨요! 그럼요. 6층으로 올라가자마자 바로 오른쪽 문이에요.”

“고맙습니다. 한데 그분에 관해 조금만 더 묻고 싶은데요. 실은 제가 그분의 보험 계약을 처리하러 왔습니다. 그래서 그 집의 가구들이 어느 정도 가치가 될지, 마옹 씨가 어떤 사람인지, 나이는 몇 살인지, 그런 것들을 대강이라도 좀 알았으면 해서요……”

“아, 그건 별로 어려울 것 없어요. 마옹 씨는 여기 산 지 얼마 안 되거든요. 그리 부유한 편은 아닌 게 분명하고요…… 제 생각에는 퇴직한 기병 장교가 아닐까 싶어요.”

“그렇군요!”

"어쨌든 그 양반 꽤 괜찮은 사람이에요. 아주 이상적인 세입자지요. 특별한 점이 있다면 몸이 좀 안 좋아요. 두 다리가 거의 마비된 것 같더라고요. 저녁때 외출도 안 하고, 손님이 오는 경우도 전혀 없어요."

팡도르는 고맙다는 말을 거듭 반복했다.

"정말 고맙습니다. 친절하시군요, 부인."

"오, 천만에요. 뭐 그 정도 가지고…… 오히려 제가 고맙죠!"

제롬 팡도르는 관리인 노파가 가르쳐준 문 앞에서 초인종을 눌렀다. 그러자 뭔가가 둔탁하게 구르는 듯한 소음이 들려왔다.

'아하, 알겠어! 집 안에서도 고무 바퀴가 달린 휠체어를 타고 다니는 모양이군.'

제롬 팡도르의 예상은 그대로 적중했다. 문이 빠끔 열리자마자 범상치 않은 기품을 갖춘 노인이 휠체어를 탄 채 상냥한 얼굴로 인사를 건네는 것이었다.

"팡도르 씨입니까?"

"예, 제가 제롬 팡도르입니다."

마웅 씨는 휠체어를 움직여 밖으로 나오더니 손을 내밀어 팡도르를 먼저 안으로 안내했다.

문턱을 넘기 직전, 제롬 팡도르는 본능적으로 흠칫 망설였다.

그 순간 등 뒤에서 매우 친숙하게 느껴지는 음성이 이렇게 외치는 것이었다.

“들어가라니까, 이 멍청한 녀석!”

“쥐브?…… 쥐브!”

“이제 알았나? 둔한 친구 같으니……”

“아, 정말……”

“자, 이런데도 내 분장 솜씨가 엉망이라는 소리가 나오겠나?”

“도대체 여기서 무슨 연극을 하시는 겁니까?”

“이보게, 젊은 친구. 아무렴 내가 아무 이유도 없이 이러고 있 겠나?”

“그러니까 대체 어떻게 된 거냐고요!”

쥐브는 황당해하는 팡도르의 표정이 재미있어 죽겠다는 듯 폴 카 스텝까지 밟아대며 얘기를 시작했다.

“선생, 일단 의자에 앉으시는 것이 어떨는지요. 아시다시피 이 몸은 잠시 이렇게 서 있는 것이 낫겠습니다. 중풍 걸린 노병 역 할에 하루 종일 충실하다보면 다리에 쥐가 나는 것도 무리는 아 니니까요……”

“쥐브, 제발!”

“궁금해서 못 참겠다 이거지? 좋아, 이제부터 나의 조촐한 모 험담을 들려줄 테니 정신 바짝 차리고 잘 들어보게. 일전에 자네 가 내 앞에 나타나 벨담 부인이 버젓이 살아 있다고 말했을 때, 나는 또다시 중대한 오류를 범했다는 생각이 들었네. 솔직히 미 쳐버릴 것만 같은 기분이었지! 자네 앞에서는 낭패감을 억지로 숨겼지만 말이야. 일종의 오기라고나 할까…… 화가 나더군. 마침 수사의 실마리도 끊긴 상태였으니까…… 아무튼 그 뒤로 어떻게 해서든 수사를 재개해서 진실을 밝혀내야만 했네.”

“그랬군요……”

“아무렴! 나는 새로운 토대에서 출발해 모든 것을 다시 시작하기로 결심했지. 딕슨 살해미수 사건이 벌어진 다음 날, 나는 형사 세 명을 붙여 그 미국인의 일거수일투족을 살피도록 조처했다네. 딱히 그를 의심해서 그런 것은 아니었어. 오히려 그 작자는 아무리 수상쩍어 보여도 어여쁜 조제핀에게 진지한 순정을 품은 사내라는 것이 나의 판단이었지. 이보게, 젊은 친구. 사내들이란 모두 바보에, 환자들이라네! 조제핀이 딕슨을 목 졸라 죽이려고 했어도 그는 조제핀을 다시 보고 싶어할 거라는 데 99퍼센트의 가능성을 걸 생각이었지…… 아니나 다를까, 어느 날 아침 드디어 올 것이 오더군! 미셸 형사가 아주 귀중한 정보를 가지고 나를 찾아왔네. 딕슨이 조제핀을 다시 만났거나, 아니면 조제핀이 딕슨을 다시 만나러 왔거나, 아무튼 그랬다는 거야. 아마도 그가 보는 앞에서 자신의 결백을 증명하려고 했겠지. 그러는 바람에 정통 연애극이 한판 벌어졌다더군……”

“정통 연애극이라뇨?”

“눈물 콧물 흘리게 만드는 장면, 새사람이 되겠다는 다짐, 가슴을 에는 맹세, 기타 등등 말일세! 결국 뻔한 이야기로 깔끔히 마무리되는 거지. 미셸 얘기로는 조제핀이 딕슨의 정부가 될 것을 받아들였고, 딕슨 역시 다시금 따스하게 조제핀을 품어주기로 했다는 거야."

"잘하는 짓이로군요!"

"뭐, 놀랄 일도 아니지. 아주 자연스러운 현상이야. 미셸은 그에 따른 유용한 정보를 얻기 위해 갖은 노력을 했고, 조제핀이 앞으로 살 아파트 주소까지 확보해서 내게 가져다주었다네. 그녀는 이제 잘나가는 매춘부에서 벗어나 평범한 소시민으로 생활하되, 훌륭한 남자친구의 정기적 방문만 허용하면 되는 입장인 거지. 내 말 무슨 뜻인지 알겠지?"

"자, 자, 얘기나 어서 계속하세요, 쥐브!"

"이런, 자꾸 보채기는! 주소는 페레르 쉬드* 대로 33번지 3호, 즉 철로 우측의 아파트 5층이네. 그리고 우리가 지금 있는 이곳의 주소는 페레르 노르** 대로 24번지 2호, 즉 철로 좌측 건물 6층이지. 다시 말해 조제핀이 사는 아파트의……"

"바로 맞은편인 셈이로군요!"

"갈수록 자네가 대견해 보이는군, 팡도르!"

"그러니까 조제핀을 감시하기 위해 일부러 이곳에 거처를 정

---

* '쉬드'는 남쪽이라는 뜻.
** '노르'는 북쪽이라는 뜻.

하셨군요?"

"오, 이번에는 틀렸어, 젊은 친구! (쥐브는 씽긋 웃으며 말했다.) 이곳에 있는 사람은 쥐브가 아니라 퇴직한 기병 장교 마옹 씨라는 사실을 잊지 말게나."

"나 참, 그건 그렇고……"

"또 뭐가 궁금한데?"

"대체 그 잘난 마옹 씨는 여기서 뭘 하며 지내시는데요, 쥐브!"

"그건 두고 보면 알게 될 걸세, 젊은 친구. 우선 이 방에 이렇게 오래 머무르면 안 돼. 할 일 없이 소일하는 이 늙은이의 습관을 이웃 주민들이 다 알아버렸기 때문에, 손님이 오래 머무르면 다들 의아해하거든."

쥐브는 싱글벙글 웃으며 얘기를 계속했다.

"어떤가, 자네가 앞에 있어도 나는 전혀 어색해하지 않지? 마치 자네가 없는 것처럼 자연스럽지 않은가?…… 자, 이제 진정한 연기가 어떤 것인지 슬슬 감상해보게!"

말을 뱉어내기가 무섭게 쥐브는 다시 휠체어에 털썩 앉더니 두꺼운 담요로 무릎을 덮었다. 이어서 인상이 순간적으로 변하더니 방금 전까지 얼굴 가득 피어 있던 장난기 섞인 표정은 온데 간데없이 사라지고, 휠체어 신세를 지고 있는 병든 노인으로 영락없이 변하는 것이었다!

"이봐요, 젊은 친구. 저기 문 좀 열어주시겠소?"

어느새 목소리까지 반쯤 코맹맹이 노인의 음색으로 변해 있었다.

팡도르가 미소를 지으며 청을 들어주자, 쥐브는 유난히 환한 옆방으로 자리를 옮겼다.

"아시다시피, 이곳에 들어오면 난 기분이 아주 상쾌해진다오. 무엇보다 공기가 잘 통하거든…… 창문을 항상 열어놓는 데다 발코니로 나갈 수도 있어서 항상 바깥에 나와 사는 것 같은 느낌이 들지……"

용기란 유쾌함과 늘 함께한다는 진리를 모르는 사람들이 보기에 사실 쥐브와 팡도르는 자못 신기할 정도로 장난기가 다분한 사람들이었다.

"이봐요, 젊은 친구. 저기 탁자에 있는 책 좀 집어서 내게 큰 소리로 읽어주지 않겠소? 아, 그리고 그 망원경도 좀 집어주면 고맙겠소이다!"

계속되는 쥐브의 능청에 제롬 팡도르는 전혀 주저함 없이 깍듯하게 응했다. 쥐브는 망원경을 들고 페레르 대로 끄트머리, 즉 포르트 마요* 방향에 초점을 맞춘 채 나직이 말했다.

"조제핀 양께서는 얼마 전부터 세심한 손톱 관리에 푹 빠져 지낸다오. 정성껏 반들반들하게 윤을 내곤 하지."

순간 팡도르는 깜짝 놀라며 물었다.

---

* 파리의 서쪽 관문.

"아니, 지금 무슨 말씀을 하시는 겁니까, 마웅 씨?"

"내가 무슨 얘길 하느냐고? 지금 이 순간 조제핀 양이 집에서 무얼 하는지 얘기하고 있지."

"그걸 어떻게 아는데요? 지금 맞은편 집이 아니라 대로 끄트머리 쪽을 보고 계신 것 아닌가요?"

그제야 쥐브는 망원경을 무릎에 내려놓고는 온몸이 들썩일 정도로 웃음을 터뜨렸다.

"하하하…… 이거 아무래도 내가 너무 약을 올리는 것 같군그래! 이 정도쯤은 너끈히 눈치챌 줄 알았는데 말이야. 이 망원경이 어떻게 생겨먹었는지 좀 살펴보라고! 끝에 달린 렌즈는 그냥 장식일 뿐, 내부가 프리즘 식으로 되어 있다는 걸 모르겠나? 이보게, 팡도르, 이 망원경은 앞이 아니라 옆을 볼 수 있도록 특수하게 설계되었다네. 다시 말해 내가 망원경을 페레르 대로 끄트머리로 향하면, 정작 내 눈에는 맞은편 집의 내부가 훤히 들여다보인다는 뜻이지!"

팡도르는 고개가 숙여지지 않을 수 없었다. 그러나 쥐브는 팡도르가 이 새로운 수완에 대해 본격적으로 찬사를 늘어놓을 틈조차 주지 않고 난데없는 질문을 불쑥 던져 젊은 신문기자를 또다시 당황하게 만들었다.

"어디, 한번 말해보시겠소? 당신 군국주의사요?"

"예?"

"군인을 좋아하느냐고 물었소."

"마옹 씨, 갑자기 그게 무슨 말씀인지……"

"저 아래에 보이는 군인 두 명이 이제 곧 이리로 올 것 같아서 하는 말이요."

"당신을 만나러 올 거라는 그 군인들 말입니까?"

팡도르의 질문에 마옹, 아니, 쥐브는 깜짝 놀라며 되물었다.

"아니, 자네가 그걸 어떻게 아나?"

"관리인이 말해주던걸요."

"관리인과 수다깨나 떤 모양이로군!"

"그럼요. 잘나신 마옹 씨에 대해 할 얘기가 어지간히 많은 것 같던데요."

쥐브는 또다시 웃음을 터뜨렸다.

"아하하, 이런 맹랑한 친구 같으니!"

팡도르는 쥐브가 시키는 대로 휠체어를 조심스럽게 뒤로 물리고 발코니 창문도 닫았다.

"하긴 관리인과 얘기를 해봐도, 나한테 군인 두 명쯤 찾아와봤자 이곳 이웃들에게는 별로 새삼스러운 일이 못 된다는 것 같더군. 그래도 그들이 내게 해줄 얘기를 다른 사람들이 듣는 것만은 피하고 싶거든……"

아니나 다를까, 초인종이 요란하게 울렸다.

"가서 문을 열어주게, 팡도르. 그것 때문에 휠체어에서 일어날 수는 없으니까. 혹시 창밖에서 보고 있는지도 모르잖나."

팡도르가 문을 열어주자, 군인 두 명이 들어와 쥐브의 손을 다정하게 붙잡은 뒤 앞에 놓인 의자에 앉았다.

절도 있는 태도라기보다는, 눈썰미가 조금만 있는 사람이 보면 무척 친근함이 느껴질 만큼 스스럼없는 태도였다.

쥐브는 매우 짓궂은 표정으로 팡도르를 돌아보며 말했다.

"어떤가, 제복이 제법 잘들 어울리는 것 같지 않나? 설마 자네 미셸과 레옹도 못 알아보는 건 아니겠지?"

그제야 팡도르도 환하게 웃으며 말했다.

"오, 맙소사! 한데 왜 이렇게 변장을 한 겁니까?"

"그거야 비교적 장기간 미행을 할 경우 이런 변장이 최선이기 때문이지. 보통 군인들은 여기저기 많이 돌아다니기 때문에 남의 시선을 별로 끌지 않거든. 더군다나 민간인이 갑자기 군복을 차려입으면 누군가 귀띔이라도 해주지 않는 이상 알아보기가 쉽지 않지…… 가만있자, 지금 쓸데없이 수다나 떨고 있을 때가 아니지. 그래, 새로운 소식이라도 있나, 미셸?"

"예, 반장님. 아주 중요한 소식이 있습니다."

"아, 그래! 뭔가?"

"지시하신 대로 조제핀이라는 여자는 일단 감시 대상에서 제외했고요. 그다음으로 노장 수녀원 원장수녀의 동향만을 줄곧 주시했는데요……"

"특별한 점이 보이던가?"

"예, 그래서 치밀하게 미행을 시도했습니다."

"잘했어. 미행한 결과는?"

"원장수녀는 매주 화요일 저녁 노장을 벗어나 파리로 향했습니다."

순간 쥐브는 눈에 띄게 흥분하며 다그쳐 물었다.

"파리 어디로 가던가?"

"주르당 대로변에 위치한 수녀회의 분회分會 중 한 곳이었습니다."

"혹시 180번지 아닌가?"

"예, 반장님. 알고 계셨습니까?"

"아니. (쥐브는 잘라 말한 뒤 거듭 캐물었다.) 어서 계속 말하게, 미셸. 그곳에서 무얼 하던가?"

"그곳에는 늙은 수녀 네다섯 명이 생활하고 있었습니다."

"음…… 그리고?"

"화요일 저녁 분회에 도착한 원장수녀는 그곳에서 밤을 보낸 후 수요일 날이 밝자 다시 노장 수녀원으로 돌아오더군요. 그때가 오후 한시쯤이었습니다. 아마도 이런저런 지시를 내리기 위해 분회를 오가는 것 같았습니다. 레옹과 저 모두 확인했지만, 원장수녀가 그곳에 머무는 동안 다른 방문객은 전혀 없는 것 같았고요."

한데 쥐브는 왠지 형사의 보고가 그리 만족스럽지 않은 듯했다.

"그 밖에 달리 알아낸 건 없나?"

"없습니다, 반장님."

"그럼 결국 자네의 보고는 이렇게 요약되겠군. 원장수녀는 매주 한 번 주르당 대로에서 밤을 보낸다……"

"그렇습니다, 반장님."

쥐브는 입을 다물고 깊은 생각에 잠겼다.

잠시 후, 미셸 형사가 조심스럽게 물었다.

"미행을 계속해야 할까요?"

"미행이라…… (약간 아리송한 말투였다.) 아니, 할 필요 없네! 미셸 자네는 오늘 저녁부터 경찰청으로 복귀해 아바르 국장님의 지시를 따르도록 하게. 가서 당분간은 내가 자네를 필요로 하지 않는다고 전해."

그렇게 보고가 끝난 뒤, 두 군인은 곧장 자리를 떴다.

팡도르가 조용히 물었다.

"쥐브, 방금 들은 이야기의 결론이 뭔가요?"

쥐브는 어깨를 으쓱하고는 툭 내뱉었다.

"그야 미셸이 멍청하다는 거겠지!"

"하지만……"

"하지만이 아니라 내가 말한 그대로라네! 그 원장수녀, 즉 우리에게는 이미 벨담 부인으로 밝혀진 그 여자가 주르당 대로에

서 밤을 보낸다는 것 아닌가! 주르당 대로 180번지 말이네! 그것
이 미셸 형사가 알아낸 전부라 이거야…… 맙소사!"

"아니, 그게 뭐 어때서요? 대체 무슨 생각을 하고 계신 거죠?"

"생각을 하는 게 아니라 이미 확실한 사실로 알고 있는 거네.
이것 보게, 팡도르. 주르당 대로 180번지라면 내가 잘 아는 집이
지. 아니, 우리 경찰로서는 결코 모를 수가 없는 장소야. 옛날, 아
마 지금으로부터 이십 년은 거슬러 올라가는 일일 걸세. 온 세
상 사람들의 관심을 끌 수도 있었을 엄청난 사건이 그곳에서 일
어났지…… 하긴, 별로 중요한 일이 아니라고 볼 수도 있어. 나
역시 그 사건에서 단 한 가지 사실만 특별히 주목했었으니까. 그
건물에 출입구가 두 군데 있다는 사실 말이네. 출입구 하나는 주
르당 대로 쪽으로 나 있고, 다른 하나는 시 외곽의 옛 성벽 터를
향해 탁 트인 공지 쪽으로 나 있지. 출입구가 두 군데 있단 말이
네. 자네는 이것이 무엇을 의미하는지 알겠나, 팡도르?"

"벨담 부인이 밤 동안 그곳에 있지 않았을 수도 있다는 얘긴
가요?"

"말해 뭐하나! 내가 화나는 건 미셸 같은 유능한 형사가 주르
당 대로변의 그 건물이 벨담 부인이 다른 약속 장소로 내빼기 위
해 옷만 갈아입는 곳이라는 걸 짐작조차 못 했다는 사실이네!"

"그럼 미셸한테 그 비밀 통로를 유념해서 다시 벨담 부인의 동
태를 추적하라고 지시하면 될 것 아닙니까?"

팡도르의 의견에 쥐브는 고개를 가로저으며 대꾸했다.

"아니야, 아마도 그러지 않은 게 잘한 일일 걸세. 이런 섬세한 작전에서는 나 자신만을 믿는 게 백번 낫지, 암!"

팡도르는 가만히 생각하다가 이렇게 말했다.

"저기요, 쥐브. 어쩌면 제가 지금 엉뚱한 얘기를 하는 걸지도 모르지만, 왠지 제 생각에는 이제부터 뇌이에 있는 벨담 부인의 집을 감시하는 게 좋을 것 같은데요……"

"엉뚱한 얘기라고? 허허, 이보게, 팡도르. 오히려 그 반대일세! 자네 정말 장족의 발전을 이루었어."

29
창문 밖으로

'정말 대단한 청년이야! 이젠 이 친구를 전적으로 신뢰해도 되겠어. 내가 아무리 놀리고 장난을 쳐도 항상 의연하고, 늘 지독한 모험에 뛰어들 준비가 되어 있거든. 아, 이런 친구와의 우정이란 정말 흔치 않아. 특히 나 같은 일을 하는 사람에게는 소중하기 짝이 없지!'

팡도르가 떠난 뒤에도 쥐브는 얼마 동안 젊은 신문기자의 헌신과 열정 넘치는 태도를 생각하며 적잖이 감동하고 있었다.

그는 계속해서 속으로 중얼거렸다.

'팡도르가 항상 온갖 위험을 무릅쓰며 형사들 일에 물불 가리지 않고 뛰어드는 건 〈라 카피탈〉지를 굴지의 신문으로 만들려는 노력 때문이기도 하겠지만, 혼자 힘으로 팡토마스와 겨루려는

이 쥐브에 대한 따뜻한 애정 때문이기도 한 것 같거든……'

그러면서 형사는 휠체어 손잡이에 팔을 괴고 앉아 맞은편 조제핀의 거처를 바라보았다.

'제기랄…… 저 안에서 무슨 일이 벌어지고 있는지 정확히 알 수만 있다면 만사 오케이일 텐데 말이야!'

쥐브는 다시 망원경을 들고 포르트 마요 방향으로 고개를 돌렸다. 아까 팡도르에게 설명한 그대로, 맞은편 아파트 안 조제핀의 일거수일투족이 특수 제작된 망원경을 통해 쥐브의 시야에 고스란히 들어오고 있었다.

휠체어에 앉은 쥐브의 몸이 별안간 들썩했다.

'아하, 조제핀이 일어나 걸어가는 걸 보니 누군가 초인종을 누른 모양이군! 내가 확보해놓은 도면에 의하면 지금 조제핀이 가는 방향은 바로 현관문 쪽이야.'

그렇게 일 분이 흘렀다. 그동안 건물 전면의 방에는 아무도 보이지 않았다. 조제핀이 방문객을 맞이하고 있는 게 틀림없었다.

얼마나 지났을까. 갑자기 구름 아래로 거센 소나기가 쏟아져 내렸다. 눈을 부라리고 맞은편 건물을 응시하던 쥐브의 입에서 안타까운 탄식이 새어나왔다.

"아, 젠장! 저자가 이쪽으로 좀 돌아서주면 좋으련만…… 이 극성맞은 빗줄기 때문에 제대로 볼 수가 있어야지! 가만있자…… 그래, 저 체구에 저 몸짓…… 옳거니! 게다가 조제핀이 얘기하는 품을 보면…… 음, 의심할 여지가 없군! 곧 죽어도 이쪽으로 돌아서지는 않겠다, 이거지! 대신 트렁크를 의자 위에 올려놨는데…… 거기 새겨진 이니셜이 여기선 당최 보이질 않는단 말이야. 여행이라도 떠나는 길인가? 그나저나 저 친구를 이곳 조제핀의 거처에서까지 보게 되다니! 정말 해도 너무하는군. 도저히 있을 수 없는 일이야…… 차라리 루파르라면 이해가 되겠는데, 저 친구는!…… 게다가 조제핀도 샬레크를 제법 잘 아는 눈치란 말이야! 맙소사…… 대체 이를 어쩐다?……"

후닥닥 자신만의 전망대를 벗어난 쥐브는 휠체어를 한쪽 구석으로 거칠게 밀어넣고는 전화기를 덥석 집어들었다.

"여보세요! 경찰청 좀 부탁합니다. 네, 교환원. 여보세요, 여보세요. 경찰청입니까? 나 쥐브요. 지금 즉시 페레르 쉬드 대로 33번지 3호로 미셸과 레옹 형사를 급파해주시오. 다른 지시사항은 없고, 건물 출입구 앞에서 기다리고 있다가 내가 미행하라고 시킨 14번과 15번에 해당하는 자들이 나오거든 즉시 검거하라고만 전해주시오. 내 말 알아듣겠소?"

쥐브는 전화를 끊자마자 다시 전망대로 돌아와 조제핀의 집 안에서 벌어지는 상황을 망원경으로 관찰하기 시작했다.

'오호, 둘 다 분위기가 아주 진지한걸…… 대체 무슨 얘기를 나누는 거지? 레옹과 미셸이 오려면 아직 멀었겠지. 나 참, 꿈도 야무지지. 경찰청에서 여기까지 오려면 걸리는 시간이 있는데

말이야! 아, 이런 제기랄! 우려하던 일이 기어이…… 샬레크가 떠나려 하고 있어.'

쥐브는 잠시 어쩔 줄 몰라 우왕좌왕했다. 내려가볼까? 무턱대고 계단을 달려 내려가 놈을 덮쳐버려? 어림없는 일. 샬레크는 그 틈에 열 번은 내빼고도 남을 터……

한데 문득 안도의 표정이 그의 얼굴에 스쳤다.

'저런, 트렁크를 놓고 가셨군. 다시 놀아온다는 얘기겠지. 저기 저 의자에 기대어놓은 지팡이도 아마 그자의 물건일 거야.'

잠시 후, 쥐브는 맞은편 건물 출입구에서 빠져나오는 샬레크를 속수무책으로 바라보았다. 거리로 나서자마자 성큼성큼 멀어져가는 샬레크를 불안한 시선으로 뒤쫓을 뿐이었다.

과연 지금처럼 좋은 기회가 다시 올까? 놈을 붙잡을 희망이 이대로 영영 사라져버린 것은 아닐까?

'틀림없이 다시 올 거야. 그렇지 않다면 물건을 저렇게 그냥 두고 갈 리가 없어. 암, 이대로 좌절할 필요는 없다고! 꼭 오늘이 아니더라도, 내일 혹은 언제라도 샬레크를 잡고 말 거야.'

그렇게 속으로 중얼거리며 전망대를 뜨려던 쥐브의 시야에 갑자기 고개를 쳐드는 조제핀의 모습이 들어왔다. 그녀는 뭔가 심상치 않은 어떤 소리에 주의를 기울이는 듯했다.

'또 무슨 일이지? 틀림없이 무슨 소리를 듣고 있는 것 같은데. 샬레크가 벌써 돌아왔을 리는 없고……'

쥐브가 계속해서 머리를 굴리는 사이, 조제핀은 의자에서 홀연히 일어나 갑자기 창문 쪽을 등진 채 주춤주춤 뒷걸음치고 있었다.

그녀는 두 팔을 앞으로 뻗고 뚫어져라 정면을 응시하는 듯했다. 얼른 봐도 엄청난 두려움에 휩싸여 갈피를 못 잡는 기색이었고, 가쁜 숨을 몰아쉬며 온몸을 후들후들 떨고 있었다.

잠시 그렇게 꼼짝 않고 서 있던 조제핀의 몸이 느닷없이 창턱을 넘어 바깥으로 젖혀졌다!

'맙소사! 지금 뭐 하는 거야? 아, 이런!'

눈 깜짝할 사이의 일이었다. 창턱을 훌쩍 넘은 조제핀의 몸뚱이는 끔찍한 비명을 내지르며 허공으로 곤두박질쳤다! 어지러이 떨어지는 여자를 눈으로 좇는 쥐브의 귓가에 쿵! 하는 무시무시한 충격음이 고스란히 들려왔다.

혼비백산한 쥐브는 문을 박차고 나와 쏜살같이 계단을 달려 내려갔다. 중풍 환자인 줄로만 알았던 세입자가 미친 듯이 질주하는 모습을 넋을 잃고 바라보는 관리인의 시선은 아랑곳하지 않고 쥐브는 허겁지겁 건물 밖으로 뛰쳐나갔다. 페레르 대로를 우회해 철로를 따라 정신없이 달리던 그는 어느새 불행한 여자가 추락한 지점에 다다라 있었다. 여자의 비명과 요란한 충격음은 주변 건물 사람들이 창문마다 고개를 내밀고 길 가던 행인들이 걸음을 멈추게 하기에 충분했다. 아니나 다를까, 이미 사

람들이 둥그렇게 모여들고 있었다. 쥐브는 그 안을 닥치는 대로
헤집고 들어가 무릎을 꿇고 여자의 가슴에 귀를 갖다댔다. 죽었
나?…… 아니었다! 부상당한 여자의 입술 사이로 가냘픈 신음
소리가 새어나오고 있었다. 기막힌 운이 작용해 길가에 늘어선
플라타너스의 가지들에 몸이 살짝 걸치면서 떨어진 모양이었다.
그것으로 일단 충격이 완화되긴 했지만, 거의 선 채로 바닥에 떨
어져 두 다리가 심하게 부러졌고 한쪽 팔도 맥없이 축 늘어졌다.
그래도 아직 숨은 쉬고 있었다.
　“빨리 삯마차를 잡아주시오! 병원으로 옮겨야 합니다! 빨리
요, 빨리!”

30
삼촌과 조카

"그럼 삼촌, 지금부터 뇌이에 살기로 정한 거예요?"

"오, 그럼! 정했지. 정했고말고! 그러지 않아도 네 숙모가 아주 멋진 동네를 찾고 있단다. 잘만 하면 정원도 가질 수 있고 정말 근사한 거처가 될 거야. 그 근방 땅값도 단연코 오를 거고."

뚱뚱한 남자는 '투자'라는 단어를 발음하면서 흡사 낙원에 관한 이야기라도 하는 표정이었다.

대충 행색만 봐도 그가 사업을 하다 은퇴한 소상인이며 자신이 대단히 똑똑하다고 생각하는 위인임을 능히 짐작할 만했다.

그런가 하면 옆에는 그가 조카라 부르는 사람이 있었는데, 가느다랗게 돌돌 만 금빛 콧수염에 체구가 가녀린 우아한 젊은이였다. 최신 패션 상품을 주로 다루는 상점 점원인 그는 어떻게든 유행에 민감한 멋쟁이로 보이고 싶어했다.

"삼촌 말이 맞아요. 땅에 투자하는 건 대개 안전하고 수익성도 대단하거든요. 그곳 저택 관리인한테 편지를 보낸 것도 다 그것 때문 아닌가요?"

"물론이지. 실은 오늘이나 내일쯤 들르겠다고 말해놨다. 적극적으로 응하겠다고 하더구나. 너에게 같이 가자고 하는 것도 다 그래시아. 무엇보나도 너는 내 재산을 물려받을 유일한 상속자가 아니냐."

"오, 삼촌……"

"그래, 그래, 네 마음 다 안다……"

두 남자가 다른 승객들의 시선은 아랑곳하지 않고 큰 소리로 대화를 나누고 있는 동안 마들렌 구역을 운행하는 전차는 뇌이 성당 앞 광장에서 잠시 정차했다.

"자, 어서 내리자꾸나. 저기가 바로 앵케르만 대로다."

워낙 비대한 체구라 조금 움직이는 것도 힘겹기만 한 삼촌은 전차 발판에서 몸을 떨구듯 내려섰다.

반면 훨씬 날렵한 젊은이는 그 옆으로 훌쩍 뛰어내렸다.

오 분쯤 걸었을까. 두 남자는 벨담 부인의 저택 바로 앞에 도착해 있었다. 쥐브와 팡도르가 일전에 아주 길고 꼼꼼한 조사를 벌였던 바로 그 집이었다.

뚱뚱한 남자가 여전히 큰 소리로 말했다.

“어떠냐, 건물이 외관상 그리 나빠 보이지는 않지? 물론 사람
이 살지 않은 지 꽤 된 것 같다만, 별다른 보수는 필요치 않아 보
이는구나!”

“어쨌든 정원은 참 멋지네요.”

“그래, 꽤 넓기도 하고……”

“초인종을 누를까요?”

“그럼, 그래야지!”

젊은이가 초인종을 누르자 멀리서 요란한 종소리가 울렸다.
곧이어 구레나룻을 길게 기르고 호쾌하게 생긴 관리인이 깍듯한
태도를 보이며 나타났다. 그 모습이 꼭 상류사회 깔끔한 하인의
전형이었다.

“집을 보러 오신 분들입니까?”

“그렇소이다. 나는 뒤뤼라고 하오. 편지를 써보낸 사람이오.”

“네, 기억하고 있습니다, 선생님.”

두 방문객은 관리인의 안내에 따라 정원 안으로 앞장서서 들
어갔다. 뚱뚱한 삼촌은 조카를 대동하고 정원의 오솔길을 따라
천천히 걷기 시작했다.

“에밀, 너도 느끼겠지만 정원이 생각만큼 그리 크지는 않구나.
그래도 이 정도면 넉넉한 편이기는 하다만…… 집 앞에 나무가
없으니 모든 창문으로 앵케르만 대로가 훤히 내다보이겠고……”

두 남자를 뒤따르던 관리인은 뿌듯한 기분에 한창 젖어 있는

미래의 집주인에게 불쑥 이렇게 말했다.

"이제 집 안도 구경하셔야죠?"

"아, 그럼요. 당연히 그래야지!"

관리인은 넓은 계단을 통해 두 남자를 현관문으로 인도했다.

"이리로 들어가시면 좌측에 찬방과 주방이 있고, 우측에는 식당이 있습니다. 맞은편으로는 작은 응접실이 하나 있고, 그 뒤로 좀더 큰 응접실 하나가 더 있지요. 그리고 이쪽 나선 계단을 통해 2층으로 올라가게 되어 있습니다. 실내 상태에 그다지 신경 쓸 필요는 없으실 겁니다. 어차피 사람이 살지 않은 지 꽤 오래니까요……"

"그렇죠…… 그나저나 이 집의 소유주가 정확히 누구입니까?"

"벨담 부인입니다, 선생님."

"그분은 이곳에 안 사시나보죠?"

"네, 더이상 이곳에 머물지 않으십니다. 벨담 부인은 현재 요양차 여행중이시거든요. 언제 돌아오실지는 모릅니다. 그래서 아예 집을 팔려고 내놓은 것이죠."

관리인이 두 남자를 2층으로 안내하는 동안, 뚱뚱한 남자가 불쑥 물었다.

"계단은 딱 하나인가요?"

"네, 하나뿐입니다."

"그래요, 그렇구먼……"

2층에 오르자마자 삼촌이 다시 조카를 불렀다.

"애야, 난 모든 게 제법 맘에 드는구나."

"집이 아름답네요."

"다만 보수를 좀 해야 될 것 같긴 하다!"

뚱뚱한 남자는 관리인을 홱 돌아보며 물었다.

"한데 습기가 좀 많은 것 같은데 어찌 된 겁니까? 센 강에서도 멀리 떨어져 있고, 앵케르만 대로는 공기 순환이 원활한 곳인 데다, 딱히 정원에 그늘이 진 것도 아닌데 말이오."

"선생님, 이제 곧 아시겠지만, 이 집을 설계한 건축가가 그 점에서 좀 실수를 했습니다. 실은 지하실에 저수조가 있는데 그리로 빗물이 고여들게 설계되었지요. 그런데 바로 그 저수조가 조금 새는 모양입니다. 그래서 여기저기 습기가 차는 것 같습니다."

"그건 별로 반갑지 못한 얘기로구먼. 내가 신경통이 있어서 다른 무엇보다 습기를 꺼리는데 말이오……"

관리인은 아무 대꾸 없이 안내를 계속했다.

"여기가 바로 벨담 부인께서 쓰시던 방입니다."

"음, 이 방에 제일 마지막까지 사람이 있었던 게로군……"

"네? 아니, 무얼 보고 그걸 아십니까?"

"의자들이 어지러이 흩어져 있지 않소. 최근에 손님들이 다녀간 것처럼 말이오. 가구 위의 먼지도 다른 데보다 좀 덜하고…… 아, 저기 저 책상 위를 한번 보시구려. 손 받침대 주위의 저 먼지자국 말이오. 보아하니 압지의 위치도 최근에 옮긴 것 같고……
누군가 책상에서 글을 썼다는 얘기지. 그리 오래된 흔적 같지는
않은데…… 아니, 갑자기 왜 그러는 게요?"

뚱뚱한 남자의 말을 듣고 있던 관리인의 혈색이 별안간 창백
해지고 있었다.

"아, 아무것도 아닙니다. 아무것도 아니에요! 아, 제가 두 분의
심기를 불편하게 하는 건 아닌지 모르겠습니다…… 이제 차차
나아질 겁니다……"

하지만 관리인의 별난 태도는 뚱뚱한 남자의 호기심을 북돋우
기에 충분했다.

"도대체 무슨 일입니까? 엄청나게 겁에 질린 것 같소이다!"

"겁에 질리다니요! 아닙니다, 선생님! 그렇지 않습니다. 다
만……"

"다만 뭡니까?"

뚱뚱한 남자가 추궁하자 관리인은 방문 쪽으로 허둥지둥 뒷걸
음치며 낮은 목소리로 이렇게 털어놓았다.

"아무래도 두 분 다 이곳에서 나가시는 게 좋겠습니다. 벨담 부
인이 이 집을 파는 이유는…… 유령이 출몰하기 때문이에요!"

"저런, 이것 봐요, 관리인 양반!"

삼촌과 조카는 관리인의 실토에 전혀 아랑곳하지 않는 눈치였
다. 삼촌은 웃겨 죽겠다는 듯 껄껄 웃었고, 조카는 그보다는 얌

전했지만 역시 이렇게 되물었다.

"맙소사! 방금 유령이라고 했습니까?"

관리인은 황급히 고개를 가로저으며 잘라 말했다.

"오, 두 분 다 잘못 생각하고 계십니다. 이건 절대 웃을 일이 아니라고요! 저라면 결코 이 집을 사지 않을 겁니다."

조카는 여전히 껄껄대기만 하는 삼촌 대신 관리인에게 계속 다그쳐 물었다.

"도대체 이 집에서 무슨 일이 벌어지기에 그럽니까?"

"선생님, 이곳엔 '유령'들이 드나든답니다……"

"유령이라고요?"

"네……"

"당신이 그걸 보았습니까?"

"아, 물론 보지는 못했습니다. 그들이 나타났을 때 저는 무서워서 방에 틀어박혀 있었거든요……"

이번에는 뚱뚱한 삼촌이 허허 웃으며 물었다.

"직접 보지도 못했으면서 유령이 드나드는 건 어떻게 알 수 있었소? 세상에 유령이 어디 있다고!"

"선생님, 죄송합니다만 이곳에 드나드는 유령들은 보통 유령들과는 전혀 다릅니다. 직접 보지는 못했어도 그들이 언제 나타날지는 제가 알고 있거든요……"

"나타나는 때가 따로 있기라도 하단 말입니까?"

"그렇습니다. 대개 매주 화요일에서 수요일로 넘어가는 밤 시간에 이곳을 드나든답니다."

"맙소사, 지금 대체 무슨 소리를 하는 거요?"

"내키지 않으면 믿지 않으셔도 상관없습니다. 하지만 틀림없는 사실이에요! 적어도 저는 확신을 갖고 말씀드리는 겁니다. 느낌이 이상해서 부랴부랴 열쇠를 가지러 갔다가 돌아와보면 아무도 없는 거예요! 처음에는 좀도둑이라도 들었나 싶었죠. 하지만 없어진 물건이 전혀 없는 겁니다…… 아, 유령이 돌아다니는 게 분명해요! 보십시오, 가구의 위치가 달라져 있지 않습니까! 심지어 빵 부스러기까지 눈에 띄는군요!"

"빵 부스러기라…… 당신이 말하는 그 유령들께서 이곳에 와 야참이라도 드신단 말이요? 그나저나 벨담 부인께선 당신 얘기를 듣고 뭐라고 합디까?"

관리인은 부인이 대수롭지 않게 넘기더라면서 이렇게 덧붙였다.

"하지만 선생님, 저도 나름 생각이라는 게 있지 않겠습니까! 저는 매일 정원에서 잠복을 하고 기다렸습니다. 그런데 화요일에서 수요일로 넘어가는 밤 시간에 여러 차례 똑같은 소리가 들리는 거예요. 오죽하면 제가 고심 끝에 이런 꾀를 생각해냈겠습니까! 벨담 부인이 여행을 가고 없는 방에 놓인 의자들 다리 주위에 분필로 선을 그어놓기로 한 겁니다. 아니나 다를까, 목요일에 돌아와 확인해보니 의자들의 위치가 달라져 있는 거예요. 모든 것이 흐트러져 있는 겁니다. 지금처럼 말이죠!"

"그래서 어떻게 했나요?"

젊은이가 다그치자 관리인은 계속 말했다.

"벨담 부인께 그대로 보고했습니다. 제가 생각해낸 방법까지 죄다요. 그랬더니 부인께서도 제 말을 믿어주시면서 두려워하는 기색이 역력하더군요. 그제야 이 집을 팔기로 작정하신 겁니다."

"그렇더라도 그게 꼭 유령이 출몰했기 때문이라고 말할 수 있습니까?"

"그럼 대체 뭐란 말입니까? 만약 도둑이라면 왔다가 빈손으로 갈 리는 없고…… 게다가 그렇게 규칙적으로 똑같은 집을 드나들 리도 만무하지 않습니까! 뿐만 아니라, 쇠사슬 소리 같은 것도 들리더라니까요……"

관리인의 호들갑스러운 얘기에 마침내 삼촌은 계단을 내려가며 불쑥 말했다.

"알겠소이다. 이 집에 유령이 출몰한다니 내가 값을 좀 덜 지불해도 되겠구먼……"

"아니, 그래도 사시겠다는 건가요, 선생님?"

"당연하지!"

그러고는 진짜 신경 쓰이는 문제를 되짚으며 이렇게 덧붙이는 것이었다.

"사실 나는 당신이 떠드는 그 유령 얘기보다 이 축축한 습기가 더 마음에 걸린다오!"

1층으로 내려오자 관리인은 아까보다는 안정을 찾은 듯했다.

"오, 습기 문제를 해결하는 건 그리 어렵지 않습니다. 곧 아시겠지만 이 집은 난방장치가 확실하게 되어 있거든요!"

"하지만 그것도 고장 난 것 아니오?"

"뭐 큰 고장은 아닙니다. 단지 지금이 워낙 비가 많이 내리는 시기라서…… 수리하는 비용도 얼마 안 듭니다. 직접 기계를 살펴보시면, 배관 상태에 문제가 없다는 것쯤은 한눈에 아실 수 있을 겁니다."

"음, 그건 그렇구먼…… 배관 상태는 아주 좋아. 크기만 봐도 난방 효과가 상당할 것 같소이다."

"아, 여부가 있겠습니까, 선생님! 사람 한 명이 지나다닐 수도 있는 크기죠."

집 구경이 마무리되자 삼촌과 조카는 안내해준 관리인에 대한 고마움을 두둑한 팁으로 대신했다. 두 남자는 머지않아 다시 오겠다는 인사말을 남기고는 발길을 돌렸다.

"팡도르!"

"네, 쥐브."

"이제 놈들은 독 안에 든 쥐야!"

"자신 있으십니까?"

"두고 보면 알게 돼. 자, 일단 들어가자고."

쥐브 경감은 팡도르의 등을 떠밀어 어느 아담한 포도주 가게로 들어갔다. 빈 테이블에 자리를 잡으면서도 그는 연신 같은 말을 중얼중얼 반복했다.

"두고 보면 다 알게 되어 있어……"

음료를 주문한 뒤, 쥐브는 호주머니에서 아무것도 쓰여 있지 않은 종이를 끄트머리만 조심스레 집어 꺼냈다.

"그게 뭐죠?"

"아까 관리인이 잠깐 한눈을 판 사이에 벨담 부인의 책상에서 주운 종이쪽지라네. 아직 자국이 남아 있는데, 원래의 종이를 한 번 접어서 그 부분을 따라 절반으로 찢은 나머지라고 할 수 있지. 이제 이걸 가지고 간단한 실험을 하나 할 테니 잘 보게나. 만약 그 집에 누군가 드나든 것이 오래전 일이라면, 우린 이 실험에서 아무것도 발견하지 못할 걸세. 하지만 불과 얼마 전에 누군가 이 종이에 손을 댔다면 그 흔적이 남아 있을 거야."

쥐브는 다른 쪽 호주머니에서 분필 한 토막을 꺼내 주머니칼로 분필 표면을 조심스레 긁어 그 가루를 문제의 종이 위에 떨어뜨렸다. 하얀 백지 위에 분필 가루가 이리저리 모이는가 싶더니…… 잠시 후, 희한하게도 손자국이 분명하게 드러나는 것이 아닌가!

"이런 간단한 과정만으로도 종이든 술잔이든 나무든 그 위에 손을 댄 사람의 지문을 식별할 수가 있거든! 자, 여기 이렇게 흔적이 비교적 선명하게 남는 것은 손의 땀 때문에 분필 가루가 자연스레 엉겨붙어서 생기는 현상인데…… 그 정도로 봐서…… 대략 십여 일 전 누군가가 벨담 부인의 책상 위에서 글을 끼적였다고 단언할 수 있지!"

"와, 정말 대단하군요! 결국 벨담 부인이 자기 집을 수시로 드나들었다는 명백한 증거인 셈이군요!"

"혹은 벨담 부인이 아닌 다른 사람일 수도 있지. 지금 이 손자국은 내가 보기에 여자보다는 남자 손 같으니까."

"그럼 이제 어떻게 할 생각인가요, 쥐브?"

형사는 문득 팡도르를 쳐다보더니 뭔가 생각난 듯 말했다.

"이제 어떻게 할 거냐고? 아 참, 그렇지! 당장 경찰청에 가서 이 두툼한 복대부터 풀어버려야겠어. 이거야 원, 불편해서 어디 살 수가 있나!"

"하하, 저 역시 이 가짜 수염부터 시원스레 뜯어내야겠어요!"

31
연인 사이, 공범 사이

"어머나, 거기 누구세요?"

"나요…… 나!"

"네, 그건 알겠는데 왜 그런 변장을…… 그 턱수염하고 머리
는 또 왜……"

"이 정도 변장은 당신이 한 변장에 비하면 약과 아닌가요, 벨
담 부인?"

"대체 무슨 용건이죠? 빨리 말해요. 누가 들을까 무서워요!"

샬레크와 벨담 부인은 뇌이의 앵케르만 대로변 저택 2층의 큼
직한 방 안에 서로 마주 보고 서 있었다.

벨담 부인은 부르르 몸서리를 치더니, 수녀복 위에 걸친 커다
란 망토를 어깨 위로 바짝 잡아당기며 중얼거렸다.

"추워요……"

샬레크는 방구석에 입을 벌리고 있는 난방장치 온풍구의 창살문을 발로 밀어 닫으며 이렇게 내뱉었다.

"이런 건 공연히 열어둘 필요가 없지! 지하실로 연결된 통로에서 들어오는 바람이 여간 차가운 게 아니니까."

벨담 부인은 어쩔 줄 몰라하면서 이 종잡을 수 없는 상대를 불안한 눈빛으로 바라보았다. 샬레크는 마치 우리에 갇힌 야수처럼 흥분에 휩싸인 듯했다.

"도대체 왜죠? 왜 저를 죽은 것으로 했나요?"

벨담 부인이 묻자, 샬레크는 차가운 눈빛으로 벨담 부인을 노려보았다.

그는 잠시 뜸을 들이다가 이렇게 되물었다.

"그러면 당신은 프로쇼 주택단지 사건이 있기 이틀 전에 왜 이곳을 떠났소?"

그러자 벨담 부인은 힘없이 고개를 떨구더니, 몹시 괴로운 듯 희디흰 손을 쥐어짜면서 흐느끼듯 말했다.

"그때 저는 비참하게 버림받았어요……"

그녀는 자신의 처절한 몰골을 비웃듯 바라보는 샬레크 앞에서 감히 눈도 들지 못하고 있었다.

"정말이지 끔찍한 죄책감에 시달렸어요! 저를 온통 사로잡고 있는 비밀의 무게를 혼자 감당하지 못하겠다는 생각이 들었어요!"

"그리고 또?"

"그리고 그 내용을 글로 적어둔 종이까지 갑자기 사라져버린 거예요. 이젠 비밀이 폭로되겠구나 싶어서 겁이 덜컥 나더군요. 그래서 무작정 도망친 거죠. 오래전부터 저는 이 세상에서 물러나 여생을 하느님께 바치고 싶다는 생각을 했어요. 그러던 중 생트 클로틸드 수녀회에서 노장에 있는 한 소박한 수녀원에 안식처를 내주겠다는 제안을 해왔어요. 일은 그렇게 된 거예요!"

"그게 다가 아닐 텐데…… 당신은 지금 두려워했다는 얘기를 빼먹고 있소. 자, 솔직히 말해보시오. 거언이 두려웠다는 것, 내가 두려웠다는 것 말이오!"

"그래요, 맞아요! 당신…… 당신이라는 사람이 무서웠어요! 아니, 우리가 저지른 범행이 두려웠어요. 죽는 것도 무서웠고요."

샬레크는 어깨를 한 번 으쓱 추스르고는 또다시 벨담 부인을 뚫어져라 바라보았다.

생트 클로틸드 수녀회의 수녀복을 입은 거언의 정부 벨담 부인은 전보다 더 아름다워 보였다.

"한마디로 시간낭비만 한 거요. 당신이 비밀을 끼적여놓았다는 그 종이쪽지로 말하자면, 예전부터 거언과 벨담 부인의 관계를 눈치채고 있던 어떤 이의 손을 거쳐 이미 내게로 넘어왔소. 그 사람은 거언과 관계된 일이라면 그 어느 것도 샬레크 박사와 무관하지 않다는 걸 누구보다 잘 알고 있었지……"

“그게 누군데요?”

샬레크는 대답 대신 방구석으로 가서 난방장치의 온풍구를 유심히 들여다보았다.

조금 전 그가 분명히 닫았음에도 불구하고 창살문이 다시 열려 있었다. 열린 구멍으로 저 아래 지하실에서 차가운 공기가 올라오고 있었다.

샬레크는 농담조로 툭 내뱉었다.

“이거 순 고물이구먼. 주둥이가 제대로 닫히질 않잖아!”

그는 또다시 창살문을 닫고는 구시렁거리면서 벨담 부인에게 돌아왔다.

“아무래도 내가 하루 날을 잡아서 직접 시설을 살펴봐야겠어.”

벨담 부인은 날카로워진 신경 탓에 이가 달그락거리고 눈꺼풀에 경련이 일 정도로 몸을 부들부들 떨면서 같은 질문을 반복했다.

“도대체 누군가요? 누가 비밀을 누설한 거죠? 누구예요, 그 사람이?”

“사람 참 딱하기는!”

샬레크는 매몰차게 외치면서 벨담 부인에게 바짝 다가가 곁에 앉았다.

“이보시오, 벨담 부인. 배우 발그랑을 기억하고 있소? 아라고 대로 근처의 그 집 말이오…… 발그랑은 결혼한 몸이었소. 그 미망인은 남편이 돌연 사라지자 심상치 않은 실종의 비밀을 밝혀내려고 오랫동안 애를 썼지. 결국 그녀가 숱한 망설임 끝에 어디를 찾아갔는 줄 아시오? 다름 아닌 당신의 집이었소! 당신은 그녀를 말동무로 받아들였고 말이오. 아, 물론 당신은 그저 레몽 부인으로만 알고 있었겠지만. 죽은 발그랑의 미망인을 그렇게 쉽사리 집 안에 들이다니!"

"우린 이제 망했군요……"

벨담 부인이 흐느끼려 하자 샬레크는 그녀의 손을 덥석 붙잡으며 말을 끊었다.

"그렇지 않소. 우린 무사해! 레몽 부인은 영원히 침묵할 테니까……"

"그럼 프로쇼 주택단지의 그 시체가?……"

샬레크는 대답 대신 고개를 끄덕였다.

벨담 부인은 이제 공포감과 극도의 혐오감이 뒤섞인 눈빛으로 박사를 바라보고 있었다.

마침내 샬레크는 서로 입술이 스칠 만큼 벨담 부인에게 바짝 다가가 이렇게 외쳤다.

"바로 그 시체 덕분에 당신이 살았다는 걸 알아야지! 내가 당신을 구해준 거라고. 왜냐고? 내가 당신을 사랑하기 때문이지. 나는 아직도, 여전히 당신을 사랑하고 있단 말이야!"

벨담 부인은 기가 완전히 꺾인 채 샬레크의 품에 맥없이 몸을 맡겼다. 그녀는 애인의 어깨에 머리를 기대고는 뜨거운 눈물을 하염없이 흘렀다.

그렇다. 벨담 부인은 또다시 굴복하고 무너져내린 것이다!

"아, 대체 누가 레몽 부인을 죽였죠? 혹시 신문에서 떠들던 악당이…… 루파르라는 자가 그랬나요?"

"음, 꼭 그렇다고는 할 수 없지……"

벨담 부인은 한 걸음 뒤로 물러나 애인의 눈을 빤히 들여다보며 다그쳐 물었다.

"그럼 당신 짓이군요? 어서 말해요. 꼭 알고 싶어요!"

"음, 역시 꼭 그렇다고는 할 수 없어. 그자도 아니고…… 나도 아니고…… 뭐랄까, 그와 나 둘 다라고나 할까?……"

"무슨 소리인지…… 도무지…… 이해할 수가 없군요!"

벨담 부인은 몹시 혼란스러운 듯 말을 더듬었다.

반면 샬레크는 상대의 고통을 오히려 즐기는 듯한 말투였다.

"이해하기 어려운 거야 당연하지! 우리의 '처형자'께선 보통 독창적인 분이 아니니까. 감히 말하자면 생각은 없고 행동만 있는 존재라고나 할까?……"

"누구예요? 대체 그게 누구냐고요!"

정신 나간 사람처럼 집요하게 매달리는 모습을 보건대, 대답을 듣기 전에는 결코 대화를 그만둘 생각이 없는 듯했다.

샬레크는 슬그머니 피하면서 이렇게 빈정댔다.

"오, 원장수녀님, 그 문제는 레몽 부인의 시신을 앞에 두고 당

신이 벨담 부인이라는 걸 대번에 간파해낸 쥐브 경감에게 여쭤
보는 것이 어떨까 싶습니다. 오호, 그러고 보니 쥐브 경감 그 양
반도 거언, 샬레크, 루파르, 또 무엇보다 팡토마스 같은 위인들
이 도대체 어떤 사람들인지 알고 싶어 기를 쓰는 듯하더군요!"

"아, 팡토마스라니! 어떻게 그 이름을…… 생각하고 싶지도
않은 이름이에요! 아, 가슴이 답답해. 불안해서 미칠 지경이에
요…… 제발 당신 입으로 말해줘요! 이젠 지독한 불안을 속 시
원히 떨어내게 해줘요! 정녕 당신이…… 팡토마스인가요?"

샬레크는 애원하듯 목에 매달린 벨담 부인의 아리따운 팔을
천천히 풀어내며 나직이 속삭였다.

"나는 그런 대단한 존재가 아니오. 아무것도 아니지…… 그저
당신을 사랑하는 연인일 뿐이오. 게다가 이젠 지금껏 견뎌온 복
잡한 삶에 나 자신도 지쳤소. 동시에 이 사람 저 사람으로 살아
가는 것 말이오. 예전엔 거언으로, 지금은……"

벨담 부인은 얼른 상대의 말을 끊었다.

"그럼 루파르와 샬레크도 동일 인물인가요?"

"그런 걸 보면 경찰들도 멍청하기 짝이 없지. 그저 면밀히 관
찰하고 추론만 하면 충분히 알 수 있는 것을! 최근 샬레크의 행
적과 루파르의 행적이 밀접하게 연관되어 있지만, 과연 그 두 사
람을 같은 장소에서 동시에 본 적이 있을까?…… 아, 나도 이젠
평온하고 안정된 삶을 갈망하오. 진정한 휴식 말이오. 온갖 비밀

과 범죄로부터 탈피하고 싶어……"

샬레크의 진솔해 보이는 고백에 벨담 부인은 즉각 감동받은 표정으로 말했다.

"아, 사랑해요. 당신을 누구보다 사랑해요…… 우리 함께 떠나요! 멀리 도망쳐요…… 그리고 둘이서 다시 삶을 시작하는 거예요…… 그래줄 거죠, 네?"

그러다 문득 벨담 부인이 말했다.

"어머, 방금 무슨 소리가 들렸는데……"

갑작스런 그녀의 반응에 샬레크 역시 바짝 귀를 기울였다.

과연 뭔가 가볍게 삐걱대는 소리가 방 안의 적막을 어지럽히고 있었다.

그러나 밖에는 바람이 세차게 불고 비가 억수같이 내리고 있었다. 썰렁하게 버려진 낡은 저택에 그만한 소음이 들린다고 특별히 놀랄 일은 아니었다.

벨담 부인은 다시금 꿈꾸는 듯한 표정으로 미래를 향한 계획들을 세우고 평화롭고 행복한 내일을 아련히 엿보았다.

그러나 샬레크는 간단명료한 말 한마디로 그녀를 곧장 현실 속에 처박아버렸다.

"그건 불가능하오. 지금이라도 결연하게 나서서 마지막으로 남은 일을 단행하지 않는다면……"

순간 벨담 부인은 상대의 입술에 손을 갖다대며 울부짖듯 말했다.

"그만해요! 또다시 나쁜 짓을 저지르자는 말 아닌가요?"

샬레크는 벨담 부인의 손을 부드럽게 거두며 잘라 말했다.

"복수를 해야만 해! 처형해야 한다고! 한 인간이 내 뒤를 악착같이 쫓고 있어. 나를 파멸시키기로 작정했고, 나를 붙잡기 위해서는 못 할 짓이 없는 작자지. 우리 사이엔 이미 돌이킬 수 없이 치열한 전투가 벌어지고 있으니 그가 죽어야만 내 삶이 안전하게 확보된단 말이야. 결국 그는 죽어야 한다는 결론이 나오지."

"오, 제발…… 제발 그를 그냥 봐줘요……"

"어쩔 수 없어. 그는 죽을 운명이야. 이봐요, 벨담 부인. 앞으로 나흘 뒤 쥐브 경감은 숨이 멎은 채 자신의 침대에서 발견될 거요. 아울러 그동안 팡토마스에 관해 그가 날조하고 키워온 황당무계한 전설도 그 파란만장한 막을 내리겠지……"

"그러면 팡토마스 자신은 어떻게 되는 거죠?"

"그 말은 내가 팡토마스일지도 모른다는 뜻인가?"

"아니, 그건 아니지만……"

벨담 부인은 당황한 빛을 애써 감추며 더듬거렸다.

샬레크는 별안간 대화를 끊고 이렇게 툭 내뱉었다.

"자, 그럼 또 봅시다, 벨담 부인. 나는 그만 가오! 잘 지내시고…… 안녕히!"

*

　　난방장치의 배관에서 힘겹게 빠져나온 쥐브와 팡도르는 석고 먼지를 뒤집어쓰고 거미줄에 뒤엉킨 몰골로 지하실 바닥에 벌렁 나뒹굴었다.

　　두 남자는 팔다리가 뻣뻣해질 정도로 피곤하고 행색이 엉망진창이었지만 이상하리만치 신이 나 있었다.

　　“어떤가, 팡도르? 우리가 그래도 꽤 선견지명이 있는 편이지?”

　　“아, 쥐브, 억만금을 준대도 아까 내가 웅크리고 있던 자리는 내주지 않을 거예요!”

　　“옳거니, 우리가 잡은 자리는 정말 절묘했지. 비록 벨벳 안락의 자처럼 편히 앉아 감상할 수 있는 자리는 아니었지만 말이야……”

　　샬레크와 루파르가 동일 인물이라는 사실, 그리고 벨담 부인이 거언과 공범관계였다는 사실이 명확해졌다.

　　“팡도르!”

　　“네, 쥐브.”

　　“이제 저들의 운명은 고스란히 우리 손에 달린 거야.”

　　하지만 팡도르는 갑자기 진지해지면서 이렇게 말했다.

　　“문제는 여태껏 우리가 단 한 번도 그…… 그 가공할 존재와 일대일로 맞붙은 적이 없다는 점이에요.”

　　“이봐, 뭘 그렇게 더듬대나! 그냥 깔끔하게 내뱉어버려. 팡토마스라고! 그래, 바로 그 팡토마스가 우리 앞에 버티고 있는 거야. 벨담 부인의 애인이면서 그 남편의 살해범이자 발그랑과 레몽 부인까지 죽인 자, 거언이자 샬레크이며 루파르이기도 한 자…… 그 모든 이들이면서 동시에 자기 자신으로도 행세할 수 있는 존재는 이 세상에 단 하나뿐이지…… 바로 팡토마스!"

쥐브와 팡도르는 정원 끝 담벼락에 난 틈새를 이용해 벨담 부인의 저택을 무사히 빠져나왔다. 쥐브가 호주머니에서 투명하고 작은 비늘 조각 같은 것을 꺼내 보여주며 물었다.

"이게 뭔지 아나, 팡도르?"

"모르겠는데요."

"나도 잘은 모르지만 대충 짐작은 하지."

"자꾸 호기심만 긁어댈 겁니까, 쥐브?"

"이보게, 팡도르. 아까 저 근사한 난방장치 안에 잠복하고 있을 때, 샬레크가 레몽 부인을 처형한 자의 정체를 똑 부러지게 밝히지 않았던 거 기억하나?"

"그래요, 그랬죠……"

쥐브는 문제의 비늘 조각을 지갑 속에 조심스레 넣으면서 말했다.

"지금 내가 바로 그놈의 일부를 손에 거머쥔 걸세!"

32
소리 없는 처형자

밤 아홉시.

형사는 문득 귀를 기울였다. 저쪽 끝에서 가느다란 소음이 들려오고 있었다. 분명 자물쇠 속에 열쇠를 꽂아넣는 소리였다.

'음, 십중팔구 팡도르가 찾아드는 소리로군!'

"별고 없으시죠, 쥐브?"

"자네도 잘 있었나? 그런데 어쩐 일인가?"

"그야…… 저녁 안부나 여쭈러……"

"허허, 몹쓸 신문기자 같으니…… 치안국의 유명 형사와 최후의 인터뷰를 하러 오셨군! 이제부터 이 끔찍한 사건에 관한 기사를 미주알고주알 작성해, 〈라 카피탈〉지의 특별판을 새벽녘에는 기필코 내겠다는 민완기자님의 오기라 이건가! '보나파르트 가의 참극을 파헤치다! 건달패에 당한 쥐브 경감, 알고 보니 팡토 마스의 희생양!' 뭐 이런 제목이겠지?"

쥐브가 너스레를 떨자, 팡도르도 이에 질세라 장난기 물씬 풍기는 어조로 받아쳤다.

"알짜배기 기삿거리를 그냥 지나치지 못한다고 저를 원망하신다면 얼마든지 달게 받아들여야겠죠!"

"옳거니! 쥐브와 팡도르가 없다면 흥미진진한 범죄사건도, 멋들어진 수사도 기대하지 말라, 이건가?"

팡도르는 이내 진지한 말투로 돌아와 물었다.

"쥐브, 혹시 특별히 걱정되는 일이라도……"

"걱정은 무슨…… 단지 조심할 뿐이지."

쥐브는 퉁명스레 대꾸했다.

"좋아요, 이제 어쩔 셈이죠?"

"우선 관리실에 형사 두 명을 배치하고 권총을 장전해둔 다음, 느긋하게 저녁식사를 했다네. 이제부터 취할 조치는 훨씬 더 간단하지. 평소처럼 열한시 반쯤 잠자리에 들 거고 램프 불을 끌 걸세. 다만 잠들려고 애쓰는 게 아니라 깨어 있으려고 신경을 곤두세울 거야. 그래서 저녁식사 때 일부러 커피를 세 배로 마셨어. 자네를 배웅한 다음엔 한 잔 더 마실 생각이고."

"미안하지만 저는 가지 않을 건데요……"

"뭐야?"

“여기 있을 겁니다.”

“이보게, 팡도르. 난 지금까지 자네가 달갑지 않다는 말을 단한 번도 한 적이 없어. 내게 무한한 호의를 보이는 자네의 마음을 항상 고맙게 생각하고 있지. 나는 자네를 믿는다네. 아니, 더나아가 늘 자네의 도움을 기대하는 입장이야. 하지만 이 친구야,앞으로 무슨 일이 벌어질지는 아무도 몰라. 만반의 대비를 하고기다리는 수밖에! 내가 지금까지 일궈온 과업을 이어갈 적임자인 자네를 뒤에 남겨둔다고 생각해야 그나마 내가 두 다리 쭉 뻗고 이 세상을 하직할 것 아닌가. 사람이 땅속에 묻혀서도 생각을할 수 있다면, 나는 무덤 속에 누워서도 팡토마스 역시 무사하지못하리라는 생각을 하며 편히 쉬고 싶네……”

“쥐브, 당신이 그런 멍청한 소리를 하는 건 처음 들어봅니다!당신은 지금 팡토마스에게 위협을 받고 있어요. 그래서 제가 이렇게 도우러 온 거고요. 여기에 뭐 잘못된 거라도 있나요?”

“그게 말이야…… 자네를 재울 침대가 없거든!”

“맙소사!”

쥐브는 갑자기 현관 쪽으로 성큼성큼 걸어가더니 램프를 내밀며 말했다.

“이걸 들고 나를 따라오게.”

쥐브는 현관문을 나와 계단을 오르기 시작했다.

“지금 어디로 가는 거죠?”

팡도르가 묻자 형사가 대답했다.

"다락."

그로부터 십오 분이 지난 후, 쥐브와 팡도르는 엄청나게 커다랗고 올이 성긴 버들 궤짝을 7층에서 끄집어내려 가구들이 빼곡히 들어차 비좁기 그지없는 복도를 통해 힘겹게 침실까지 운반해왔다.

"아이고…… 이게 이 정도로 무거울 줄은 몰랐네!"

이마의 땀을 닦으며 쥐브가 한숨을 내쉬자, 팡도르는 싱글벙글 웃는 얼굴로 말했다.

"지저분한 잡동사니들이 어지간히 많네요! 쥐브 당신도 깔끔한 남자는 못 되는가봅니다. 별의별 고물딱지들을 잔뜩 가지고 있다니!"

쥐브는 대답 대신 각종 책들과 걸레, 나뭇조각, 묵직한 서류철, 쓰고 남은 융단 자투리, 종이 두루마리 등등 무려 십오 년이나 살아온 건물 다락에 있던 거대하고 낡은 궤짝에 아무렇게나 쟁여둔 온갖 잡동사니들을 말없이 비워내기 시작했다.

궤짝이 말끔히 비워지고 나서야 쥐브는 팡도르를 바라보며 물었다.

"자네 키가 어떻게 되나?"

팡도르는 어리둥절한 표정으로 잠시 기억을 더듬더니 대답했다.

"제 기억으로는 1미터 75센티미터일 거예요."

쥐브는 호주머니에서 휴대용 줄자를 꺼내 궤짝의 크기를 재보았다.

"안성맞춤이군! 자네 이 안에서 마치 왕처럼 쉴 수 있겠어. 죄 없는 자네를 밤새도록 웅크리고 있게 하지 않아도 되니 얼마나 다행인지 모르겠네!"

"오호라, 그러니까 지금 손님을 새장 안에 재울 생각이신 거군요? 참 친절도 하십니다."

"새장? 그것도 맞는 말이네."

쥐브는 그렇게 계속 잡담을 던지면서 버들가지 궤짝 안에 매트리스를 넣고 그 위에 담요 두 장을 덮었다. 그런 다음 마지막으로 베개를 올려놓았다. 그는 침구를 평평하게 토닥이면서 비로소 안심한 듯 활짝 웃는 얼굴로 말했다.

"이제 이 안에서 아주 편하게 잘 수 있을 걸세, 팡도르. 코를 골면 안 된다는 수칙만 제대로 지킨다면 말이야."

쥐브의 기상천외한 발상에 장단 맞추는 일에는 워낙 이력이 난 터라, 팡도르는 아무 말 없이 고개만 끄덕였다.

쥐브는 슬슬 한술 더 뜨기 시작했다.

"의중을 미리 알려줬더라면 자네를 위해서도 보호 장구들을 좀 준비해뒀을 텐데…… 어디, 구경 좀 하겠나?"

말이 떨어지기가 무섭게 쥐브는 겉옷과 조끼를 벗어던지고 잽싸게 잠옷으로 갈아입는가 싶더니, 날카로운 가시들이 빼곡히 돋힌 폭이 50센티미터쯤 되는 벨트 세 개를 옷장에서 꺼냈다.

그는 새로운 종류의 그 갑옷들을 친구에게 보여주며 단언했다.

"이보게, 팡도르. 이것들을 두르고 있으면 몸을 완벽하게 방어할 수가 있네! 아차, 정강이 보호대를 빠뜨릴 뻔했군."

쥐브는 똑같이 가시들이 돋힌 작은 정강이 보호대 두 개를 옷장 속에서 추가로 꺼냈다. 팡도르는 어리둥절한 얼굴로 그 장구들을 휘둥그런 눈으로 바라보았다. 쥐브는 괴상망측한 갑옷을 착용한 뒤 흥겨운 목소리로 말했다.

"이걸 만드는 데 침구 한 세트가 전부 동원됐지 뭔가!"

"쥐브, 대체 이게 다 뭐 하는 짓입니까? 지금 제정신이세요?"

"정신이야 그 어느 때보다 멀쩡하지. 그래서 이렇게 말 그대로 중세 기사처럼 차려입은 것 아닌가 이 사람아!"

"하지만 이런 장구는 전혀 새롭지 않아요. 그 유명한 리아뵈프*를 생각해보세요. 당시에 그도 체포 대상의 팔부터 붙드는 경찰의 습관을 고려해 못을 박은 완장 비슷한 걸 착용했어요. 경찰이 그를 붙잡으려다가 못에 손을 찔리는 바람에 질겁했다지 않습니까!"

"나도 알아."

---

* Jean-Jacques Liabeuf(1886~1910). 억울한 누명을 쓰고 체포된 것에 앙심을 품고 못 달린 완장을 착용한 채 자신을 체포한 경찰관들에게 권총을 난사, 결국 기요틴에서 처형되었다.

그때였다. 갑자기 쥐브가 팡도르의 입에 손가락을 갖다대며
말했다.

"그만 팡도르! 지금 추시계가 열한시 이십분을 가리키고 있
네. 나는 보통 열한시 반에 잠자리에 들지. 팡토마스가 그걸 모
를 리 없고. 자넨 어서 궤짝 안으로 들어가게. 뚜껑은 꼭 닫고. 별
로 덥지는 않을 거야. 내가 창문을 살짝 열어놓을 테니까."

"맙소사! 창문을 열어놓다니, 너무 위험해요!"

"그것도 내 오랜 버릇 중 하나이네. 팡토마스에게 경계심을 주
지 않으려면 평소 습관대로 해야 해. 자, 이제부터가 중요하네.
뜬눈으로 밤을 지새되, 말 한마디 해서는 안 되네. 무슨 일이 있
어도 꼼짝해서는 안 된다는 걸 명심하게. 대신 내가 자네를 부르
면 즉시 불부터 켜고 날 돕는 거야!"

"알겠습니다."

팡도르는 비장한 목소리로 대답했다.

*

"불을 켜, 팡도르!"

쥐브가 버럭 소리쳤다.

갑자기 요란한 소리가 터져나오는 바람에 팡도르는 혼비백산
했다. 캄캄한 어둠 속에서 쥐브의 신음 소리, 무언가가 바닥을

스치는 소리, 정체불명의 가해자에게 몸을 부딪치며 대항하는 소리가 긴박하게 들려왔다.

"제기랄, 어서!"

팡도르가 엉겁결에 발을 내디디자 발에 램프가 차이면서 유리가 산산조각이 났다. 팡도르는 자기도 모르게 주춤하며 비틀거리다가 머리를 옷장에 부딪쳤고, 얼른 몸을 뒤로 빼며 끔찍한 외마디 비명을 내질렀다.

어둠 속으로 내뻗은 그의 손에 차갑고 끈적거리는 감촉이 느껴지더니 미끄덩하고 빠져나갔다!

"팡도르…… 팡도르……"

"아, 이를 어쩐다!"

"어서…… 빨리!"

더이상 주위를 더듬으며 시간만 낭비할 수는 없었다. 팡도르는 무작정 서재 쪽으로 내달려 또다른 램프를 찾아냈고, 서둘러 불을 붙였다.

허겁지겁 돌아와보니 쥐브는 피범벅이 된 몸으로 바닥에 무릎을 꿇고 있었다.

"쥐브!"

팡도르가 울부짖었다. 그러나 쥐브는 오히려 호탕한 목소리로 이렇게 외치는 것이었다.

"난 괜찮아, 팡도르! 피를 쏟은 건 내가 아니라고! 들리나, 저

희미한 휘파람 소리가?"

"네, 조금 전에도 같은 소리가 들렸어요."

"나도 들었어. 이른바 '처형자'가 왔다가 떠나는 소리지!"

형사는 창문을 닫고 커튼을 친 다음 의자에 앉아 정강이 보호
대와 벨트 그리고 완장을 차례차례 조심스럽게 벗었다.

그는 그 모든 무시무시한 방어 장구를 가시가 위로 향하게 탁
자 위에 천천히 늘어놓았다. 그리고 뾰족한 가시마다 붙어 있는
미세하게 찢긴 살점과 핏자국들을 집요하게 들여다보았다.

그는 이내 차분하게 가라앉은 목소리로 말했다.

"이제 더는 걱정할 필요 없네. 습격이 있었지만 결국 실패하고
말았으니까."

그러고는 미지의 습격자가 남긴 피비린내 나는 흔적들을 다시
금 주의 깊게 살피기 시작했다.

"쥐브, 제발 무슨 일인지 자세히 좀 설명해주세요! 대체 어떻
게 된 겁니까?"

팡도르가 다그쳐 묻자 쥐브는 깜짝 놀란 듯 물끄러미 쳐다보
았다.

"아니, 전혀 모르겠단 말인가?"

"네, 뭐가 뭔지 모르겠습니다!"

"이보게, 팡도르. 프로쇼 주택단지의 희생자를 그 지경으로 뭉
개버리고, 딕슨을 거의 질식시킬 뻔하고, 살레크가 갖다놓은 트

링크에서 유령처럼 튀어나와 조제핀을 창문 밖으로 추락시킬 만한 존재가 과연 무엇일까? 팡토마스를 돕는 무시무시하고 강력한 미지의 조력자라고 해야 할까?…… 그건 다름 아닌 한 마리 짐승, 즉 뱀이라네! 그냥 뱀이 아니라, 정교하게 훈련된 뱀이지. 주인이 명하기만 하면 어디든 달려가 목표물을 압살시키고 다시 주인에게 돌아갈 수 있을 만큼 잘 훈련된 뱀…… 실은 놈의 존재에 대해 오랫동안 의심을 품고 조사를 벌여오던 중 지난번 뇌이의 저택 응접실에서 놈의 피부 조각을 발견하면서부터 서서히 확신이 들기 시작했다네. 오늘밤 놈이 찾아들기를 기다리면서 마치 용맹한 기사처럼 철갑 장구를 잔뜩 두른 것도 다 그 때문이야."

쥐브의 놀라운 이야기에 팡도르는 한껏 흥분해서 이렇게 외쳤다.

"아, 만약 아까 제가 램프를 제때 찾아 불을 밝혔더라면 그 끔찍한 녀석을 생포할 수도 있었겠군요!"

"그랬겠지…… 하지만 그래봐야 뭐하겠나! 차라리 놈이 팡토마스에게 돌아가는 것이 낫지. 아마 지금쯤 그 특별한 공범의 상처를 치료하면서 어찌 된 영문인지 몰라 골치깨나 썩고 있을걸!"

"그런데 말이죠(팡도르는 집요한 표정으로 불쑥 말을 끊었다), 여전히 제게 얘기를 안 해주시네요."

"무엇 말인가?"

"어둠 속에서 무슨 일이 벌어졌었는지, 자세하게 말이에요!"

젊은이의 얼굴은 양보라고는 모르는 호기심으로 가득했다. 쥐브는 그런 팡도르를 한참 동안 물끄러미 바라보고는 너털웃음을 터뜨렸다.

"허허허, 하여튼 못 말리는 기자 녀석이라니까! 이러니 내가 자네한테만은 아무것도 숨길 수가 없지. 좋아, 일단 꼼꼼히 받아 적게. 기사로 싣는 것은 나중에…… 한참 나중에 하고. 내가 허락하거든 그때 실으란 말이야. 일은 이랬다네. 갑자기 무슨 소리가 들리는 거야. 휘익…… 휘익…… 이렇게 말이지. 왠지 기분이 불쾌하더군. 창문은 반쯤 열려 있겠다, 혼자 별의별 생각이 다 들었지. 오냐, 들어오너라. 어서 들어와, 이놈아. 스르르…… 스르르르…… 팡도르, 자네도 들었다고 했지? 놈의 역겨운 비늘들이 마룻바닥을 긁어대는 소리 말이야. 하지만 자네는 무슨 영문인지 전혀 몰랐겠지. 나는 보지 않고도 놈이 온 것을 확신할 수 있었네! 온몸을 긴장한 채 신경을 바짝 곤두세우고 귀를 기울이는데, 문득 내가 덮고 있던 이불이 움직이는 게 느껴지더군. 그 빌어먹을 녀석이 몸을 바짝 치켜세우고는 필살의 공격을 위해 침대 위로 기어오르는 것이었어. 딕슨이 어떻게 당했는지 기억하나? 아니나 다를까, 잠시 후 마치 채찍이 순식간에 휘감기듯 놈이 강력하게 나를 감아오는 느낌이 들더군! 그러고는 내 몸을 이리저리 뒤치면서 제멋대로 흔들더니, 급기야 가벼운 깃털처럼 침대 아래로 내동댕이치는 거야. 아, 정말 대단한 놈이더군! 그래, 몸이 묶였다고 해야 할까? 양팔이 몸통에 딱 붙어 옴짝달싹 못하게, 마치 소시지처럼 돌돌 말린 상태로 묶여버린 거야! 갈비뼈가 으스러질 것 같더군. 사실 말은 안 하려 했지만, 오로지 이 철갑 장구에만 의존하게 되더라니까. 하긴, 이제 와서 뭘 숨기겠나! 그래, 나는 겁이 났네! 엄청나게 겁이 났어…… 그래서 울부짖었지. '팡도르, 팡도르, 날 좀 살려주게!'라고 말이야. 아무튼 놈은 서서히, 무시무시한 괴력으로 몸 전체를 옥죄기 시작했네. 그런데 어느 한 순간 차가운 액체가 살갗을 적시는 게 느껴지더군. 피였어! 드디어 놈이 상처를 입은 거지. 우린 뒤엉킨 채 계속 싸웠고, 그동안 자네는 어둠 속에서 갈피를 못 잡고 우왕좌왕하다가 결국 램프를 깨뜨린 모양이더군. 나는 점점 숨이 막혀가고 말이야. 그 끔찍한 기분은 내 평생 잊지 못할 걸세…… 그러다가 어느 순간 놈의 완력이 느슨해지면서 옥죄임에서 풀려날 때의 그 기쁨이란! 한숨이 절로 쉬어지더군! 놈이 결국 싸움을 포기하고 슬그머니 내빼기 시작한 거야. 스르르…… 스르르르…… 휘익…… 휘익…… 하면서 말이야! 바닥을 쏜살같이 기어 창문으로 빠져나가면서도 그 파충류가 내는 기분 나쁜 소리는 그치지 않았어. 그러고는 완전히 사라져버렸지. 어디로? 어떻게? 왜?…… 아, 그 순간에도 팡토마스는 그리 먼 곳에 있지 않았다네! 어쨌든 자네가 어둠 속에서 램프를 깨뜨리고 우왕좌왕할 때 내가 얼마나 걱정했는지 모를 걸세. 만약 그때 그 짐승이 마음을 바꿔 자네한테 달려들었다면!"

"맙소사, 그랬다면 당신이 또 저를 곤경에서 구해줬겠죠!"

"곤경에서 구해준다…… 그렇게 생각해주니 고맙군, 젊은 친구. 아무튼 우리 조금만 더 용기를 가져보자고! 이제 행운이 점점 우리 쪽으로 기울고 있는 느낌이야! 반대로 팡토마스에겐 상황이 점점 더 불리해지고 있지…… 자, 자, 조만간 놈을 잡게 될 거야! 내 장담하지, 팡도르. 놈은 머지않아 우리 손에 잡힌다고!"

33
수녀원의 변괴

"마르그리트 수녀님! 빈첸시오 수녀님! 클로틸드 수녀님! 이게 무슨 일이죠? 무슨 일이에요?"

수녀들이 걱정스러운 표정으로 회랑 끄트머리에 모여 있었다. 안식을 방해받은 선량한 여인네들, 허겁지겁 두건을 고쳐 쓰고 큼직한 망토를 걸친 티가 역력했다. 너 나 할 것 없이 소리 나는 쪽으로 고개를 돌려 예배당 쪽을 바라보는 얼굴엔 잔뜩 겁이 서려 있었다.

재무 담당 수녀가 한마디 했다.

"도둑인가봐요!"

크뢰즈의 벽촌에서 소위 '박해법'이라 불리는 정부 정책에 떠밀려 이곳으로 온 지 얼마 안 되는 다른 수녀는 두려운 마음을 굳이 감추려 하지 않았다.

"그럼 정부에서 또 경찰을 보내겠군요! 우리를 다 쫓아낼 거예요."

제일 연장자인 빈첸시오 수녀는 극도로 흥분해서 이렇게 더듬거렸다.

"이건 혁명이에요, 1870년에도 그 꼴을 목격했지요……"

그러는 와중에 난데없이 의자들이 무더기로 포석 위에 내동댕이쳐지면서 요란한 굉음을 일으켰다.

수녀들은 잔뜩 겁에 질려 점점 더 서로에게 바짝 붙어 서 있을 뿐, 회랑에서 작은 계단 하나만 올라가면 되는 예배당엔 가볼 엄두를 못 내고 있었다.

다들 이 모든 사태에 대해 원장수녀님은 어떻게 생각하실지, 과연 뭐라고 말씀하실지 궁금해했다.

바로 그때였다. 불분명하게 들리는 비명 소리가 예배당에서 수녀원으로 이어지는 통로를 가득 채우는 것이었다!

숙소에서 곤히 자고 있는 줄만 알았던 접수계 담당 프란치스코 수녀가 휘둥그레진 눈망울에 옷매무새마저 흐트러진 채로 불쑥 나타나 이렇게 소리쳤다.

"여러분, 어서 도망쳐야 해요! 제가 악마를 봤습니다! 저기, 예배당 안에 있어요! 아, 정말 끔찍합니다!"

사정인즉, 마침 잠자리에 들려는데 예배당 쪽에서 웬 소리가 나더라는 것이다. 누가 실수로 예배당에 정원사의 개를 놔두고 문을 잠갔나 싶어 아무 생각 없이 한번 둘러보기로 했단다. 그런데 성가대석을 통해 막 들어서려는 찰나, 클로틸드 성녀의 제단 바로 위 채색 유리창이 와장창 깨지더라나! 이어서 그 창구멍으로 웬 초자연적인 존재가 커다란 몽둥이를 들고 불쑥 들이닥쳤다는 것이 프란치스코 수녀의 얘기였다.

클로틸드 수녀가 떨리는 목소리로 물었다.

"누구 원장수녀님께 이 일을 알릴 사람 없나요?"

순간 또다른 소리가 들렸다. 막 터져나오려는 비명을 가까스로 억누른 채 하얗게 질린 얼굴로 돌아보는 수녀들 앞에 서 있는 사람은 다름 아닌 원장수녀였다.

"아, 원장수녀님! 원장수녀님!……"

몇몇 수녀들은 자기도 모르게 털썩 무릎을 꿇기까지 했다.

원장수녀는 그들을 일으켜 세워준 뒤, 접수계 수녀에게 다가가 말했다.

"프란치스코 수녀님, 일단 진정하고 마음을 강하게 먹어야 합니다. 하느님은 우리를 버리시지 않아요! 상당히 놀란 것 같은데, 낯선 사람이 찾아와 나를 보잔다고 해서 꼭 우리를 해치려는 뜻이 있다고 생각할 필요는 없지요."

그런 다음 원장수녀는 일부 수녀들의 만류를 뿌리치고 예배당에 이르는 계단으로 의연하게 다가갔다. 다른 수녀 몇몇은 용감하게 자원해서 동행했다.

원장수녀가 그들을 제지하며 말했다.

"나 혼자 가겠습니다. 하느님이 지켜주실 거예요!"

벨담 부인은 현재 자신을 괴롭히는 감정 상태를 숨기느라 갖은 애를 썼다. 천천히 계단을 올라간 그녀는 성소 문을 열고 안으로 들어서기 직전 질겁한 듯 그 자리에 덜컥 멈춰 서고 말았다.

내부는 환하게 밝혀져 있었다. 불꽃이 피어나는 커다란 양초들이 주제단 위에서 녹아내리는 가운데, 예배당 한복판에는 넉넉한 검은 망토에 크고 검은 모자를 쓰고 얼굴을 검은 복면으로 감싼 사내가 수수께끼 같은 분위기를 풍기며 꼼짝 않고 서 있었다.

미지의 사내가 입을 열었다.

"벨담 부인!"

"네? 그게 무슨 말이죠? 이러시면 안 됩니다!"

수수께끼 같은 사내는 잠시 뜸을 들인 후, 말 한 마디 한 마디가 예배당의 을씨년스러운 지붕 아래 묘한 울림을 만들도록 힘을 줘가면서 말했다.

"팡토마스에게 안 되는 일이란 없소이다!"

그제야 벨담 부인은 더는 아무 말도 못 한 채 금방이라도 터질 것 같은 가슴을 두 손으로 꼭 움켜잡았다. 신비스러운 목소리가 다시 말을 이었다.

"벨담 부인, 팡토마스가 명하노니 이곳을 떠나시오. 정확히 두 시간 후, 그대는 이 수녀원에서 나가야 하오. 정원 뒤 작은 쪽문 앞에서 자동차가 그대를 기다리고 있을 거요. 그대는 입을 꼭 다물고 그 차에 타기만 하면 됩니다. 차가 바닷가 선착장 앞에서 멈추면, 운전기사가 지목하는 배 위에 오르시오. 항해가 끝나면 그대는 영국에 가 있을 거요. 거기서 새로운 지시를 받은 뒤에는 캐나다로 가게 될 거요."

"왜 저더러 우리 소중한 식구들을 떠나라는 겁니까?"

원장수녀가 절규하듯 외치자 미지의 사내는 이렇게 되물었다.

"그럼 모든 것을 버리고 떠날 마음의 준비가 안 되어 있었던 말이요, 벨담 부인?"

"오, 맙소사!"

"뇌이 저택에서의 그 밤을 기억하시오!"

"아…… 정 그렇다면 차라리 그때 저를 데려갔어야죠! 다시 정신 차릴 여유를 주지 말고 그대로 납치라도 했어야죠. 지금은 마음이 변했단 말이에요!"

"당신은 떠나야 해!"

"대체 이런 소란은 왜 일으킨 거죠?"

"당신이 떠나지 않을 수 없게 만들려고. 자, 복종할 테요?"

"……복종하겠어요."

순간 다급한 외침 소리와 호루라기 소리 등으로 주위가 한층 더 어수선해지기 시작했다.

"경찰이로군! 팡토마스의 뒤를 쫓는 경찰, 쥐브 경감의 경찰이지. 하지만 이번에는 팡토마스가 한 수 위일걸! 벨담 부인, 그럼 나중에 봅시다!"

눈 깜짝할 사이에 벨담 부인은 휑한 예배당에 혼자 남겨졌다.

그녀는 자신이 뭘 하는지도 모른 채 넋 나간 사람처럼 작은 계단을 내려와 동료 수녀들 곁으로 다가오더니, 그만 정신을 잃고 그들 품에 쓰러졌다!

그와 동시에 수녀원 정문에서 초인종 소리가 요란하게 울렸고, 더불어 위압적인 고함 소리까지 들려왔다. 개중 의연한 수녀들이 나가보았다. 제복을 확인하고서야 다소 마음이 놓인 수녀들은 경찰관들과 간단한 대화를 신속하게 주고받았다.

그렇다. 경찰에 쫓기던 나쁜 사람들이 어쩌다가 이 평화로운 수녀들의 거처에 난입했던 것이리라. 이제 그걸 보증하기만 하면 사태는 저절로 잠잠해질 것이다.

정신이 돌아온 벨담 부인은 재무 담당 수녀에게 다 죽어가는 목소리로 말했다.

"이 모든 사태를 내가 설명해줄게요, 수녀님…… 단, 지금 말고 좀 나중에요!"

그런 다음 가까스로 마음을 추스르면서 머뭇머뭇 말을 골라 이렇게 덧붙이는 것이었다.

"지금 주르당 대로의 우리 수녀님들이 엄청난 위험에 처해 있어요. 어떻게 해서라도 그들에게 이 사실을 알려야 합니다……
내가 직접 그들 곁으로 가야만 해요!"

재무 담당 프란치스코 수녀는 기겁을 하며 말렸다.

하지만 원장수녀는 밀랍처럼 창백한 얼굴과는 전혀 어울리지
않게 이상하리만치 침착하고 권위적인 어조로 딱 잘라 말했다.
어떠한 논쟁도 받아들이지 않겠다는 결의를 보일 때의 바로 그
어조였다.

"내가 말한 대로 실행에 옮길 겁니다. 지금 나를 파리로 태워
다줄 자동차가 대기하고 있어요. 그러니 아무 걱정할 필요 없습
니다. 나쁜 일은 일어나지 않을 거예요. 나는 내가 무슨 일을 하
는지 잘 알아요."

원장수녀는 모든 수녀들이 아연실색한 얼굴로 바라보는 가운
데 깊이 고개를 숙여 작별인사를 하고는 천천히 멀어져갔다.

*

노장 쉬르 센의 수녀원에서 이처럼 황당한 사태가 벌어지는
동안, 팡토마스의 지시라고는 아무도 생각하지 못할 벨담 부인
의 도주가 현실로 이루어지던 바로 그때, 그 유명한 '레 시프르
파'의 멤버들이 아지트로 삼은 라 샤펠 대로 인근 우범 지역은
심상치 않게 북적대고 있었다.

그날 저녁, 구트 도르 경찰서는 입구에서부터 서장인 로클레 씨의 집무실까지 말 그대로 사람들로 미어터지고 있었다. 정·사복 경찰관들과 치안국 형사들을 위시해 진짜 혹은 가짜 건달들, 도심 및 구區 단위별 군경들, 각 부서의 책임자들, 낯익은 사람들과 그렇지 않은 사람들 등등.

문이 활짝 열리더니, 야채 장수 행색을 한 사내 하나가 쓱 들어섰다.

"어떤가, 레옹?"

사내를 알아보자마자 쥐브 경감이 툭 던지듯 물었다.

수사팀 소속 경찰관 레옹은 얼굴이 환해지면서 대답했다.

"반장님, 해냈습니다! '술통'을 잡았어요!"

순간 정복 차림의 또다른 한 명이 그 뒤를 헤집으며 들어왔다. 19구 군경반장이었다.

그는 절도 있게 거수경례를 한 뒤 이렇게 보고했다.

"경감님, 제 부하들이 '애교마담'을 데려왔는데, 목에 칼침을 맞은 상태입니다."

"가해자는 잡았소?"

쥐브가 묻자 같이 온 경찰관이 대신 나서며 말했다.

"아직 못 잡았습니다. 한두 명이 아닙니다. 하지만 다 알려진 놈들이죠. 애교마담이 경찰의 *끄*나풀이라는 의심을 받아 피를 본 모양입니다."

한편 로클레 씨가 라리부아지에르 병원으로 전화를 걸어야 하니 다들 조용해줄 것을 요청했다.

"네, 긴급입니다. 구트 도르 경찰서로 구급차 한 대를 즉시 보내주십시오."

그와 동시에 모두가 희생자를 돌아보았다. 들것에 축 늘어진 가엾은 여자의 몸에서 시뻘건 선혈이 철철 흐르고 있었다.

쥐브는 팡도르에게 다가가 다른 사람들에게 들리지 않도록 슬그머니 말했다.

"그러니까 자네 얘기는 이제 벨담 부인을……"

순간 일대 소란이 일면서 이야기가 끊겼고, 쥐브는 경찰서 입구로 달려갔다.

여러 명의 경찰관이 파랗게 질린 젊은이 하나를 대놓고 구타 중이었다. 그를 알아본 팡도르가 외쳤다.

"저런! 마르세유 급행열차에서 내 손가락을 깨문 녀석이잖아!"

레옹이 얼른 다가가 신원을 확인했다.

"아, 나도 아는 놈이로군. 미밀이라고 아주 골 때리는 녀석이지. 어디 혼 좀 나봐라!"

그렇게 해서 미밀 역시 철창 안에 가둔 뒤, 검거에 임한 두 경찰관은 다행히 경상에 그친 서로의 부상 부위에 붕대를 감아주었다. 그들은 언제든 또다시 출동할 태세를 갖추고 있었다. 들리는 말에 의하면 바깥 상황이 엄청나게 과열되고 있는 반면 경찰력은 그다지 풍부한 편이 못 되었기 때문이다.

경찰서 안이 금세 또 사람들로 북적였다. 강제로 끌려온 듯한 웬 노파가 목이 터져라 울부짖었다.

"이런 죽일 놈들! 이 못돼먹은 놈들! 가엾은 늙은이를 이따위로 다루다니 창피하지도 않으냐!"

노파를 검거해온 경찰관 중 한 명이 로클레 경찰서장에게 설명했다.

"서장님, 이 노파는 툴루슈 할멈이라고 하는데요. 어떤 놈이 건넨 돈다발을 옷 속에 숨기는 걸 붙잡아 데려왔습니다. 이게 바로 그 돈다발입니다."

이때 대화 내용을 놓치지 않고 귀담아듣던 팡도르는 로클레 씨의 어깨 너머로 문제의 돈다발을 흘끔 보고는 그만 탄성을 내뱉지 않을 수 없었다.

"어, 반으로 잘려나간 지폐잖아! 만약 저게 마르시알 씨의 돈이라면, 그 선량한 포도주 상인을 후린 절도범이 붙잡힌 거겠네! 로클레 서장님. 제가 지폐 일련번호를 좀 확인하게 해주십시오."

"툴루슈 할멈도 당장 집어넣도록!"

흥분한 경찰서장이 두 손을 연신 문지르며 부하 경찰관에게 지시하더니 쥐브 경감을 돌아보며 이렇게 말했다.

"어떻습니까, 대단한 일제 단속이죠?"

그러나 쥐브는 경찰서장의 말을 듣는 둥 마는 둥 팡도르의 소맷자락을 붙잡아 저쪽 구석으로 데려갔다. 저녁 내내 쉴 새 없이 벌어지는 일련의 상황에 조금도 흔들리지 않고, 그는 수미일관 자신의 사고와 추론을 짚어가고 있었다. 잠시 끊겼던 팡도르와의 대화가 이어졌다.

"하여튼 그건 아니네. 나는 당분간 벨담 부인을 매일 저녁 미행하도록 조치하는 것으로 만족하네. 경찰이 수녀원을 감시하는 것 말이야. 그녀를 당장 체포할 생각은 없어."

쥐브의 말에 팡도르는 어이가 없다는 듯 눈을 치켜뜨고 먼 하늘을 한 번 쳐다보았다.

하지만 쥐브는 일단 진정하라면서 계속 이야기를 이어나갔다.

"이봐, 젊은 친구. 다른 사람들 생각도 좀 해야지. 모든 것을 단번에 처리하려고 하면 안 돼. 샬레크와 루파르를 포함한 팡토마스 일당 한 사람 한 사람을 대상으로 경찰청의 구인장을 받아내기 위해 내가 그동안 얼마나 오랜 시간 공을 들였는지 자네도 잘 알 걸세. 그 빌어먹을 놈들이 저 위의 고위층에 얼마나 영향력을 미치는지는 모르지만, 치안국 내부에서조차 '레 시프르 파' 얘기만 나오면 다들 슬그머니 몸을 사리고, 누구 하나 개입하려는 자가 없는 실정이야! 게다가 이미 두 달여 전에 법적으로 사망선고가 내려져 장례까지 치른 벨담 부인을 대상으로 지금 내가 구인장을 발부받겠다고 나서면, 그 잘난 퓌즐리에 수사판사는 그야말로 뒤로 벌렁 나자빠지고 말 걸세. 그러니 인내심을 좀 가지라고, 팡도르. 매사 때가 있는 법이야. 그렇다고 해서 내가……"

순간 경찰관 한 명이 다급한 목소리로 끼어들었다.

"쥐브 경감님! 그롤 형사 쪽에서 지원 요청을 해왔습니다. 코른 영감 가게에서 총격전이 벌어진 모양입니다!"

쥐브 경감은 즉시 경찰서장에게 달려갔다.

"가용할 수 있는 인원이 있습니까, 로클레 서장님?"

서장은 일단 난색을 표하면서도, 뭔가 결단을 내렸는지 다짜고짜 전화기에 달려들었다.

"여보세요! 여보세요! 필리프 드 지라르 가 경찰서장 좀 부탁합니다!"

통화가 연결되기를 기다리는 동안 그는 쥐브를 돌아보며 이렇게 말했다.

"현재 우리 인원은 모두 출동했지만, 지금 다른 지구 서장한테 부탁하고 있으니 잠시만 기다리면 지원군이 '친구 사이'로 출동할 수 있을 겁니다."

저쪽 너머에서 뭐라고 하는지, 서장은 다시 전화기에 매달렸다.

"어이쿠, 이런…… 전화기 좀 떼고 말하시오! 내 얘기는…… 아, 전화가 왜 이 모양이지. 그러니까…… 네, 네, 여기가 어느 경찰서냐 하면…… 잠깐만요……"

바로 그때, 자전거를 타고 온 경찰관 한 명이 온몸에 비 오듯

땀을 흘리고 가쁜 숨을 몰아쉬며 들이닥쳤다. 그는 격식은 조금도 차리지 않고 다짜고짜 쥐브 경감 앞으로 다가갔다.

"저는 지금 노장에서 오는 길입니다. 아, 정말 대단하더군요."

"그래, 어떻던가?"

쥐브는 안달이 난 사람처럼 다그쳐 물었다.

"네, 경감님, 포착했습니다. 복면을 쓰고 망토를 걸친 남자 한 명이 수녀원에서 나오는 것을 분명히 확인했습니다. 그리고 즉시 추격했지만, 난데없이 사격을 가해오는 바람에 경찰관 두 명만 그 자리에서 즉사했습니다!"

"그래서?"

"그래서 어쩔 수 없이 추격을 중단했습니다. 그 상태로는 도저히…… 어쨌든 그자는 경주용 자동차를 타고 곧장 사라졌습니다."

"이런, 제기랄! 그놈은 분명……"

경찰관은 이루 형언할 수 없는 공포심을 얼굴에 드러내며 더듬더듬 이렇게 말했다.

"그렇습니다, 경감님. 저희도 같은 생각을 했어요…… 그놈은 필경 팡토마스 같았습니다!"

여전히 전화기와 씨름하고 있던 경찰서장이 쥐브를 향해 소리쳤다.

"쥐브 경감, 어서 전화 받아요! 뇌이에서 누가 찾습니다!"

쥐브가 얼른 수화기를 건네받았다.

“여보세요, 여보세요. 아, 자네인가, 미셸? 그래, 나야. 무슨 일인가? 자동차?…… 자동차를 타고 나타났단 말이지? 아, 운전기사를 잡았다고? 그놈은? 제기랄! 도대체 어떻게 했기에 매번 그리 쉽게 놓치나! 뭐야? 잡은 거나 다름없다고? 지금 그 집에 있다 이거지? 벨담 부인의 저택에 말이야. 포위는 해놓았나? 모두 열다섯 명? 좋아, 경계 단단히 하고, 내가 도착할 때까지 그 상태로 대기하도록!”

쥐브는 거칠게 전화기를 내려놓더니, 옆에서 대화 내용을 귀담아듣고 있던 팡도르에게 말했다.

“지금 팡토마스가 벨담 부인의 저택에 포위되어 있다네. 내가 가봐야겠어.”

“저도 가겠습니다!”

사람들을 헤치며 경찰서를 빠져나가던 쥐브와 팡도르가 그롤 형사와 맞부딪쳤다.

“아, 반장님, 방금 코른 영감 가게에서 격전 끝에 털보를 체포 했습니다!”

“지금 그게 문제가 아니야!”

쥐브는 그롤 형사를 거칠게 떨쳐내며 툭 내뱉고는 밤 아홉시부터 아예 세를 낸 택시에 훌쩍 올라탔고, 팡도르가 옆자리에 착석하자 곧바로 택시 기사에게 주소를 일러줬다.

“뇌이의 앵케르만 대로! 전속력으로!”

34
팡토마스의 반격

"휴…… 드디어 도착했군!"

광란의 질주를 무사히 끝내고 현관 계단에 다다른 팡토마스는 신속한 동작으로 집 안에 들어가 이중으로 문을 잠갔다.

악당은 1층에 위치한 어둡고 습한 방들을 샅샅이 둘러보면서 창문들이 단단히 잠겨 있는지 일일이 확인했다. 이제 누가 그를 쫓아 이 공간에 치고 들어오려면 억지로 문을 부수거나 창문을 깨뜨리는 수밖에 없었다!

그는 으르렁거리며 말했다.

"나를 붙잡는다는 건 아직 어림없는 일이지! 노장에서는 쥐브 경감의 추격이 그런대로 괜찮았지만, 60마력 엔진이 경찰청 자전거 부대를 따돌리는 거야 식은 죽 먹기 아니겠어?"

그러고는 계속 속으로 중얼거렸다.

'그래, 쥐브 경감의 추격이 생트 클로틸드 수녀원 주변에서 그치지 않으리라는 거야 불 보듯 뻔하고…… 빌어먹을 그 형사 놈이 필경 이 저택에까지 감시를 붙여놓았을 거야. 흥, 올 테면 오라지!'

그는 문득 귀를 기울였다. 자동차 경적 소리가 밤의 적막 속에서 음산하게 울리고 있었다.

한 번, 두 번, 세 번…… 초조하게 횟수를 세던 팡토마스의 뇌리에 순간 이런 생각이 스쳐 지나갔다.

'세 번이라! 신호로군. 운전기사가 붙잡혔어.'

이어서 부산한 발소리까지 들려왔다.

아니나 다를까, 밖을 내다보니 가로등 불빛 속에 운전기사의 실루엣이 선명하게 보였다. 십여 명의 경찰들에 둘러싸인 사내는 고개를 푹 숙인 채 걷고 있었다.

아울러 오른쪽으로 조금 떨어진 곳에는 뇌이까지 타고 온 자동차가 무관심 속에 방치되어 있었다.

"오호, 착한 경찰 아저씨들 같으니! 잘돼가고 있어. 잠시 후 내가 문제 없이 사용할 수 있도록 60마력짜리 엔진을 얌전히 놔두시니 말이야!"

팡토마스는 그렇게 외친 뒤 계속해서 머리를 굴렸다.

'가만, 그렇다고 시간낭비 할 필요는 없지. 운전기사가 체포됐다는 건 쥐브 경감의 추격 의지가 이곳까지 미쳤다는 뜻이니까. 그 훌륭하신 형사 나리와 일편단심의 신문기자가 조만간 모두 이곳으로 들이닥치겠는걸! 좋아! 어디 한번 해보라지. 쥐브, 이 집에 발을 들이는 순간 자네는 형사가 아니라 사형수 신세가 되고 말 테니까!'

그때부터 팡토마스는 어떤 괴이한 작업에 심혈을 기울여 몰두하기 시작했다. 우선 그는 망토 자락에서 폭죽 비슷한 것을 꺼내 찬방 뒤쪽, 집 안의 전기 시설들이 하나로 모이는 어두컴컴한 다용도실 바닥에 조심스레 내려놓았다.

그런 다음, 그 폭죽의 끄트머리에 미리 피복을 벗겨둔 전선 두 가닥을 접속시켰고, 이어서 배전반 손잡이를 확인한 뒤 그곳에 아무렇게나 방치된 나무판자 밑에 화약통을 숨겨두었다.

그는 다용도실에서 나와 문을 단단히 잠근 뒤 냉소를 흘리며 중얼거렸다.

"이제 경찰들이 집 안에 들어서면 평생 두 번 다시 볼 수 없는 기막힌 불꽃놀이를 구경하게 될 거야! 강력한 다이너마이트 덕분에 점잖은 부르주아 풍의 집 한 채가 졸지에 화려하기 짝이 없는 철근과 돌 무더기로 변하는 거지! 그 가운데에 뿌려질 쥐브 일당의 피와 살점들은 근사한 장식물이 되어줄 테고 말이야!"

팡토마스가 적을 위해 마련하는 무시무시한 환영식이 아닐 수 없었다. 그는 최적의 순간 건물 전체를 날려버리되, 자기 자신은 긁힌 상처 하나 없이 지옥을 벗어날 수 있게끔 만반의 준비를 갖추고 있었다.

일전에 쥐브와 팡도르가 집을 사겠다며 건물 구석구석을 면밀히 살필 때 전기배선 상태를 특별히 주목해서 보았다면 전선 일부가 정원 땅속을 관통해 택지 끄트머리의 버려진 헛간으로 이어져 있다는 것을 눈치챘을 것이다. 그 헛간의 골조 어딘가에 붙어 있는 간이 전기 스위치로 집 전체를 관류하는 회로 중 한 구간을 조작할 수 있다는 것은 뻔해 보였다.

쥐브가 저택에 도착하면, 바로 거기서 거대한 폭발의 순간을 결정하겠다는 것이 팡토마스의 생각이었다!

희대의 범죄자가 사전에 준비해야 할 작업들이 모두 마무리됐다.

'자, 이제 슬슬 헛간으로 납셔볼까…… 놈들은 아무것도 모르고 집 앞에 도착해 일단 촘촘히 에워싼 뒤 씩씩하게 안으로 들어서겠지. 그래, 얼마 안 남았어……'

그렇게 곱씹으며 현관 앞 계단으로 막 나서려던 팡토마스가 갑자기 욱하는 욕설과 함께 홱 돌아서는 것이었다!

*

앵케르만 대로 어귀에 다다르자 쥐브는 택시를 세웠다. 그가 팡도르와 함께 차에서 내리는데, 그늘 속에서 미셸 형사가 불쑥 튀어나와 둘을 맞이했다.

"반장님 오셨습니까?"

"그래, 자넨가. 새는 새장 속에 얌전히 있겠지?"

"네, 철저히 감시하고 있습니다! 가장 믿음직한 경찰관 열다섯 명이 건물을 완전히 포위하고 경계태세를 유지하고 있습니다. 놈이 빠져나가는 것은 불가능합니다. 다만……"

미셸 형사는 말을 멈췄지만 쥐브 경감의 날카로운 추궁을 피할 수는 없었다.

"다만 뭔가?"

"만에 하나 이 건물도 프로쇼 주택단지의 그 집처럼 뭔가 속임수를 감추고 있을까봐서요……"

그러나 쥐브는 여유로운 미소로 대답을 대신했다.

이번만은 자신 있었다! 이미 머릿속으로는 저택의 구석구석을 훤히 들여다보는 기분이었다. 가장 은밀한 공간마저도 그에게는 더없이 명확하고 뚜렷한 그림으로 다가왔다. 그렇게 생각이 확실하게 정돈되었기 때문에 그 무엇도 두려울 것이 없었다. 팡토마스는 빠져나가지 못할 것이다!

쥐브는 부하 중 두세 명을 따로 불러 간략한 지침을 내렸다.

"앞으로 십 분이 관건이다. 다들 신중하게 접근해야 한다. 총은 불가피한 경우 외에는 사용하지 마라. 반드시 놈을 산 채로 포획해야 해. 자네들은 내 뒤에서 미셸과 함께 진입한다. 나머지 인원은 집 주변에서 경계태세를 계속 유지하고……"

쥐브의 지시가 거기서 뚝 끊겼다. 아까부터 말을 하면서도 시선은 저택 현관 앞 계단 쪽을 응시하고 있었는데, 별안간 문이 반쯤 열리면서 팡토마스의 모습이 보이는가 싶더니 눈 깜짝할 사이에 다시 집 안으로 자취를 감춘 것이다!

"놈이다!"

쥐브는 자기도 모르게 외쳤다.

이제 그를 움직이는 것은 굴하지 않는 용기와 불가사의한 대담성뿐이었다. 쥐브는 캄캄하고 조용한 건물 쪽으로 몸을 사리지 않고 쏜살같이 달려나갔고, 그 뒤를 팡도르가 헐레벌떡 뒤따르고 있었다.

"쥐브, 힘내세요! 우리는 놈을 잡고야 말 겁니다!"

하지만 젊은 친구의 열정을 앞세운 태도가 이런 상황에서는 얼마나 위험한지 쥐브는 잘 알고 있었다. 오랜 형사 생활의 경험으로 쌓아온 그의 냉정함과 침착함은 보통 수준이 아니었다.

현관 앞에 이르자 쥐브는 일단 걸음을 멈췄다.

"자, 자, 다들 진정하게! 바야흐로 승리가 눈앞에 다가온 시점에 자칫 무모함이 지나쳐서 모든 것을 망쳐서는 안 되니까. 자네들은 1층을 지키도록 하게. 각자 방 하나씩을 맡고 불필요한 움직임은 최대한 자제하도록! 나는 2층으로 올라가서……"

“쥐브!”

팡도르가 말을 끊었다.

“뭔가, 팡도르?”

“저도 함께 가겠습니다!”

쥐브는 잠시 망설이며 팡도르를 바라보았다. 표정이 어찌나 결연한지 차마 그 앞에서 안 된다는 말을 할 수가 없었다.

“정 그렇다면 내 말을 철저히 따르겠다고 약속하게. 함부로 나서지 말고. 지금까지는 경거망동한 적도 있었지만, 앞으로는 좀 다소곳해지란 말이야. 좋아, 조심해야 해. 팡토마스는 우리가 온 것을 봤어. 순순히 잡혀줄 놈이 결코 아니야.”

팡도르는 고개를 끄덕이며 대답했다.

“어디 두고 보라지요!”

일제히 문을 부수고 들어가자마자, 미셸 형사와 나머지 인원은 각자 정해진 위치로 흩어졌다.

쥐브와 팡도르는 손전등을 꺼내 강렬한 빛을 전방으로 내쏘며 조심조심 계단을 걸어 올라갔다.

마침내 2층에 도달한 쥐브가 소리쳤다.

“팡토마스! 너는 체포되었다. 그만 항복하시지!”

하지만 형사의 외침은 음산한 메아리만을 일으킬 뿐, 저택은 쥐 죽은 듯 고요하기만 했다.

쥐브는 벌써부터 초조해하는 팡도르를 토닥이며 나직이 속삭였다.

"내 말 잘 듣게. 이제 이렇게 하세. 저 위에 다락방과 하녀들 방이 있으니 일단 거기부터 쳐들어가는 거야. 만약 모두 비어 있으면 바로 나와 문을 잠그고 다시 이곳에 내려와 방 하나하나를 그런 식으로 확인한 뒤 똑같이 문을 잠가두는 거지. 그러다보면 이 미로 같은 집 안에서 쫓겨나듯 도망치던 팡토마스 그놈이 결국 1층 어딘가에서 우리 손아귀에 떨어지고 말 거야."

"알겠습니다. 어서 시작하죠!"

저택의 적막은 음산한 불안감을 풍기고 있었다.

쥐브와 팡도르는 권총을 쥐고 눈을 부릅뜬 채 다락방으로 올라갔다.

쥐브의 잔소리가 다시 이어졌다.

"조금만 소리가 나도 즉시 바닥에 엎드려야 하네. 어차피 팡토마스가 먼저 쏠 가능성이 크니까, 우리가 미처 보지 못해도 총구에서 나오는 불빛으로 놈의 위치를 확인할 수 있을 거야."

두 인간 사냥꾼은 다락방 구석구석을 불빛으로 훑기 시작했다.

갑자기 팡도르가 중얼거렸다.

"혹시 지붕 위로 올라가지는 않을까요?"

"거긴 일부러 조사할 필요 없네. 내가 아는 미셸 형사라면 분명 지붕 위에도 두세 명 배치해놓았을 테니까. 게다가 팡토마스는 거기로 도망칠 만큼 미련하지는 않을 거야. 자, 자, 어서 하녀들 방을 신속히 둘러보고 곧장 2층, 그다음엔 1층 순서로 차근차근 뒤져야지."

2층으로 내려와 수색을 시작하면서 쥐브는 일순 움찔했다. 벨담 부인의 침실로 들어가는 문손잡이에서 음산하게 삐걱대는 소리가 나는 것 같았기 때문이다.

팡도르와 쥐브는 후닥닥 그쪽으로 달려가 날아올지도 모를 총알을 피할 태세를 갖추고는 방문을 냅다 열어젖혔다.

하지만 총알 걱정은 공연한 기우였다. 방은 텅 비어 있었고, 팡토마스의 흔적은 어디에도 없었다.

쥐브와 팡도르는 이 방 저 방을 돌아다니며 그 안의 가구들까지 뒤집어엎으면서 차례로 훑었고, 수색을 마친 뒤에는 방문을 철저하게 잠가두었다.

쥐브가 계단을 내려가면서 말했다.

"이젠 1층이야. 아 참, 찬방 뒤쪽 공간을 조사하는 것도 잊지 말아야 해!"

그렇게 말하면서도 쥐브는 불과 십오 분 전 팡토마스가 전선 두 가닥에 연결해놓은 다이너마이트 상자를 그 어두컴컴한 공간에 숨겨놓았으리라고는 상상조차 못 했다.

그곳으로 발길을 이끈 건 어쩌면 그의 타고난 본능인지도 몰랐다……

계단을 거의 다 내려섰을 즈음, 쥐브는 깜짝 놀라 걸음을 멈추었다.

응접실 문에서 머리부터 발끝까지 온통 새카만 그림자 하나가 불쑥 튀어나오는 것이 아닌가!

그림자는 전광석화처럼 복도를 가로지르더니 곧장 지하실 안으로 빨려들어갔다.

그야말로 간발의 차이, 쥐브의 총구에서 탕! 탕! 두 번의 총성이 울렸다.

*

팡토마스는 큼직한 빗장을 등 뒤로 채운 뒤, 추격자와 자신을 안전하게 가로막은 차단막에 안심했다. 1층과 지하실을 잇는 출입구의 문짝은 대단히 묵직하고 단단한 참나무로 되어 있어서 생각보다 뚫기가 쉽지 않아 보였다.

악당은 지하실 바닥에 이르는 몇 개의 계단을 터벅터벅 밟아 내려갔다.

팡토마스는 대략 이십 분 전부터 쥐브와 팡도르에게 한 발 한 발 공간을 내주면서 위험한 숨바꼭질을 하고 있었다. 지면 목숨을 내놓아야 할지도 모르거니와, 이기기 위해서는 자신을 잡는 데 혈안이 되어 있는 십여 명의 적을 단 여섯 발의 총알로 처치해야만 했다.

자기 능력에 확신이 있는 팡토마스지만, 어느 정도 불안과 초조감을 느끼는 것도 사실이었다. 검은 복면은 땀에 젖어 얼굴에 달라붙었고, 매 동작 신경질적인 기색이 조금씩 배어나왔다.

팡토마스는 살금살금 지하실을 가로질러 정원으로 통하는 작은 환기창에 다가갔다.

'음, 잘하면 여기를 통해 빠져나갈 수 있겠군. 에잇……'

창문을 살피던 그의 입에서 가벼운 탄식이 새어나오는가 싶더니, 두어 발짝 물러나 이렇게 중얼거렸다.

"우라질! 저 앞에도 세 명이나 지키고 서 있군. 저기로 나가는 건 포기해야겠어."

악당은 성냥을 그어 잠깐 주변을 살폈다. 아주 짧은 시간이었지만 이미 그는 다른 누구보다 지하실을 속속들이 꿰고 있었다.

그랬다. 벨담 부인의 저택에는 프로쇼 주택단지의 집처럼 별난 장치가 마련되어 있지 않을 거라던 쥐브의 생각은 옳았다! 지하실의 사방 내벽은 꿈쩍도 않을 기세로 버티고 있을 뿐이었다. 결코 넘어서지 못할 장벽임을 이미 알고도 팡토마스는 벽 이곳 저곳을 주의 깊게 살폈다.

필경 약간의 휴식을 취하는 듯했다. 잠시 여유를 부린다고나 할까? 이따금 바깥에서 쥐브와 그 일행이 거세게 문을 들이받는 소리가 들려왔지만, 단단한 문짝은 난공불락이었다. 하지만 이런 소강 상태가 언제까지 지속될지는 미지수였다.

이 어두컴컴한 막장에서 어떻게든 탈출하든지, 쥐브가 스스로 포위를 풀 수밖에 없도록 만들든지…… 아니, 먼저 줄행랑을 치게 만들든지, 어떻게든 돌파구를 마련해야 했다.

아! 전기 스위치가 저 멀리 헛간이 아닌 이곳 지하실에 있었다면, 자기 운에 늘 자신만만한 팡토마스는 조금의 망설임도 없이 거물을 날려버렸을 것이다. 그로 인해 생겨날 엄청난 재앙 속에서도 자신만은 무사하리라는 미미한 가능성을 믿고서 말이다.

팡토마스가 서 있는 곳 맞은편에는 다 망가져서 안이 흉하게 드러난 난방장치가 덩그러니 놓여 있었다. 그리고 집 안 전체로 온풍이 순환되게끔 벽을 뚫고 나온 널찍한 배관이 지하실 내부를 향해 입을 벌리고 있었다.

그런가 하면, 조금 옆에는 쥐브와 팡도르가 삼촌, 조카 사이로 위장 방문했을 때 관리인이 집 안 습기의 주범으로 지목했던 저수조의 물이 어둠 속에서 반짝이고 있었다. 이미 고인 물에서는 악취가 풍기고 있었다. 악당이 성냥을 하나 그어 물 위로 휙 던지자, 차가운 수면에 닿은 불꽃이 지지직 소리를 내며 시야에서 사라졌다.

갑자기 팡토마스가 주먹을 불끈 쥐었다. 쥐브와 경찰관들이 벌써 수차례 들이받은 참나무 문짝이 더이상 충격을 버티지 못하고 안쪽으로 덜컹 열린 것이다. 나무와 쇳조각이 만들어내는 그 요란한 소리가 계단을 따라 굴러내리는 가운데, 쥐브의 목소리가 날카롭게 파고들었다.

"팡토마스! 항복하라!"

잠시 완벽한 적막이 감돌았다.

돌이킬 수 없는 두 원수는 서로 보이지는 않았지만 금방이라도 만져질 듯 대치하고 있는 상황이었다.

과연 어떤 사태가 벌어질 것인가?

팡토마스는 캄캄한 어둠 속에서 주위를 더듬었다.

문득 그의 축축한 손끝에 병 하나가 만져졌다.

유리 달그락거리는 소리가 낭랑하게 퍼져나갔다. 팡토마스는 병목을 덥석 붙잡아 벽을 내리쳤다.

손에 권총을 쥔 쥐브는 팡도르와 함께 계단을 조심조심 밟아 내려갔다. 둘 다 용감한 사내들이었지만 가슴이 쿵쾅거리는 것은 어쩔 수 없었다.

바야흐로 대단원의 막이 서서히 오르는 순간이었다! 지하실로 기어들어간 팡토마스가 같은 문으로 빠져나왔을 리 없다는 것은 명백한 사실. 이제 길어야 몇 초 후면 그와 정면으로 맞닥뜨릴 것이고, 그토록 오랜 기간 한 치의 여유도 없이 내달려온 수수께끼의 전모가 낱낱이 밝혀질 터였다!

그렇다. 지금 팡토마스는 여기, 이 막다른 구석 어딘가에 있다. 쥐브의 추격에 몰려 흡사 지하 감옥 같은 이 어두컴컴한 공간에 갇혀 있는 것이다! 살아서든 죽어서든, 이제 그의 운명은 경찰의 손아귀에 들어간 것이나 다름없다. 마침내 붙잡힌 것이다!

쥐브는 마지막 계단을 내려섰다. 휘저어대는 손전등 불빛 속에서 아담한 지하실 공간 이곳저곳이 유린당하듯 밝혀졌다.

그런데…… 아무도 없었다!

쥐브는 환기창 쪽으로 부리나케 달려갔다. 권총을 겨누며 지키고 서 있는 경찰관 세 명이 눈에 들어왔다. 그리로 도망칠 생각이었다면 벌써 죽은 몸이 되어 있을 터였다.

지하실 전체를, 특히 벽들을 총 손잡이로 툭툭 두들겨가며 꼼꼼히 살펴보았다. 그러나 하나같이 둔탁한 반향만 전해올 뿐, 안쪽이 비어 있다고 의심되는 곳은 전혀 찾을 수 없었다. 우툴두툴한 규석은 도저히 뚫고 들어갈 수 없을 것처럼 단단해 보였다.

손전등 불빛을 반사시키며 반짝거리는 저수조의 수면이 문득 쥐브의 눈에 들어왔다. 깊고 고요한 물은 그저 검게만 보였다. 반쯤 깨진 병 하나가 거꾸로 둥둥 떠 있는 것 외에 특별한 점이라고는 보이지 않았다.

도대체 어디로 사라졌단 말인가?

별안간 무거운 적막을 흩뜨리며 팡도르가 쥐브의 팔을 붙잡았다.

"방금 들었어요?"

젊은이의 목소리는 파르르 떨리고 있었다.

쥐브가 고개를 끄덕이자, 팡도르는 잠시 뜸을 들이고는 조용히 속삭였다.

"분명 숨소리 같은데 말이에요……"

실은 쥐브도 팡도르와 마찬가지로 사람 숨소리처럼 들리는 이상한 소리에 귀를 바짝 세우고 있었다. 그러면서도 혹시 너무 긴장해 환청이라도 들리는 건 아닌가 싶기도 했다. 형사 특유의 예민한 청각이 착각을 일으켰을 리는 없는데…… 그래도 지금 눈앞에는 아무도 없지 않은가!

마침내 쥐브는 팡도르의 어깨를 툭 치고는 난방장치의 온풍 배관 쪽을 가리켰다.

"우리 둘 다 이렇게 바보 같을 수가 있나…… 놈은 지금 저 안에 있어! 저 큼직한 배관 속으로 누구든지 쉽게 드나들 수 있다는 건 누구보다 우리가 잘 알잖아! 어어, 자네 지금 뭐 하는 건가?"

다짜고짜 배관 속으로 총구를 들이밀려는 팡도르를 쥐브가 덥석 붙잡자, 그가 이렇게 대꾸했다.

"내 브라우닝 권총으로 저 안에 들입다 한번 쏴보려고요! 그래야 결판이 날 것 아닙니까!"

쥐브는 일단 분에 사무친 팡도르의 흥분부터 가라앉힌 뒤 냉소적인 어조로 툭 내뱉었다.

"놈을 산 채로 잡아야 해!"

주변을 살펴보니 저쪽 구석에 수북이 쌓여 있는 짚단이 그의 눈에 들어왔다.

"옳거니! 놈이 쥐구멍에서 어쩔 수 없이 튀어나오게 할 만한 물건이 저기 있군! 이보게, 팡도르. 이제부터 무적의 팡토마스를 포획하는 기념으로 질펀하게 불놀이나 한번 해보는 게 어떤가!"

물론 신문기자는 형사반장의 의도를 대번에 간파했다.

둘은 누가 먼저랄 것도 없이 길쭉한 지푸라기를 한 아름씩 가져와 온풍 배관의 열린 주둥이 속에 꾸역꾸역 채워넣기 시작했다. 마침내 충분한 양이 들어차자, 쥐브는 성냥을 그어 불을 붙였다.

과연 배관의 통풍 기능은 금세 그 효과를 발휘했다. 타닥타닥 불티가 튀는 요란한 소리와 함께 순식간에 불길이 일면서, 온풍이 통과해야 할 난방장치의 통로는 시커멓고 매캐한 연기를 사정없이 뿜어올렸다!

쥐브는 즉시 팡도르를 이끌고 계단으로 달려가며 외쳤다.

"자, 이제 저 배관이 통하는 반대편 구멍으로 가서 기다리기만 하면 돼! 팡토마스가 편히 나올 수 있도록 어서 창살문을 열어드려야지! 미셸, 그리고 자네들, 어서 나를 따르도록!"

새로운 지시를 내리는 형사반장은 절로 신이 나는 표정이었다. 이미 1층 각 방의 온풍구에서는 매운 공기가 스멀스멀 새어나오고 있었다.

이제 지하실에는 아무도 없었다. 검은 물이 채워진 저수조 수면에는 반쯤 깨진 병이 여전히 거꾸로 처박힌 채 둥둥 떠 있었다.

수면이 살짝 일렁이는가 싶더니, 물에 잠겨 있던 병의 나머지 부분이 슬그머니 그 모습을 드러내기 시작했다. 그리고…… 얼굴에 찰싹 달라붙은 검은 복면이 흡사 물귀신처럼 수면 위로 서서히 솟아오르는 것이었다!

물을 뚝뚝 흘리며 상체를 드러낸 악당은 잠시 거센 호흡을 골랐다. 잠수한 상태에서도 절묘한 장치로 허파에 공기를 불어넣었는데도 불구하고 숨이 턱까지 찰 정도로 힘들었던 모양이다.

"이 팡토마스의 솜씨가 아직 그리 녹슬진 않았어! 개울 바닥에 누워 속이 빈 갈대를 입에 물고 숨을 쉬면서 몇 시간 동안 숨어 지낸다는 통킹 원주민들 생각이 불현듯 스치지 않았다면, 이 자리에서 대단한 총격전이 벌어졌을 거야! 만약 그랬다면 누구도 결과를 장담하지 못했겠지."

그렇게 중얼거리며 젖은 옷의 물기를 짜내는 사이, 머리 위에서 난데없는 비명 소리와 더불어 두세 발의 총성이 크게 울렸다. 뿐만 아니라 갑작스럽게 집 주위를 이리저리 뛰어다니는 발소리까지 어지러이 들려오는 것이었다. 늘 명료하게 깨어 있는 팡토마스의 통찰력이 그 틈을 놓칠 리 없었다. 그는 조금 전까지만 해도 경찰들이 지키고 있어서 빠져나갈 엄두를 내지 못하던 지하실 환기창으로 소리 없이 다가갔다.

아니나 다를까, 지금은 모두 어디로 달려갔는지 아무도 없었다. 팡토마스는 환기창 너머로 머리를, 이어서 어깨와 상체를 내밀었다.

"맙소사, 이건 또 뭐야!"

쥐브 경감은 바닥에 길게 뻗어 있는 존재에게서 눈을 떼지 않은 채 온풍구 쪽으로 천천히 다가갔다. 함께 들이닥친 경찰들은 차마 거기까지는 다가들지 못한 채 문턱에서 부들부들 떨고 서 있었다. 오로지 팡도르만이 한결같이 쥐브의 곁을 지키고 있었다.

"정말이지 한도 끝도 없이 사람을 놀라게 만드는군!"

쥐브의 말에 팡도르가 맞장구를 쳤다.

"그러게 말입니다! 팡토마스가 기어나올 줄 알았는데, 난데없이 뱀이 불쑥 튀어나오다니요."

어마어마한 크기의 괴물 보아뱀이 몸의 일부를 미처 빼내지 못해 온풍구에 흉물스럽게 걸쳐진 채로 바닥에 길게 늘어져 있었다.

쥐브와 팡도르는 지하실 배관에 마른 짚단을 채워넣은 뒤 불을 붙이자마자 그 안에 숨어 있을 악당을 붙잡기 위해 바로 이곳, 사람 하나가 빠져나올 만큼 구멍이 넓은 벨담 부인의 방 온풍구 앞을 지키고 서 있었다. 과연 얼마 기다리지 않아 가장 가까운 온풍구로부터 뭔가가 불쑥 튀어나오긴 했는데, 그것은 기다리던 팡토마스의 머리가 아니라 흉측스럽게 생긴 뱀의 큼직한 머리였다. 여태껏 그 존재에 확신은 있었지만 눈으로 또렷이 본 적은 없는 '처형자'의 머리 말이다!

지금까지 추격을 해오면서도 정작 팡토마스가 어떻게 생겼는지 아는 사람은 한 명도 없었다. 쥐브와 동행한 다른 경찰들 역시 모든 위험을 각오하고 따라나섰지만 설마 팡토마스가 이처럼 뜻밖의 모습이리라고는 꿈에도 생각지 못하고 있었다! 도저히 버텨내기 어려운 공포심이 그들 모두의 가슴에 휘몰아치자, 그들은 앞뒤 돌아볼 여유도 없이 우르르 집 밖으로 몰려나가 혼비백산 도망쳐버렸다. 그 바람에 영문도 모르고 당황한 집 밖의 포위조 또한 덩달아 우왕좌왕 갈피를 잡지 못했다.

요컨대 치명적인 돌발사태가 벌어진 셈이었다!

그사이 쥐브는 가까스로 총을 겨눠 몇 발을 발사했고, 총알은 끔찍한 괴물의 머리를 여지없이 박살내버렸다.

자신이 총을 쏜 대상을 잠시 뚫어져라 바라보던 쥐브는 문득 정신이 든 사람처럼 이렇게 외쳤다.

"어서 망치와 곡괭이를 가져와! 팡토마스가 아직 나오지 않았어! 항복하느니 차라리 안에서 질식해 죽어버리겠다는 뜻이야! 벽이건 바닥이건 완전히 허물어버리고 말 테다! 배관을 샅샅이 훑어서라도 놈을 잡아내고야 말 거야!"

그때였다. 바깥에서 다급하게 부르는 소리가 들려왔다.

“반장님!”

쥐브는 득달같이 창문으로 달려갔다. 애당초 현관을 지키던 경찰 두 명이 집 앞 계단에 마치 얼어붙은 듯 서 있었다. 사정인즉, 난데없이 누군가가 마구 내달려 눈 깜짝할 사이에 저만치 멀어져갔고, 두 경찰은 너무 놀라 어떤 조치도 취하지 못했다는 것이었다.

더 앞쪽을 살펴보니, 물귀신처럼 머리끝에서 발끝까지 물이 뚝뚝 떨어지는 시커먼 형체가 저 멀리 부속건물을 향해 전속력으로 달려가고 있었다.

도망치는 형체의 실루엣을 단박에 알아본 쥐브의 입에서 외마디 탄식이 새어나왔다.

“제기랄! 놈이 탈출하고 있어.”

*

팡토마스는 경계가 소홀해진 지하실 환기창을 빠져나가자마자 훨훨 나는 새처럼 트인 공간으로 내달렸다. 그러면서 연신 이렇게 으르렁댔다.

“이제야 쥐브와 나의 승부가 일대일 원점으로 돌아간 셈이군……”

계획대로 헛간에 도착한 팡토마스는 한시도 머뭇거리지 않고 전기 스위치를 돌렸다. 저택 안 찬방 뒤쪽 어두컴컴한 다용도실에 불꽃을 점화시킬 바로 그 스위치였다.

피를 말리는 몇 초가 흘렀다……

콰과광!!!

"만세! 최종 승리는 나의 것이야!"

지축을 뒤흔드는 어마어마한 굉음 속에서 팡토마스의 탄성은 오히려 선명했다.

사방으로 폭발음이 퍼져나가는 가운데, 시커먼 구름기둥이 하늘을 향해 치솟았다. 아울러 잡다한 파편들이 소나기처럼 쏟아져내리면서 비명과 신음으로 아수라장이 된 현장을 무자비하게 덮쳤다.

벨담 부인의 저택은 그 수북한 잔해 속에, 팡토마스 추격전에 결연히 나섰던 용감했지만 불운한 자들의 운명을 묻어버렸다!

악당은 이번에도 막다른 길목에서 기사회생한 것이다.

그런데…… 쥐브 경감과 팡도르는 정녕 그 속에서 목숨을 잃고 만 것일까?

(3권으로 계속)

옮긴이 해설 2

팡토마스의 세계 – 소설과 영화

팡토마스 시리즈는 피에르 수베스트르와 마르셀 알랭이 1911
년 2월부터 1913년 9월까지 공동작업으로 써낸 총 32권의 장편
소설들로 이루어진다.[*] 19세기 고딕소설의 악당과 현대 연쇄살
인범을 한데 버무린 것 같은 기이한 존재 팡토마스를 중심으로
방향을 가늠하기 어려운 사건들이 꼬리에 꼬리를 물거나 동시
다발로 터져나오는 가운데, 형사 쥐브와 젊은 신문기자 팡도르
가 그의 뒤를 쫓는다. 전형적인 추리 활극의 일종으로 볼 수 있

---

[*] 1914년 2월 26일 피에르 수베스트르가 폐충혈로 사망한 뒤, 마르셀 알랭이 출
판업자의 강권에 떠밀리다시피 하여 1926년부터 1963년까지 혼자 써낸 11편의
작품이 더 있으나, 작품성이나 흥행 모두에서 정본 시리즈엔 포함시키지 않는 것
이 보통이다.

으나, 추리문학 역사상 몇 가지 점에서 유례를 찾기 힘든 독보적 위상을 인정받고 있다.

우선, 철저한 악의 화신으로 일관하는 주인공의 캐릭터. 팡토마스는 절도, 납치, 협박, 사기, 방화 등 종류를 불문한 범죄의 달인이면서 특히 살인을 즐기는 인물이다. 어떤 심리적 질환과 관련한 강박적 살인충동에 휘둘리는 것 같지는 않지만, 필요가 생기고 기회가 닿으면 언제든 살상을 마다하지 않는다. 팡토마스라는 이름이 공포를 불러오는 이유 중 하나는 살인 자체보다 살인에 이르는 과정과 방법이 더 섬뜩하다는 사실에 있다. 범행 하나 하나가 기상천외한 발상과 치밀한 계산을 통해 마치 정교한 예술작품 빚어내듯 저질러진다. 아무리 범법자라 하더라도 살인만은 피하려고 하든가, 적어도 살인과정에 비장한 분위기가 따르기 십상인 당대 대중소설의 악역들과는 달리, 팡토마스의 극한범죄는 대범하면서 냉정하게 자행될 따름이다. 아울러 자신이 목숨을 빼앗은 상대로 완벽하게 변신해가며 끝없이 정체를 옮겨다니는 엽기적 범행 스타일은 보는 이로 하여금 소름을 돋게 하기에 충분하다. 자고로 모든 위협이란 그것이 어디로부터 오는지 모를 때 공포가 극대화되는 법이다. 기성질서와 통념에 대한 반감을 넘어 이질감으로 똘똘 뭉친 정체불명의 존재, '데카르트적 논리와 부르주아적 윤리'의 교란과 파괴를 통해서만 존재 이유를 찾는 듯한 카오스적 캐릭터…… 이만큼 철저한 안티히어로를 앞세워 32권에 이르는 연작소설을 한결같은 대중의 열광 속에 이끌어간 사례는 전무후무하다!

팡토마스 시리즈의 독자적 매력을 논할 때 주인공의 캐릭터 못지않게 중시되는 또다른 요소는 작품의 서술방식과 문체이다. 두 명의 공동작업과 구술 녹음에 의한 집필 과정 그리고 한 달이라는 제한된 시간적 조건이 절묘하게 결합하여 팡토마스만의 독특한 이야기 구조와 수사법이 탄생했다. 단연 눈에 띄는 것이 이른바 고삐 풀린 듯 이어지는 구어체 문장들. 군더더기 없이 간결하고 논리적인 문장은 팡토마스의 세계에 어울리지 않는다. 훗날 초현실주의 작가들이 이 대중소설에 열광한 여러 이유 중 하나가 바로 자신들의 자동기술법을 예고하는 듯한 자유분방한 문체에 있었다는 건 널리 알려진 사실이다.* 주어진 작업 시간으로 보나 작동시킬 상상력의 유형으로 보나 형식적 차원에서 글을 꾸미고 다듬기에는 애당초 적합하지 않은 소설들이었다. 처음부터 팡토마스의 두 작가 수베스트르와 알랭의 고민은 '어떻게 하면 넋을 잃을 만큼 재미난 줄거리를 엮어내느냐'였다. 오로지 그 목표 하나를 위해 각 장마다 새로운 사건을 새로운 트릭, 새로운 반전 요소와 함께 심어놓았다. 점진적인 논리의 전개

______

* 앙드레 브르통과 필리프 수포가 자동기술법을 적용해 쓴 최초의 문학작품 『자기장 *Les Champs magnetiques*』은 1919년 출간되었다.

보다 각 에피소드가 독자의 의식과 정서에 가할 충격파를 우선적으로 염두에 두며 이야기가 엮어졌다. '뻔한' 흐름은 어떻게든 피해야 했다. 가능한 한 추리와 유추의 실마리를 남겨두되, 신빙성vraisemblance의 미덕은 그보다 훨씬 중요한 쾌락 원칙을 위해 언제든 희생될 수 있는 것이었다. 이를테면, 대중의 무의식 깊은 곳에 숨어 있는 폭력과 파괴, 공포의 취향을 자극하는 일…… 그 재미를 위해 모든 상상력을 동원해야 했다. 기상천외한 범죄와 생각지도 못한 단서, 끈질긴 추리와 집요한 추적이 있지만 일반 추리소설의 정제된 구도와는 무관하다. 거침없이 펼쳐지는 사건들이라 하여 팡토마스 혼자 전횡을 휘두르는 것도 아니다. 당대의 베테랑 형사 쥐브와 민완기자 팡도르의 활약 또한 만만치 않다. 다만 사건의 본질에 무한정 접근해가면서도 어인 일인지 해결은 늘 요원하다. 복잡다단하게 얽힌 사건이 일단락되는 듯하다가도 그다음 권에서 다시 문제가 발생하고, 앞에서 불거진 채 방치된 문제가 다음 작품에 가서야 해결의 실마리로 모아진다. 그 외중에 선이 악을 이기는 권선징악의 메시지나, 악이 선을 조롱하는 아이러니의 묘미 따윈 기대해봤자 소용없다. 팡토마스 시리즈는 우리 내부의 얼굴 없는 욕망들이 그로테스크한 자가증식의 논리에 따라 무한정 레이스를 펼치는 거대하고 복잡한 악몽의 세계다!

애초부터 철저하게 상업적 성공을 겨냥한 팡토마스 시리즈의 기획 의도는 놀랄 만한 수준으로 적중했다. 2년 반 남짓 32권을 숨 가쁘게 펴내는 동안 1권이 30만 부 이상 팔려나가면서 시리즈 전체가 판매량 500만 부를 훌쩍 뛰어넘는가 하면*, 곧바로 번역 열풍을 불러와 유럽 전역은 물론 신대륙과 일본에까지 급속도로 소개되었으니 말이다. 하지만 팡토마스의 성공에는 무엇보다 당대 굴지의 영화사 고몽의 감독 루이 퓌야드가 원작을 각색해 내놓은 '팡토마스 5부작'의 대히트가 무시할 수 없는 영향을 끼쳤다는 것이 정설이다.

루이 퓌야드는 영화라는 장르를 최초로 선보인 뤼미에르 형제 그리고 실사實寫의 한계에서 영화를 해방시킨 조르주 멜리아스와 더불어, 프랑스 초기 무성영화를 대표하는 거장 감독이다. 팡토마스 시리즈의 영화적 가능성을 눈여겨보던 그는 결국 고몽 사장을 설득해 엄청난 액수의 저작권 계약을 성사시켰고, 32권 전체 소설 출간이 마무리 단계에 이를 즈음인 1913년 5월, 1권을 각색한 영화 〈팡토마스〉를 발표한다. 소설 줄거리를 대폭 줄여 세 개의 에피소드로만 구성된 이 작품은 사실적 전개와 환상적 묘사를 적절히 배합한 각색, 촬영, 연출의 성공으로 엄청난 대중의 호응을 이끌어낸다. 고몽팔라스 극장에서 상영한 일주일

---

* 로빈 월츠, 『펄프 초현실주의*Pulp surrealism : insolent popular culture in early twentieth-century Paris*』, 캘리포니아 대학 출판부, 2000.

동안 당시로선 어마어마한 관객 수인 8만 명이 다녀갔다는 기록이 있다.[*] 이에 고무된 푀야드 감독은 네 편의 후속작을 연달아 발표하는데, 그렇게 세상에 선보인 '팡토마스 5부작'은 결국 세계 영화사의 손꼽을 걸작으로 오늘날까지도 끊임없이 거론되고 있다. 이후에도 1920년대 초 에드워드 세드위크 감독이 미국에서 새롭게 각색했고, 1932년에는 폴 페조 감독이 첫 유성영화로 팡토마스를 선보였으며, 1936년에는 벨기에 감독 에른스트 뫼르만이, 1947년에는 장 사샤 감독이 팡토마스를 영화로 각색해 발표했다. 그리고 마침내 1964년, 1965년, 1967년 연속 발표된 앙드레 위느벨의 코믹버전 '팡토마스 3부작'에 이르기까지 팡토마스 시리즈의 영화화 작업은 계속됐다. 하지만 뭐니 뭐니 해도 작품성이나 배우의 연기, 원작과의 연계성 면에서 최고의 걸작이 푀야드 감독의 무성영화 '팡토마스 5부작'이라는 데엔 이론의 여지가 없다.[**] 소설과 영화 혹은 연극, 뮤지컬 같은 서로 다른 장르의 시너지 효과가 원작의 엄청난 흥행으로 이어지는 일은 오늘날에도 어렵지 않게 확인되는 문화적 현상이다. '팡토마스 동호

---

[*] 〈르 프티 주르날 *Le Petit Journal*〉, 5월 16일자 기사. 아나벨 오뒤로, 『팡토마스 : 예술간 교배의 현대적 신화』, PUR, 2010.

[**] 팡토마스 탄생 100주기를 맞아 크리스토프 강스 감독이 메가폰을 잡고 3D로 새롭게 영화를 제작하고 있다는 낭보가 프랑스로부터 들려오고 있다. 2012년은 국내 팡토마스 독자에게 뜻깊은 한 해가 될 것으로 기대한다.

회'까지 조직했던 시인 기욤 아폴리네르가 지적했듯이,[*] '팡토마스 광풍'이라 불러도 좋을 이 시리즈의 대중적 성공은 소설과 영화의 상호작용이 절묘하게 맞아떨어진 전형적인 결과이기도 한 셈이다.

다음은 소설 팡토마스 시리즈와 푀야드 감독의 팡토마스 영화 목록이다.

팡토마스 시리즈 _ 제목과 출간일[**]

1. 『팡토마스 *Fantômas*』, 1911년 2월 10일.

2. 『쥐브 대 팡토마스 *Juve contre Fantômas*』, 1911년 3월 1일.

3. 『죽은 자가 살인하다 *Le Mort qui tue*』, 1911년 4월 20일.

4. 『비밀요원 *L'Agent secret*』, 1911년 5월 20일.

5. 『팡토마스의 인질 *Un Roi prisonnier de Fantômas*』, 1911년 6월 20일.

---

[*] 1914년 7월 〈메르퀴르 드 프랑스〉지에 팡토마스 관련 서평을 쓰면서 아폴리네르는 영화와 소설의 시너지 효과를 언급한다. 이는 초현실주의 그룹에 속한 예술가들이 이 작품에 본격적인 관심을 쏟는 여러 계기 중 하나가 되었다.

[**] 이중 국내에 우선적으로 소개하는 다섯 권은 전체 시리즈의 도입부에 해당하는 내용이면서 그 주요 테마들이 비교적 자주 언급되는 작품들을 선별한 것이다. 물론 역자의 취향도 일부 반영되었음을 고백한다. 더 많은 작품을 순서대로 소개하고 싶었으나, 분량상 현실적으로 전작 번역이 요원하기에 일단 이 정도 선에서 양해를 구하고자 한다.

6. 『깡패경찰 *Le Policier apache*』, 1911년 7월 20일.

7. 『런던의 목 매달린 자 *Le Pendu de Londres*』, 1911년 8월 20일.

8. 『팡토마스의 딸 *La Fille de Fantômas*』, 1911년 9월 20일.

9. 『심야의 삯마차 *Le Fiacre de nuit*』, 1911년 10월 20일.

10. 『잘린 손 *La Main coupée*』, 1911년 11월 20일.

11. 『팡토마스의 체포 *L'Arrestation de Fantômas*』, 1911년 12월 17일.

12. 『도둑 판사 *Le Magistrat cambrioleur*』, 1912년 1월 17일.

13. 『범죄의 하수인 *La Livrée du crime*』, 1912년 2월 20일.

14. 『쥐브의 죽음 *La Mort de Juve*』, 1912년 3월 1일.

15. 『생라자르의 탈주자 *L'Evadée de Saint-Lazare*』, 1912년 4월 20일.

16. 『팡도르의 실종 *La Disparition de Fandor*』, 1912년 5월 20일.

17. 『팡토마스의 결혼 *Le Mariage de Fantômas*』, 1912년 6월 6일.

18. 『벨담 부인 살해범 *L'Assassin de Lady Beltham*』, 1912년 7월 20일.

19. 『붉은 말벌 *La Guêpe rouge*』, 1912년 8월 20일.

20. 『죽은 자의 구두 *Les Souliers du mort*』, 1912년 9월 20일.

21. 『사라진 기차 *Le Train perdu*』, 1912년 10월 20일.

22. 『대공의 사랑 *Les Amours d'un prince*』, 1912년 11월 20일.

23. 『비극의 꽃다발 *Le Bouquet tragique*』, 1912년 12월 20일.

24. 『복면 기수 *Le Jockey masqué*』, 1913년 1월 20일.

25. 『텅 빈 관 *Le Cercueil vide*』, 1913년 2월 20일.

26. 『왕비의 배후 *Le Faiseur de reines*』, 1913년 3월 20일.

27. 『거대한 사체 *Le Cadavre géant*』, 1913년 4월 20일.

28. 『황금 도둑 *Le Voleur d'or*』, 1913년 5월 20일.

29. 『핏빛 연쇄반응 *La Série rouge*』, 1913년 6월 20일.

30. 『범죄 호텔 *L'Hôtel du crime*』, 1913년 7월 20일.

31. 『교수용 밧줄 *La Cravate de chanvre*』, 1913년 8월 20일.

32. 『팡토마스의 최후 *La Fin de Fantômas*』, 1913년 9월 20일.

루이 푀야드 감독의 '팡토마스 5부작' 발표 시점과 원작 소설

1. 〈팡토마스 *Fantômas*〉, 1913년 4월.

   원작 1권 『팡토마스 *Fantômas*』

2. 〈쥐브 대 팡토마스 *Juve contre Fantômas*〉, 1913년 9월.

   원작 2권 『쥐브 대 팡토마스 *Juve contre Fantômas*』

3. 〈죽은 자가 살인하다 *Le Mort qui tue*〉, 1913년 11월.

   원작 3권 『죽은 자가 살인하다 *Le Mort qui tue*』

4. 〈팡토마스 대 팡토마스 *Fantômas contre Fantômas*〉, 1914년 2월.

   원작 6권 『깡패경찰 *Le Policier apache*』

5. 〈가짜 판사 *Le Faux Magistrat*〉, 1914년 5월.

   원작 12권 『도둑 판사 *Le Magistrat cambrioleur*』

2012년 6월

성귀수

지은이 **피에르 수베스트르**

1874년 프랑스 플로믈랭 출생. 대학에서 법학을 전공한 후 파리 변호사협회에서 활동을 하던 중 피에르 드 브레즈라는 필명으로 소설집과 시집을 한 권씩 발표했다. 유명 신문에 기고를 했고 몇 편의 소설을 연재했다. 마르셀 알랭과의 공동 집필로 1911년부터 1913년까지 32편의 팡토마스 시리즈를 이끌어나갔다. 1914년 폐충혈로 사망했다.

지은이 **마르셀 알랭**

1885년 프랑스 파리 출생. 대학에서 법학을 공부하다 기자 생활을 했다. 피에르 수베스트르에 의해 글쓰기 재능이 발탁되어 함께 팡토마스 시리즈를 집필했다. 수베스트르의 사망 후 1926년부터 1963년까지 홀로 11편의 팡토마스 시리즈를 이어나갔다. 1969년 뇌충혈로 사망했다.

옮긴이 **성귀수**

시인. 전문번역가. 시집 『정신의 무거운 실험과 무한히 가벼운 실험정신』을 발표했으며 『오페라의 유령』 『적의 화장법』 『아르센 뤼팽 전집』 『꽃의 지혜』 『자살가게』 『반란의 조짐』 『매그레 시리즈(공역)』 『O 이야기』 등 다수의 책을 우리말로 옮겼다.

문학동네 세계문학
팡토마스 ❷ 쥐브 대 팡토마스

초판인쇄 2012년 6월 11일 | 초판발행 2012년 6월 18일

지은이 피에르 수베스트르, 마르셀 알랭 | 옮긴이 성귀수 | 펴낸이 강병선
책임편집 김미혜 | 편집 최정수 김이선 | 독자모니터 박미진
디자인 엄혜리 이원경 강혜림 | 저작권 한문숙 박혜연
마케팅 정민호 김도윤 박보람 | 온라인마케팅 이상혁 장선아
제작 안정숙 서동관 임현식 | 제작처 영신사(인쇄) 경일제책(제본)

펴낸곳 (주)문학동네
출판등록 1993년 10월 22일 제406-2003-000045호
주소 413-756 경기도 파주시 문발동 파주출판도시 513-8
전자우편 editor@munhak.com | 대표전화 031) 955-8888 | 팩스 031) 955-8855
문의전화 031) 955-3576(마케팅) 031) 955-8868(편집)
문학동네카페 http://cafe.naver.com/mhdn

ISBN 978-89-546-1765-9 04860
      978-89-546-1763-5 (전5권)

www.munhak.com